雪国 古都
千只鹤

[日本] 川端康成 著
美空 译

译林出版社

图书在版编目（CIP）数据

雪国　古都　千只鹤 / （日）川端康成著 ; 美空译.
南京 : 译林出版社, 2025. 5. -- （川端康成精选集）.
ISBN 978-7-5753-0567-9

Ⅰ. I313.45

中国国家版本馆CIP数据核字第2025YB1998号

雪国　古都　千只鹤 [日本] 川端康成 / 著　美空 / 译

责任编辑　张紫毫
装帧设计　吴　悠
校　　对　王　敏　梅　娟
责任印制　颜　亮

出版发行　译林出版社
地　　址　南京市湖南路 1 号 A 楼
邮　　箱　yilin@yilin.com
网　　址　www.yilin.com
市场热线　025-86633278
排　　版　南京展望文化发展有限公司
印　　刷　徐州绪权印刷有限公司
开　　本　787 毫米 ×1092 毫米　1/32
印　　张　16.125
插　　页　2
版　　次　2025 年 5 月第 1 版
印　　次　2025 年 5 月第 1 次印刷
书　　号　ISBN 978-7-5753-0567-9
定　　价　58.00 元

美丽日本中的我[1]

川端康成

春花夏杜鹃，秋月冬凉雪。

这首和歌题名《本来面目》，为道元禅师[2]（1200—1253）所作。另有一首出自明惠上人[3]（1173—1232）的和歌：

冬月出云伴我身，可染朔风寒飞雪？

受邀题字时，我常手书这两首和歌相赠。

---

1 此为川端康成在1968年诺贝尔文学奖授奖仪式上的演讲，译自讲谈社1969年版《美丽日本中的我》。

2 日本佛教曹洞宗创始人，曾在中国受禅法。著有《学道用心集》等。

3 日本佛教华严宗僧人。

明惠上人的这首还附有一篇堪称和歌物语的详尽长序，借以阐明诗中的心境。

> 元仁元年（1224）十二月十二日夜，天昏月暗，入花宫殿禅坐。渐至中夜，出定后，自峰顶禅房返回下房。此时，月出云间，清辉照雪。虽狼嚎谷间，有月为伴，心无恐。至下房，起身再出，见月又入云。闻后夜钟声，重上峰房，月复出云，与我伴行。抵峰顶，将入禅堂时，月逐云而去，欲隐山后，似默随我身。

这首和歌后，还附有一段文字：

> 至峰顶禅堂，见月斜山头。
> 吾向山端月亦随，诚愿夜夜作友陪。

明惠在禅堂彻夜修禅，或是于天明前再入禅堂时又作：

> 观禅间开目，但见晓月清光，照落窗前。身在暗处，举目遥望，心澈生辉，仿若与月光相映相融。
> 心明洞彻无遮碍，月见却疑清辉在。

西行[1]素有“樱花诗人”之称，明惠则被冠以“咏月歌人”

1 西行（1118—1190），日本平安时代末期诗僧。

的美名。

皎皎皎兮皎皎皎，皎皎皎兮皎皎月。

他笔下的这首和歌天真无邪，只是简单地将感叹音连缀成诗，连同上述三首从夜半至拂晓的冬月歌，旨在"咏歌实不为歌"（借鉴西行法师的说法）。它们坦率、纯真，把对明月的诉说朴素地化为三十一个日语音节。所谓"与月为友"，其实更是与月相亲，我见月即成月，月见我即成我，沉入自然，与自然合一。拂晓前在昏暗的禅堂里打坐静思的僧人心澄烁烁，所以晓月以为那光就是自己的清辉。

正如长序所阐明的那样，明惠入山顶禅堂思索宗教与哲学，"冬月出云伴我身"一诗歌咏的便是心与月微妙地相呼相应的事。我之所以借它题字，也正是有感于诗中的温柔与怜悯。冬月啊，你在云间忽隐忽现，为我照亮往返佛堂的路，使我闻狼嚎也不生惧。冬月啊，可有风吹到你？可有雪打到你？你冷不冷啊？这首和歌饱含对自然和对人的温暖、深厚又细致的体贴，尽显日本人的柔心弱骨。

以研究波提切利[1]闻名于世、博通古今东西美术的矢代幸雄[2]博士将日本美术的一大特色归纳为"雪月花时最思友"。见雪之

---

1 波提切利（Sandro Botticelli，约1445—1510），意大利文艺复兴盛期画家，作品有《维纳斯的诞生》等。

2 矢代幸雄（1890—1975），日本美术史家、美术评论家，著有《日本美术的特质》等。

美，见月之美，见花之美，即当自己看见四时轮回的美景深受触动时，当自己因邂逅美而感觉幸福时，便会分外思念挚友，渴望与其分享这层喜悦。也就是说，美的感动会强烈地唤起思人的情愫。这里的“友”可以广泛地理解为“人”。所谓“雪、月、花”，表达的是四季变化之美，同时这三个字体现了将山川草木、森罗万象、自然中的一切，以及人类情感中的美凝结于字的日式语言传统。此外，日本的茶道也以“雪月花时最思友”为根本精神。茶会即“感会”，是良友于良时相聚的欢会。附带说一句，我的小说《千只鹤》，如果被理解为写的是茶道的精神与形式之美，那就错了；它更多地是一部否定性的作品，是对当今沦为恶俗趣味的茶道提出质疑，发出警醒。

春花夏杜鹃，秋月冬凉雪。

道元的这首和歌也是展现四时之美，它将日本人自古以来在春夏秋冬里最钟爱的四样代表性自然风物简单地排列在一起，可以说是一首再寻常、再通俗、再平凡不过的，不是和歌的和歌了。不过，古代还有一首意境相似的作品，是僧人良宽[1]（1758—1831）的辞世歌。

此去留何在人间？春花秋叶山杜鹃。

---

1 日本佛教曹洞宗僧人，以书法、和歌知名。

这首和歌与道元那首一样，将寻常物与平常话直白地，更确切地说是故意地排列组叠在一起，传达出日本的真髓。更何况，它还是良宽的辞世歌。

春烟淡荡日迟迟，伴童戏鞠至暮时。

风清月明中元夜，竟夕共舞惜残年。

非关远人世，独行更自怡。

良宽笃守着这几首和歌中所歌咏的精神与生活，住草庵，着粗衣，信步乡间野道，与孩童嬉戏，同农夫闲谈，不用艰晦的言辞品论宗教与文学的深奥，“和颜爱语”，言行高洁。他的诗歌和书法超越日本江户后期、十八世纪末至十九世纪初的近代习俗，复臻古雅，迄今仍备受日本人的尊崇。这样的良宽咏下辞世的心境：自己无一物可留，也无意留一物。死后，自然仍旧美丽，就把它当作自己在尘世留下的唯一纪念吧。这首和歌中蕴含着日本自古以来的情怀，也传达出良宽的宗教精神。

切切盼君终得见，今朝相会别无念。

这样的恋歌同样出自良宽笔下，我很喜欢。年老体衰的良宽于六十八岁邂逅二十九岁的年轻尼姑贞心，收获纯洁的爱情。

这首诗写的是得遇佳人的喜悦，也是苦等的恋人终于出现时的喜悦。“今朝相会别无念”一句，至朴至真。

良宽七十四岁圆寂。他生于雪国越后——与我的小说《雪国》是同一地方，即如今里日本[1]北部的新潟县。西伯利亚的寒风越过日本海，长驱直入。他一生在此地度过，人渐衰老，自知时至，内心澄明通悟。这样一位诗僧，在他“临终的眼睛”里，应该依然美丽地映照着辞世歌中所描绘的雪国风光吧。我曾写过一篇题为《临终的眼睛》的随笔，“临终的眼睛”一语引自芥川龙之介（1892—1927）自杀时的遗书。遗书中有句话格外打动我：“我正在渐渐丧失‘所谓的生活力’‘动物力’吧。”

> 我现在住在一个冰般透明的、病态的、神经质的世界。……何时我才敢决然自杀呢？这是个疑问。对这样的我来说，唯有自然，比何时都美。你可能会笑我——既然钟情于自然的美，却又要自杀，这不是很矛盾吗？可是，自然之所以太美，正是因为它映在我临终的眼睛里。

1927年，三十五岁的芥川自杀了。我在《临终的眼睛》一文中写过：“不论多么厌世，自杀都不是开悟之姿。不论德行多高，自杀者距圣者之境，都还遥远。”芥川与战后的太宰治（1909—1948）等人的自杀，我既不赞美，也无共情。不过，我

1 指日本本州岛面向日本海一侧的部分。

还有一位年纪轻轻就去世的友人，一位前卫的日本画家[1]，他长年思量着自杀一事。"'没有比死亡更高的艺术'，'死即生'，这几乎是他挂在嘴边的话。"（《临终的眼睛》）他生于佛寺，毕业于佛教学校。我猜想，他对死的看法应该与西方人的死亡观有所不同吧。"心有牵挂的人，谁会想着自杀呢？"由此让我想到的，便是那位一休禅师（1394—1481）也曾两度企图自杀的事。

之所以在一休前加上"那位"二字，是因为他是童话中的机智和尚，连孩子都知道他；他不羁奔放，举止奇致，关于他的趣闻逸事广为流传。"稚童爬上一休膝头抚弄他的胡须，野鸟也在他手中啄食"，可谓达到了"无心"的极致境界。他看上去是个亲切、慈悲的僧侣，其实是一位严肃、深谙禅宗的高僧。据说一休是天皇之子，六岁入寺，闪耀着天才少年诗人的光彩，又苦闷于宗教与人生的根本性困惑。"若有神明，便请救我；若无神明，沉我入湖，以饱鱼腹。"他正要投湖时，却被人拦下了。后来还有一次，一休所在的大德寺里一名僧人自杀，数名僧人因此牵连入狱，一休深感有责，于是进山不吃不喝，决心一死。

一休把他那本诗集取名为《狂云集》，也自号狂云。作为日本中世的汉诗，尤其是禅僧所作的诗，《狂云集》及其续集中收录着绝无仅有的、读来令人瞠目胆战的爱情诗，甚至还有公然描写闺房秘事的艳诗。一休食鱼，饮酒，近女色，超脱禅宗的清规戒律，通过解放自己来反抗当时的宗教形骸，立志要在因战乱而

---

1 指日本超现实主义画家古贺春江（1895—1933），作品有《大海》等。

崩坏的世道人心中确立人的实存，恢复生命的本义。

一休所在的京都紫野大德寺，至今仍是茶道的中心，一休的真迹也被挂在茶室供人瞻仰。我也收藏有两幅一休的手迹。其中一幅写的是：“入佛界易，入魔界难。”我颇受打动，经常挥笔题写这句话。字间意味可作各式理解，若深究下去恐怕没有尽头。仅说在“入佛界易”后附一句“入魔界难”，禅心至此的一休就让我深受震动。对于追求真善美的艺术家而言同样如此，“入魔界难”中有渴望，有恐惧，这番祈愿般的心境，无论表露出来，还是暗藏心底，归根结底都是命运的必然吧。无魔界，便无佛界。况且，入魔界更难。意志不坚，是入不了的。

逢佛杀佛，逢祖杀祖。

这是世人皆知的禅语。若以“他力本愿”与“自力本愿”划分佛教宗派，那么主张自力的禅宗当然也有这般激烈严苛的言论。主张“他力本愿”的真宗亲鸾[1]（1173—1262）曾说：“善人尚得往生，何况恶人哉。”这同一休的“佛界”“魔界”说有相通点，也有相左之处。亲鸾还说过“吾无弟子一人”。“逢祖杀祖”，“吾无弟子一人”，这恐怕也是艺术严酷的命运吧。

禅宗没有偶像崇拜。禅寺中虽然也供奉佛像，但是修行道场、禅坐静思的禅堂里不供佛像，不挂佛画，也不备经文，僧人

1 日本佛教净土真宗创始人，强调坚定信仰，著有《教行信证》等。

只是长时间闭目打坐，不语，不动，进入无念无想的境界，去“我”成“无”。这个“无”并不是西方的虚无，相反，它是万有自在的空，是无涯无边、无尽藏的心之宇宙。当然，禅修也要从师受业，与师问答以获启发，还要研习禅宗经典，但静思终究靠自己，开悟也只能借助自力。而且，禅不重理论，重直观，不重他人教诲，重内省。真理“不立文字”在“言外”。禅修甚至可以到达维摩诘[1]居士“一默如雷”的极致境界。据说中国禅宗的始祖达摩祖师曾“面壁九年”，九年间面对洞窟岩壁沉思默想，终得开悟。禅宗的坐禅，正是始于达摩祖师的坐禅。

问则答不问不答，达摩心中自有佛。（一休）

另外，一休还有一首道歌：

莫问何为心，墨间松风音。

这也是东方绘画的精神。东方绘画中的空间、留白、减笔都是水墨画的灵魂所在。正所谓“能画一枝风有声”（金冬心[2]）。

道元禅师也曾说过：“未见否？竹声中悟道，桃花间明心。”日本花道的插花名家池坊专应（1532—1554）在他那本《口传》

1 据《维摩经》，是毗耶离城的大乘居士，与释迦牟尼同时代，为佛典中现身说法、辩才无碍的代表人物。

2 金农（1687—1763），号冬心先生，清朝书画家，“扬州八怪”之一。

中讲到："仅以小水尺树，呈江山万里之胜景，刹那顷刻间起千变万化之佳兴，犹仙家妙术也。"日本的庭院也同样象征着广阔的自然。西洋庭院大都建造得十分匀整，相比之下，日本的庭院却以不匀整居多。这是因为相较匀整，不匀整更能象征丰富与广阔的事物吧。当然，这种不匀整也依靠日本人纤细微妙的感性保持着一种平衡。再没有比日本庭院更复杂、更多趣、更绵密、更繁难的造园方法了。所谓"枯山水"，只靠叠岩布石造景，通过"布石"营造出并不存在的山川起伏、波涛汹涌之景。这种凝缩的方式走向极致，便是日本的盆栽与盆石。

"山水"一词，指山与水，即自然景色，它从山水画（即风景画）、庭院中甚至又衍生出"凄寂"与"寂寥、清寒"的意境。不过，"和敬清寂"的茶道所崇尚的"侘寂"当然蕴含的是内心的丰富；同时，极狭小、极简素的茶室中反而包罗无边的广阔与无限的雅致。一朵花，可以比一百朵花更美。利休[1]也曾教诲说，插花不宜用盛开之花。直至今日，日本茶道仍遵循此训，茶室的壁龛中大多只插一枝，且是含苞的花蕾。到了冬天，便插冬令花，比如名为"白玉""侘助"的山茶。不仅山茶的品种有讲究，还要从中挑选花小、色白、只有单个花蕾的一枝用来插花。没有色彩的白，最清丽，也最富色彩。而且，花蕾上必定沾有露水。清水几滴，润湿花朵。五月，青瓷瓶中插牡丹，就是茶道里最华贵的花艺。牡丹自然也是单枝洁白的花蕾，沾着露水。不仅花要

1 千利休（1522—1591），日本茶道集大成者，主张"和敬清寂"的茶道精神。

点水，很多时候还要事先用清水润湿花器。

日本的陶瓷花器中，最高级也最昂贵的古伊贺烧（约十五、十六世纪）被水沾湿后，仿佛才苏醒过来，绽放出美丽的神采。伊贺烧由高温烧制，燃稻草，稻草灰与烟在瓶身上附着、流动，随着窑温下降，形成类似釉质的表面。这层釉面亦可称为“窑变”，多彩多姿的纹样并非陶工人为所施，而是由窑中的自然神工造就。伊贺烧的质地古朴、粗糙、坚硬，沾水便会呈现出明艳的光彩，与花上的露水交相呼应。茶碗在使用前也会用水濡湿，使之润泽，这被视为茶道的一种趣味。

池坊专应将“山野水畔自然之姿”(《口传》) 作为全新的池坊流派的花道精神，残器枯枝亦成“花”，由花可得悟。“古人皆由插花悟道。”由此可见，在禅宗的影响下，日本的美之精神苏醒了。这同样是在长期内乱的荒芜中活着的日本人的精神。

日本最古老的歌物语集《伊势物语》(成书于十世纪) 中有许多可被视为短篇小说的故事。其中有一段话，讲的是在原行平在宴客时插花的事：

> 行平乃风雅之人，瓶中插奇异紫藤。花蔓垂垂，长及三尺六寸。

花蔓长达三尺六寸的紫藤确实不可思议，甚至让人怀疑其真实性，可我有时却觉得这紫藤花是平安文化的象征。紫藤兼具日式与女性的优雅，花蔓低垂，微风中也袅袅生姿，纤细、端庄、轻柔，在初夏的新绿中若隐若现，颇显物哀风情。若花蔓长达三尺六寸，则更是华丽异常吧。约千年前，日本吸收唐代的文化，充分消化融合，催生出华丽的平安文化，确立了日本美学。这一过程恰似“奇异紫藤”的盛放，宛如一场非凡的奇迹。当时涌现出众多日本古典文学的上乘名作：和歌有第一部敕撰和歌集《古今集》(905)，小说有《伊势物语》、紫式部（约970—约1002）的《源氏物语》、清少纳言（约966—1017）的《枕草子》[1]等等，这些作品建构起日本的美学传统，影响甚至主导了此后八百年间的文学。尤其是《源氏物语》，它是日本自古以来最优秀的小说，时至今日也没有哪部小说可以与之媲美。这样一部颇具近代性的长篇巨作早在十世纪时便已问世，堪称世界奇迹，也因此闻名海外。少年时尚不通古文的我阅读了大量平安文学中的经典，《源氏物语》也自然而然地浸润至内心。《源氏物语》以后的几百年间，日本小说始终怀着对这部名作的向往，模仿它，改编它。和歌自不必说，从工艺美术到造园艺术，都深受《源氏物语》的影响，并不断从中汲取美的养料。

紫式部、清少纳言，以及和泉式部（979—卒年不详）与赤染卫门（约957—1041）等著名歌人都是宫廷女官。所以，平安文学既是宫廷文学，也是女性文学。《源氏物语》与《枕草子》诞生于平安文化的鼎盛之时，即从璀璨的巅峰走向衰败倾塌的时候。因此，这些作品中弥漫着荣华将尽的哀愁，却也呈现出了日本王朝

1《枕草子》一般归为随笔文学。

文化极盛时期的景象。

不久，王朝转衰，公家大权旁落，武士掌权，进入镰仓时代（1192—1333）。武家政治一直延续至明治元年（1868），历时近七百年。然而，天皇制和王朝文化并未灭亡，镰仓初期的敕撰和歌集《新古今集》（1205）相比平安时代的《古今集》在赋歌技法上更进一步，虽有玩弄文字游戏的弊病，但重妖艳、幽玄和余情，增添了感官幻想，与近代的象征诗相似相通。西行法师（1118—1190）便是横跨平安与镰仓两个时代的代表诗人。

相思一夜君入梦，若知是梦何堪醒。

相寻梦路长相会，不及醒时一逢君。

《古今集》中小野小町[1]的这两首和歌，虽为咏梦，却直率又现实。《新古今集》过后，和歌变成了更为微妙的写生。

斜日疏竹群雀喧，夕影婆娑秋意浓。

庭飞荻花秋风瑟，落晖照壁影渐消。

这两首和歌出自镰仓时代末期的永福门院[2]（1271—1342），

---

1 日本平安时代初期女诗人，生平不详。

2 日本女诗人，伏见天皇的皇后。

象征着日本纤细的哀愁，非常贴近我的心境。

咏赞“秋月冬凉雪”的道元禅师以及心怜“冬月出云伴我身”的明惠上人，大致都是《新古今集》时代的人。明惠与西行以歌赠答，也一同谈歌。

> 西行法师常来与吾谈歌，曰:“吾咏歌，不行寻常。虽寄兴于花、杜鹃、月、雪及天地万物，然凡有所相，皆为虚妄，不过妙声充耳、诸相盈目而已。所咏之句，皆非真言。咏花实不为花，咏月实不为月。唯随缘、随兴而已。如虹亘中天，虚空有色；如白日当空，虚空有光。然虚空本无光，虚空本无色。吾心似虚空，染万种风情，却无迹无痕。此歌即如来真身。(弟子喜海《明惠传》)

日本或东方的“虚空”与“无”，其真意在这段话中得以言明。有评论家说我的作品是虚无的，然而它并不等同于西方的虚无主义。两者的内涵有根本的不同。道元的四季歌也是一样，虽题为《本来面目》，其实是在歌咏四时之美的同时，表达着深刻的禅思。

（王之光　译）

目录

雪国

穿过县境长长的隧道[1],便是雪国[2]了。夜的底色开始泛白。火车在信号所前停住了。

一个姑娘从对面座位站起身，走了过来，将岛村前面的玻璃窗拉下了。雪的寒气灌进来。姑娘把身子探出窗外，朝远处喊：

"站长！站长！"

提着灯慢慢踏雪走来的男人，围巾一直包到了鼻子的上面，耳朵上垂挂着帽子的皮毛护耳。

已经冷成那样子了吗？岛村向外望去，只看见铁路员工宿舍模样的简陋棚屋冷冷清清地散落在山脚下，雪色还没来得及到那儿，就被暗夜吞没了。

"站长！是我呀。您好啊！"

"啊，这不是叶子吗，你回来了？天又冷啦！"

"弟弟说他最近调您这儿来做事了，承蒙您的关照呢。"

"这样的鬼地方，早晚会寂寞得受不了，年纪轻轻的真是可怜见啊。"

"他还是个孩子，所以烦请站长好好教导他，拜托您啦！"

---

1 群马县与新潟县县境的清水隧道。

2 以新潟县汤泽温泉为背景的地区。

"好的，他做起事来精神得很！接下来就要忙啦。去年也是大雪，老是有雪崩，火车进不成退不得的，村子里也要煮完饭送过来，真是忙得够呛！"

"站长您看上去穿得挺厚啊，可是弟弟的信上，却说连西服背心都还用不着穿……"

"我穿了四件呢。年轻人呀，天一冷就净喝酒，再晃呀荡地扑通往那一倒，会得感冒呢！"

站长把手中的提灯往宿舍那边转去。

"我弟弟也喝酒吗？"

"不。"

"站长您这就回去吗？"

"我受了伤，正在看医生。"

"哎呀，这可麻烦。"

和服上又加了外套的站长，似乎想要快快结束这冰天雪地中的对话，他一边转过身去，一边道：

"那么多保重吧！"

"站长，我弟弟今天没出工吗？"叶子说着用眼睛在雪上搜寻。

"站长，麻烦您照看着点我弟弟，拜托啦！"

那是一个美妙得近乎哀伤的声音，高高的余韵久久不散，仿佛来自夜雪的回响。

火车动起来，她却并没有将上身从窗口收进去，就那样一路追着在铁轨下走着的站长，待追得近了：

“站长，麻烦告诉我弟弟，让他下个休息日回家一趟！”

“好！”站长高声应道。

叶子关上车窗，把两手贴到冻红的面颊上。

县境的山脚下，已配备了三台除雪车在候雪。隧道的南北向则架设了通报雪崩的电力专线。五千个除雪工，另有两千人的消防青年团队伍也已经协调安排好，等着随时出动。

这个叫叶子的姑娘，她的弟弟从这个冬天开始，就这样来到这个很快会被雪埋住的铁路信号所上班，岛村一明白这些，对她的兴趣就更浓了。

可是这里所说的“姑娘”，也只是岛村这么觉得而已。同行的男人是她什么人？岛村自然无从知道。两人的举止确乎像是夫妇，可是，男人明显是个病人，而如果对方是病人的话，男女间的界限就会不知不觉变得模糊，照顾得越殷勤诚恳，看起来就越像夫妇。实际上，女人一副小母亲的模样，精心照顾比她自己年长的男人，远远看去也让人觉得是夫妇。

岛村是把她一个人单独分离开后，依那姿态模样来感觉的，所以不免任性地作了“是姑娘吧”的判定，只是这样。可是他用异样的眼光盯着那姑娘久了之后，发现在他的那个判定中，或许也加进了很多他自己的感伤。

是三个多小时之前的事了。岛村无聊之余变着花样地活动着左手的食指玩，他看着它，觉得唯有这根手指，尚鲜活地记得他马上要去见的那个女人。记忆真是靠不住，越焦急地想要想清楚，就越是难以捉摸、越发模糊远去。这当儿，也只有这根手指尚留着那女人的触感，至今仍情意绵绵，它是要把他拉往遥远的女人那儿去吗？他一边奇怪地想着，一边将它凑到鼻子边闻了闻，无意中用那手指在窗玻璃上画了一道线，立刻，那儿清晰地浮现出女人的一只眼睛来。他吃了一惊，差点喊出声。可是，那只是他心思在远处的缘故，待定了神细看却什么也没有，映在上面的，是对面座位上的女子。窗外，夜幕已落，车厢里的灯已亮起，窗玻璃因此变成了镜子。可是，因为蒸汽，玻璃全笼罩上了一层湿润的水汽，所以在用手指擦它之前，镜子还没有成为镜子。

只映着姑娘的一只眼睛，却反现出异样的美来，岛村把脸凑近窗子，急忙做出一副正看夜景似的旅愁神色，并用掌心擦了擦玻璃。

姑娘正稍稍歪着上身，专心俯看着躺在跟前的男人。从她正发力的肩膀，一眨不眨的、稍带严厉的眼神就能看出她的认真。男人头枕在窗边，把蜷折的腿脚抬搁在姑娘身旁。这是三等车厢。他们并非在岛村的正对面，而是在岛村前一座的对面位置，因此那躺着的男人的脸，在镜中映出的仅仅是他的耳朵部分。

姑娘恰在岛村的斜对面，所以本可以直接看到她的，可是他们刚上车进入车厢时，他就被姑娘身上某种冷亮刺目的美惊得不敢正视而低下了头；就在那一瞬，他看见了那男人蜡黄的手牢牢地抓着姑娘的手，因此，岛村觉得若再往那边看就太不好意思了。

那镜中男人的脸色，似乎因为看着姑娘的胸口，已显出安然与放松来。衰弱的体力，却在衰弱中散发着蜜甜的情致。他将围巾铺在枕上，绕到鼻子下严严地捂住嘴，又把两端往上拉起、蒙面般地包住了脸，可那围巾却一会儿垮下来，一会儿又蒙到了鼻子。在男人的眼睛要动未动之际，姑娘就动作轻柔地帮他重新弄好了。有好多次，两人天真无邪地重复着那一套动作，使一旁看着的岛村都觉得颇不耐烦。男人脚上缠着的外套下摆也不时松垂下来，对此，姑娘也都马上察觉，并帮他重新整理好了。这一切自然而然。就这样，两人忘记了所谓的距离，那姿态让人觉得似是要去向一个虚无缥缈的远方。因而岛村心中并没有眼见着悲伤事的那种难过，倒像在看梦中的西洋景一般，也许因为一切发生在不可思议的镜中吧。

暮景在镜子的深处流动，也就是说，被映照之物与映照的镜子如重叠摄影般在动，登场人物与背景没有丝毫关联，且人物都有一种透明的不确定感，而风景则在暗黑的暮色中朦胧流动，两者交汇融合，呈现的是一个异于现世的象征世界。尤其野山上的火把在姑娘的脸正中倏然点亮时，那无以言说的美，令岛村的心发出微颤。

远山上空，还留有些微晚霞的余韵，因此隔着窗玻璃看远处的风景，也还看得见轮廓，可是已经黯然失了颜色，所及之处都是毫不新奇的平凡的野山，这时看起来就愈加平常了，没有一样能醒目地引起人的注意。因了这，他的心中反涌动着一种朦胧恍惚的情感的巨流。不用说，那是因为姑娘的脸浮现其中。映出容貌的部分挡住了窗外，只那一块的景色不能被看见，可是，暮景不断在姑娘轮廓的周围闪动，使人觉得姑娘的脸似乎也变透明了。可是真的透明吗？是不是在面庞后不断流淌的暮景渗透到了脸上？似乎是这样的错觉，等定睛再看时，却又无从捕捉了。

车厢内并不亮，窗玻璃镜子照得不似真镜子般清晰。它不反射。因此，岛村出神地看着，这期间，他渐渐忘记了镜子的存在，觉得姑娘似乎飘浮在暮景中。

就在那时，灯火在姑娘脸上燃起了。这镜中的映象并不清晰到足以压住窗外的灯火，灯火也不能压制住映象。于是灯火就在她的脸上一路流淌，却不能将她的脸照亮。又冷又远的光，在小小的瞳仁周围忽闪，也就是说，在姑娘的眼睛与火重合的瞬间，她的眼睛浮在暗夜的波涛间，像极了魅惑的美丽的夜光虫[1]。

叶子应该没有注意到自己正这样被人看着。她的心只在病人身上。就算她回头往岛村这边看，也不会见着窗玻璃上映着的自己的模样，更不会把目光停留在那个望着窗外的男人身上吧。

岛村长时间地偷看叶子，却并未意识到这于她是失礼的，大约是被暮色中那镜子的非现实力量牢牢慑住的缘故吧。

1 夜光虫科原生动物，呈球状，直径1～2毫米，遇波动等刺激时发光。

所以，在她招呼站长并在其中表现出某种过分认真的时候，他事先就在心中产生了看故事似的兴味吧。

驶离那个信号所的时候，窗外已是一片漆黑。外面的流动风景一消失，镜子也就失去了魅力，叶子美丽的面容虽还映照其中，可是不管她的举止看起来如何温暖，岛村却新察觉到她身上有一种内在的清冽的冷，以致竟未想到要去擦一擦那重新模糊起来的镜子。

没想到只是半小时后，叶子他们和岛村在同一车站下了车，他于是故态复萌了："会不会发生点什么呢？会不会与自己有关呢？"可是当他甫一触到站台上的冷，突然就对自己在车厢内的失礼感到了羞愧，遂头也不回地往机车方向走去了。

男人紧抓着叶子的肩膀，正要下到铁轨上去的时候，站台工作人员从这边举起手制止了他。

没一会儿，一列货车从黑暗中驶来，长长的车身遮住了两人的身影。

旅馆派来接站的掌柜[1]包着耳朵，踩着橡胶长靴，穿得恰像火场的救火员一样夸张。接待室里站着的、正从窗口朝铁轨方向眺望的一个女子，也穿着蓝色的斗篷外套，头上戴着那外套的连衣兜帽。

从火车车厢带出的暖气还未消去，岛村尚未感知到外面真正的冷，可是因为第一次见到雪国的冬天，就先被当地人

---

1 旧时店员职位。职员晋升等级一般为：学徒、二掌柜、掌柜。

的装束打扮吓着了。

“穿成那样，真有那么冷吗？”

“是啊，已是名副其实的冬装啦，雪后转晴的前一天晚上特别冷！今晚也会降到零度以下吧！”

“这就已是零下了吧？”岛村边望着檐前可爱的冰溜儿，边坐进了旅馆掌柜的车。雪色使家家户户低矮的屋檐看起来更矮了，村庄寂静无声，像沉在世界的底部。

“还真是，不管碰什么东西都特别冷。”

“去年最冷的时候有零下二十多度。”

“雪呢？”

“呀，一般都是七八尺深，下得多的时候，超过一丈二三也有的吧！”

“雪还在后头吧？”

“还在后头哟，前几天这雪才只下了一尺厚，却已经化了不少。”

“能化得了吗？”

“说不定什么时候就会来一场大雪。”

这是十二月的月头。

岛村感冒很久了总也不见好，这时候突然“嗤”一下，堵塞的鼻子全通了，一直通到了脑门心，清水鼻涕不停地往下掉落，就像脏东西被唰唰冲洗下来一样。

“师傅家的姑娘还在吗？”

“哎，在的在的，去车站啦。您刚才没看见吗？穿深蓝斗篷的那个。”

“就是她呀？——回头能叫她来吗？”

“今天晚上吗？”

“是今晚。”

“说是师傅的儿子坐刚才那列末班车回来，她去接了。”

暮色的镜子里叶子照看的那个病人，却原来是岛村来见的那女人师傅家的儿子。

方知道这些，他觉得似乎有什么东西从自己胸中掠过，却并不认为这机缘巧合有什么好奇怪的，倒是对“不觉得奇怪”的自己感到有些奇怪。

被手指记着的女人和眼睛上点着火的女人，她们之间，有些什么，又会发生些什么？不知为何岛村有一种感觉，觉得在他心中的什么地方，这一切似乎都能看得到一样。是因为还没从暮景的镜子里完全醒来吗？那流动的暮景，却原来是流动的时间的象征？他不由自主发出了这样的嘀咕。

滑雪季节前，温泉旅馆里正是客人最少的时候。岛村从旅馆的室内温泉上来时，四下已声息全无。他走在老旧的廊下，每踩一步，玻璃窗随之发出隐约微弱的颤响。在那长长的走道尽头、账台的拐角处高高立着一个女人，正将她的和服下摆往闪着冷冷黑光的廊板上拖陈开去。

终于做了艺妓吗？见到那下摆虽吓了一跳，却见她并不往这边走，也没有动动身子来迎的意思。即便他远远望着，也能从那一动不动的站姿中感受到某种认真的东西，他急忙走上去，在女人身边不作声地站住了。女人搽着浓白粉的脸上也意欲露出微笑来，却反成了一张哭脸，因此，两人一言不发迈步往房间方向走去了。

虽有过那样的事，岛村却从此信也不写，也不来见她，许诺的舞蹈教材也未如约寄来，在女人看来，也只能认为是被一笑而忘了吧。按理说，必须由岛村先开口道歉或找借口解释，可即便是在互不相看地走着的过程中，他也能知道，她不仅不责怪他，她的全身还充满了对他的亲近与怀念，他因此越发觉得：不管说什么，那话语都只会让自己显得轻浮吧。他有一种被她的气势压倒的、别样的甜蜜和喜悦，他被这甜蜜与喜悦笼罩着，走下台阶。

“这家伙最记得你了。”他把只伸出一根食指的握起的左拳，冷不丁举到了她眼前。

“是吗？”女人握住他的手指，就这么握着没松开，就势拉着他走上了台阶。

到了暖炉前一松手，她忽然满脸通红，为了掩饰又慌慌张张将他的手重新牵了起来。

“是它还记着我吗？”

“不是右手，是这边。”岛村将右手从女人手心里抽出来放到暖炉下，马上又伸出了握着的左拳。

“嗯，我知道。”

她装出一副若无其事的样子，一边不出声地眯眯笑着，一边将岛村的拳头打开了，把自己的脸贴到那上面去。

“是它还记着我吗？”

“嚯，真冷！没见过这么冷的头发。”

“东京还没下雪吗？”

“你那时候虽那么说了，可那终究不是事实。要不然，谁会在年终岁末来这么冷的地方？”

那时候——雪崩频发的危险期已过，到了满眼新绿的登山季节了。

饭桌上，木通[1]嫩芽做的菜也很快就要见不到了。

岛村每天赋闲度日，担心这样下去，搞不好连对自身的认真劲儿也会失去了，为了重新唤起活力，思忖着登山挺好，就这样一个人常去山里走。那天夜里，他在县境的群山中待了七天后，下山一到这温泉旅馆，就吩咐帮叫一个艺妓来。可是那天正赶上道路工程的落成庆典，村里热闹得连茧仓兼戏棚子都被挪作宴会会场了，因此十二三个艺妓忙得不可开交。岛村想着无论如何也不可能叫得到了吧，可师傅家的姑娘呢，就算去宴会帮忙，也只需跳两三支舞就可以回来，所以回话来说：也有可能会来。岛村再一问，女佣即粗略作了说明，说教三味线[2]和舞蹈的师傅家的姑娘并不是艺妓，可举

1 木通科蔓生落叶灌木，长于山地，叶分五小枚，雌雄同株。秋天结紫色果实。

2 日本拨弦乐器，由琴杆和鼓（琴筒）组成。有三根弦，鼓上贴猫皮或狗皮，用拨子弹拨。系中国的三弦琴经琉球传入日本后改造而成。

办大型宴会的时候偶尔也被请去，现场没有半玉[1]，净是些不愿跳舞的年长女人，所以一去就被当成了宝。虽然很少独自去客人房里做陪客的事儿，但也不能说完全没有经验。

岛村觉得这话靠不住，没当一回事，一小时后女人被女佣带着来时，岛村不由“哎哟”一声，正了正坐姿。女佣立马站起来要走，却被女人拉住衣袖，重又坐了下来。

女人看上去清洁得有些不可思议，竟让人觉得，也许她脚趾朝下一面的坑洼都是干净的吧。莫非要怪自己的眼睛刚看了山中初夏吗？岛村甚至这样生了疑。

穿着打扮的某些地方确有些艺妓味道，可是不用说，下摆并没有拖在地上，软软的和服单衣也穿得规规矩矩，只有和服腰带看上去不怎么相称，似乎挺昂贵的样子。而这反让人看得心生痛楚。

趁他们开始说山，女佣站起身走了。可是这些在村里就能望得见的山，女人却连名字也不知道。喝酒吧，岛村又提不起兴致。说来，女人倒是这雪国本地出身，在东京做酌儿[2]的时候被人赎身，恩主一心培养她，好让她将来能成为日本舞的大师，在这一领域出人头地，可谁知才过一年半，恩主就死了。女人意外坦率地说了这些。但是或许，从那人死后至今的部分才是她真正的身世境遇，而她却突然不想说了。说是十九岁。如果不假，这十九岁看上去倒有二十一二的样子，因了这点，

1 尚未出师独当一面的、收取半价玉代（出场费）的艺妓。

2 酌妇（舞妓）或雏妓/半玉。此处指后者。

岛村方觉轻松起来，与她一聊起歌舞伎，才发现女人对俳优的艺术风格、表演方法、情况动态等等全比他更为精通。自己是不是一直渴望着这样的聊天对象呢？她忘我地说着说着，渐渐显露出风俗界[1]出身女子似的亲密和无拘无束来，似乎也略懂得男人的脾性。即便如此，他也从一开始就认定了她是良家女子，况且他已一星期没听人说话，心中满溢着温暖的、对人的恋慕与亲近，事先就在女人那儿感到了类似友情的东西。山中的感伤绵延尾随到了女人的身上。

第二天下午，女人将洗澡用具放在走道外面，顺路到他的房间来玩。

将坐未坐之际，他突然叫她帮忙介绍一个艺妓来。

“什么介绍？”

“你不知道吗？”

“真讨厌啊，做梦也没想到你会托我办那样的事！”女人一脸不高兴地起身走到窗边，眼睛往县境的群山看去，脸却在这当儿红了。

“这儿没有那样的人。”

“不会吧。”

“真的呀！”她忽地一转身，在窗台上坐下来。

“绝对没有强迫，都是艺妓们随自己的愿啊，旅馆也从不招揽那样的事。真的，你可以随便叫个人来直接问问看呀！”

---

1 日本的娼妓、艺妓、歌女界。

“你帮我找找看嘛。”

“凭什么我非做那样的事不可呢？”

“因为把你当朋友，想把你当朋友待，所以不缠你不追你。”

“那就是所谓的朋友？”女人不知不觉被带偏了话头，孩子气地道，随即又愤愤地说：

“真了不起啊，那样的事倒很会托我！”

“也没什么吧，我在山上练结实了，可脑子不太清爽。就在这儿跟你说话吧，也没法心情顺畅地痛快说。”

女人垂下眼皮，不说话了。岛村这样，只是暴露了男人的厚颜无耻而已，可也许是女人早顺应了类似“要理解并认可男人”这样的老规矩吧，那低垂的眼睛，是那浓厚的睫毛的缘故吗？看起来温暖而又清新妩媚。岛村看着她，女人的脸左右轻轻晃着，又泛起了淡淡的红晕。

“就叫一个你喜欢的吧！”

“不是在问你吗？我初来乍到的，也不知道谁漂亮。”

“你说要漂亮的？”

“年轻就好，年轻人嘛，各种事情的出错都少一点吧。话不多、不饶舌的就好，脑子不清爽，但不脏的也行。想说话的时候呢，我就找你说。”

“我可再不来了。”

“胡说。”

“哎呀，不来啦，来做什么？”

“不是想跟你清清白白地交往，所以才不追你嘛。”

“你可太让人吃惊了。”

“若真有了那事，也许明天我就不想再见你啦，就再不能尽情聊天了。我从山上到这村里来，难得见人就觉得亲切，所以不追你。再说，我不是游客吗？”

“嗯，这倒是真的。”

“就是啊。就说你，如果我找一个你讨厌的女人，之后碰面，你也会觉得心里不舒服吧，可要是你自己帮找的，那可要强些不是？”

“不理你了！”她狠狠甩出一句转过脸去，却又道：

“那倒也是。”

“要是做了什么那可就完了。没劲得很。不会长久的吧。”

“是，确实都是那样的。我生在港口，而这儿是温泉场。”不料，女人又用了坦诚的语气道：

“客人大都是旅人，我这样的虽还是个孩子，可也听说了各种人的事。不知不觉喜欢上了，当时又不说，这样的总叫人念念不忘。忘不掉嘛。就算分开后好像也那样。对方也想起来了，写封信来的，大致也是这情形。”

女人从窗台边站起，这回是在窗下的榻榻米上温柔地坐下了，脸上的神色看上去像在回忆遥远的往事，却突然又往岛村近旁坐了过来。

因为女人的声音里满是流露的真情，岛村心中倒生了愧疚：“这么毫不费劲就把她骗过去了吗？”

可是，他说的也并非假话。不管怎样，女人是良家女子，他想要女人的欲望还不至于在她的身上实现，完全可以用没有罪恶感的、不费事的办法解决。她太干净了。从第一眼见到她起，他就把这事与她做了区分。

还有一点，就是他这时正为选择夏天的避暑地而犹豫不决，想着是不是要带家人来这温泉村，如果那样的话，就该庆幸女人是良家女子，因为到时候可以请她做家里那口子的好玩伴，无聊之余还能跟着学跳一支舞吧。他真是这样想的。虽说在女人身上感到了类似友情的东西，他还是从那浅水趟了过去。

不用说，这里也有一面岛村的暮景之镜吧。不仅仅因为害怕与眼前这身世可疑的女人在事后产生纠葛，留下后患，也许，他还是用了同样非现实的眼光，如同他在暮景的火车窗玻璃上看女子的脸。

他对西洋舞蹈的兴趣也是那样。岛村因为自小在东京的平民区长大，从孩提时起就熟悉歌舞伎，而学生时代，他的爱好又往舞蹈和歌舞伎舞剧的方向偏了偏。天生是不从头到尾探究明白不罢休的脾气，因此，他时常去搜寻过往的记录，也行走探访宗家嫡系，后来又与日本舞的新人交了好，到头来竟也能写写研究与批评的文章了。就这样，他对日本舞中传统部分的消亡、新尝试部分的自以为是感到了真切的不满，愈发觉得除了切身投入实际运动中去之外别无他法，日本舞的年轻干将也来游说，可这时他却出人意料地转行西洋舞蹈，日本舞是根本连看也不看一眼了，取而代之的，是又搜集西洋舞蹈的图书、照片，又为从国外入手招贴画、海报、节目单之类而煞费苦心。这绝非单纯的、对异国和对未知的好奇心使然，他于这一处新发现的乐趣，正在于“不能亲眼见着西洋人舞蹈”这一点上。那样说的证据，是岛村对日本人的西洋舞蹈根本不屑一顾。没有什么比靠着西洋的印刷物来写西洋舞蹈更令人惬意的了。没看见的舞蹈便精妙绝伦、非同一般，还有比这更甚的纸上谈兵吗？简直是天堂的诗。冠以研究之名的也是随意无边的想象，他鉴赏的不是舞蹈家活生生的肉体的舞动艺术，而是由西洋语言和照片萌发的、由他自己的想象所舞出的幻影。正如“不存在的恋情才令人憧憬”一般。然而，他不时地书写介绍西洋舞蹈的文字，也因此勉强挤入了为数不多的职业作家之流，虽自己在心里冷笑，可这也让原本没有职业的他感到了心安。

他那些个关于日本舞的话让女人对他感到亲切，可以说，时隔多年之后，那些知识重又在现实中起了作用。可是，岛村在不知不觉中，也许还是把女人看作“西洋舞蹈”了吧。

所以，当他一见自己这番含着淡淡旅愁的话似乎触到了女人生活的要害时，心想：“这么毫不费劲就把她骗过去了吗？”他甚至感到了内疚。

“要是那样说好了，下回我把家人带来，也能和你一起开心地玩了。”

“嗯，这我已经懂了。”女人压低了声音，微微笑起来，用了稍带艺妓味道的欢闹口吻道：

“我也顶喜欢那样，淡淡的才能长久呀！”

“那你帮我叫啊。”

“现在？”

“嗯。”

“太让人吃惊了，这样的大白天，怎么说得出口？”

“等到只剩落脚货就讨厌啦。”

“你怎么说那种话，你是把这地方错想成靠取不义之财发家的温泉场啦，只消看看村子的模样还不明白吗？”看起来女人的确感到了意外，她用认真的口吻再三强调，说这地方没有那种女人。岛村一生疑，她就更加认真了，可是让了一步，说不管怎样，那种事也还是要随艺妓自己的愿的，但是呢，如果事先没同雇主家打招呼就留宿的话，那是艺妓自己的责任，不管出什么事，雇主家都不会干预理会；若事先同雇主家里打了招呼，那就是雇主家的责任了，不管事态到哪一步都会帮着管，只是这样的分别。

“你说责任，什么责任？”

“有了孩子啦，身体染上什么病啦这些啊。”

因自己的愚蠢问话，岛村不禁苦笑，一边又想：或许在这个村子，诸如此类无忧无虑的事还真是有的吧。

无所事事的他，是否自然就有了想寻求保护色的心呢？他对旅行目的地的风土人情有本能的敏感，从山上刚一下来，看到这村子的朴素气象，便感到了一种闲适和恬静。到旅馆一打听，果然是这雪国地区生活最富裕的村子之一。最近几年通了铁路，据说在那之前是主要面向农家的温泉疗养地。有艺妓的家庭多开着菜馆和卖红豆汤的饮食店，门上挂着褪了色的遮阳布帘，老式隔扇已旧得成了黑褐色，让人见到不禁会想：这样子能有客人吗？日用杂货店和粗点心店里也有只雇一个艺妓的，那些人家的主人除了忙活店里，似乎还去田间地头做事。大约因为她是师傅家的姑娘，没有艺妓执照，偶尔去宴会上帮忙，也不会有哪个艺妓挑剔责难她吧。

“那么，有多少人？”

“艺妓吗？十二三个吧。”

“什么样的人好呢？”岛村站起来按了一下铃。

“那我回去啦？”

“你不能回去。”

“讨厌！”女人想要甩掉屈辱似的说道，“回去啦，没事儿的，我也不会多想什么。回头再来。”

可是一见女佣，她又若无其事地重新坐下了。女佣问了好几遍要叫谁，女人也没有点出名字来。

可是很快就来了一个十七八岁的艺妓，才一眼，岛村从山上来这村里时想要女人的热望就消失得干干净净，变得索然无味了。她底色黝黑的胳膊尚未长圆润，从她身上却也看得出是个未经世故的老实人，所以岛村竭力没在脸上露出扫兴神色，只往艺妓那边看去，其实不过是被她身后窗外那新绿的群山吸引了目光而已。岛村连话都懒得说了。果然是山里的艺妓。他绷着脸一言不发。女人很体贴似的不声不响站起来就走，这下，场面更尴尬扫兴，更令人兴味索然了。可是即便如此，过了也已有约莫个把钟头了吧，用个什么办法打发那艺妓回去呢，岛村这么想着，终于想起来了电汇，于是借口邮局的营业时间，同艺妓一起出了屋子。

然而，岛村在旅馆的玄关一抬头看到新叶馥郁的后山，就立刻被它诱惑了似的一头往山上爬去了。

什么事那么好笑呢？他一个人笑得止也止不住。

累得将将好的时候，他一个转身回头，把单和服的后襟撩起掖到腰带上，一溜烟往山下跑去了，两只黄蝴蝶在他的脚后飞了起来。

蝴蝶分合缠绵着，很快飞得高过了县境的群山，黄色渐渐变成了白色，愈飞愈远。

“怎么样了？”

女人站在杉树林的林荫下。

“看你笑得那么开心。”

“不要啦！”岛村那无缘由的笑又忍不住往上涌来，“不要了。”

“是吗？”

女人忽地一转身，慢慢往杉树林中走去，他也不作声地跟了过去。

是神社。女人在生着苔藓的石狮子狗旁一块平坦的岩石上坐了下来。

“这儿最凉快了，即便三伏天也有凉风呢！”

“要说这地方的艺妓，都像那样吗？”

“差不多吧，年纪偏大的倒是有漂亮的。”她低着头，表情冷淡地说道。那脖子上似映着杉林微微暗绿的阴影。

岛村抬眼往杉树梢上看。

“已经没事啦，体力一下子耗尽了。真奇怪。”

那杉树太高了，人坐在石头上，若不两手背在身后挺起胸膛，眼睛根本望不到树顶，且几棵树干并排站成了一条直线，树叶遮住了整个天空，一种鸦雀无声正兀自鸣响。

岛村背靠着的那棵，恰是其中年龄最大的，可不知为什么只北侧的枝丫全枯了，那幸免于难的根部，看上去就像树干被倒着植入了根根尖木桩，如同某种令人生畏的神的兵器。

“我想错啦，都是因为从山上下来第一个看到的是你，所以好像就稀里糊涂地认为这儿的艺妓都漂亮吧。”岛村笑着，直到这时才意识到，把在山上七天得来的健康轻易挥霍掉的想法，其实，就是因为见到这个洁净的女人才开始冒出来的吧。

女人一动不动地远眺着夕阳下发光的河流。两人都闲得无聊。

“哎呀，我忘了，这是你的烟吧？”女人竭力做出轻松的样子道。

“刚才我回你房间一看，你已经不在了，还想这是怎么了，却从窗子里看到你一个人兴冲冲地在爬山。真奇怪呀，你好像把烟忘了，所以就帮你拿来啦！”

她从和服衣袖中取出了他的烟，又点着了火柴。

“那孩子可真可怜。”

“那样的事……什么时候打发她回去还不是随客人的意？”

四下只听得见那多石的河流圆润甜美的水声。从杉树林间能看到对面山谷间褶皱起伏的阴影。

“如果不是和你不相上下的女人，以后再见你的时候不是会觉得遗憾吗？”

“才不管。真是个死了还嘴硬的！”女人嗤之以鼻似的说，可是，却有一种与叫艺妓前完全不同的情愫在两人间暗自相通。

从一开始就只是想要这女人而已，照例远兜远转地绕了一个圈——岛村清楚地明白了这点，讨厌起自己的同时，眼中的女人却愈发地美了。自从在杉树林的林荫下喊了他，女人的样貌就有了某种令人身心畅快的澄澈的凉意。

细细高高的鼻子虽稍显单薄，可是下面噘起的小小嘴唇，诚如由美丽的水蛭环绕而成，伸缩起来又光洁又平滑，不说话的时候也让人疑心是不是在动。若上面有皱褶或色泽不好的话，看上去会有不洁感，可是她的嘴唇是润泽的。眼角不吊也不垂，仿佛特意画得笔直似的眼睛，也不知是哪一处看起来似有些滑稽意味，但浓密的、短短的下行眉又恰如其分地将其隐藏。中间稍有突起的圆脸，轮廓极其普通，可是那皮肤却像在白陶上刷了一层薄红那般。颈子根部也还没有长赘肉。与其说她是美人也好，什么也好，都不如说“洁净”。

作为曾做过酌儿的女人，她的不足是稍稍有一点儿鸡胸。

“你看，什么时候来了这么些蠓虫。”女人说着，拂拂衣服下摆站了起来。

这样子一言不发地待着，两人已尽显百无聊赖的神情。

那天夜里的十点钟光景吧，女人在走廊上大声喊岛村的名字，啪的一下被人扔进来般跌入他的房间。冷不防倒在了桌上，醉手把那上面的东西抓得稀乱，又咕咚咕咚地喝起水来。

说这个冬天在滑雪场结识的男人们傍晚翻山来了这儿，见了面，又被邀请去了他们的房间，刚一到，他们就叫来了艺妓，搞得热闹极了，她就这样被灌了酒。

她摇晃着脑袋，一个人语无伦次胡乱说了一通后，又道：

“不行，我得走啦！他们肯定想这怎么搞的，正找我呢。回头再来。”说着，趔趄着出门走了。

约莫过了一个小时，长长的走廊里再次响起散乱的脚步声，她又跌跌撞撞地来了。

“岛村，岛村！”她尖着嗓子高声叫，“啊，不见了。岛村！”

那声音，确确实实是一个女人用赤裸的心呼喊自己男人的声音，岛村觉着意外。可是，那尖叫声无疑已响彻了整个旅馆，他正因此不知如何是好地站起来时，女人已用手指扎破隔扇纸，抓住了格棂，猛地倒向岛村。

“啊，你在哪！”

女人扯住他坐下来，靠在了他的身上。

“我没醉。嗯，怎么可能醉。难受，只是难受啊，脑子可清楚得很。啊，要喝水！威士忌掺着喝可不行，那玩意儿喝着上头。头疼。那些人买的是便宜货啊，我还不知道！”说着，不住地用手掌去搓脸。

外面的雨声骤然激烈起来。

胳膊只要稍一放松，她就浑身没劲地往下出溜。女人的发髻已被他的脸压得变了形，他搂着她的脖子，两手探到了她怀里。

他说了要她，女人却不答，双臂抱得像个门闩似的压在他想要的东西上，可是，是醉得发麻使不上劲儿了吗？

“怎么搞的，这东西！妈的，他妈的，软得没劲儿啊，这么个东西！”她叫着，冷不防朝着自己的胳膊肘一口咬了下去。

他吃了一惊让她松开，胳膊上已留下了很深的牙印。

可是，这时的女人已任由他抚摸了，这会儿又拿了笔开始乱涂，说要写自己喜欢的人的名字给他看，列了二三十个戏剧、电影演员的名字，接下来写的就净是岛村了，不停地写了无数个。

岛村掌心中那珍贵的丰腴渐渐热了起来。

“啊，放心了，放心了。”他温和地说着，甚至感觉到了几分类似母亲的东西。

女人又在突然间难受起来了，刚挣扎着站起来，又“噗”的一下朝房间对面的墙角趴了下去。

“不行，不行。回去，要回去。”

“能走得了吗？雨很大呢！”

“赤脚回去。爬回去。”

“危险呢，要回去的话我送你。”

旅馆是在山丘上，坡道有些陡。

“把和服带子松松吧！稍躺一会儿，等酒醒了不好吗？”

“那不行。这样就可以了。习惯了。”女人正了正身板，挺胸坐好了，可呼吸还是依旧不畅。她开了窗想吐却又没吐出来，看起来像是咬牙竭力忍着似的，反反复复地说着要回去、要回去，不知不觉已过了凌晨两点。

“你睡吧。喂，你睡吧！”

“你怎么办？”

“就这样。稍微醒醒我就回去，趁天没亮时回去。”说着又靠近岛村拉住他。

“说了别管我，睡吧。”

女人紧就着桌子喝水，胸前凌乱，可岛村一上床她又说：

“起来，哎，起来吧！”

“到底要我怎样啊？”

“你还是睡吧。”

“说什么呢！”他站了起来，一把将女人拖了过去。

脸一会儿别向那边，一会儿往这边藏的女人，却突然热情地嘟起了嘴。

可是后来，却又像诉说苦痛般一遍一遍梦呓：

“不可以，不可以的，你不是说过做朋友吗？”如此反反复复也不知说了多少遍。

岛村被那认真的声音击中了，面对那蹙着眉、额上也堆起皱纹的脸，以及拼命压制住自己的强烈意志，他感到了无趣与扫兴，心想：要么遵守与她的约定吧。

“我没什么好珍惜的，绝不是舍不得，可是，我不是那样的女人，我不是那样的女人呀！‘肯定长久不了’，这不是你自己说的吗？”

她已醉得近乎麻木了。

“我可没有错。都是你不好。你输了啊。你懦弱。又不是我。”她乱纷纷地脱口说着，一边为对抗欢愉而咬住了衣袖。

泄了气一般安静了好一会儿，她又突然想起什么似的厉声道：

“你在笑呢，在笑我！”

“我没笑。”

“心里在笑吧，就算现在不笑，以后肯定也会笑！”女人低着头，抽抽搭搭地哭了。

可是很快又停止了抽泣，把身子软软地贴紧他，亲昵地、详详细细地将自己的身世一一道来。已彻底忘干净酒醉的难受劲儿似的，也只字不提刚才的事了。

“哎呀，光顾着说话，都忘记时间了。”这回是红着脸微微笑了。她说天亮前必须回去。

“天还是黑的。要说这一带的人起得也真叫早。”她这么说着，几次站起来开窗往外看。

“还一个人影都没有呢，今天早上下了雨，没人会去田里做事的。”

对面的山和山脚的屋脊从雨中显露出它们的模样了，女人还难舍难分似的不忍离去，等到旅馆的人起床前才重新梳好发髻，岛村想送到玄关，她却又怕被人看见，慌慌张张逃也似的，一个人抽身走了。岛村也在那一天回了东京。

“你那时候虽那么说了，可那终究不是事实。要不然，谁会在年终岁末来这么冷的地方？就是后来我也没笑啊。”

女人忽地把脸抬起来，透过浓浓白粉，看得到被岛村掌心压过的、从眼睑到鼻子两侧泛起的红晕，那让人想到这雪国夜里的冷，而因为头发的颜色太黑，又让人觉得是温暖的。

刚刚那张脸上浮着光彩动人的微笑，在这笑着的当口，她也想起了“那时候”吗？简直就像是岛村的话渐渐染红了她的身体一样。女人不高兴地一低头，透过领后的空隙，连后背泛起的红晕也能看得清楚，就像鲜活湿润的裸体整个儿暴露了一般。或许因了头发颜色的相衬，才愈发让人那么觉得吧。她的额发生得并不密，可是发丝粗得就像男人的一样，没有一根碎发，闪着某种黑矿般沉沉的暗光。

刚才手碰到它，吃了一惊，说没见过这么冷的头发，并非天气冷，应该还是这头发本身的缘故吧。岛村这么想着再看时，只见女人在暖炉板上屈起了手指，正一五一十地算个没完。

“你在算什么？”问她，她还是不出声地屈着手指继续数着。

“五月二十三日。”

“是吗，你在数数？七月八月可连着两个大月哟！”

“是第一百九十九天，正好是第一百九十九天。”

“可是，五月二十三日，你记得可真牢。”

“看看日记，马上就知道啦。”

“日记？你在记日记？”

“嗯，看以前的日记是一种乐趣呢，什么都不隐瞒地原原本本写下来了，所以就是自个儿读着也怪不好意思的。”

“从什么时候开始的？”

“在东京做酌儿前不久，那时候自己还没什么余钱，买不起日记本，就在两三钱[1]一本的杂记本上用尺子按着画细线。现在看，那时候的铅笔削得很细，线都画得很漂亮呢。本子从上到下，全密密地写满了小字。等自己买得起了，就不行了，因为不爱惜东西了。就说习字吧，以前是写在旧报纸上的，可是现在呢，都直接用卷纸了。”

“一直不间断地在记吗？”

---

1 日本货币单位。根据明治四年（1871）的新货条例，100钱等于1日元。

“嗯，要数十六岁时和今年的最有趣，总是从宴会回来，换好睡衣后写的。回来不是都很迟了嘛，写到中间竟睡着了，这种地方就是现在读也能认出来。”

“是吗？”

“可是，也不是每天都记，也有不记的日子。在这样的山里，就算去参加宴会，也是有定规的老一套不是？今年只买到了一本每页带日期的，不够用，因为有时候一开写就刹也刹不住，写得老长。”

比日记更让岛村感到意外的，是她把从十五六岁起读过的小说一一记下来了，据说因为这个，杂记本已积了有十来本了。

“写的是读后感吧？”

“我可写不来什么读后感，只是书名、作者，还有出场人物的名字，以及这些人物的关系，就那么些。”

“要说把那些个记下来，又有什么用？”

“是没用。”

“徒劳呢。”

“是啊！”女人满不在乎地爽朗地应着，却一动不动地盯着岛村看。

“完全是徒劳！”不知为什么，岛村刚想加强语气再说一遍时，就觉得有一种冻雪封鸣般的寂静在向他的周身袭来，那是他被女人吸引了。那些于她并不是徒劳，他明明知道这点，却当头用“徒劳”猛敲了她一棒，而这么一来，反让人感到她的存在有多纯粹。

女人所说的小说，听起来似乎和日常所说的“文学”全无关系，她同这村里人的友情，无非是彼此交换妇女杂志之类的来读，交换之后似乎就是各看各的了。没有选择的余地，也不作多深的理解，只要发现旅馆房间有什么小说和杂志，就去借来读，而她当场想起并列举的新作家的名字，有不少却是连岛村也不知道的。但听她的口气，似乎在谈论着外国文学那样遥不可及的东西，余韵中有一种无欲无求的、与乞丐类似的寒酸与可怜。岛村想：自己凭借着西洋照片和文字遥想着西洋舞蹈的情形，与她也是一样吧。

还没看过的电影和戏剧，她也会开开心心地去说。与岛村这样的谈话对象说话，是她几个月来一直渴望的吧。她似乎已忘记一百九十九天前的那时，她亦热衷这样的谈话，并因此把自己推往岛村的怀抱。现在，她似乎又被自己语言所描述的东西弄得身体发热了。

可是，那对都市生活的向往与憧憬，如今也裹挟着听天由命的念想，成了一个天真的梦。因此在她身上，与其说有都市败逃者的傲慢与不平，更强烈的却是单纯的徒劳感。对此，她自己并不感到有多落寞，而岛村的眼睛却看到了不可思议的伤感与哀怜。若一味沉溺于那思绪，岛村自己也会不由自主陷入“活着就是徒劳”的模糊感伤中去吧。可是眼前的她却沐浴着山气，活得生气勃勃、脸色红润。

不管怎么说，岛村对她有了新的认识，所以在对方已做了艺妓的眼下，他反而难以说出口了。

那时候的她喝得烂醉，因对麻木使不上劲儿的胳膊发急，一边说着“怎么搞的，这东西！妈的，他妈的，软得没劲儿啊，这么个东西!”，一边朝着胳膊肘狠狠地咬了一口。

因为腿脚站不住，所以身体歪歪倒倒地滚着。

“绝不是舍不得，可是，我不是那样的女人，我不是那样的女人呀！”岛村也想起了她说的这番话，刚一犹豫，女人就立马觉察到了，像要把那些顶回去似的说：

“零点的上行列车。”她在响起的汽笛鸣声中站起来，一气儿胡乱打开纸拉门和玻璃窗，把身体往栏杆上扔出去似的一下坐到了窗台上。

冷空气一下灌进屋来。火车声渐行渐远，直至余音变成了夜风的声响。

“喂，不冷吗？傻瓜。”岛村也站起来走了过去，却并没有风。

外面是一派严寒夜景，冻雪的板结声似在地底深处鸣响。没有月亮。星星多得令人难以置信，抬头看，简直让人觉得它们正以虚幻的速度不断下落般湛亮地浮现出来。随着星群不断往眼前逼近，远处夜空的颜色愈发深了，县境的层峦叠嶂已分不清层次，取代它们的是与之同样厚度的烟熏般的黑，沉沉垂挂在星空的末端。一切清澈、静谧而又和谐。

发觉岛村靠近，女人迅速把前胸伏在了栏杆上，那样子并非软弱无力，以这样的夜晚为背景，她展现出一种无比倔强的姿态。岛村想：又来了？

尽管群山的颜色是黑的，可是不知为什么，它们看上去却是白雪的颜色。这样一来，越发让人觉得群山有一种透明的寂寞感。天空和山显得并不协调。

岛村抓着女人的喉咙，说：

“这么冷，会感冒的。”说着，使劲儿想从后面把她拽起来。女人紧抱着栏杆，哑声道：

“我要回去了。”

“回吧。”

“让我再这样待一会儿。”

“那么，我去泡澡啦！”

“讨厌，你就待这儿。”

“把窗关上。”

“让我再这样待会儿。”

村子半隐在镇守[1]杉林的林荫中，而距离此处不到十分钟车程的停车场的灯，正因为寒冷而发出噼噼啪啪的声响，要炸了似的闪灭着。

女人的脸颊、窗玻璃、自己和式棉袍的袖子，凡手触碰到的一切，对岛村而言，都是前所未遇地冷。

就连脚下的榻榻米，岛村也觉得冷了起来，所以想着一个人去泡澡。

1 神道中指守护国家、城市、村庄、寺院等一定区域的土地。也指其守护神，与氏族神和出生地守护神基本相同。

"等等，我也去。"这回，女人温顺地跟了上来。

女人正将他脱得东一件西一件的衣物捡进敞口竹筐里去的当儿，一个住宿的男旅客走了进来。当他发现缩着身子把脸往岛村胸前藏的女人时，他说道：

"啊，失礼了！"

"不，您请便。我们要去那边的池子。"岛村马上道，然后，就这么光着身子抱着敞口竹筐往旁边的女池走去了。女人当然佯装夫妇跟了来。岛村一声不吭，头也不回地跳入了温泉。待放下心来，不由得从心里涌起大笑，因此急忙把嘴对准温泉出水口胡乱地漱起来。

回房间后，女人轻轻从枕上抬起头，用小指往上拢着鬓发，只说了一句：

"真伤心啊。"

疑心女人半睁着她的黑眼睛，岛村凑近了仔细看，才知道那是睫毛。

这神经质的女人一夜没睡着。

似乎是坚硬的和服腰带的拉拽声，把岛村弄醒了。

"都怪我起这么早。天还黑着呢，你看看？"女人把电灯关上了。

"能看见我的脸吗？看不见？"

"看不见。天不是还没亮吗？"

"瞎说，不仔细看可不行。怎样？"女人把窗子敞开来。

"不成，看得见啦，我要回去了。"

拂晓时分的寒冷令岛村吃惊，他从枕上抬起头，只见天空还是夜晚的颜色，而山上却已是早晨了。

“是吗？没关系。现在正是农闲，没人这么早出门赶路的，可是去山上的人还是有的吧？”女人一边自言自语着，一边拖着结了一半的腰带走着。

“刚才五点的下行列车没有客人呢，旅馆的人都还没起来。”

待结好了腰带，女人也还是一会儿站一会儿坐，又来回走着，净往窗边看。那是夜行动物惧怕黎明、焦灼地来回走动一般的不安。魅惑的野性正亢奋而来。

不知不觉间，是房间里亮起来了吗？女人的红脸颊变得醒目起来，岛村一味吃惊地盯着那鲜艳的红色看得出神。

“脸那么通红呀，冻的？”

“不是冻的，是因为白粉洗掉啦。我一进被窝，马上就连脚趾头都呼呼发热呢。”她对着枕边的镜台，说道。

“天到底亮了，我该回去了。”

岛村看着那边，忽地把脖子缩了回去。镜子深处白亮亮发着光的，是雪，那雪中浮着女人通红的面颊。无以言说的洁净的美。

太阳已升起来了吗？它的光线多了起来，就像镜中的雪冷冷地烧着似的。女人浮在雪上的头发，随着光线的增强，那带着鲜亮紫光的黑显得愈发地黑了。

是为了避免积雪吧，人们把温泉水槽溢出的热水引到了临时赶挖的沟中，让它沿着旅馆的墙绕行，最后在玄关前积聚了浅浅的一汪泉水。一条健硕的黑色秋田犬脚踩在那儿的踏石上，久久地舔着水喝。客人用的滑雪用具像是从库房拿出的，被并排放在那儿晾晒，那隐隐的霉味被温泉的水汽冲淡了，从杉树枝上落到公共浴场屋顶的雪块，也像个温暖的东西似的散了形状。

大约从年末到正月，那条路很快就会被暴雪埋住，去宴会的时候不得不穿上防寒收腿裤和长胶靴，裹斗篷，戴面罩。那时节的雪得有一丈深。天亮前女人一边这么说，一边透过坐落在小丘的旅馆窗户往下看，她看的那条路，岛村这时候正沿着它下坡去。可是，从路边高高晾晒着的尿片向下望去，县境的群山历历，那雪光是恬静闲适的。青绿的大葱尚未被雪埋住。

水田中，村里的孩子在滑雪。

刚一踏上通往村里的主路，就听到类似檐头水滴的静静声响。

檐前小小的冰溜儿闪动着精致、可爱的光。

“哎，顺便帮我家也铲一点儿吧！”泡澡回来的女子晃眼似的用湿手巾擦着额头，抬头看着屋顶上铲雪的男人说道。她是瞅准了滑雪旺季早早来此打工的女招待吧。隔壁人家是一间玻璃窗彩绘已陈旧、屋顶也歪了的咖啡馆。

多半人家的屋顶都用窄条板修成，上面压着成排的石头。那些圆石头只有向阳的半面在雪中袒露着其黑色肌理，与其说那颜色潮乎乎的，莫如说是被长年累月的风雪侵蚀后才变成的黑。而一间间房子又如那石头般低低排列着，与北国极相称地、一动不动地伏在地上。

三五成群的孩子们把水沟里的冰抱起来，在路上掷着玩，大概是觉得冰块碎裂崩飞的时候闪闪发光很有趣吧。一站到日光中，会觉得那冰的厚度像假的一样。岛村站着看了好一会儿。

一个十三四岁的女孩子靠在石墙旁织毛线，穿着防寒收腿裤和高齿木屐，却没有穿短布袜，冻得发红的赤脚，看得见脚底的皴裂。旁边柴捆上坐着的是一个三岁模样的小女孩，她正天真无邪地抱着毛线球。一根从小女孩牵向大女孩的灰色旧毛线也闪着温暖的光。

相隔七八间屋的滑雪板制造所里传来刨子的刨木声，它对面的檐阴下，五六个艺妓正站着聊天。驹子——直到今天早上才听旅馆的女佣说她的艺名叫驹子——他想，看样子她也在那儿吧。果然，见着他走来，她脸上露出一种认真过头的表情。“一准还会脸红，但愿她能装得若无其事吧。”不及岛村这样细想，驹子已经脸红到了脖子根。既然如此，把头转过去也就没事了，可她却一边窘得直往地下看，一边又用眼睛追着他的脚步，脸也一点点地转向那个方向。

岛村脸上也火烧似的，刚快步走过，驹子就追了上来。

“窘死了，你怎么从那儿过。”

“你说窘？我才窘啊，那么多人聚在一堆，我都怕得不敢过去。你们总那样吗？”

“是啊，下午都是。”

“又是脸红，又是吧嗒吧嗒地追上来，不是更窘吗？”

“管他呢！”驹子明明白白地道，一边又红了脸，就在那儿站住了，抓住了路边的一棵柿子树。

“是想请你顺路去家里，所以才跑过来的。”

“你家在这儿？”

“嗯。”

“给看日记的话，我就去。”

“那个呀，我以后要把它们烧掉了再死的。”

“不过你家，有病人吧？”

“哎呀，你什么都知道呢。”

“昨天晚上你不是也去车站接人了吗？穿着深蓝色的斗篷。我在那火车上，就坐在离病人很近的位子。有一位陪着照料病人的姑娘，实在认真，实在诚恳，那是他的夫人吗？是从这儿去接的，还是从东京来的人？简直像母亲一样。我看着真是佩服。”

“你，那事儿你昨晚为什么不对我说，为什么当时不作声？”驹子脸上有了怒容。

“是他夫人吧？”

可是，她并不答他。

“为什么昨晚不说？你这人真奇怪。”

岛村不喜欢女人的这股子尖利劲儿，可是，不管是岛村还是驹子本人，想想都没有使她变得如此尖利的理由，因此那大概可以看作驹子本身性格的流露吧，然而，被驹子这么反复一追问，他倒觉得似乎被点到了要害一样。今天早上在映着山上白雪的镜子里看到驹子时，岛村明明想起了暮色中火车窗玻璃上映着的那姑娘，而为什么当时就没对驹子说起呢？

“有病人也没关系，没人上我房间来的。”驹子走进了低矮的石墙。

右手边是覆盖着雪的菜地，左边柿子树沿邻家的墙站成了一溜儿。家门前似是个花圃，正中间是一个小莲池，莲池中的冰被捞放到了池沿，红鲤鱼在水中游着。房子也已老朽，枯得跟柿子树的树干一样。残雪斑驳的屋顶上，顶板已经腐烂，屋檐处蚀出了道道波纹。

一进入泥地房[1]，一股寒气迎面而来，岛村还没来得及看清，就被叫着爬上了梯子。那真的是梯子。而上面的房间也真的是阁楼。

“这儿原本是蚕室，吃惊吧？”

“这样的地方，喝醉了回来，还真难为你没从梯子上摔下去。”

“摔的，可是那时候我就钻到下面的暖炉里去，多半也就那么睡了。”驹子把手伸进暖炉被子里试了试，然后站起来取火去了。

1 家中未铺设地板，地面为泥地或三合土的地方。

岛村四下打量着这间奇怪的屋子：只南边有一扇低低的明窗，可是细格棂的拉门刚刚新糊了纸，阳光很好，墙上也精心地贴了纸，所以有一种进入旧纸箱的感觉。而头上的房顶内部裸露着原始结构，往窗子这边斜压过来，就像有一种黑暗的孤寂笼罩在上面。也不知墙的那边是怎样的，这么一想，就觉得这屋子似吊在宇宙中，有一种没来由的不安感。墙和榻榻米虽然很旧，却真的很干净。

岛村不由得想道：驹子也像蚕一样，通体透明地住在这儿吗？

移动暖炉上搭着防寒收腿裤和同样条纹的棉布被子。衣橱虽是旧的，却是由木纹精致的桐木制成，它是驹子东京生活的遗留物吗？与此不相称的是简陋的镜台。涂朱的针线盒闪着奢侈的光泽。墙上钉了层层木板，大约是书架吧，上面垂挂着薄毛呢做的帘子。

昨晚的宴会装挂在墙上，露出贴身衬衣的红色内里。

驹子拿着火铲，灵巧地从梯子爬了上来。

"虽是从病人房里取来的，可人家都说火最干净了。"说着，一边低下新梳了发髻的头去拨弄火炉里的灰，一边又说病人得的是肠结核，已是回老家来等死的云云。

说是老家，其实少爷并不出生在这儿，这儿是师傅的娘家。师傅原在港口小镇做艺妓，之后又客居那边，做了日本舞的师傅，可是不到五十岁就患了中风，借着疗养回到了这个温泉地。少爷从小喜欢机械，因为好不容易进的钟表店，所以就继续留在了港口小镇，不久却又去了东京，似乎是上起了夜校。大约是兼着好几样事，身体吃不消的缘故吧。他今年二十六岁。

驹子一口气说了那么多，可是带少爷回来的姑娘是谁，驹子又为什么会在这个家，诸如此类的事情她依然只字未提。

但即便只是这些，因着这吊在空中似的房间的构造，驹子的声音也往四面八方传开去了吧，岛村因此很是不安。

临出门时隐约见着个发白的东西，回头看，是只桐木做的三味线琴盒。看上去的感觉要比实际的大和长。“扛着这个去参加宴会……”岛村正觉得有点难以置信，黑褐色的旧拉门开了。

“阿驹，从这上面跨过去没事儿吧？”

声音清亮、美得哀伤悲凉，就像不知从何处传来的回响。

岛村记得的，是从火车车窗向外喊雪中的站长的，那叶子的声音。

“没事儿。”驹子答道，穿着防寒收腿裤的叶子提着一个玻璃尿壶，忽一下从三味线琴盒上轻跨过去。

昨夜她与站长熟人般说话的口气也好，这防寒收腿裤也好，叶子显然就是这一带的姑娘，而她那华丽的腰带正半露在防寒收腿裤上，因此把防寒裤的香蒲色与黑色间隔的粗条纹棉衬得格外鲜艳醒目，薄毛呢和服长袖也因为同样的原因显得愈发娇艳了。防寒收腿裤的裆分在膝上很近的位置，所以看上去宽松鼓胀，而硬棉布却紧绷绷的看起来很挺括，给人一种舒适感。

可是，叶子只是飞快地瞥了岛村一眼，什么也没说就从泥地房走了过去。

已经出了大门，岛村觉得叶子的眼神似乎还在他额头前面燃烧，又像遥远的灯火一样冷。或许是因为他想起了昨夜的这些吧。当他望着火车窗玻璃上映着的叶子的脸的时候，野山的灯火在她的脸后流动，当灯火与瞳仁重叠又倏然亮起的时候，岛村的心因那无以言说的美发出了微颤。而一想起那些，就又想起了驹子被镜子里的皑皑白雪映照得赤红的面颊。

岛村的步子快了起来。尽管他的腿又白又有些微胖，可是喜好登山的岛村一望着山走路就进入了恍惚的忘我状态，不知不觉间脚下就快了。对于时常在转眼间就进入恍惚状态的他而言，那暮景的镜子抑或朝雪的镜子，他都无法相信源于人工。它们是自然之物，是一个遥远的世界。

连眼下刚刚离开的驹子的房间，似乎也已属于那个遥远的世界了。他到底有些惊讶于那样子的自己，一上到坡顶，正巧见盲女按摩师走过。岛村像要抓住什么似的，喊道：

“按摩师，你能帮我按一下吗？”

“是吗，现在几点了？”她把竹杖夹到腋下，右手随即从腰带间掏出一个带盖的怀表，一边用左手的指尖摸表的文字表盘，一边道：

“都已经过了两点三十五分呢，三点半我得去一趟火车站对面，不过，好像迟一点也不要紧吧。”

“表上的时间知道得很清楚呢！”

“是啊，因为玻璃盖儿取掉了嘛。”

“摸一下就知道表上的字吗？”

“字可摸不出来，不过……”她掏出一块比一般女用怀表大一些的银表，打开盖子后，用手指按着示意给他看，“这儿是十二点，这儿是六点，那正中间是三点，然后根据这个来推断，就算不可能一分不差，但也差不到两分去。”

“是吗，走坡道什么的不会滑吧？”

“下雨的话女儿会来接。晚上给村里的人按，就不再上这边来了。旅馆的女佣倒说是我丈夫不让出来，真拿她们没办法。”

“孩子已经大了吗？”

“是啊，大女儿就要十三了。”她一边诸如此类地说着，一边进了屋子，不作声地按了一阵，侧耳听到远处宴会的三味线琴声。

“这是谁呀？”

“光听三味线的琴声，你都分得清是哪个艺妓吗？”

“有的听得出，有的听不出。先生您可真有福气，身体软得很呢！”

“没有发硬吧？”

“有，脖颈有点儿硬。胖得刚刚好。您不喝酒的吧？”

“这都知道呀。”

“我认识三个客人，恰好和先生您差不多同样的体型。”

“最普通的体型罢了。”

“怎么说呢，要是不喝酒还真是无趣得很哪，一喝，就什么烦恼事儿都没啦。”

“你丈夫喝的吧？”

“喝很多呢。”

“谁呀，三味线弹得这么差。”

“是啊。”

“你也弹的吧？”

“弹。从九岁弹到二十岁，可是自从嫁了人，已经十五年没弹过了。”

盲人是不是看上去都要比实际年龄年轻些？岛村这么想着，道：

“看得出小时候真是练过的。”

“手已完完全全变成按摩的手啦，可是耳朵闲着呢，像这样一听到艺妓们弹三味线，就时常也想打个趣闹一闹，是啊，可能觉得她们就像从前的自己吧。”说着，又歪着头听了起来。

“像是井筒屋的阿文。弹得最好的和最差的，最容易听出来。”

“也有弹得好的吗？”

“有个叫驹子的孩子，虽然年轻，可是近来悟出了些技艺。”

“哦？”

“先生您认识她的吧？这说弹得好，也不过在这山里说说罢了。”

“不，我不认识。不过昨晚，她师傅的儿子回来时，和我坐的同一趟车。”

“咦，病好了回来了吗？”

“看样子并不好。”

“啊？那家的儿子在东京病了很久，所以那叫驹子的孩子甚至在这个夏天做了艺妓，听说是为了给他赚医药费，也不知到底是怎样的。”

“你说是那个驹子？”

“不过呢，若能尽的力都已尽过了，就算是未婚夫妇，也要往长久看吧。”

“你说他们是未婚夫妇，真的吗？”

“是，说是订了婚的。我不太清楚，但人家都这么说。”

听温泉旅馆的女按摩师说艺妓的身世境遇，这太司空见惯了，反倒成了一件出人意料的事；驹子为了未婚夫而做了艺妓，这剧情同样老套陈腐。坦率地说，岛村如鲠在喉，无法理解，或许要怪他的道德观与之有冲突吧。

他刚想顺着话头往深里打听，可是，按摩师却不言语了。

假设驹子是少爷的未婚妻，叶子是少爷的新恋人，可是，又如果少爷不久就会死去……岛村脑中又浮现出了“徒劳”这个词。驹子坚守未婚夫妇的婚约也好，卖身供他养病也好，所有这些不是徒劳又是什么？

他想，若见了驹子，定要“徒劳”地当头猛敲她一棒，这么一想，岛村却不由得再次感觉到她的存在有多纯粹了。

这虚伪的麻木不仁中散发着无耻的危险味道，岛村体味着它，在按摩师走后仍一动不动地原样躺着，直至前心后背觉得冷，醒了过来，才发现窗子是敞着的。

山谷间的日光收得很快，已有了凛凛寒气，暮色正在下垂。因了那一点微暗，远处夕阳尚映照着积雪的群山，就像倏地迎面逼近一样。

不久，依着山的远近高低，各座山各个皱襞间的阴影渐次加深，只山顶还留有淡淡的光亮，而这时，积雪的山顶上空已是晚霞满天。

村庄的河岸，滑雪场，神社边，散在各处的杉树林黑得愈发醒目了。

岛村置身虚无徒劳的苦闷时，驹子像点着了温暖的火似的闯了进来。

为准备迎接滑雪观光客而开的碰头会设在这个旅馆，驹子说被叫去参加了会后的宴席。一进暖炉，就冷不防伸手来回抚摸起岛村的脸，一边道：

“今晚上可真白，不对劲呢。”

就那么使劲儿揉来搓去，又揪起他柔软面颊上的一块肉。

“你是个混蛋。”

像已有了少许醉意，可宴会结束再来的时候，又嚷着：

“不管，不管啦。头痛。头痛。啊，难受啊，难受死了！”

她身子似折断了一样往镜台前倒去，醉态不可思议地立刻从脸上显露了出来。

“要喝水，给我水。”

她两手捂着脸倒了下去，也不管发型会被压坏，没一会儿却又重新坐起来，用乳膏把脸上的白粉洗掉了，一下露出赤红的面颊来。驹子自己也为此开心，笑个不停。有趣的是，她很快醒了酒，发冷似的抖着肩膀。

接下来又用安静的声音，说起八月里因神经衰弱，整整一个月东游西荡的事。

“担心自己会不会疯了，好像拼命钻牛角尖似的想着什么，可是想什么呢，自己也不知道。很可怕吧。根本没法睡觉，所以只有去宴会的时候头脑才是清楚的。做了各种各样的梦，饭也吃不下。用缝衣针往榻榻米上呀，扎了又拔，拔了又扎，就那样一直扎，就在这暑热天的大中午呀。”

“做艺妓是几月？”

“六月。要不然，也许这时候我已去了滨松[1]。”

“去结婚？”

驹子点头，说滨松的一个男人死缠烂打，要她嫁他，可是自己对他却怎么也喜欢不起来，犹豫极了，不知怎么办才好。

“不喜欢的人，又有什么好犹豫的？”

1 指滨松市，位于静冈县西部，濒临远州滩。

"那可不行。"

"结婚，真有那么大的魅力？"

"讨厌。不是那样的。可是，不把身边的事处理好，我可受不了。"

"嗯。"

"你就是个好敷衍的。"

"可是，难道你和滨松那个人有了什么吗？"

"要是有，不就没什么好犹豫的了吗？"驹子直言。

"可是他说了，你只要在这地儿，和谁都甭想结成婚，不管怎样都给你破坏掉。"

"在滨松那么远的地方呢，他那样说你也介意？"

驹子沉默了好一会儿，像在回味自己身体暖意似的一动不动躺着，突然又若无其事地道：

"我还以为自己怀孕了呢，哼哼，现在想来真是可笑，哼哼。"她抿着嘴笑着，一边"嗤"地缩起身子，孩子似的用握着的两个拳头夹住了岛村的衣领。

那浓密的睫毛合上了，看上去黑眼睛又似半闭半睁着。

第二天早上岛村一睁开眼，就见驹子已曲着一只胳膊肘支在火钵上，在一本旧杂志的反面乱涂着什么。

"喏，回不去啦。刚才女佣来添火，可丢死人了，吓得跳起来一看，太阳都已经照到了隔扇上。昨晚喝醉了，好像迷迷糊糊睡着啦。"

“几点了？”

“已经八点了。”

“去泡澡吗？”岛村从床上坐起来。

“不去，会在走廊上遇到人呢。”她说着，俨然成了一个老实本分的女人。岛村从澡堂回来的时候，她头上灵巧地裹着布手巾，正麻利儿地在打扫房间。

连桌子腿和火钵沿儿，她都似洁癖一样擦过了，翻灰拨火也做得异常熟练。岛村把脚伸进暖炉，无所事事地抽着烟，烟灰才一落下，驹子就用手帕悄无声息地擦掉，又拿来了烟灰缸。岛村很阳光地笑了起来。驹子也笑了。

“你要是嫁了人，老公会光讨骂呢。”

“这不是什么也没骂嘛。老被人笑话，说连等着要洗的东西也叠得好好的，可这也是天生的吧？”

“人都说只要一看衣橱里面，就能知道那女人的性格。”

在满屋温暖的阳光中，两人一边吃着饭，一边聊着。

“天真好，我得快点回去练琴了。这样的天气，音色也会不同呢。”

驹子抬起头看澄澈深邃的天空。

远处的群山裹着一层柔和的乳白色，就像迷蒙的雪雾那般。

岛村联想到按摩师的话，刚一说“就在这儿练琴好了”，驹子就马上站起来，往家中打了电话，让把长呗[1]的本子，连

1 日本三味线音乐的一种，起先作为歌舞伎的伴奏音乐，幕府末期以后成为独立的音乐流派，分歌舞伎或舞蹈演出用的长呗和演奏会用的长呗两种。

同换洗衣裳一起送来。

白天见的那个家里有电话吗？这么一想，叶子的眼睛就又浮到岛村脑海中来了。

“那姑娘送来吗？”

“也许吧。”

“听说你是那个少爷的未婚妻？”

“哎呀，你什么时候听说这个的？”

“昨天。”

“奇怪的人。听就听了，可为什么昨天不说？”驹子道。可是，今天的她却与昨天白天不同，干干净净地微笑着。

“因为从没有看不起你，所以开不了口。”

“口是心非。东京人都爱说假话，讨厌死了！”

“看你说的，我一说出来，你不就岔话了？”

“没打岔。那么，你是把那当真了？”

“当真了。”

“你又说假话，明明心里没当真。”

“那个，我是觉得不能理解。可是，因为他们说你是为了未婚夫才做的艺妓，正在帮他赚疗养费。”

“讨厌，这编得跟新派剧[1]一样的剧情！那么想的人虽然好像挺多，但未婚夫是没有的事。并不是为了什么人才做的艺妓，只是非做不可罢了。”

---

1 日本戏剧的一种形态。明治中期作为政治宣传剧出现，与歌舞伎不同，后来和新剧也有区别，作为大众现代剧得到发展。

“净说些弯弯绕绕猜谜一样的话。”

“那就直说吧。师傅呢，可能有过让少爷和我在一起的想法，只是心里想，从来也没有说出口过。师傅的那心思，少爷和我都隐约知道的，可是，我跟他什么都没有过。就只是这些。”

“你们从小就认识吧？”

“嗯，可是一直没在一起生活。被卖去东京的时候，那人独自去送过我。最旧的日记上，开头就写了那件事。”

“如果你们俩都在那港口小镇的话，说不定现在就在一起了吧？”

“不会有那样的事。”

“是吗？”

“旁人的事儿你就别操心了，那都是快要死的人。”

“还有，你在外面过夜什么的不好吧。”

“你说这样的话才不好！我按着自己喜欢的做，凭什么要被一个将死的人拦着？”

岛村无言以对。

可是，驹子最终也没有一句提及叶子，那是为什么？

并且从叶子的角度看，她在火车中小母亲一般忘我照料着带回来的男人，到了早上，却还要给与他有特殊关系的驹子送替换衣裳来，她会怎么想？

岛村由着自己的思绪信马由缰。

“阿驹，阿驹！”声音压低了也是清亮的，他听到了叶子美丽的喊声。

“来了，辛苦啦。”驹子起身往隔壁三叠榻榻米的偏房走去。

“叶子你来了？呀，这全都给拿来了，这么重！”

叶子似乎一句话也没说就走了。

驹子用手指把第三根最细的子弦拨断，换好了新弦，开始调音了。就这几下，岛村就已听出她音色的清澈，而当他解开暖炉上包袱皮包着的大包裹时，发现除了普通的练习书外，还有二十册杵屋弥七[1]的文化三味线乐谱。岛村颇感意外地拿在了手上。

“你就用这个练琴？”

“这儿没有师傅嘛，有什么办法。”

“你家里不是有吗？”

“中风啦。”

“就算中风，也可以用嘴啊。”

“话也已经说不出了。舞蹈还可以用能动的那只左手纠正，可是，三味线就只能弄出些杂音了。”

“这都看得懂吗？”

“都能懂。”

“且不说门外汉，一个艺妓在这遥远的山中刻苦练琴，卖乐谱的也会高兴吧！”

“那时候，酌儿的学习以舞蹈为主，那之后在东京学艺，

1 杵屋弥七（1890—1942），长呗三味线艺术家。大正十一年（1922）出版三味线曲乐谱，翌年创办了三味线私立学校。

学的也是舞蹈。三味线只模模糊糊记得一点，忘了也没人指点，就只好靠乐谱了。”

“谣曲[1]呢？”

“谣曲不行呢。没错儿，学舞蹈时听熟了的那些还行，可是新歌都是跟着收音机，或是不知从哪里听来学会的，所以不知道究竟。而且我还加入了自己随意的唱法，一定怪怪的吧。再说，在熟悉的人面前会开不了口的，要是陌生人倒能大声唱。”她说着，稍稍露出些害羞的神情，接着，就像等着点歌似的摆好了架势，一动不动地盯着岛村的脸。

岛村吃了一惊，突然被她的气势压倒了。

他在东京的平民区长大，自小时候起就亲近歌舞伎与日本舞，其间亦记住了好些长呗语句，虽自然而然就耳熟能详了，自己却并没有学过。提起长呗，他脑中立马浮现的是舞蹈的舞台，而不是艺妓的宴会。

“真讨厌，你这第一等让人紧张的客官。”驹子忽地咬了一下嘴唇，但三味线刚一架到膝上，她便像换了个人似的，老老实实地打开了练习书。

“这个秋天，都是用乐谱练的。”

是《劝进帐》[2]。

---

1 特指能剧的脚本，配上曲调可单独吟唱。

2 歌舞伎演员市川宗家传的十八出拿手戏中，以义经和弁庆为题材创作的舞蹈剧，由三世并木五瓶创作，四世杵屋六三郎作曲。天保十一年（1840）首演，成为七世松本幸四郎的叫座剧目而广泛流行。尤其作为长呗曲中的优秀曲目广为人知。

岛村脸上忽然起了鸡皮疙瘩似的一阵发凉，连肚子都觉着通泰清明。原本空荡荡、抓不住要点的脑中满满响彻着三味线的琴音，与其说被惊到了，不如说，他是被彻底击倒了，被虔诚的念想打动，被悔恨的思绪涤荡，他已全身无力，除了被驹子的力量任意冲击驱使着，愉快舒畅地舍弃肉身，让其随波逐流而去之外别无他法。

“我应当知道，十九二十岁乡下艺妓的那点三味线程度，虽然在房间，她却让人觉得简直如在舞台上奏着一般，那或许来源于我自己对山的感伤吧。”岛村想试着这么去解释。但驹子却故意一会儿照本宣科地念着歌词，一会儿又抱怨这个地方要慢、那个地方麻烦而跳过去不读。可是渐渐地，当她像着了魔似的声音也高起来后，随之而来的琴声激烈清越得连岛村也不禁害怕起来，遂虚张声势似的曲肱为枕，躺了下去。

《劝进帐》一曲终了，岛村松了一口气，想：啊，这女人是迷上我了。那也挺可怜的。

“这样的天气，音色会不同。”抬头看雪后晴空，就知道驹子所说不假。空气是不同的。没有剧场的墙壁，没有听众，亦没有都市的尘埃，声音不过在这纯粹的冬日的早晨澄澈透亮地响彻着，直到回荡至远处覆雪的群山。

她一直以来不自知地习惯于面对着山与山之间的广大自然，孤独地练习技艺。因此，琴音变得高亢是很自然的。那孤独突破哀愁，注入了野性的顽力。虽说有几分基础和天分，但独自用乐谱练习复杂的曲子，且脱了谱也弹得流畅自如，达到这程度一定是强大意志与努力的双重结果。

在岛村看来这是虚幻的徒劳，也是令人哀悯的遥远憧憬；而驹子这种生活方式，却正是她自身的价值所在，且正在凛冽的拨音间满溢而出。

听不出细微的、灵巧的操作指法，只懂得音乐的情感——这种程度的岛村，于驹子而言恰是一个好的听者吧。

当弹起第三曲《都鸟》[1]的时候，因了那曲子的华丽柔美，岛村鸡皮疙瘩似的感觉已经消退，他温暖安闲地凝视着驹子的脸，感觉到了一种深切的肌肤之亲。

细高的鼻子按说会有稍许的单薄，可是因为两颊活泼地红着，所以看上去似在轻声低语：“我在这儿呢。”那美丽的、血色饱满的光滑嘴唇噘得小小的时候，它上面反射的光泽也滑溜溜地动着一样；那嘴唇随着唱歌而大张，又马上可爱地缩回去，这模样，与她身上的魅力是完全一样的。有些下行的眉毛下面，眼梢既不上挑也不下垂，像有意画得笔直似的那眼睛，这时候因湿润而晶光闪烁，一派稚气。她未施白粉，因在城市里陪酒而保养得通透的皮肤，可以说又染上了山川秀色，像新剥开的百合或洋葱头，连脖子也白中隐约透红，清洁得无与伦比。

虽挺直端正地坐着，看上去却是与往日不同的少女模样。

1 二世杵屋胜三郎作曲的长呗曲，描写春夏之间隅田川风物及男女缠绵之情。

最后，她说再弹一曲最近正练着的，于是一边看谱一边弹了《新曲浦岛》[1]。之后，驹子默不作声把拨子夹到弦下，随即放松了坐姿。

突然间神态娇媚、春情万千。

岛村无言以对，而驹子也毫不介意他的评价，一副天真的开心模样。

“只听三味线琴声，你能听得出是这儿的哪个艺妓吗？”

“知道的呀，才不到二十人嘛。《都都逸》[2]最好听了，因为最能显出弹的人的习惯。”

说完，她又拿起了三味线，挪了挪曲着的右脚，把三味线搁放到那腿肚子上，腰往左拧了拧，身子却往右倾着。

“小时候就是这样学的。”边说边看着三味线的长柄。

“黑，啊，头，呀，发……”她稚气地唱了起来，叮叮咚咚地弹。

“最早学的是《黑发》[3]？”

“不……”驹子像她小时候那样摇了摇头。

自那以后即便留宿，驹子也不再硬撑着要在天亮前回去了。

---

1 根据浦岛传说改编的舞蹈剧。坪内逍遥作词，其序部分由杵屋勘五郎和杵屋寒玉作曲。

2 日本俗曲的一种，娱乐性三味线歌曲。具有七七七五调26字的固定格律，现在流行的多以初世《都都逸坊扇歌》的曲调为标准。

3 长呗曲名。初世樱田治助作词，湖出市十郎作曲。天明四年（1784）首演。主人公为疯狂嫉妒源赖朝和政子的辰姬。

“阿驹！”走廊远处传来尾音上扬的一声喊，驹子把旅馆的这个小女孩抱着放到暖炉边，一心一意地跟她玩起来，到了近正午，又同那三岁的孩子一起去了浴室。

驹子一边用梳子梳着出浴后的头发，一边道：

“这孩子只要一见了艺妓，就‘阿驹阿驹’地扬着声叫，照片也好，画也好，只要梳日本发髻，就都叫阿驹。我喜欢孩子，所以真懂得这心思。小纪美，去阿驹家里玩吧！”她说着站了起来，却又在走廊的藤椅上悠闲地坐了下去。

“东京来的冒失鬼们，已经在滑雪了。”

从山麓滑雪场的正侧面向南远望，最高的地方即是这房间。

岛村也从暖炉边转身去看，只见斜坡上的雪斑斑驳驳，五六个人穿着黑色的滑雪服，始终在山脚那边的田地中滑着。那梯田的田垄还未被雪覆住，又没有斜度，所以根本滑不出什么样儿来。

“像是学生。今天是周日吧，那样玩可有什么劲儿！”

“不过，那滑雪的姿势倒是挺好的。”驹子自言自语似的，“据说这些客人在滑雪场被艺妓一招呼，就会‘哎呀，是你呀！’地大吃一惊，因为被雪光晒得黢黑，认不出来了，夜里又化着妆。”

“也穿滑雪服吗？”

“穿防寒收腿裤。啊，讨厌，真讨厌，去宴会呢，马上就会有人说‘明天还在滑雪场见’。马上又到这种时候了。要么今年就不滑了吧？再见。来，小纪美我们走。今晚要下雪，下雪前一天的晚上会很冷呢。”

岛村在驹子起身离开后的藤椅上一坐下，就看到了在滑雪场边的坡道上牵着小纪美的手回家去的驹子。

天上起了云。暗下来的山与尚受日光照着的山重叠交合，向阳处和背阴处时时行进变化着，远远看去有了些薄寒。很快，滑雪场也忽地暗了下来。低头往窗下看，被枯菊围着的篱笆上，琼脂[1]般的霜柱根根直立。可是，屋顶排水管的融雪落水声却响个不停。

那天晚上下的不是雪，是雪珠，之后又转成了雨。

回去前的冰冻之夜，月光皎洁，空气冷得厉害，岛村又一次叫来了驹子。当时已经近十一点，可她却不听不顾地说要去散步，粗鲁地把他从暖炉边连抱带拽扯起来，硬拉了出去。

路上封了冻。村子安静地沉睡在寒冷的最低处。驹子把下摆撩起塞到了腰带间。月亮出来了，宛如蓝冰中的利刃澄明透亮。

“到车站去吧。”

“疯了，来回都有一里[2]呢！”

“你不是要回东京去了吗？去看看车站。”

岛村从肩膀到腿都冻得发麻。

---

1 将石花菜煮熟后加以凝冻干燥的食品，有棒状、丝状和粉状等。

2 日里，约合3.927千米。

一回屋里，驹子突然变得无精打采，她把两臂长长地伸到暖炉中，沮丧地垂着头，与往常不同，连澡也不泡了。

暖炉上盖的被子原样放着，睡觉的盖被也搭在上面，为了把褥子铺到地炉的边上去，被窝只铺了一个。驹子在炉边烤火，始终一动不动地低垂着脑袋。

“怎么了？”

“我要回去。”

“净说傻话。”

“没事，你睡吧，我就想这么待着。”

“为什么要回去？”

“不回去了，就在这儿待到天亮。”

“好没意思，你可别使坏啊。”

“才不使坏，使坏什么的我才不呢。”

“那么……”

“唔，难受。”

“怎么，是那个啊？这有什么。”岛村笑起来，“反正我不动你就是了。”

“讨厌。”

“还有，你是真傻，那样乱跑一气。”

“那我回去了。”

“不用回。”

“难受，你就回东京去吧。真难受。”驹子轻轻把脸伏在暖炉上。

所谓难受，是指对一个游客越陷越深、因心里无底而引起的不安呢，还是始终忍住的郁郁寡欢在这时再也忍不了呢？女人的心思已到了那种程度吗？岛村一时陷入了沉默。

“你就回去吧。”

“说实话，正想着是不是明天就走。”

“哎呀，为什么要回去？”驹子刚睡醒似的睁开眼，把脸抬了起来。

“就算在这待得再久，我又能给你什么呢，不是什么也做不了吗？”

她神情恍惚地盯着岛村，一听这话，突然用激烈的声调叫了出来。

“那不行，你，你那样说可不行！”她焦躁地站起来，冷不防紧搂住岛村的脖子，张皇失措地脱口而出道，“你，你不可以说那样的话，起来，我说你倒是起来！”自己却倒了下去，被那疯劲驱使着，也就顾不得自己的身体了。

之后，她睁开温暖湿润的眼睛。“真的，你明天就请回去吧。”她一边静静说着，一边捡起掉落的头发。

岛村决定在第二天的下午三点动身，正换着衣服，旅馆掌柜悄悄把驹子喊到了走廊上，“是啊，就请按十一个小时算吧。”听到驹子这样的回答。十六七个小时确实太长了，也许掌柜是这样想的吧。

看账单才知道，早上五点回的话算到五点，第二天十二点回呢，就算到十二点，全都是按整点计算的。

驹子在大衣外围了白围巾，来送他去车站。

为打发时间，岛村去买了腌木天蓼[1]果子做的酱菜、蕈朴[2]罐头之类的土特产。他买完还剩二十分钟的闲余时间，因此在车站前地势微高的广场上一边走，一边四下眺望，感叹着："这真是四面环雪山的狭窄之地。"驹子的头发实在是太黑了，而背阴的山峡冷清寂寥，使得黑发看上去反显凄惨。

远远的河流下游的山腰，不知为何，有处被微弱稀薄的阳光照射着。

"自我来后，雪也化得差不多了。"

"不过只要连着下两天，马上就会积到六尺厚。要是接着下，那电线杆的电灯都会埋到雪里去呢。若心里一边想着你，一边走路，就会被电线挂住脖子受伤。"

"会积到那么厚？"

"那前面一个镇的中学，据说下大雪的早上，有人从集体宿舍的二楼裸着身子从窗口往雪里跳，一下就'噗'地没入雪中不见了。然后，听说就像游泳一样在雪底下游着走。喏，那儿还有登山开道的。"

"正月里想来这儿赏雪，到时候旅馆的人会很多吧？火车会不会被雪埋住？"

"你真是个阔气人，净过这样的日子吗？"驹子看着岛村的脸。

1 猕猴桃科蔓生落叶灌木。初夏开下垂白色五瓣花，椭圆形的黄色果子可食用。
2 蘑菇名。秋天簇生于干枯或砍倒的山毛榉等的树墩上，表面红褐色，可食用。

"为什么你不蓄胡子呢?"

"嗯，想蓄来着。"他一边摸剃刀剃过后的青黑色胡茬一边道，嘴角横贯的一条漂亮褶皱，使原本柔软的面颊看起来紧绷了。他想，说不定驹子也是因为这个才高看他的吧。

"你呢，也不知为什么，只要一卸了白粉，脸就像剃刀刚剃过的一样。"

"讨厌的乌鸦在叫，在哪叫呢，真冷。"驹子抬头往天上看，把两肘紧紧压在肋上。

"去候车室烤烤火吧?"

这时，从主干道往停车场拐去的阔路上，叶子身穿防寒收腿裤，慌慌张张地飞跑了过来。

"啊，阿驹，行男他，阿驹!"叶子跑得上气不接下气，正如逃离可怕之物追赶的孩子抓住母亲般，一把抓住了驹子的肩膀。

"快回去!看样子不对劲，快!"

驹子忍住肩膀疼痛似的闭上眼，突然脸色唰的一下变得苍白，但令人意外的是，她坚定地摇了摇头。

"我正在送客人，所以回不去。"

岛村吃了一惊。

"送行什么，那都不要紧的。"

"不行!我都不知道你以后还会不会再来。"

"来的，来的。"

叶子就像一句也没听见似的，迫不及待地说:

“刚才，往旅馆打电话了，他们说在车站，所以我飞跑着来了。行男在叫你！”一边说一边伸手拉驹子，驹子却一动不动地忍耐着，突然一下甩开她的手。

“我不去。”

趔趄了两三步的却是驹子，她“呃”的一声要吐，却什么也没有吐出来，眼眶湿了，脸上起了鸡皮疙瘩。

叶子愕然僵住了，目不转睛地看着驹子。可是因为脸上的表情实在严肃，所以根本看不出是生气、吃惊抑或悲伤，就像一个假面面具，看上去极度单纯。

叶子带着那表情一回头，冷不防又抓住了岛村的手。

“不好意思，请你让这个人回去，请让她回去！”那真挚的高音调直逼岛村。

“嗯，这就让她回去！”岛村大声道。

“快回去啊，傻瓜。”

“你，你说的什么！”驹子对岛村说着，一边用她的手把叶子从岛村身边推开。

岛村想抬手指向车站前的汽车，才发觉被叶子用力抓过的指尖已经麻了，可是还是说：

“就那车，马上就坐那车回去，总之你先走一步比较好是不是？在这儿这个样子，别人都看着呢。”

叶子同意地点了点头。

“快点，快点啊！”说着倒退几步转身跑起来，简单干脆得简直令人难以置信。“那姑娘为什么总那样一副认真严肃的模样呢？”目送着她远去的背影，岛村心头掠过一丝不该在这种场合出现的疑惑。

叶子近乎悲哀的美丽声音，像从哪里的雪山上传来的回响，至今留在岛村的耳中，余音不绝。

“你去哪儿？”驹子把试图去找汽车司机的岛村拉了回来。

“不，我不回去。”

岛村忽然对驹子有了一种肉体上的憎恶感。

“不管你们三人之间有过什么，可少爷现在不是很可能会死吗，所以才想见你，才来叫你是不是？乖乖回去吧，否则会后悔一辈子的。就是这么说话间，要断了气的话可怎么好！不要意气用事了，爽快地让这件事过去吧。”

“不对，你误会了。”

“你被卖去东京的时候，他是唯一一个给你送行的人对不对？最早的日记上最前面写着呢，哪有不给那个人送最后一程的道理？去吧，去把你自己写到那个人生命的最后一页上吧！”

“不，我不想看人死。”

那话听起来是冰冷的薄情，亦是多么炽热的爱情！岛村因此不知如何才好了。

“日记什么的也没法再记了，烧掉拉倒。”驹子自言自语着，不知为何两颊渐渐起了红晕。

“你是厚道人，对吧？若是厚道人，把我的日记全送给你也成，你不会笑我的是不是？我可把你当厚道人的……”

岛村被无端的感动击中了。是啊，他突然觉得再也没有比自己更厚道的人了，这样一来，也就不再对驹子说那些硬逼她回去的话了。驹子也不再作声。

旅馆掌柜从驻车站的外派处出来，告知要检票了。

只有四五个穿暗色冬装的当地人，一声不响地上下车。

“我就不进月台了，再见。”驹子站在候车室的窗边，玻璃紧闭着，从火车的车厢内看去，就像寒酸荒村的水果店里一个旧得发黑的玻璃箱中，孤零零地被人遗忘了一枚奇异的水果一样。

火车一开动，候车室的玻璃立马熠熠发出了光，驹子的脸在那光中倏忽浮现，又眨眼间消失，与那朝雪镜中一样的赤红面颊。于岛村而言，这又是与现实告别之际的颜色。

火车沿县境的群山自北往上攀爬，一穿过长长的隧道，冬日午后的稀薄阳光就像被那地下的黑暗吸了去，破旧的火车像在隧道中脱下它明亮的外壳，随后，又沿着重峦叠嶂间暮色初升的山峡下行而去。山的这边还没有雪。

火车沿着河流很快到了旷野，就见一座山的山顶像被鬼斧神工切割过一般，一条平缓美丽的斜线从那儿一直延伸到远远的山脚，月亮在山的边缘染上了颜色。这是原野尽头唯一可见的。天空中淡淡的晚霞，把远山的全貌清晰地勾画成了深青蓝。月亮已不是白色，可还是淡淡的，并无冬夜冷冽的清澈。天空一只飞鸟也没有。山脚的旷野无遮无拦地往左右两边无限延展，几乎与河岸相接，在那儿，矗立着一座水力发电站模样的纯白建筑。那就是车窗中所见的，夕阳下最后的冷落残照。

蒸汽的湿暖使得车窗又开始变得朦胧，随着外面流动的旷野慢慢变昏暗，乘客的身影又一次半透明地投映到玻璃中去。这是那暮景之镜的把戏。所谓东海道线，也与其他地方的火车一样，不过是将三四辆褪了色的旧式客车连接起来而已吧。车灯也是暗的。

岛村就像乘坐在某种非现实的物体之上，时间与距离感都消失了，陷入由着它把虚无的身体带走的茫然恍惚中，这样一来，车轮单调的轰鸣，听上去也成了女人的说话声。

那些话断断续续、零零碎碎，却是女人竭尽全力活着的明证，因为听着难受，所以他至今无法忘怀，而对眼下就这样离去的岛村而言，这早已远了的声音亦不过徒增旅愁而已。

此刻，行男会不会正好咽了气？驹子为什么固执己见地不回去呢？在行男弥留之际，两人也没能见上最后一面吧？

乘客少得令人悚然。

一个五十出头的男人与一个红脸蛋姑娘面对面坐着，一刻不停地聊得兴味十足。姑娘肉鼓鼓的肩膀上围着黑色的围巾，面色红润，血气像火烧般鲜艳漂亮。她探着身子全神贯注地听，开心地应答着。看上去，两人就像要结伴去长途旅行。

可是，一到耸立着烟囱的缫丝厂的车站，老爷子就慌慌张张把柳条行李箱从行李架上卸下来，从车窗把它往站台扔了下去。

“哎呀，再会啦，希望有缘再见！”对姑娘说完这话，他立即下车离去了。

岛村忽然要落下泪来，连自己也吃了一惊。由此越发意识到：自己是在与女人分别后的归途中。

做梦也没想到，他们只是偶然同坐一趟车的两个人。男人或许是个行商的小贩吧。

正是蛾子产卵的季节，因此从东京的家中出发时妻子就说：不要把西服长时间地挂在衣桁[1]或墙上。来后一看，果然，旅馆房间檐前吊着的装饰灯上，六七只玉米颜色的大蛾子正牢牢地伏在上面。隔壁三叠[2]榻榻米房间的衣桁，也有身体虽小，肚子却粗大的蛾子停在上面。

窗上仍装着夏天的防虫金属网。果真有一只蛾子一动不动地静静停在网上，像粘在上面一样，支着柏树皮颜色的小小的羽毛状触须。可是，翅膀却是透亮的浅绿色。那翅膀竟有女人的手指长。对面，县境连绵的群山正被夕阳映照着，已然着了秋色，所以这一小点淡绿反倒有了死亡的气息。只前翅与后翅交叠的部分，绿色是深的。秋风一来，那翅膀如薄纸片般簌簌摇曳。

1 挂和服的日本衣架。“开”字形，下有底座，架框的上层挂放和服上衣，下层挂放和服裙裤。

2 一叠为一张标准榻榻米的大小，约1.62平方米。

还活着吗？岛村站起来，用手指朝金属网的内侧弹了弹，蛾子不动，又用拳头咚地击了一下，蛾子立即树叶般扑簌落下，在下落的过程中，又轻快地向上飞去了。

仔细看，那对面的杉树林前，有无数的蜻蜓成群游移着，就像蒲公英的细绒毛在飞。

山脚下的河流，看上去就像从杉树梢上流出的一样。

白花胡枝子模样的花在小山丘的山腰开成一片，闪着银光，岛村怎么也看不厌。

从旅馆的室内温泉一出来，就见一个卖小货的俄罗斯女人坐在玄关边。“竟来到这样的乡下地方吗？”岛村疑惑着走过去看，女人卖的是极平常的日本化妆品和发饰之类。

那张脸看上去已四十出头，有些许小皱纹，有些许脏，从粗大的脖颈往下看，能窥到雪白发亮的肥肉。

“你从哪儿来？”岛村问。

“从哪儿来的，我，从哪儿呢？”俄罗斯女人不知怎么回答，一边收拾摊子，一边想着似的。

脏布一样裹在身上的半身裙早已失了西服的模样，因为在日本待得久了，她背的是一个很大的包袱皮包裹，这会儿已走回去了。尽管如此，脚上穿的却还是皮靴。

一起目送俄罗斯女人的旅馆老板娘邀岛村去坐坐，一走近账台，就见暖炉边一个大个子女人背朝外坐着。女人拎着下摆站了起来。她穿的是有家徽图案的黑色和服。

因为滑雪场的宣传栏上，有她穿宴会装和棉制防寒收腿裤踩在滑雪板上，与驹子并排站着的照片，所以岛村对这个艺妓有印象。她是个胖乎乎的、仪表大方的大姐。

旅馆主人把金属火筷横架在炉子上，烤着很大的椭圆形包子。

“这东西要来一个吗？因为是贺礼呢，太叫人开心了[1]，您就吃一口吧！”

“刚才那人不做了吗？”

“是啊。”

“是个好艺妓呢。”

“合约到期，跟人一一打招呼辞行来了，以前可是个大红人儿。”

岛村一边吹着那热包子，一边试着咬了一口，坚硬的包子皮有一股陈味，还有一点点酸。

窗外，夕阳照着熟透了的红柿子，似乎那光也射进屋来，照在了地炉上活动吊钩的竹筒上。

“那么长，是芒草吧！”岛村吃惊地望着坡道。那草的长度足有背着它走去的老婆子身高的两倍，且穗子也很长。

“啊，那是茅草。”

“是茅草？是茅草吗？”

“铁道省[2]举办温泉展览会那会儿，是休息处吧，造了一

1 此处“太叫人开心了”为戏谑的玩笑话。

2 日本以前的内阁省之一，为掌管铁道行政相关事务的中央机关，也负责国有铁路的经营，于昭和二十四年（1949）改组至运输省，平成十三年（2001）改组至国土交通省。

个茶室，那屋顶就是用这儿的茅草葺的吧。听说，好像有个东京人把那茶室整个儿买下了。”

“是茅草？”岛村又自言自语似的嘟哝了一遍。

“原来山上开着的是茅草花啊，我还以为是胡枝子。”

岛村一下火车，最先映入眼帘的就是这山上的白花，开在陡斜山腰靠近山顶的地方，满坡闪着银光，就像从山上倾注而下的秋日。他被感染了，不由“啊”地叫出了声。之前，他错把那当成了白花胡枝子。

可是，在近处看，茅草却是勇猛强悍的，与倚着远山的感伤的花截然不同。大捆的茅草完全遮住了背着它的女人的模样，擦着坡道两侧的石崖一路嚓嚓响着。穗子壮硕。

回到房间一看，点着十烛灯的幽暗偏房内，那大肚子蛾子正在黑色的衣桁上产卵，檐前的蛾子也啪嗒啪嗒地往装饰灯上撞。

虫子从白天开始就叫个不停。

晚些时候，驹子来了。

她就这么站在廊下，正一眨不眨地看着岛村。

“你来干什么？到这样的地方干什么来了？”

“来看你。”

“口是心非。东京人净说谎，讨厌。”

然后她坐下来，这回把声音放软了。

“我可不想再给你送行了，那心情，实在没法说。”

“啊，那这次我就悄悄地走。”

“讨厌，我只是说不去车站。”

“那人后来怎样了？”

“还用说，死了。”

“就在你送我的那时间？”

“这是两码事。送别这事儿没想到会叫人那么难过。”

“嗯。”

“你二月十四日那天怎么回事？骗人呢。我可等得够呛。往后你再说什么话，全都不指望的才好。”

二月十四日是“追鸟节”[1]。那是雪国特有的孩子们的每年例行节日。从十多天前开始，村里的孩子们就穿着雪地草鞋把雪踩实了，再把那踩结实的雪裁切成二尺见方的雪砖，把它们垒砌起来，建成雪的神殿。那是个四面各三间[2]长，高一丈有余的雪做的神殿。十四日的晚上，从家家户户把各家的注连绳[3]收集起来，在殿前红彤彤地燃起篝火。这村子的正月新年是二月一日，所以注连绳都还在。就这样，孩子们爬上雪神殿的屋顶，互相推着挤着唱《追鸟歌》，之后，又进入雪神殿内，在佛前点起长明灯，就在那儿守夜到天明。十五日天亮的时候，又一次在雪神殿的屋顶上唱《追鸟歌》。

---

1 从农历正月十四晚到正月十五早上，祈祷该年农业丰收的农村例行纪念活动。

2 间，日本长度单位，一间约合1.818米。

3 也叫界绳，为阻止恶神入内而在神社前或在举行神道仪式的场所周围圈起的稻草绳，表示神域的界限。

其时正是雪积得最深的时候，岛村于是与驹子约好了要来看“追鸟节”。

“我二月份去了老家，歇了工呢，想着你一定会来，所以十四号就从老家回来了。早知道，还不如不慌不忙多照看几天病人。”

“谁病了？”

“师傅去了港口小镇，在那儿得了肺炎，恰是我在老家的时候来了电报，就去照看了。”

“好了吗？”

“没有。”

“那可真罪过呀。”岛村这话，像在为自己没有守约道歉，又像是为师傅的死致哀。

“嗯。”驹子突然温顺地摇了摇头，一边用手帕扫着桌子，“虫子多得不像话。”

从小饭桌直至榻榻米，到处落满了细细的飞蚁，几只小小的蛾子也绕着电灯来回飞。

纱窗的外侧，也星星点点地停着各种各样不知名的蛾子，浮在浩瀚的朗朗月光中。

“胃疼，胃疼。”驹子把两手猛地插往和服腰带间，迅速往岛村膝上伏了下去。

衣领后口的空隙间露出的搽了浓白粉的脖子，转眼工夫，比蚊子还小的虫子成群落了上去。也有眼见着死去，不再动弹了的。

脖子根比去年要粗，脂肪积起来了。二十一岁啦，岛村想。

有微微温热的湿气传到他的膝上来。

"'阿驹，去茶花间[1]看看吧！'账台的人不怀好意地嗤嗤笑着呢，真是不喜欢。我送阿姐上火车回来，才想舒舒服服地睡一觉，却说从这儿打来了电话，累得要死，所以很不想来的。昨晚又喝多了。是阿姐的送别会。账台的人光是笑，原来是你。一年啦，你这人，就是一年来一次的？"

"那包子我也吃了。"

"是吗？"驹子直起了上身，压在岛村膝上的地方红了一块，看上去突然显出些稚气来。

她说把那年纪稍大的艺妓，送到了下站的下站的那个镇。

"真没意思呀。以前，不管什么事，大伙马上就会谈妥解决，可渐渐都自私自利、各说各话了。这儿也变了很多，净来些脾气合不来的。菊勇阿姐一走，我就孤单了。因为以前什么事都由她拿主意，她买卖也做得最好，基本都不少于六百炷香钱[2]，所以雇主家也很器重她。"

"听说那菊勇是合约到期回她出生的小镇去了，可回去是结婚呢，还是继续做酒水娱乐生意？"岛村这么问道。

"阿姐也是个可怜人，就因为之前嫁人失败了，才来的这

1 岛村住的房间名。

2 请艺人玩乐时付给艺妓的钱是以线香根数来计算的。原本是以燃烧一炷香的时间为单位进行计费，后来习惯以线香根数来指代付费数。

儿。”驹子道。可是后面的事她就开始支支吾吾了，望着月光下层层梯田的下面，道：

“那边的下坡路上，不是有一座刚建的房子吗？”

“叫‘菊村’的小料理店？”

“嗯。阿姐本来该去那个店里的，因为自己的性情彻底吹啦，一时间闹得挺大。是因为，好不容易那男人给她建好了房子，眼看着要住进去，她却拒绝了。她是有了真正中意的人，打算同那人结婚来着，可是，没想到被骗了。人一旦迷恋上某个人，就会变成那样吧。虽说新相好的那人不知跑哪儿去了，可她也没有与前面那人言归于好，把店子要回来的道理。她也没脸继续在这儿待下去了，只能再去别的地方做工。想想是真可怜。我们也不是太清楚，什么样的人都有呢。”

“男人是吧，总也得有五个？”

“是啊。”驹子不出声地笑着，却突然转过身去了。

“阿姐也是个懦弱的人，孬种。”

“没办法吧。”

“难道不是吗？讨人喜欢，那又怎样呢？”

她低下头，用簪子搔了搔头。

“今天去送她，心里真难受呀。”

“那个好不容易建成的店又怎么办呢？”

“原配妻子来打理了。”

“原配来打理，倒好玩了。”

“你想，开业的准备工作都已全部做好了嘛，也是没有别的更好的办法了吧。原配妻子带着孩子，全搬过来啦。”

“原先的家里怎么办？”

“听说把老婆子一个人留下了。是个普通农户，可是，那男人喜好这一口儿，倒也是个有趣的人。”

“不务正业的，已有一把年纪了吧？”

“年轻得很，三十二三岁吧。”

“咦，这么说情妇倒比原配的年纪还要大一些不成？”

“同年，都是二十七。”

“‘菊村’这店名，‘菊’是‘菊勇’的‘菊’吧，就这，原配也接手？”

“因为店铺招牌已经打出来了，也不好再改了吧。”

岛村刚把衣领合了合，驹子就站起来去把窗子关了，又道：

“阿姐对你也知道得不少，今天还对我说你来着。”

“我在账台见到她来辞行。”

“说什么了吗？”

“什么也没说。”

“你懂我的心情吗？”驹子把刚刚才关上的拉门唰地打开了，像把自己丢出去一样砰地往窗台上一坐。

过了好一会儿，岛村道：

“星星的光跟东京完全不同呢，像浮在宇宙中一样。”

“是因为有月亮，不然也不是那样。今年的雪可真大呀！”

“火车好像也时常不通吧？”

“嗯，简直太可怕了。汽车几乎比往年晚了一个月才通车，到五月才通。滑雪场不是有个小卖部吗？雪崩从那二楼一下穿过去了，待在下面的人并不知道，因为听到奇怪的响动，还以为是老鼠在厨房闹腾呢，跑去一看又什么也没有，所以爬上了二楼，一看这不全是雪嘛！防雨门、木板套窗什么的全叫雪冲走了。虽只是山上的表层雪崩，可是，广播里把那事大播特播，吓得滑雪客也不来了。我今年也不打算再滑，去年年底就把滑雪板送了人。就算这样，也还滑过两三次吧。你看，我有什么变化没有？”

“师傅死后，你怎么过的呢？”

“别人的那些个事儿，你就别操心了。二月份我可正经来这儿等着的。”

“既然回了港口，你写封信告诉我不行吗？”

“才不。我才不做那种可悲的事！您夫人也可以看的那种信我才不写。太凄惨了。我不要小心翼翼地说假话！”

驹子语气激烈，连珠炮般地直扫过来。岛村点头表示了同意。

“你别在那虫子中间坐着了，把灯熄了的好。”

月光明晃晃的，清晰地映照出女人耳朵的凹凸阴影，又射进来照在榻榻米上，榻榻米似泛着冷蓝。

驹子嘴唇光滑，如美丽的水蛭的环节。

“不，让我回去。”

“一点都没变。”岛村仰起头，近距离看着那有些奇怪的、中间稍有突起的圆脸。

“大家都说，我与十七岁来这儿时相比，一丁点都没变。要说生活，那也完全一样嘛。”

北国少女浓浓的红晕还残留着，月光又给艺妓特有的肌肤上增添了贝壳的光泽。

“不过，我换了住处，你知道吗？”

“因为师傅死了是吧，已不在那蚕宝宝的屋子住了吧，现在住的是真正的雇主家？”

“你说真正的雇主家？是啊，店里卖粗点心和烟卷之类。也就我一个人。这回是真正的帮工了，所以晚上要是太晚了，我就点蜡烛看书。”

岛村抱着肩膀笑。

“有电表[1]呢，浪费电可不好。”她说。

“是吗？”

“不过，雇主家的人对我很好，有时候我都想：‘这就叫帮工吗？’小孩子一哭，老板娘就怕吵着我，立马背出门去。我完全没有感到不满足，只是不太喜欢床铺铺得不正这一点。要是我回家迟呢，他们就帮我铺上了，褥子没好好对齐啦，被单铺歪啦那样儿，我一见就觉得不如自己来铺。但自己重铺呢也不好，因为人家对你好，多难得。”

1 当时按电表使用量付钱的人家很少，所以才会那么担心。

“你要是成了家，那也是个劳碌的。”

“大家都这么说。天生的吧。雇主家里有四个小孩，所以东西丢得到处都是，真够呛，我整天儿跑来跑去收拾，虽然知道收拾完了反正还会变乱，可就是介意着，没办法不管。只是在处境许可的范围内，就算这样我也想过得干干净净的。”

“是啊。”

“你明白我的心情吗？”

“明白啊。”

“要是明白你就说说看，来，你倒是说说看！”驹子突然用急促的声音顶撞过来。

“看吧，还不是什么也说不出吗？净骗人。你过着奢侈的生活，就是个好敷衍、靠不住的人，根本不会明白！”

然后她又压低了声音：

“真伤心啊，我是个傻瓜。你明天就回去吧！”

“像你那样地逼问，能叫人说得清吗？”

“怎么说不清，你就是那点不好！”驹子依然难受着，嗓子堵得说不出话来，却一动不动闭了眼睛，想不管怎样，岛村总能感受到并明白自己是怎么回事吧，然后，又像想通了似的表态道：

“一年来一次也可以，只要我还在这儿，一年一次，你可一定要来呀。”

她说，合约是四年。

“回老家去的时候，做梦也没想到还会出来做这行，走之前可是连滑雪板也送了人的。要说做到了的事，也就是戒了烟而已。”

“对对，你以前可吸了不少。”

“嗯，宴会时客人给的，我都悄悄放到和服袖筒里了，有时候回来都能抖出好几根。”

“可是，四年可有点长呢。”

“很快就会过去的。”

“真暖和。”岛村顺势抱起了靠过来的驹子。

“我天生就暖。”

“早晚两头已经冷了呢。”

“我来这儿五年啦，刚来的时候心里没底，觉得能在这样的地方待下来吗？火车没通的时候可真冷清啊，要说从你第一次来到现在，也已经三年了。”

在不到三年的时间里自己来了三次，而每次来，驹子的处境都有变化。岛村这样想着。

好几只纺织娘突然一起叫起来。

“真讨厌。”驹子从他的膝上站起。

北风吹来，纱窗上的蛾子一齐飞走了。

岛村明明已经知道，她的黑眼睛虽看似是微微睁着的，其实那是闭拢了的浓密的睫毛，却依然凑近脸去看。

“戒烟后，你长胖了。”

腹部的脂肪变厚了。

两人分开后难以捕捉的东西——那亲密感，就在这么一看之间回来了。

驹子悄悄地把手掌贴往胸脯。

“有一边变大了。”

“傻瓜，是那人的毛病吧，光尽着一边儿。”

“哎呀，真讨厌，胡说八道，讨厌的人！”驹子突然变了脸。

“有了。”岛村这就有了主意：

“‘两边要平均’，下回你就这么说。”

“要平均？”驹子温柔地把脸凑了过来。

这房间在二楼，而屋子周围有蛤蟆在叫，不是一只，好像是两三只在来回爬，长时间地叫个不停。

从室内温泉一上来，驹子用极安心平静的声音，又一次说起了自己的身世。

甚至说到在这儿的第一次体检，以为还跟半玉时一样，只脱了上半身而被笑话，然后哭了的事。岛村问，她就答：

“我的那个其实准得很，每次都规规矩矩地提前两天来。”

“不过，去参加宴会时，有没有什么诸如此类的不方便呢？”

“嗯，那样的事儿你也知道？”

每天泡着有名的温泉取暖；参加宴会的话，要来回走新老温泉间约莫一里地的距离；山里的生活又少熬夜，她因此健康、胖得敦实，可是却是艺妓常有的细窄腰，侧面瘦，前后却厚实多肉。虽然如此，能把岛村大老远吸引而来的这女人，其身上自有深深的风韵、情趣与哀怜。

“像我这样的生不了孩子吧？”驹子一本正经地问。她的意思是只和某个人交往，那岂不是同夫妇一样吗？

岛村这才知道，驹子有那样一个人。说是从十七岁那年开始已经有五年了。驹子的不谙世事和无防备，老早以前岛村就觉得奇怪，这下就明了了。

将她从半玉赎出来的那人死后，她一回到港口小镇，就立即有了那说合的缘故吧。驹子说她从始至今都讨厌那人，因此始终无法跟他融洽相处。

“能保持五年，不是也算挺好的一个人吗？”

“曾有过两次分手的机会，在这儿开始做艺妓的时候，还有从师傅家搬到如今的雇主家的时候。不过，我还是意志薄弱了，真的是意志太薄弱。”

她说那人在港口，因为不方便将她安置在那镇上，所以师傅来这村的时候就顺便将她托付给师傅，让跟着一起来了这儿。她说对方虽是个善人，可自己没有一次能说服自己主动委身于他，这真是悲哀。说因为年龄差得多，对方也只是偶尔才来一趟。

“我常想，怎样才能断呢？不行就放开了乱来吧。我真是那么想的。”

“乱来可不好。”

“乱来呢，还是做不到，还是天生的吧，我爱惜自己的身体。做的话，四年的合约就能变成两年，可是我不想勉强，因为身体是最要紧的。要是不顾一切地做，能赚很多香钱吧。合约是按年算的，所以只要不让老板吃亏就行。本金按月除一下是多少，利息是多少，税金多少，再加算上自己的伙食费，不就清楚了吗？再多我就不勉强自己做了，要是不想去麻烦的宴会呢，就赶紧回家；只要不是熟人的点名，旅馆也不会半夜三更地打电话来叫。自己想要奢侈的话当然没尽头，可是，我就随便做着，因为那也过得下去了嘛。本金已还了一半以上啦，还不到一年呢。不过话虽这么说，零钱什么的每个月也得花上个三十日元。”

她说每个月能赚一百日元就好，上个月赚得最少的那个人也有三百炷香，合六十日元。要数驹子参加宴会陪酒的次数最多，有九十几次，一次宴会自己可得一炷香钱，所以老板虽然吃点亏，却也细水长流。说需要增加借款、延长合约年限的艺妓，在这温泉场可是一个也没有的。

第二天早上，驹子依然起得很早。

“我梦到正同插花的师傅打扫这屋子呢，就醒来了。”

被搬到窗边去的镜台里映着红叶的群山，即便在镜中，秋天的日光也很明亮。

粗点心店的女孩把驹子的换洗衣服拿来了。

“阿驹！”在拉门后喊着的，并不是那声音清亮得近乎哀伤的叶子。

“那姑娘怎么样？”

驹子瞥了岛村一眼。

“光上坟呢。你看滑雪场的山脚下，那儿有块荞麦地不是？开着白花的。看到那左边有座坟吗？”

驹子回去后，岛村也走去村里散散步。

白墙房子的屋檐下，一个女孩子正在拍皮球，她穿着崭新的朱红色法兰绒防寒收腿裤。真是秋天了。

这一带的房屋，很多建筑颇有古风，让人觉得是大名[1]出巡时代留下的遗物。房子的挑檐很高。二楼窗户上的隔扇仅一尺左右高，却显得细长。檐前垂着茅草帘。

土坡上有细叶芒[2]做的生篱墙，一片明黄的芒花开得正茂，每一株的细长叶子喷涌状向外散着，像美丽的喷泉。

路边向阳地里，叶子正铺着一张草席在打红小豆。

豆子像一小粒一小粒的光，从干了的豆秸上往外迸溅。

因为头上裹着手巾没看见岛村吧，叶子张着穿防寒收腿裤的两个膝盖，一边打豆子，一边用那近乎哀伤的、余音袅袅的声音唱着：

> 蝴蝶，蜻蜓呀，蝈蝈
> 在那山上叫的

---

1 日本战国时代拥有广阔领地的领主，或江户时代直接供职于将军，俸禄在1万石以上的领主。

2 禾本科多年生草本植物，芒草的变种。叶幅和茎都比芒草细，穗也小。

金琵琶[1]，金钟儿[2]呀，纺织娘

“从杉树上忽一下飞走，晚风中的乌鸦多么大”——有一首歌如此唱道。而从这窗中俯瞰，杉树林前面今天也有成群的蜻蜓在流动。随着暮色渐临，它们似乎慌慌忙忙加快了在空中游动的速度。

动身出发前，岛村在车站的小卖店找到了一本新出版的、介绍这一带的登山指南，并买了下来。他随便地翻了一下，却读到书中写着：从这房间远眺可见的县境群山，其中一座山顶的附近，有一条穿过美丽池沼的曲折小路，那附近的整个湿地上，各种高山植物争奇斗艳。到了夏天，会有红蜻蜓毫不设防地到处飞，帽子上呀，人的手上呀，甚至偶尔会停到眼镜框上，那种悠闲，与饱受虐待的城市蜻蜓有云泥之别。

可是，眼前的蜻蜓群，看上去却像被什么穷追着逼向绝境一般，就像怕在天黑前就被杉树林的苍黑色吞去身影一样，万分焦急。

远处的山被夕阳一照，可以很清晰地看到：红叶从峰顶一路变红。

“人这东西真是脆弱啊，听说从脑袋到骨头，全都摔得乱七八糟不成样儿。要是熊什么的，据说就算从再高的岩壁平台摔下来，身体也不会受一点儿伤呢。”岛村想起今天早

1 指云斑金蟋，其形状像一只小巧玲珑的金色琵琶，鸣声也似弹拨琵琶的声音。

2 即日本钟蟋，又名马蛉、蛉虫。

上驹子说攀岩场那儿又出了事故，是一边用手指着那山一边说的。

若有熊那样硬厚的皮毛，人的感官一定会有很大不同。人是互相爱着对方又薄又光滑的皮肤的。想着那些，远眺着夕阳中的群山，岛村一下陷入了伤感，不由得想念起人的肌肤来。

“蝴蝶，蜻蜓呀，蝈蝈……”晚饭开饭刚不久，就有艺妓弹着蹩脚的三味线在唱。

登山指南书上只简单写着上山路线、日程、宿营处和费用之类，而这反倒让人的想象自由起来。岛村最早认识驹子，也是在地表残雪尚存、新绿萌发的山中徒步，然后下山来到这温泉村的时候。就这样，望着尚留有自己足迹的群山，且如今又到了秋天的登山季，他的心就被山吸引而去了。于饱食赋闲的他而言，无为无事却受尽辛苦去爬山，这简直就是个“徒劳”的样本，而正因为那样才又有了非现实的魅力。

一旦远离，他就不由自主地频频想念驹子；而来到近旁，对人的肌肤的念想，对山的诱惑的念想，又觉得它们似乎是同一个梦。是因为安下心来了呢，还是因为如今对她的肉体已过于熟悉？又或许因为昨晚驹子才刚留宿过？可是，他一个人在寂静中坐着，觉得好像不用叫，驹子也会自己来一样，虽然除了在心里等待别无他法。听着徒步的女学生们年轻嘈杂的声音，竟睡意蒙眬起来，岛村早早地睡了。

不久，似有一阵过云雨赶过。

第二天早上一睁眼，就见驹子端坐在桌前读着一本书。穿的和服外褂也是平纹粗绸[1]的家常衣裳。

“醒了？”她静静地问着，朝这边看来。

“你怎么来了？”

“醒了吗？”

在自己不知道的时候来这儿住了吗？岛村疑惑着，一边环视自己的睡床，一边捡起枕边的手表，一看，才六点半。

“还早呢。”

“可是，女佣都已经来添过火了。”

水壶正冒着热气，越发显出清晨的气息来。

“起来吧！”驹子站起身走了过来，在他的枕边坐下了。那架势完全是家庭妇女的样子。岛村伸了个懒腰，顺手抓住女人放在膝上的手，一边拨弄她小指上弹三味线留下的茧结，一边道：

“真困啊，天不是才亮吗？”

“一个人睡得很好？”

“啊。”

“你呀，还是没有蓄胡子。”

“对对，上次走时，你说过那话呢，叫我蓄胡子。”

“反正说了也不记得，算啦。总剃得这么青光光的。”

“要说你，不也总是一洗掉白粉，脸上就像刚用剃刀刮过

1 用粗蚕丝等织成的平纹丝绸。

的一样。”

“这不，腮帮子又胖了吧？肤色又白，睡着的时候看，没有胡子可真古怪。圆圆的。”

“看起来温温柔柔不挺好的吗？”

“看起来不可靠。”

“讨厌，刚才一直盯着我看的？”

“是啊。”驹子笑眯眯地点着头，那微笑突然像着了火一样变成了大笑，不知不觉间，就连握着他手指的手也发了力。

“壁橱，我在壁橱里藏着呢，女佣一丁点儿也没发觉！”

“什么时候，你从什么时候开始藏着的？”

“不就是刚才嘛，女佣来添火的时候啊！”

她一副止不住笑的样子，而脸却一直红到了耳朵根，为了掩饰，她把盖被的被头拉起来扇着，一边道：

“请起来吧，起来啦！”

“冷。”岛村搂住被子。

“旅馆的人都起来了吗？”

“不知道，我可是从后面上来的。”

“从后面？”

“从杉树林那儿攀着爬上来的啊。”

“有那样一条路吗？”

“路是没有的，可是近啊。”

岛村惊讶地看了看驹子。

“没人知道我来这儿，厨房里虽然有声音，可是，玄关门还闭着呢。”

“你又起那么早。”

“昨晚没睡着。”

“下了阵雨，知道吗？”

“是吗？难怪那儿的山白竹[1]湿漉漉的。我回去了，你再睡一觉吧，再见！”

“我起来。”岛村握着女人的手顺势从被窝里钻了出来，就那样走到了窗边，俯视女人刚才说的攀着爬上来的地方，只见下面灌木茂盛，草木蔓延的势头凶猛得令人生畏。那是与杉树林相接的小山的半山腰，窗口正下方的地里，萝卜、甘薯、大葱、芋头之类，都是些普通蔬菜，却都沐浴着早晨的阳光，每片叶子的颜色也都不尽相同，岛村看着，觉得就像头一回见一样。

去往浴室的走廊上，旅馆掌柜正给泉水中的红鲤鱼投喂饵料。

“看来天冷了，食欲也变差了。”掌柜的对岛村说。岛村久久地望着浮在水面上那捣碎了的干蚕蛹饵料。

驹子端坐着，对泡澡回来的岛村说：

“这么清静的地方，做针线活多好。”

房间刚刚打扫过，秋天的朝阳深深地射进屋，打在略显陈旧的榻榻米上。

1 禾本科常绿大叶矮竹，高约1米，叶长椭圆形，冬季叶缘变白，长于山地。

“你会做针线？”

“这话说的，真叫失礼。兄弟姐妹中就数我最吃苦了，想一想，我长大那会儿，好像正是家里日子最难过的时候。”她自言自语似的嘟哝着，却突然提高了嗓门。

“适才女佣脸色古怪地说：‘阿驹你什么时候来的？’总不能三番两次都藏到壁橱里去吧，真不知该怎么办。我回去了，忙得很呢。因为没睡好，所以想洗头来着，早上如不快点洗呢，等到干了，再去梳头师傅那儿，就赶不上中午的宴会啦！这儿也有宴会的，可是，直到昨天晚上才通知我。既然已经答应了外边，这儿就来不了。因为是周六，所以真的太忙了，不能来玩啦！”

口中说着这些，可是驹子却没有站起来。

她决定不洗头了，带着岛村去了后院。方才就是从那儿悄悄来的吧，跨廊的下面，放着驹子湿漉漉的木屐和短布袜。

她攀着爬上来的那山白竹太密了，看样子根本过不去，所以就沿着田地，往有水声的方向下行，这就见河岸变成了很深的崖壁，听到栗树上传来孩子们的声音，脚下的草中也落着好几个刺球。驹子用木屐将其踩碎，剥出果实来，都是小粒的毛栗儿。

对岸陡斜的山腰处，茅草穗子齐刷刷开成一片，晃着炫目的银色。虽颜色炫目，却仿佛是飞在秋天晴空中透明的虚幻与无常。

“去那边看看吗？看得见你未婚夫的墓地了。”

驹子一下站直了，直直地看着岛村，冷不防将一把栗子朝他脸上掷去。

“你在辱骂我呢？”

岛村没来得及躲避，栗子砸在额上发出声响，打得很痛。

“有什么因缘关系，你非要去参观那墓？”

“干吗那么当真啊。”

“要说哪，对我来说也是认真的，与你那般过着优哉游哉日子的人不同。”

“谁优哉游哉啊？”他无力地嘟哝道。

“那，为什么要说什么未婚夫？不是未婚夫，以前不是详详细细说过吗？忘了吧？”

岛村并没有忘。

“师傅呢，可能有过让少爷和我在一起的想法，只是心里想，从来也没有说出口过。师傅的那心思，少爷和我都隐约知道的，可是，我跟他什么都没有过。就只是这些。一直没在一起生活。被卖去东京的时候，那人独自去送过我。”

他还记着驹子说过的那些话。

那男人病危了，她却去岛村那儿留宿，也曾奋不顾身似的说：

“我按着自己喜欢的做，凭什么要被一个将死的人拦着？”

更何况，恰在驹子去车站为岛村送行的时候，叶子来找她，说病人的情况不妙，虽如此，驹子却没有回去，因此她似乎也没能见上他最后一面，所以岛村心里越发不能忘记那个叫行男的男人。

驹子总想避开行男的话题，但就算不是未婚夫，她也为了赚取他的疗养费而在这儿做了艺妓，所以没错儿，正是“认真”之事。

虽然被掷了板栗，岛村看起来也不像在生气。有一刹那，驹子看起来很担心，可是突然一歪身靠了过来。

“哎，你真是个厚道人，你伤心什么呢？”

“树上的孩子看着呢。”

“真是不明白，东京人这么复杂。周围吵闹闹的，所以你就精神涣散了。”

“什么都散啦。”

“早晚连命也会散哟，去看看墓地吗？”

“好吧。”

“瞧你，墓地什么的，其实根本不想看吧？”

“只是你有顾虑。”

“我从来也没来上过坟，所以有顾虑，真的，一次也没有。如今师傅也一起埋这儿了，所以觉得对不起师傅。可是事到如今反而没法去了。那不是明摆着的吗？”

“你那才叫复杂。”

“为什么？既然无法对活着的人说清所思所想，那么，至少对死去的人要好好说清楚。”

杉树林上方的寂静仿佛要凝成冰冷的水滴落下来，穿过那杉林，沿铁轨往滑雪场下边走，眼前就是墓地了。在田埂稍高的一角，立着十来座石碑和一尊地藏菩萨。光溜溜的粗劣模样。没有花。

可是，从地藏菩萨后面低矮的树荫下，叶子的上半身出其不意地露了出来，一瞬间，她如同戴上假面一般，露出惯有的一本正经的脸，用燃着针刺般冷焰的眼睛看向这边。岛村啪地鞠了个躬，就那么一动不动地站住了。

“叶子你真早，我去梳头师傅那儿呢……”就在驹子说到一半的时候，轰地来了一阵漆黑的疾风，像要把人吹起，她和岛村都吓得把身子缩了起来。

一列货车轰然而来，又从近旁呼啸而去。

“姐姐！”这声音穿透那粗野的轰鸣传到耳中来。黑色货车的车门中，一个少年正挥着帽子。

“佐一郎！佐一郎！”叶子喊。

那声音，是在雪中的信号所呼喊站长的声音，像喊那听不见的、远去的船上的人那样的，近乎哀伤的美丽声音。

货物列车一驶过，就像取下了蒙眼布一样，铁路对面的荞麦花鲜亮地映入眼中来，红色的茎上花朵齐放，真是一片静谧。

因为意外遇见了叶子，所以两人甚至连火车驶来也没有觉察到，而之前的那种种，却也被货车的强大气流刮走了。

而后，车轮声虽远去，叶子的声音却似乎还留着不绝的余韵，就像纯洁的爱之回声又传了回来。

叶子目送火车远去，说：

"弟弟在上面，要不要去车站看看呢？"

"话说，火车又不会在车站等你！"驹子笑了。

"是啊。"

"我呢，可不是来给行男上坟的。"

叶子点点头，略微迟疑了一下，却在墓前蹲下合起了手掌。

驹子直直地戳立在那儿。

岛村移开视线，看向地藏，那地藏有三个方向的三张长脸，除胸前合掌的一组胳膊外，左右两边还各有两只手。

"我去梳头。"驹子对叶子说着，沿田埂往村子方向走去。

有一种当地话叫"八手"的东西，就是把竹子或木棍架在树的枝干间，按晾衣杆那样的构造做成好几层，结牢了，把稻子挂在上面晾晒，看上去就像竖起了高高的稻子的屏风——岛村他们经过的路边，也有庄稼人正做着那"八手"。

穿防寒收腿裤的腰轻轻一扭，姑娘就将稻捆儿扔了上去，几乎同时，高高爬在上面的男人就灵巧地接住了，一手握着，一手捋一下从中分开，这就挂上了竹竿。他们就这样劲头十足地一遍遍重复着这娴熟浑然的动作。

驹子像掂量贵重东西似的，把从八手上垂下来的稻穗托在掌心，晃荡着往上摇。

"多好的稻子，摸一摸都叫人开心的稻子，跟去年大不一样呢。"她仿佛很享受那触觉似的把眼睛眯了起来。八手上方的天空，成群的麻雀在低空乱飞。

路边墙上残留的旧广告上写着：插秧工工钱协定。日薪九十钱，包饭，女工为前述六折。

叶子家也有八手，就搭在通往主干道稍有些低洼的菜地后面，而院子的左手边，沿着邻居家白墙的一溜柿子树上，也搭着高高的八手。菜地与院子的交界处也有八手，与柿子树的八手呈直角的地方开了一个入口，可从稻子下方钻进去。看上去正像搭了一个小屋——不是用稻草而是稻子。菜地里，枯了的大丽菊和蔷薇花前面，芋头正舒展着壮硕的叶片。养红鲤鱼的莲池恰在八手对面，所以看不见。

去年驹子住的那蚕室的窗子也被挡住了。

叶子生气似的低下头，穿过稻穗的入口走回去了。

“这家里就她一个人了吗？”岛村目送着那稍稍前弓的背影问道。

“不见得吧！”驹子冷言冷语地回答。

“啊，真讨厌，算了，不去梳头了。就因为你多嘴，搅了那个人的上坟。”

“不想在墓地碰到她，那是你的固执己见吧。”

“你不明白我的心情。等回头有空了，我再洗头去。晚上可能会很迟，但肯定去你那儿。”

半夜三点钟。

纸拉门推得像要飞出去一样，岛村才被那开门声惊醒，驹子就啪的一声直直地倒在了他的胸前。

“说了来的，就来啦，说了要来的就来了不是？”她气喘得连腹部都起伏波动。

“你醉得太厉害啦。”

“说了要来的就来了不是？”

“啊，是来啦。”

“来这儿的路也看不见。看不见，啊，难受。”

“也亏你能爬上那坡。”

“不知道，全不知道了。”驹子用力地往后面倒去，岛村努力想要起来，却因为被突然吵醒，晕晕乎乎直摇晃着，又倒下了，这下脑袋噗地倒在一个滚烫的东西上，吓了一跳。

“烫得像火一样！傻瓜！”

“是吗？火枕头，会烫伤哟。”

“真的。”只要闭着眼，那热流就渗进了整个脑袋，岛村因此很真切地感受到了自己活着。伴随着驹子粗重的呼吸，所谓的“现实”渐渐传递而来，那与久违的悔恨类似，像一颗安然等待复仇的心。

“说了要来的，就来了不是？”驹子一个劲儿地重复着那句话。

“既然来过了，这就回去。去洗头。”

然后又爬起来，咕嘟咕嘟地喝水。

“你那样子可回不去。”

“回去，有人一起呢。洗澡用具呢，上哪儿去了？”

岛村站起来一开灯，驹子就用两手捂住脸伏到了榻榻米上。

“讨厌！”

元禄袖[1]的华丽薄毛呢夹和服外加一件黑领睡衣，系着窄腰带，因此看不见衬衣的领子，光着脚，连脚的外缘也泛着红醉，她像要把自己藏起来似的缩着身子，看上去可爱极了。

看来洗澡用具是扔了，肥皂、梳子散了一地。

“剪一下啊，剪刀都带来了。”

“剪什么？”

“这个呀！”驹子用手朝头发后面比画了一下。

“在家就想把扎发髻的细绳剪了的，可是，手不听使唤，所以顺路到这儿想你帮我剪一剪。”

岛村拨开女人的头发，剪断了头绳。每剪一处，驹子把假发抖落下来的同时，也平静了一些。

“现在几点了？”

“已经三点啦。”

“哎呀，这样啊？真头发剪掉可不行。”

“绑了好些在里面呢。”

他抓着剪下来的假发，发根那儿还留有余温。

“已经三点了？宴会回来，好像倒下就那样睡着了。因为和朋友事先约好了的，所以她们来叫我，这会儿肯定想不知我去哪了。”

“在等着吗？”

“在公共浴室泡澡呢，三个人。有六桌酒席，可是只转了

1 和服袖型之一，吸收了元禄时代圆袖的特点，袖筒较大而短。

四桌，下周又有赏红叶的，会很忙。谢谢你。”她一边梳着解开的头发，一边仰起脸，满脸是光彩动人的微笑。

“管它呢，嘻嘻嘻，真可笑呀。”

然后无可奈何地捡起了假发。

“对朋友们不好呢，我走啦。洗完回程的时候就不来了。”

“能看得见路吗？”

“看得见。”

她却踩到和服下摆趔趄了一下。

早上七点和半夜的三点，一想到她一天两次在这异常的时间点偷闲过来，岛村不由感到了某种不同寻常。

旅馆的掌柜们正把红叶像门松[1]那样装饰到大门口去，以欢迎来赏红叶的观光客。

用盛气凌人的口气下着指令的，是一个自嘲似的说自己是“候鸟”的掌柜，他是临时雇来的。从新绿的早春到红叶的晚秋间在这一带的山中温泉做事，冬天则到热海或长冈之类的伊豆温泉场去打短工，那人就是众多这样的男人中的一个，也不一定每年都在同一个旅馆做。他振振有词地卖弄着伊豆繁华温泉场的经验，满口是对本地待客之道的阴损。一边搓着手，一边纠缠不休地拉客，越发显出一副缺乏诚意的乞怜相。

“先生，您知道木通果吗？想吃的话这就给您取。”他对

1 日本民俗中正月竖在房门口或大门口的装饰性松树。松树原为年神入门的依附之物。

散步回来的岛村说着，把那带着藤蔓的果实系到了红叶的树枝上。

红叶像是从山上砍来的，高度足以抵到檐头，鲜艳的红色一下使玄关亮了起来，且一叶一叶大得惊人。

岛村手握着木通冰冷的果实，一边不经意地朝账台那边看了一眼，只见叶子在炉边坐着。

老板娘守着铜壶在温酒，叶子坐在对面。每对叶子说什么，她就明明白白地点头应着。叶子没穿防寒收腿裤，也没穿和服罩褂，穿的是看起来刚浆洗过的平纹粗绸衣。

“帮忙的人？”岛村若无其事地问掌柜。

“啊，托您的福，人手不够呢！”

“是和你一样的吧？”

“嗯。不过，那是村里的姑娘，脾气可有点怪。”

看来叶子是在厨房做事，似乎迄今还没参加过客人的宴会。只要客人多起来，炊事场那边女佣们的声音就大起来，却并没有听到叶子那美丽的声音。岛村听负责他房间的女佣说叶子有个癖好，说她睡觉前喜欢在泡澡的浴槽里唱歌，而他并没有听到过。

可是，一想到叶子也在这旅馆中，不知为什么，岛村就对叫驹子来这事有了顾虑。尽管驹子的爱情全给了他，他却疑心那是美丽的徒劳，是他自身的虚无。正因如此，驹子朝气勃勃的生命却反倒像赤裸的肌肤般向他贴近来。他怜悯驹子，也怜悯自己。他觉得，叶子的眼里闪着光，仿佛能天真地洞察一切。岛村亦被这女人吸引了。

就算岛村不叫，驹子也一趟一趟地来。

因为去看溪流深处的红叶，他曾路过驹子家的门前。那一刻她听到车子声响，想这会儿肯定是岛村而飞奔到大门口去看，他却连头都不回，因为这，她甚至说他是个薄情的人。所以只要旅馆叫她，她就没有不顺路去岛村房间的，泡澡也去。只要一有宴会，她就提前一小时来，在他那儿一直玩到女佣来喊她。从酒席上溜出来呢，则是到他房间的镜台前来补妆。

“这就做事去，因为想赚钱，嘿，赚钱，赚钱！”说着，站起来就走了。

装三味线拨子的收纳袋啦，和服罩褂啦，不管从家里带来什么，都往他房间一放就回去了。

“昨晚回去，家里没开水，在厨房喀哧喀哧倒腾一番，把早上剩的味噌汤浇在饭上，就着咸梅干吃的，那叫一个冷！今天早上家里也没人叫我，睁眼一看都十点半了，本来想着七点起来来这儿的，结果泡汤啦。”

诸如此类的事，从哪个旅馆去哪个旅馆啦，宴会上的事儿，这样那样地全都一一告知。

“回头再来啦。”她一边喝水一边站起来，“也可能不来，要说，三十个人的地方，陪酒的却只去了三个人，忙得实在抽不开身。”

可是，没一会儿却又来了。

“真是吃不消，三十人只有三个人陪，那两个又是年纪最大和最小的，我可真吃不消！小气的客人，肯定是什么旅行团。三十人最少也必须得要六个人呢。喝多了就来吓唬人。”

每天这样子，到底会变成什么样儿呢？就连驹子也想寻处藏身，而不知从她身上的哪一处散发出的孤独感，却反为她一味地增添娇艳。

“走廊踩出的声响真叫人难为情，轻轻地走也会被人知晓。每次路过厨房，就有人笑说：‘阿驹你去茶花间呀？’我竟然会变得如此拘束顾虑，也真是没想到。”

“小地方，没办法吧。”

“大家都已经知道啦。”

“那可不好。”

“是啊，但凡有一点儿坏名声，在小地方也算完了。”话这么说着，却马上又扬起脸微笑了，“嗯，没事儿。我们到哪儿都能找到事做的。”

那满含实诚的口气，让靠着父母遗产饱食终日的岛村颇感意外。

“真的，在哪儿做工都一样啊，没有什么想不开的。”

虽是若无其事的口气，岛村却听到了女人话中的余音。

“那样就很好，因为能真正喜欢一个人的，也只有女人。”驹子说着，脸上微微泛了红，低下了头。

后领口露着很大的空隙，所以就像在肩背上展着一面白扇子。那涂了浓白粉的肉体丰腴鼓胀着，不知为何透着悲哀，看起来如一件毛织物，又像一只什么动物。

"如今的世道呢……"岛村小声嘟哝着，话说出来自己却感到了虚伪，不由打了个寒噤。

可是，驹子却很单纯。

"不管什么时候都那样啊。"

然后她扬起脸，心不在焉地补充道：

"这你不知道？"

吸贴在背上的红和服衬衣被遮住了。

岛村正在翻译瓦雷里[1]、阿兰[2]以及俄罗斯舞蹈辉煌时期法国文人们的舞蹈论，打算做成印数不多的豪华版自费出版。这是一本看样子对当今日本舞蹈界不会有任何影响和作用的书，可要说这书能让他安心，却倒也说得上。借着自己的工作讥笑自己，也是一种任性撒娇的乐趣吧。他伤感的虚幻世界，也许正是从那样的地方滋生而来，甚至丝毫没必要急着出门去旅行。

他详尽观察着昆虫们苦闷而死的状态。

随着秋天气温的下降，他发现房间榻榻米上每天也都有将死的虫子。翅膀坚硬的虫子，只要一翻个儿就再也无法重新起身。蜂子则是走几步跌倒，再走几步又跌倒，如同季节

1 保尔·瓦雷里（Paul Valery, 1871—1945），法国后期象征派大师，法兰西学院院士，诗耽于哲理，倾向于内心真实，追求形式的完美，作品有《旧诗稿》《年轻的命运女神》《幻美集》等。

2 阿兰（Alain, 1868—1951），法国哲学家，本名埃米尔–奥古斯特·沙尔捷，著有《幸福散论》等。

流逝般地自然死去。虽是静静的死亡，可是靠近了看，却能让人感受到脚或触角痛苦的扭动与挣扎。作为那些小小生命的死亡之地，八叠大的榻榻米看上去委实是太辽阔了。

有些时候，岛村一边用手指捏起虫子的尸体想要丢掉，一边却突然想起留在家中的孩子们。

有的蛾子好像永远在窗子金属网上停着，却已经死去，最终枯叶般散去，也有从墙上落下的。用手拿起来看时，岛村想，它们为什么出落得这么美呢？

那防虫的金属网也已取下，虫声明显稀疏了。

县境群山的铁锈红色更深了，夕阳一照，便如略有些发冷的矿石般发出微光。旅馆住满了来赏红叶的客人。

那天晚上，驹子顺路一进岛村的房间就说："今天来不了啦，大概会有本地人的宴会。"

不久，就听到大客厅传来夹杂着鼓声的尖嗓子女声，而在那乱纷纷的声音中，却意外听得近处有一个清澈的声音道：

"不好意思，有人吗？有人吗？"是叶子在叫。

"那个……阿驹让送来这个。"

叶子就那样站着，邮递员一样伸出了手，却又慌慌张张地跪坐下去。岛村将那折叠成结的信展开来时，叶子已经不见了。什么也没来得及说。

怀纸[1]上，只用歪歪扭扭、醉了一般的字写着一句："现在

---

1 带在身边备用的白纸。

喝着酒，非常快活地在闹着。”

可是还没过十分钟，驹子就脚步凌乱地进来了。

“刚才那孩子送什么来没有？”

“送啦。”

“是吗？”她非常开心地眯缝起一只眼，“真快活！我说去点酒，就偷偷溜出来了，被掌柜发现讨了骂。酒可真好，就算被骂，也不在乎脚步声！啊，真讨厌，怎么一来这儿就突然醉了。这就做事去。”

“连指尖儿都醉出漂亮的红色啦。”

“嘿，生意！那孩子说什么了？善妒得简直令人害怕，你知道吗？”

“谁？”

“会被她杀了的。”

“那姑娘也在帮忙吧？”

“她送酒壶过来后，就站在走廊阴下直勾勾地盯着看哪，眼睛忽闪忽闪地发光。你很喜欢那眼睛的对不？”

“我是觉得那眼睛看起来可怜。”

“所以，我说‘把这个送去’，就写了这个让送来啦。想喝水，给我水。谁可怜？女人呢，若不追到手，是不会懂的。我醉了吗？”说着，要倒下去似的抓住镜台两端往里看，然后马上挺直了身子，理了理和服下摆出门去了。

不久，宴会似乎结束了，突然一下子静了下来，不时传来远远的陶瓷器皿的碰撞声。驹子也被客人带去别的旅馆陪二次宴席了吧？岛村才这么想着，叶子却又一次拿来了驹子的纸条结：

“不去山风馆了，之后回梅花间的时候去你那儿。晚安。”

岛村有点不好意思似的苦笑道：

“谢谢你。你是来帮忙的吗？”

“嗯。”点头的刹那，叶子用那针刺般的美丽眼睛瞥了岛村。岛村不知为何有些狼狈。

之前也偶遇过好几次，每次都留下感动，这姑娘就这么闲坐在他面前，令人有一种奇怪的不安。那副过于认真的架势，让人觉得她时时都处在某个异常事件中一样。

“你看起来很忙呢。”

“嗯，可是，我什么也做不了。”

“遇到过你好多次了呢，最早是在回来的火车上照看着那人，你跟站长拜托弟弟的事儿，还记得吗？”

“嗯。”

“听人说，你睡觉前喜欢在浴池里唱歌？”

“哎呀，真不好意思。”那声音美得惊人。

“你的事，我怎么觉得好像全知道呢。”

“是吗，您听阿驹说的？”

“那人才不说，她好像并不愿意说你。”

“是吗？”叶子稍稍把脸转到了一边，“阿驹很好，可是也很可怜，所以请您好好待她。”

话说得很快，那声音的尾梢处微微有些颤抖。

“可是我，却什么也给不了啊。”

这时候，叶子看上去似乎连身体也开始发颤了，岛村脸上似有危险的光逼近来，因此把视线移开了，笑道：

“也许我还是早点回东京去的好。”

“我也要去东京。”

“什么时候？”

“什么时候都行。”

“那么，我回去时带你一起走？”

“嗯，请您带我一起回去吧！”话说得若无其事，可语气却是认真的，岛村吃了一惊。

“你家里人同意就好……”

“要说家里人，也就一个在铁路上工作的弟弟，所以我自己决定就可以了。”

“东京有什么依靠吗？”

“没有。”

“和那人商量过了？”

“你说阿驹吗？阿驹可恶，不跟她说。”

这么说着，是精神放松了的缘故吗？岛村觉得，叶子用那稍稍湿润的眼睛看着他的时候，身上似有一种奇怪的魅力，而不知为什么，他对驹子的爱情却反而粗野地熊熊燃起来。他想，与一个来历不明的姑娘私奔似的回家去，会不会是对驹子强有力的谢罪？或者说，也像一种刑罚？

“你那样儿，和一个男人一起走不害怕吗？”

“为什么？”

“你在东京的临时落脚点啦，去了想做什么啦，这些如果不定下的话不是很危险吗？”

“就一个女人家，怎么着都成。”叶子语调的尾音动听地上扬着，就那么目不转睛地盯着岛村。

“您能雇我做女佣吗？”

“怎么，你想做女佣？”

“不想做女佣。”

“你之前在东京的时候，做什么？”

“护士。”

“在医院呢，还是入了学校？”

“不是，只是想做而已。”

岛村又想起在火车车厢中照料师傅儿子的叶子的模样，那认真中也体现着叶子的职业愿望吗？他这么想着，不由得微笑了：

“那么，这次也想去学护理吧？”

“已经不想做护士了。”

“不专注地扎下根来可不行。”

“哎呀，什么根不根的，真讨厌。”叶子反驳似的笑了。

那笑声亦悲凉般高亢清亮，因此听起来并不显得白痴。可是，它却徒劳地叩着岛村的心扉，又消逝而去。

“有什么可笑的吗？”

“我可只给一个人做护理。”

“啊？”

“已经不可能了。”

“是吗？”岛村遭了这意想不到的突袭，轻声道。

“听说，你每天都到荞麦田下面的墓地去上坟？”

“嗯。”

“一生当中，不想再照料其他的病人，也不上其他人的坟了吗？”

“不会了。”

“还有，你能离得开那墓，好好地去东京吗？”

“哎呀，不好意思，还请带我一起去。”

“驹子说，你善妒得可怕。那人不是驹子的未婚夫吗？”

“行男吗？不是，不是的。”

“你说驹子可恶，那又是为什么？”

“阿驹？”就像叫着就在身边的人一样，叶子说着，目光闪闪地瞪着岛村。

“请您好好待阿驹。”

“我可什么也给不了啊。”

有泪珠从叶子的眼角渗出，她把落在榻榻米上的小蛾子抓在手中，抽抽搭搭地哭了，一边道：

“阿驹说我会疯掉。”说着，冷不防从房间跑了出去。

岛村觉得身上发冷。

他捡起叶子捏死的蛾子想要去扔掉，才打开窗，就见喝醉了的驹子正穷追着客人在山腰处划拳[1]。天空阴沉。岛村去了室内温泉。

叶子带着旅馆的孩子也进了相邻的女浴池。

又是给脱衣服，又是帮洗澡，口气真是亲切和善，那纯真无邪的母亲般甜美的声音，听起来令人心情愉悦。

随后，她又用那声音唱起歌来：

……

……

出了后门看呀
梨树有三棵
杉树有三棵
一共啊是六棵
乌鸦从下面
搭窝呀
麻雀从上面
来筑巢
森林里的蝈蝈儿
它又唱什么
阿杉来上朋友坟

1 像划拳、猜拳那样比胜负的游戏，有本拳、虫拳、狐拳等。

上坟一次一次呀又一次

这是一首手球歌[1]，听着叶子稚气的、欢快又活泼的声调，岛村不由地想：难道刚刚的叶子是梦中所见吗？

叶子站在那儿不停地对孩子说话，从浴池上来后，那声音还如笛音般原地萦绕着。闪着黑光的、陈旧的玄关木地板上，其一侧靠着个桐木的三味线琴盒，散发着与秋天深夜相称的寂静气息。岛村的心不由自主地被吸引了，他正读着琴盒上艺妓主人的名字，驹子就从响着碗碟洗涤声的那边走来了。

“在看什么呢？”

“这人也住这儿吗？”

“谁？啊，你说这个？傻瓜啊你，这样的东西哪能一样一样都带得走呢，在这儿放上几天也是有的。”这么笑着的一刹那，却又喘起粗气闭上了眼，同时敞开衣服下摆踉跄着往岛村身上倒了去。

“送送我吧！”

“不是不回去了吗？”

“不行，不行，要回去。是本地人的宴会，大伙都跟着去了二次会，就剩我一个啦。虽说这边有宴会倒也说得过去，可是朋友们回来的时候要是邀我去泡澡，我不在家，那可

1 用手拍线球，边唱歌边拍的游戏。手球是指球形棉芯外缠上线，再外饰五彩棉线和丝线的球。

太……”

虽然醉得厉害，可驹子依然在险峻的坡道上啪嗒啪嗒地走着。

“你把那孩子弄哭了？”

“说起来，她确实有一点点疯了的样子呢。”

“这样说别人，好玩吗？”

“不是你说的吗？说看样子要疯。看样子是想到了你说她的话，所以懊恼得哭了。”

“要是那样就好。”

“可是没过十分钟，她就进了浴池用好听的声音唱起歌了。”

“在浴池里唱歌，是那孩子的癖好。”

“她说让我好好待你，很认真地拜托我来着。”

“真傻。可是那种事，你也没必要吹嘘给我听吧？”

“吹嘘？你呀，只要一说到那姑娘，也不知道为什么就莫名其妙地意气用事。”

“你想要她？”

“瞧你那说的什么。”

“不是开玩笑，一见那孩子，就觉得将来会成为我吃不消的大包袱似的，不知为什么就觉得是那样。要说你，假设你喜欢她，就请仔细地观察观察，你肯定也会这么想。”驹子把手搭在岛村肩上娇媚地依偎过来，却突然一摇头，说：

“不对，要是被你这样的人关照，也许那孩子就不会疯。

你就帮帮忙把我的包袱带走算了？”

“够啦！”

“以为我喝醉了缠着你说不着边际的话？想着那孩子在你身边受疼爱，我就能在这山中胡作非为，谁也不扰着谁，安安静静地可真开心。”

“喂！”

“别管我！”她小跑着逃走了，眼看着咚的一声撞在了防雨门上，那儿，就是驹子的雇主家了。

“他们以为你不回来了。”

“嗯，我来开。”

她抬起那发着嘶哑声音的门脚，拉开了门，小声道：

“顺便进去看看吧。”

“可是，都这时候了……”

“家里人都已经睡下了。”

岛村到底畏缩犹豫了。

“那么，我送你回去。”

“不用啦。”

“不行，你不是还没见过我现在的房间吗？”

从厨房门一进去，呈现在眼前的是家里人横七竖八的睡姿，地下并排铺着与这一带防寒收腿裤同样棉布面料的、褪了色的坚硬被子。昏暗的、呈浅茶色的灯光下，与主人夫妇头对头睡着一个十七八岁的姑娘，还有五六个孩子，脸朝哪个方向的都有，贫困寒酸中亦洋溢着一种蓬勃茁壮的力量。

像被寝息的温暖气息顶回来一般，岛村不自觉就要往大门外走，可是，驹子喀哒喀哒地关上了身后的门，也不顾虑脚步声，就踩着板房的木地板走去了。岛村于是也偷偷地跨过孩子们的枕头边，才一穿出去，胸口就因一阵可疑的快感而微微发颤了。

“在这儿等着，我去开二楼的灯。”

“好。”岛村爬上了漆黑的阶梯，一回头，就看见了那些朴素睡脸对面的粗点心店。

铺着旧榻榻米的二楼房间，足有四间大，洋溢着农家的气息。

“就我一个人，所以要说大呢确实有点大。”驹子说。隔扇纸拉门全敞开着，家里的旧家具之类都堆放在那儿，旧得发黑的拉门内，铺着驹子一个小小的睡床，墙上挂着宴会礼服之类，看上去简直像个狐狸窝。

驹子往地板上轻轻一坐，把仅有的一个小棉坐垫让给了岛村。

“啊，通红。”她看着镜中的自己，“醉成这样了吗？”

然后又在衣橱上方找着。

“这个，喏，日记。”

“还真不少呢。”

又从那旁边拿出一个糊着千代纸[1]的小盒子，里面满满当

1 千代色纸，用木版印出各种彩色花纹的日本纸。始于江户时代锦绘屋印刷出售的版画。

当地装着各种牌子的卷烟。

“客人给的，有时候放到袖筒里，有时候夹在腰带上带回来的，虽然这么皱皱巴巴，可一点儿也不脏。不但如此，几乎所有牌子都齐了呢。”她跪坐在岛村面前，把盒子里的东西来回翻找着给他看。

“哎呀，没火柴，因为自己戒了烟，不需要啦。”

“没事儿。你在做针线活？”

“嗯，因为赏红叶的客人多，迟迟没有进展呢。”驹子转过身，把衣柜前面要缝的衣物堆到了一边。

那木纹精致的衣橱和涂朱的针线盒，像是驹子在东京生活时的遗留物，虽然还同在师傅家旧纸箱似的阁楼中时一样，可在这荒芜的二楼，看上去却有一种残忍和凄凉。

一根细绳子从电灯直垂到枕头上。

“看完书要睡觉的时候，就拉一下这个关灯。”驹子一边摆弄着那根绳子一边说，却像个家庭妇女般温顺地坐着，不知为什么有些腼腆。

“像山野里狐狸娶亲的鬼火。”

“真的呢。”

“要在这屋子待四年？”

“不过，已经住了半年啦。很快的。”

似乎传来了楼下的呼噜声，加之又没有了继续往下聊的话头，岛村急急慌慌地站了起来。

驹子一边要关门，一边把头伸出去看天上。

“要下雪的样子呢，红叶也马上近尾声了。”这么说着，又出了大门。

“这一带因是山里人家，红叶虽未落，雪却下来了。”[1]

“那么，晚安了。”

“我去送你，就送到旅馆的玄关外。”

驹子却又和岛村一起进了旅馆。

“好好休息，晚安。”

说着也不知去了哪里，可是没一会儿，她却端着满满两杯凉酒进了他的房间，一进来就兴奋地说：

“来，请喝吧，喝啊！”

“旅馆的人都睡了，你从哪儿拿来的？”

“我知道放的地方。”

看来从酒桶往外舀的时候驹子就已经喝过，之前的醉态似乎又回来了，她眯缝着眼睛一动不动地看着酒从酒杯里溢出来。

“不过，在暗地里一气猛喝，可喝不出好滋味。”

岛村端起挑衅般放在眼前的凉酒，一饮而尽。

只这么点酒本不应当醉，可也不知是不是在外面走着受了凉的缘故，岛村突然胸口发闷，头疼难耐起来，好像自己也知道自己脸色发了白似的，才闭上眼睛躺下，驹子就慌不迭地过来服侍了，而没一会儿，岛村就贴着女人热乎乎的身

---

1 净琉璃《箱根灵验躄子复仇》中女主人公初花的台词片段。

体，孩子一般地彻底安下了心。

也不知为什么，驹子变得难为情起来，就像尚未生过孩子的姑娘抱着一个别人的孩子一样。她抬起头，像看着孩子睡觉一般。

过一会儿，岛村嘟哝了一句：

“你是个好孩子。”

“为什么？哪里好？”

“是好孩子。”

“是吗？讨厌的人。说什么呢。你就好好的吧。”驹子脸朝着别处，一边摇着岛村，一边断断续续零敲碎打般地说，然后沉默了。

随后，她独自抿嘴笑了。

“我不好。真难受，你回去吧。我都已经没有可穿的衣服了，想着每到你这儿来一次就换一件宴会服的，可是，已经换了个遍了，就这件还是借的朋友的。我是坏孩子吧？”

岛村无言以对。

“我哪里是什么好孩子。”驹子的声音稍稍哽咽了。

“第一次见你的时候，就想你怎么是个那么讨厌的人呢，从没人说过那种失礼的话，真的讨厌。”

岛村点点头。

“哎呀，那些我至今都闭口不说。知道吗？让一个女人把那样的话都说出来了，可不是完了吗？”

“没事儿。”

“是吗?”驹子似乎是想起了以前的自己，安静了很长一会儿。一个女人的勃勃生机，温暖地向岛村传来。

“你是个好女人。”

“怎么个好?”

“就是好女人。”

“奇怪的人。”驹子难为情似的缩起肩膀，把脸藏了起来，也不知想到了什么，突然起身支起一条胳膊，扬起了头。

“那是什么意思?怎么回事?”

岛村吃惊地看着驹子。

“你倒是说啊，所以你才一趟趟地来去?你在笑我，果然在笑我!”

就在满脸通红地怒瞪着岛村诘问的当儿，驹子的肩膀，因为强烈的愤怒而发抖了，脸色又忽地变白，眼泪扑簌簌地落下来。

“懊恼，啊，真懊恼!”她骨碌骨碌滚出被窝，背对这边坐着。

岛村才想到是驹子误会了他的话，不由得吃了一惊，却闭上眼睛什么也没有说。

“真伤心啊。”

驹子自言自语般地嘟哝着，把身体缩成一团趴了下去。

就这样，也不知是不是哭累了，她用银簪子噗嗤噗嗤地往榻榻米上扎着，突然跑出房间走了。

岛村没能跟在后面去追。被驹子这么一说，他心中满是愧疚。

可是，很快，驹子就轻手轻脚地回来了，在纸拉门外用变了调的声音喊道：

“去泡澡吗？”

“啊。”

“对不起。我改变想法了。”

她在走廊的隐蔽处一动不动地站着，看上去并没有要进屋来的意思。岛村拿着布手巾一出去，驹子就避开他的目光，微微低着头往前面走去了。那样子就同罪行败露被拖着走的人一样，而待到身体被温泉水泡暖，她又异常可怜地闹腾起来，哪里还有睡意？

第二天早上，岛村被谣曲的吟唱声吵醒了。

静静地听了一会儿谣曲，就见驹子从镜台前转过头来，她咧嘴微笑着。

“是梅花间的客人，昨晚宴会后不是还叫我来着。”

“是谣曲会的旅行团吧？”

“嗯。”

“下雪了？”

“嗯。”驹子站起来，唰的一下打开纸拉门给他看。

“红叶也到此为止啦！”

被窗子分割成块的灰色的天空中，大朵大朵的雪花正模模糊糊地飘移而来。不知为何，像一个令人难以置信的安静假象。岛村带着睡眠不足的虚无感，一动不动地凝神看着。

唱谣曲的人也打起了鼓[1]。

岛村想起去年年末那天早上的朝雪之镜，他看往镜台那边，只见镜中，鹅毛大雪那冷冷的花瓣愈发地大了，它们飘着，在敞着衣领往颈上搽粉的驹子周围画出道道白线。

驹子的肌肤就像刚洗过一般洁净。怎么看，她也不像这种女人——会误听岛村不经意说出口的话，其中是不是反有一种难以抗衡的悲哀?

远处群山上，红叶的铁锈色一天天黯淡，而因了这初雪，那山又清晰地复活了。

着了薄雪的杉树林，一棵一棵的杉树鲜明醒目，一头锐利地指向天空，一头站在地上的雪中。

"在雪中纺纱，在雪中织布，用雪水清洗，在雪上漂晒，从绩麻开始到织造完成，皆在雪中，有雪才有皱[2]，雪是皱之母。"从前的人也在书上这么写。

这是乡下女人在漫长避雪季的手工活。岛村也曾为了做夏衣，在估衣铺[3]搜寻过这种雪国的麻皱料。因舞蹈方面的关系，他也知道一些经营能剧戏装等古旧衣物的估衣店，甚至拜托他们说若有出处品相皆好的麻皱料，不管什么时候

1 日本鼓。鼓体中间的皮面用绳子绑紧，用于雅乐、能乐和歌舞伎等。有时也专指能乐和歌舞伎使用的小鼓。

2 此处指经特殊工艺制成的麻皱线或麻皱织物。

3 旧时经营旧衣服的店铺。估衣，指七八成新的旧衣服。

都要拿来给他看。他喜欢这种皱料，也曾用这种布料做单内衣。

据说从前，到了打开防雪围墙上的帘子、冰雪初融的春天时，那一年的皱料初市就开市了。当地甚至设有定点旅馆，用来接待从东京、大阪、京都这三大城市远道来买皱料的和服料批发商，姑娘们用半年心血精心织就的料子也正是为了赶这年初的集市。远近乡下的男女全都聚集而来，小节目杂耍啦，卖货的摊点鳞次栉比，热闹得如同镇上的祭祀节。皱料布匹上会挂上一块写有织布女子姓名住址的小纸牌，并以其品相来评定优劣。这也成了选媳妇的标准。女孩子从孩提时代起学习织布，若不是十五六岁至二十四五的青春年纪也是织不出好皱料的。年纪一大，织出的布面光泽就消失了。姑娘们若想名列到屈指可数的织女行列中去，就会苦练技艺吧。据说从阴历的十月开始绩麻，到第二年的二月中旬方完成漂晒，其间无其他事可做，又是避雪的日子，就做这织布的手工活，她们也因此格外用心专注，在那织成的面料中，亦满含着留恋与不舍吧。

或许在岛村穿的皱料中，就有过从江户末到明治初这一时期的姑娘所织的料子。

岛村至今都将自己的皱料衣物拿去“雪漂”。虽然每年把这并不知道谁曾贴身穿过的旧衣送去产地漂晒很是麻烦，可是一想到从前的姑娘在避雪期间织布的苦心，就想着还是要送去织布姑娘的所在地，用正宗的漂晒法去漂晒一番。厚雪上晒着的白麻被朝阳映照着，也不知是雪还是布被染成了红色。光想想这场景，衣料上夏天的污垢就像被去除了，自己的身体也像被漂洗似的舒畅了。不过，因为是东京的估衣铺帮着打理，所以从前那种古法漂晒是否真的至今仍在流传应用，岛村就不得而知了。

漂晒店是自古就有的，织布姑娘很少在她们各自的家中晾晒，多半会拿去漂晒店。白色的皱料是织造完成从机上卸下后漂晒；有色的皱料则是在色织前，将制好染好的麻线绕在绷框上漂晒。白皱料直接铺在雪上曝晒，是阴历的一月到二月，所以据说有时候，也将被雪完全覆盖了的田地作为漂晒场。

布也好，线也好，都通宵浸泡在灰水中，第二天早上经几道水洗后拧干晾晒。此工序要连续几天重复操作。这样，就在白皱料终于要漂晒完成的时候，“朝阳升起，红红映照其上的景色真是美得无与伦比，真想给暖国[1]的人看啊”，从前的人这样写。而皱料漂晒完成，也宣告雪国的春天已经来临。

皱料产地离这温泉场很近，就在那一点一点拓开山谷奔流而去的河流下游平原，似乎从岛村的房间亦能望见。从前曾有过皱料集市的小镇都设有火车站，即便现在，也都还作为织造产地为人所知。

可是无论是穿皱料的酷暑还是织皱料的严冬，岛村都不

1 温暖地区。如日本的四国、九州、冲绳等。

曾来过这温泉场，所以并没有对驹子提起皱料相关话题的机会，况且，他也并不具备探寻民间技艺遗迹的身份或能力。

而听到叶子在公共浴室唱的歌，他却无意中想到：这姑娘要是生在从前，或许也会一边摇着纺车或踩着织机，一边那样唱吧。的的确确，叶子的歌声是与之相称的。

比毛发还细的麻丝，如果没有雪的天然湿气会很难对付，据说，阴冷的季节于麻而言却是好的。按古人的说法，在寒冷中织就的麻料，给酷热时穿它的肌肤送去凉意，这就是阴阳自然之道。缠上了岛村的驹子身上似乎也有某种本质的凉意，而正因为那样，驹子身上的热烈之处，于岛村而言才愈发显得韵致可爱又惹人哀怜。

然而，这样的爱恋还不及一件皱料衣物，无法留下确凿可靠的形状吧。穿着用的布匹，虽然在工艺品中算寿命短的，但只要小心爱惜着用，五十年前或更早的皱料也不会褪色，依然能穿，而如此这般的人与人的相伴，却连皱料的寿命也不如。岛村呆呆想着这些，脑中不经意浮现出与别的男人生了孩子，成了母亲的驹子的模样来，“啊”的一惊之下，往四下环视了一圈。他想，自己大概是累了。

长时间在外逗留着，好像已忘记要回那有妻子和孩子的家了，并非因为走不掉，也不是因为分不开，却是因为等驹子一趟一趟地来等成了习惯。

驹子越是痛苦地逼近，岛村对自己“是否已经心如死灰了”的自我谴责就越强烈，可谓是一边看着自己的寂寞，一边却只一动不动地伫立着一样。驹子如何会一头闯入了自己的心呢？岛村对此无法理解。岛村对驹子的一切了如指掌，而对岛村，驹子却一无所知。岛村听到了驹子撞在虚无的墙上发出的类似回音的声响，就如同听见簌簌飞雪堆积在他自己的心底。而岛村的任性，却也无法如这般永久持续。

他有一种感觉，这次回去后，应该一时间是来不了这温泉了。下雪的季节来临，岛村依偎在火盆边。旅馆老板特别拿来的京都产的老铁壶，正发着柔和的松风般的声响。壶身镶嵌着精致的银花鸟。松风的声音二重交叠，听辨得出近的和远的两种，而在那远的松风的稍前面，似有一个小小的铃在微弱地响个不停。岛村把耳朵贴近铁壶。在那铃声不绝于耳的幽远之处，却意外地看见了驹子的小脚，她正迈着与铃声一样细碎的步子走来。岛村吃了一惊，即生了必离开此地的心。

于是，岛村忽然想起去皱料的出产地看看，也打算就此制造一个从这温泉场离开的时机。

可是河流的下游有好几个镇，该去哪个好，岛村并不知道。因为并非想看现在发展成机织布产地的大镇，与其那样，不如就在一个看上去冷清的车站下车。岛村步行了一段，走到了一条似乎是从前的宿驿[1]的村道上。

家家户户的房檐被拉得很长，撑在房檐尽头的根根柱子

1 指江户时代主要为旅行者住宿而在各地设置的投宿点。

成排立在路上。与江户城中叫“店下”的类似，这地方似乎自古被称为“雁木”[1]，是因为雪下得多的期间，这深房檐就成了往来通道。一侧的房檐接并得整整齐齐，檐头一个挨着一个，连绵不绝。

因为两两相邻全都连在一起，因此屋顶上的积雪铲下后，除了路中间并无其他场所可以堆放。实际上是从大屋顶高高抛到路面的雪堤上去。去马路对面的话，要把雪堤各处都挖通了，做出隧道，这地方把这叫“胎里钻”。

即便同在多雪区内，驹子所在的温泉村的屋檐也并不相连，所以岛村是在这个镇第一次见到“雁木”。他觉得稀罕，便去里面走了走。陈旧的房檐檐阴下光线黯淡，倾斜的柱子、柱础也已朽烂，他走着，仿佛窥见了祖祖辈辈被雪掩埋的阴郁的房屋内部。

在雪深处聚精会神地做手工活的织女们的生活，可不像那成品皱料般舒爽明朗——古镇给人的印象让人不由自主地那样想。从前写皱料的书上，也引用了唐朝秦韬玉的诗[2]，然而没有人家雇用女工来织布，据说那是因为织一匹皱料花费的工时实在太多，算钱的话根本划不来。

那般辛苦劳作的无名工人早已死去，只美丽的皱料还留存在人间，因夏天的凉爽触感成为“岛村们”的奢侈衣物。那不是奇怪的事，岛村却忽然觉得不可思议起来。倾注了全

1 日本多雪地区房前的深房檐，檐下在冬季可做通道。
2 应是秦韬玉诗《贫女》“苦恨年年压金线，为他人作嫁衣裳”句。

心爱意的所为，终会在某时某处给人以激励吧。岛村从“雁木”下出来，走到了路上。

这是一条笔直的镇中长路，貌似宿驿主干道，大约是从温泉村通往这儿的古道。木板铺就的屋顶上，钉着的横木条与压石，同温泉村没有两样。

深房檐的柱子落下了淡淡的影子，不知不觉已近黄昏。

因为实在没有什么可看的，岛村就又上了火车，然后在另一个镇子下了车。这里却与前一个镇子类似，结果他只是无所事事地闲逛着，为御寒吃了一碗面而已。

面馆在河岸边，而这河大约也是从温泉场那边流过来的吧。有尼姑三三两两地前后走着过桥去，有穿着草鞋的，也有背圆顶斗笠的，看上去像是化缘归来。有一种乌鸦入巢的急切感。

“走过不少尼姑吧？”岛村试着问面馆的女人。

“对，这后面有尼姑庵。过些时候一下雪，从山里走出来可就难啦。”

桥对面，在渐渐暗下去的暮色中，山已然白了。

这地方到了树叶离枝、霜风渐紧的时候，每每连日阴寒，那是下雪的征兆。其时，远远近近的高山就都白了。人们把这叫作“环岳”。另说有海的地方海会叫，深山中的山会鸣，就像远远的雷声一样。这叫“胴鸣”。“看环岳，听胴鸣，可知雪在不远处”，岛村想起从前的书上是这么写的。

岛村早上醒来，于睡床上听赏红叶的客人唱谣曲的那天，就已经下过了今年第一场雪。那么今年，海和山也都已经响过了吗？岛村独自出门旅行、一次次与驹子相会的这期间，是否听觉也不同寻常地敏锐起来了呢——只要想想海或山的鸣响，他耳边似乎就有了遥远的隆隆声响。

“尼姑们接下来也要猫冬了吧，总共有多少人呢？”

“哎，有不少的。”

“净是尼姑们在一起，在雪下待几个月可都做些什么呢？比方从前这一带织的皱料，庵里也来织的话不知怎样。”

对岛村这番好管闲事的话，面馆女人只报了淡淡一笑。

岛村在车站等回程火车，等了近两个小时。发着微光的日头落下后，冷空气越发冷得鲜明，凌厉得像要把星星磨光磨亮一样。脚冷。

还没弄明白是为什么出门的，岛村就又回到了温泉场。车子开过日日可见的铁路道口，一到镇守的杉树林边，眼前就出现了一户点着灯的人家。岛村松了一口气。是那家叫“菊村”的小料理店，大门口三四个艺妓正站着说话。

驹子也在的吧，才这么想，就一眼看见了驹子。

车子的速度突然慢了下来，似乎司机已经知道岛村与驹子的关系，不经意就开慢了。

岛村回头，望向同驹子相反的方向，他坐着的回程车车辙清晰地印在雪上，想不到竟在星光下伸得极远。

车子开到了驹子前面。驹子忽地把眼睛一闭，冷不防飞身朝车扑了上去。车并没有停，依然静静往坡上爬去。驹子猫腰屈在车门外的踏脚处，手抓着车门把手。

那飞身扑来、缠上来一般的猛烈气势，岛村却只觉得是什么柔软温和的东西挨靠过来了一样，他没感觉驹子的所为有何不自然之处，也并不觉得有什么危险。驹子像要抱住窗子似的举起了一只胳膊，袖口滑落下去，露出了和服长衬衣的颜色，那颜色透过厚厚的玻璃，沁入了岛村因寒冷而冻得僵硬的眼睑。

驹子把额头紧贴在窗玻璃上，高声尖叫：

“你去哪儿了？喂，你去哪儿了？”

“不危险呀？净乱来！”岛村也提高了声音来答她，像是甜蜜的游戏。

驹子打开车门，侧着栽进车里，不过，那时车已停了，来到了山脚下。

“喂，你去哪儿了？”

“这个嘛……”

“去哪儿了？”

“也没什么哪儿不哪儿……”

看着驹子满含艺妓味道的整理下摆的动作，岛村忽然觉得新奇。

司机一声不响地坐着。车已走到尽头停下了，岛村才发觉在这样的车中这么坐着有点滑稽可笑。

“下去吧！”驹子把手叠到岛村放在膝上的手上来。

“哎，真凉，这么凉啊。为什么不带我一起去？”

“可不是嘛。”

“什么啊？奇怪的人。”

驹子开心地笑着，沿急陡的石阶小路往上爬去。

“你出门的时候，我可是看着的。是两点，还是三点对不对？”

“嗯。”

“因为听到车子的声音，所以出来看，到大门口看的。你头都没回一下，对吧？”

“嗯？”

“没回头看。你为什么不回过头来看一看呢？”

岛村吃惊了。

“我目送你，你不知道吗？”

“不知道啊。”

“瞧你那样吧！”驹子依然很开心似的抿嘴笑着，又把肩膀靠了过来。

“为什么不带我一起去？变得越来越冷淡了，真讨厌。”

突然，望火楼的吊钟响了起来。

两人一起回头看。

“失火了，失火了！”

“是失火了。”

火从下面村子的正中间蹿了上来。

驹子三两声地叫着什么，抓住了岛村的手。

黑烟打着卷往上冒，有火舌在其间忽隐忽现。那火攀援着蔓延开去，吞噬着房檐。

“是哪儿呢？那不是离你原来的师傅家很近的地方吗？”

“不对。”

“那是哪儿？”

“更往前，是停车场边上。”

火焰蹿过房顶直立起来。

“哎呀，是茧仓，是茧仓！哎呀，哎呀，茧仓烧着啦！”驹子不住地喊着，把脸抵在岛村肩上。

“是茧仓啊，茧仓啊！”

火势渐渐大了起来，然而从高处往下看，在广袤的星空下，那火灾却如儿戏般寂静无声。尽管如此，却有一种似乎听得见那骇人的火焰声响般的恐惧向人袭来。岛村搂住了驹子。

“没什么可怕的。”

“不，不，不！”驹子摇着脑袋哭了出来，岛村觉得贴在他手掌中的脸比任何时候都小，紧绷的太阳穴正微微发颤。

看到火就哭了，可是为什么哭？岛村不作任何猜测，只是搂着她。

驹子突然止住哭泣，把脸挪开了。

“哎呀，对了，茧仓有电影，就是今晚啊！里面人挤得满满的，你……”

“那可不得了！”

“会有人受伤，会烧死人的啊！”

两人慌慌张张跑着登上了石台阶，因为从上方传来了嘈杂的人声。抬头看，高高的旅馆二楼和三楼，几乎所有房间的人都打开了纸拉门，跑到有灯的走廊来看火。一排开在庭院一边的菊花的残枝败叶，在不知是在旅馆灯光还是星光的映照下疏影浮动，乍一看，还让人以为是映着的火光。那菊花后也站着人。两人的脸的上方，三四个旅馆掌柜正连滚带跑往下赶来，驹子高声叫道：

"喂，是茧仓吗？"

"是茧仓啊。"

"有人受伤吗？有没有人受伤？"

"不停地出动人在救呢，是电影胶片起的火，噗一下就着了，蔓延得太快啦！电话里是这么说的。瞧那儿！"掌柜挥举着一只胳膊，迎面跑去了。

"说是把孩子们从二楼一个接一个地往下扔呢！"

"啊，那可怎么办？"驹子像要追上掌柜似的下了石台阶。从后面下来的人又跑到她前面去，驹子跟着跑起来。岛村也跟着追了出去。

石台阶下面，人家的房子挡住了火灾，只能看见火焰，而这时，望火楼的吊钟又声彻四野，人们愈发不安地跑着。

"雪都冻住了，小心点，滑！"驹子转身来看岛村，却在那一瞬间站住了。

"不过呢，对了，你就算啦，还是不要去了。我是担心村里人。"

想想她说的也是，岛村才泄了气，就看见脚下的铁轨，原来是走到了铁路岔道口。

“银河！真漂亮啊……”

驹子自言自语地嘟囔着，就这么仰头看着天空，又跑了起来。

“啊，银河！”岛村也抬头望去，这一望，忽然觉得自己的身体呼的一下向上浮起，往那银河中升去了一般。银河明亮，近得似乎要把岛村捞起来一样。旅途中的芭蕉[1]在波涛汹涌的海上见到的，就是这样鲜亮的、壮阔的银河吗？一览无余的银河，像要用它赤裸的肌肤把夜晚的大地裹卷起来一般，正迅速地下落。明丽妖艳，令人心惊。岛村觉得自己小小的影子，似乎正从地上倒映到银河中去。晴空万里，银河中密布的星星一颗一颗都看得清楚，不仅如此，就连这一处那一团的光晕中的银粉末也粒粒清晰可见。而银河深不见底，将人的视线吸了进去。

“喂——喂——”

岛村喊驹子。

“喂——到这儿来——”

银河垂落在暗黑的山上，驹子正往那边跑去。

似乎是两手提着和服的下摆在跑，手臂每摆动一下，红

1 松尾芭蕉（1644—1694），日本江户前期俳人。对俳谐进行革新，为集其大成者。芭蕉风格代表俳句集有《俳谐七部集》，另有旅行记《露宿纪行》《笈之小文》《更科纪行》《奥州小路》等。

色的下摆就张一下又缩一下。红色在星光下的雪上一望可知。

岛村一溜烟追了上去。

驹子才一放慢脚步，就松开下摆牵住了岛村的手。

“你也去吗？”

“嗯。”

“真好事呢。”她提起落在雪上的下摆，“我会被人笑话的，回去吧！”

“嗯，就到那儿。”

“不好吧？连火场都带你一起去，村里人会嚼舌根的。”

岛村点头停住了，可是驹子却仍轻轻抓着岛村的衣袖，又慢慢迈开了步子。

“你在什么地方等着，我马上就回来的。在哪儿好呢？”

“哪儿都行。”

“是啊，再往前一点吧！”驹子凑近了，紧盯着岛村的脸，突然摇头说，“不要了，够了！”

她猛地往身上撞来，岛村脚下一趔趄。路边的薄雪中站着成排的大葱。

“真可悲啊……”

驹子连珠炮似的挑衅道：

“你说我是个好女人是吧？都要走的人，为什么还说那样的话？你倒是说说看。”

岛村想起驹子用发簪噗嗤噗嗤地往榻榻米上扎。

“我哭啦，回家后还会哭，我害怕与你分开。可是，你还是快点走了算了，因为被你说哭了的事，我是不会忘的。”

因驹子的误听误解，当初那话反深深扎伤了她的心，一想到这，岛村就觉得被遗憾与离情紧紧勒住了一样，无法呼吸。可是，骤然传来了火场的人声。新冒的火又喷出了很多火星。

“哎呀，又烧那么大，冒出了那么多火！”

两人松了一口气，得救般跑了起来。

驹子跑得很快，木屐踏在冻硬了的雪上飞跑着，两只胳膊与其说前后摆动，倒不如说像是在两肋上伸出来的一样。驹子执拗地把力气全都倾注在上半身的那模样，使岛村觉得她的个子出人意料地小。微微发胖的岛村，因为一边看着驹子一边跑，所以很快觉得吃力了。可是驹子也突然跑得上气不接下气，往岛村这边踉跄着倒了过来。

“眼珠子冷，眼泪出来啦。”

脸颊发热，只是眼睛冷。岛村的眼皮也湿了，只眨一下，银河就满满地映入了眼中。岛村忍住了那要落下的眼泪，问：

“每天晚上，都是这样的银河吗？”

“银河？真美啊，并不是每天晚上吧，天这么晴。”

银河正从两人跑来的方向从后往前流动着往下落去，驹子的脸就在银河中，就像被照亮了一样。

可是，细高的鼻子形状也不甚清楚，小小的嘴唇也失了颜色。岛村不能相信，那满天横穿而去的光层，难道就这么暗吗？比起薄月夜，更亮的是淡淡的星光吧，而无论是怎样的满月的天空，银河也比它更明亮。地上一个影子也没有，驹子的脸就像一个旧的假面具浮在微暗的朦胧中，不可思议地散发着女人的香气。

仰头看，银河仍像要把这大地抱住一般，正往下落。

岛村疑惑着，不由自主地想道：自己好似站在大地尽头，盛大的极光一样的银河，正淹没自己的身体，向后流动着。空旷无声的、冰冷的寂寥，同时有一种莫名的惊人的妖艳。

“等你走了，我就认认真真过日子。”驹子说着，迈步向前走去，用手扶了扶松了的发髻，走了五六步，又回过头来，“怎么了？真讨厌。”

岛村站着不动。

“是吗？那就等着，回头一起去你房间。”

驹子微微举起左手，跑了起来。那背影像被暗黑的山深处吞噬了一样。银河在被群山起伏的波浪线切开之处撒开幕脚，又像反身朝向天空盛大地张开一般。山因此更暗、更沉了。

岛村刚一迈步，眼看着驹子的身影就被路边住家遮住了。

“嗨哟——嗨哟——嗨哟——”听得号子声，这就看见了拽着水泵在大路上跑的人，路上似乎全是奔跑的人流。岛村也急忙跑到大路上。两人来时那条路的尽头与大路相通，呈丁字形连接。

又有水泵来了。岛村让开路，跟在他们后面跑了起来。

是老旧的手压式木水泵。打头的是拉着长长绳索的一队人马，除此之外，水泵周围也团团围了一圈消防员。说来也怪，那水泵却小得有些奇怪。

驹子也避到路边，给那水泵让了路。她发现岛村，又和他一起跑了起来。这时的两人，不过是往火场匆匆赶去的人群中的一员。

“你来了？真好事。”

“嗯，那水泵真叫人心里没底，还是明治以前的。”

“是啊。你可别摔了。”

“真滑。”

“是啊，往后，一天到晚风卷积雪乱飞的时候，也请你来一趟看看。来不了是不是？野鸡啊，兔子啊，都冻得直往人家家里逃！”驹子虽说着这些，那声调却因消防员的号子声和人们的脚步声得了劲，听起来是明朗兴奋的。岛村也轻松了。

听得到火的声音。火就在眼前燃烧着。驹子抓住了岛村的胳膊肘。大路边低矮的黑屋檐被火光熊熊照着，呼吸一般浮浮沉沉。脚边有水泵喷出的水流过来，岛村和驹子也在人墙边自然而然站住了。空气中混杂着火灾的焦煳味和煮蚕茧似的臭味。

火是从电影胶片上起来的啦，把看电影的孩子从二楼一个一个地扔下来啦，没人受伤啦，幸好现在村里的蚕茧和米都没放那儿啦，人们这一处那一处七嘴八舌高声说着大致类似的话，然而，一面对火就都沉默了，就像消除了远近的中心似的，“静”统一了火场，就像它正听着火的声音和水泵的声音。

不时有急急忙忙赶到的迟来的村人，四下喊着亲人的名字，有人答应了，则高兴地互相叫。那声音活泼泼地彻响着，望火楼的吊钟也停止了鸣响。

想着人多眼杂，岛村悄悄从驹子身边离开，站到了一群孩子的后面。孩子们被火烤得直往后退。脚下的雪也似乎有些松动摇晃，人墙前的雪因为火烤和水浇已经融化，被纷乱的脚踩成了泥泞。

那是茧仓旁的菜地，和岛村他们一起赶来的村人也大都进了那儿。

看样子，火是从摆放放映机的入口那边蹿出来的。茧仓半个屋顶和墙壁都已烧得掉了下来，而柱子和梁之类的骨架还摇摇晃晃地立着。除了屋顶的木板和木地板，屋内空荡荡的，并没有冒出多少烟来，被浇了很多水的屋顶也看不出燃烧的样子，可是，火似乎并没有停止蔓延，又有火在意想不到的地方蹿了出来。三台水泵的水慌忙对着浇去，许多火星轰的一下向上喷起，黑烟升了上去。

火星向银河中散去，岛村又像被银河捞去一样。与烟往银河中流相反的是银河唰地往下倾泻。对着屋顶喷射偏了的水柱，摇晃着化成了薄薄的白雾，就像银河的光也映在上面。

驹子什么时候靠过来了呢？她握住了岛村的手。岛村转过身，却是无言。驹子看着火的方向一动不动，微微发红的、专注的脸上有火焰呼吸般明灭摇曳。有什么东西正从岛村心口猛地往上涌来。驹子的发髻歪了，颈子伸得老长。岛村突然想伸手去弄那发髻，指尖却发了抖。岛村的手是温暖的，而驹子的手更热。是为什么呢，岛村觉得离别正在迫近。

又有火从入口那边的柱子还是什么上冒了出来，水泵一个劲儿地对着喷去，屋脊和屋梁啾啾地叫着，冒着水汽，顷刻就倾倒了。

人墙啊的一声惊叫，人人倒吸了一口凉气：一个女人的身体正从空中落下。

为了用作戏棚，茧仓的二楼设有一个徒具形式的客台。说是二楼，其实很低，从那二楼落下，到地面应当只是极短暂的一瞬，可是那时间，却长得似乎能让人眼追着把那落下的样子看得清清楚楚一样。像个玩具偶人。或许要怪那奇怪的坠落方式。一眼看去就知道是不省人事的。落到下面也没发出声响。那地方浇了水，亦没有灰尘扬起，就落在了正蔓延开去的火与死灰复燃的火的中间。

一台水泵朝着烧成余烬的火，斜斜喷出弓形的水柱，却在前面倏地现出一具女人的身体来。就是那样的落法。女人的身体在空中呈水平状。岛村的心被猛地击了一下，可是那一瞬，他并没有觉得危险，也未感到恐怖。就像非现实世界的幻影。僵直的身体从空中落下，似乎变柔软了，可是，却如玩具偶人般没有抵抗也无挣扎，呈现的是一种没有了生命的自由、停止了生也停止了死的姿态。要说岛村脑中闪烁的不安，也只是担心女人水平的身体会不会变成头朝下，腰或膝盖会不会弯曲。

虽然似乎有那样的苗头，却还是水平落下了。

“啊！”

驹子尖叫着蒙住了双眼。岛村则一眨不眨地看着。

落下的女人是叶子。是哪一瞬呢？岛村也明白过来了。人墙啊地倒吸一口气的时候，驹子啊地叫起来的时候，其实只是同一瞬。叶子的腿肚子在地上痉挛，也几乎是同一瞬。

驹子的喊叫穿透了岛村的全身。在叶子腿肚子痉挛的同时，也有冷冷的痉挛袭向岛村全身，他被一种难以名状的、沉闷的苦痛与悲哀迎面击中，心跳剧烈。

叶子的痉挛并不引人注目，隐约微弱，且很快就止了。

在看到那痉挛之前，岛村先看到的是叶子的脸，以及她那红色箭翎图案的和服。叶子仰面落了下来，衣摆向上翻卷至一条腿的膝盖上方，即便与地面撞击，也只是腿肚子痉挛了一下，看上去依然是无意识状态。不知为什么，岛村仍然没有意识到死亡，却看到了叶子内在生命的变形。

有两三根大的骨架木从叶子落下的二楼木看台倒下，在叶子的脸上方烧起来。叶子闭着她那针刺般的美丽眼睛，扬着下巴，伸着颈子。火光明亮，在她苍白的脸的上方摇晃。

岛村忽然想起，是几年前呢？在他来这温泉场与驹子见面的火车中，野山的灯火在叶子的脸的正中间燃起的样子，他的胸口又一次微微发了颤。一刹那，他与驹子的岁月也像被照亮了一般。他再次感到一种难以名状的、沉闷的苦痛与悲哀。

驹子从岛村身旁跳起跑了出去，那与她叫喊着蒙住双眼几乎是同一时刻，也正是人墙啊地倒吸一口凉气还没呼出的那一瞬。

在淋了水的、四下散落的黑色残渣和余烬中，驹子拖着艺妓的长和服下摆，踉跄着，把叶子抱在胸前要往回走，在那拼命坚持着的脸的下方，低垂着叶子那已升了天的呆滞的脸。看上去，驹子就像抱着她自己的牺牲品，抑或她的刑罚。

人墙发出一片叫喊，散开了，蜂拥着把她俩围了起来。

“让开，请让开。”

岛村听到驹子在叫。

“这孩子，疯了，她疯啦！”

岛村想往疯狂叫喊着的驹子身旁靠去，却被要把叶子从驹子手上接去的男人们推挤得站不住脚。他强忍着稳住了脚跟，刚一抬眼，唰的一声，银河仿佛往他的体内倾泻下来。

古都

春之花

千重子看见，老枫树的树干上，紫花地丁开花了。

“啊，今年又开了。”千重子不期然遇见了春的温柔。

那枫树，于城里狭窄的庭院而言真的是大树了，树干比千重子的腰还要粗。不过，又老又糙的表皮、长着绿苔的树干，又怎么能与千重子那未经世事的身体比……

枫树的树干，在千重子腰那么高的地方稍稍右倾，又在比千重子头部更高的地方大幅向右弯去。弯曲过后，枝枝叶叶才伸展开来，占据了整个庭院。长长的树梢因为沉重而微微下垂。

大幅弯曲的下方，树干上似有两个小小的凹坑，那坑中各长了一株紫花地丁，且每年春天都开花。自千重子记事起，这树上就有两株紫花地丁了。

上面的紫花地丁和下面的紫花地丁，离着约有一尺远。“上面的紫花地丁和下面的紫花地丁，会相遇，会相识吗？”妙龄的千重子有时也会这么想。地丁花“相遇”啦，“相识”啦，又是个什么意思？

花开三朵，多起来五朵，每年春天差不多都那样。尽管如此，树上小小的凹坑里，紫花地丁却每年春天都会发出芽、开出花。千重子时而从走廊上看，时而从树根往上看，一时被树上紫花地丁的“生命”打动，一时，又觉有“孤独”袭来。

“在这样的地方出生，活下去……”

来店里的客人们，即便有人夸枫树的美，也几乎没有人还会注意到紫花地丁正开着花。苍老的、倾注了全力的粗树干，直到高处都长满了青苔，更增添了威严与雅致。寓居在那上面的小小的紫花地丁并不引人注目。

可是蝴蝶知道。千重子发现紫花地丁的时候，它们就在院中低低飞着了，小小的白蝴蝶们，从枫树树干往紫花地丁的近旁飞舞过来。枫树也正要展开它微红的小小嫩芽。那些蝴蝶舞着，白得鲜亮。两株紫花地丁的叶子和花蕾，都在枫树树干那新绿色的苔藓上投着微暗的影子。

天空淡云密布，是樱花盛开时节的柔和春日。

千重子坐在廊下，看着枫树树干上的紫花地丁，直到白蝴蝶们飞去。

“今年，还在那儿开得很好呢！”似乎想对它们说一句这样的悄悄话。

在紫花地丁的下方，枫树的树根那儿立着一个旧灯龛[1]。

1 设置于室外的照明器具之一，用石、木、竹或金属等制成，此处为石制。一般用于供奉神佛的献灯、交通照明灯和庭院灯。

不知在何时，千重子的父亲曾告诉她，灯笼脚上刻着的立像是耶稣基督。

“不是圣母玛利亚吗？”那时候千重子说，“曾见北野神社中有跟她长得很像的大神。”

“看上去是耶稣基督。”父亲淡淡地道，“又没有抱婴儿。”

“啊，真的……”千重子点点头。随后又问：“我们家的祖先中，有天主教徒[1]吗？”

“不，这灯笼，大约是园艺师傅或者石匠带来安上的吧，不是什么可稀罕的。”

这个基督教灯笼，或许是从前禁教[2]时期做的吧，因为用的是又粗又脆的石头，浮雕像已被几百年的风雨侵蚀损坏，只剩头、身体和脚的形状尚能辨认。或许原本就是个简单的雕刻。袖子很长，简直要伸到衣服的下摆处。似乎是合着掌的，却也只手腕那儿稍有些鼓起，手的形状并不明了。不过，与佛或地藏像的感觉却全然不同。

它曾经是信仰的象征，还是从前带有异国风情的装饰物？这基督教灯笼，如今只因它的陈旧，才被放在了千重子家店铺院中老枫树的树根旁。若有客人把目光落在上面，父亲就会说：“基督像。”可是来谈生意的客人，却鲜有人会留意到大枫树树荫下这暗淡的灯笼。即便注意到，院子里有一两个灯笼也是情理中的事，并没有人会去仔细看。

1 此处特指日本从战国时代到江户时代的天主教徒。

2 禁基督教。为加强统治，江户幕府于1612年颁布了禁教令。不服从者被流放。

千重子把目光从久看着的树上的紫花地丁移到下方，又看着基督。千重子上的虽不是教会学校，却因为喜欢英语，平时出入教会，也在读着《圣经》。可是，她也觉得似乎在这旧灯龛前献花、点蜡烛之类并不合适。灯龛那儿也没有雕十字架。

她也曾想，基督像上方的紫花地丁，就像是玛利亚的心。千重子又一次抬眼，把目光从基督灯龛移到了紫地丁的花上——无意中，就这么想起了养在古丹波[1]罐中的金钟儿。

千重子开始养金钟儿，比在老枫树上发现紫花地丁可要迟得多，是从四五年前开始的。在高中朋友的起居室里听到虫子不停地叫，就要了几只来。

“待在罐里真可怜。”千重子这么说，可朋友却答：比起养在笼里，让它们白白死去的好。说甚至还有寺庙养来卖虫卵。似乎亦有不少同好。

千重子的金钟儿如今也已经繁殖了，分装了两个古丹波罐。每年惯例在七月一日左右从卵中孵出，八月中旬开始鸣叫。

在逼仄黑暗的罐子里出生、鸣叫、产卵、死去。即便这样，作为物种还是得以保存，所以呢，正如所说的那样，比起笼养的只一代的短暂生命，或许还是好的吧。这实在是罐

1 日本旧国名，位于今京都府中部和兵库县。

中的一生，“壶中有乾坤”。

“壶中有乾坤”是很久以前的中国故事，这千重子也是知道的。那壶中有金殿玉楼，满是美酒、山珍海味，也就是说，壶中是远离俗世的另一方世界，是仙境。这故事是很多仙人传说中的一种。

可是金钟儿们，不用说，它们并非因厌世而进的罐，恐怕就连“身在罐中”也不知道吧，还这般尽力地往下活。

尤其让千重子吃惊的，是到了时候，如果不把从别处得来的雄虫放进罐里，任由一个罐里的金钟儿自行繁殖的话，新生的虫子就会变得又小又弱，那是重复近亲繁殖的缘故。为了避免那结果，金钟儿同好们有交换雄虫的惯例。

眼下是春天，虽不是有金钟儿的秋天，可千重子却由今年照例在枫树树干上凹坑里开出的紫花地丁想到了罐中的金钟儿，这并非毫无关联。

金钟儿是被千重子放入罐中的，而紫花地丁又为什么会来这狭窄逼仄处呢？紫花地丁会开花，金钟儿呢，今年也还会出生、会鸣叫吧。

“自然的生命……？”

千重子把被春天微微暖风拂弄着的头发，往上拢到了一侧的耳朵后，想：与紫花地丁和金钟儿比，自己呢？

在一切自然生命都迸发着生机的春日，看着这细小的紫花地丁的，只有千重子一人。

听起来，店那边好像要开始午饭了。

千重子要去赴约赏花，这时候也该开始打扮了。

昨天，水木真一给千重子打来了电话，邀她去平安神宫[1]赏樱。真一有一个朋友，是学生，在神苑入口处做检票工作，有半个月左右。真一说他从那学生处得知：眼下正是花开得最盛的时候。

“就像专门设了个人看着一样，所以，再没有比这更确切的啦！”真一低声笑着。真一的浅笑很好看。

“我们俩也要被那个人盘查吗？”千重子道。

“那家伙不是门卫吗，不管哪个人都得从门卫那儿过吧？”真一又浅笑了一下。

“不过，千重子若是不愿意，我们就各自进去，在庭院中的花下见面就好，因为这花，就算是自个儿看，也怎么都看不厌的。”

“要是那样，你一个人去看不好吗？”

“好是好，今晚下大雨，花落了我可管不着。”

“那我就看落花风情。”

“被雨打落的花脏兮兮的，还能有落花风情？所谓的落花呢……”

“真过分。”

“说谁呢……？”

1 位于京都市左京区冈崎西天王町。

千重子挑了件不太引人注目的和服穿上，出了家门。

平安神宫或因“时代祭”[1]而广为人知，它是在大约一千年前，定都如今的京都后，在明治二十八年（1895）为纪念桓武天皇而建的，所以神殿并不太旧。可是，据说神门和外面的拜殿[2]却仿造了平安京[3]的应天门和大极殿。亦有右近之橘[4]和左近之樱[5]。在昭和十三年（1938），曾一并供奉着首府迁去东京之前的孝明天皇。很多人在神社前举行婚礼。

最好看的，是给神苑着了色的一整片红色枝垂樱[6]。眼下，可以说除了这儿的花，真的再无其他能代表京洛[7]的春天的了。

千重子一进神苑入口，满开的红色枝垂樱便满溢心底。“啊，今年也与京都的春天见面了。”她感叹着，伫立在那儿看着。

可真一是在某处等着呢，还是尚没有到？千重子想找到真一后再去赏花，她从高处下到了低处的花树间。

真一正躺在下面的草地上，他手指交叉着垫在颈脖下，闭着眼。

真一竟会躺着，这是千重子没有料到的。真讨厌。明明在等年轻姑娘，却躺着。不由觉着自己被羞辱了。与其说他

---

1 平安神宫每年10月22日举行的祭祀，表现日本从平安时代到明治时代民间风俗，人们依次排列成队绕市游行一周。为京都代表性祭祀活动之一。

2 拜殿即前殿，神社正殿前行叩拜礼的建筑物。

3 今京都市。延历十三年（794）至明治二年（1869）为日本历代天皇的都城。

4 日本皇宫紫宸殿正面台阶西侧栽种的柑橘树。平安时代以后由右近卫府的官员照管，由此得名。

5 紫宸殿正面台阶东侧的樱花，平安时代以后由左近卫府的官员照管，由此得名。

6 软条樱花，日本樱花的变种，粗枝横向伸展，细枝下垂。

7 此处特指京都。

太没礼貌，不如说，真一躺着那事儿本身就讨厌。千重子在日常生活中，是看不惯男人躺着的。

真一在大学的校园草地上，常与朋友们一起曲肱为枕仰躺着，抻长了身子谈笑风生吧？这不过就是他平常的姿态。

真一旁边还有四五个老太太，一边把套装木饭盒摊列开，一边在悠闲地说话。真一大概觉得那些老太太们很亲近而往旁边坐下了，坐着坐着就躺下了吧。

那么想着，千重子就要微微笑出来，却反因此红了脸。她并没有去叫醒真一，只是站着，且像要从真一这边走开……长这么大，千重子还从来没见过男人的睡脸。

真一的学生服穿得规规矩矩，头发也梳得整齐，闭着长睫毛。一副少年模样。可是，千重子却并没有转过去认真看。

"千重子！"真一叫着站了起来。千重子突然生了气。

"在那地方睡着，是不是太不像话了？来来往往的人都看着呢。"

"我没睡着啊，千重子一来我就知道的。"

"你使坏。"

"要不是我喊你，你又打算怎么办？"

"你看到我了，然后装睡？"

"多么幸福的千金小姐，到底进来了没有呢，我这么想着，想得有一点点伤心，头也开始有点痛……"

"我？我幸福……？"

"……"

“你头痛吗？”

“不，已经好了。”

“脸色似乎有点不太好？”

“不，已经完全没事了。”

“像宝刀似的。”

以前也偶然有人说起过，真一的脸“像宝刀似的”，可是，听千重子这么说却是第一次。

被这么说的时候，有一会儿，真一心里似乎有什么，像有什么激烈的东西要烧起来一般。

“宝刀可不斩人。再说，这儿是花下呢。”真一笑了笑。

千重子爬上小坡，返回回廊的入口处。从草地上站起来的真一也跟着过来了。

“真想把花看个遍。”千重子道。

往西边的回廊入口处一站，红色枝垂樱的繁花转瞬把人带进了春天。这才是春天啊。垂枝万条纷披，连细枝条的顶端也开满了成簇的红色重瓣花。这样开着花的成片树林，与其说树上缀着花，倒不如说是枝条负重撑着花。

“这一带，我最喜欢这花了。”千重子说着，带真一沿回廊往外拐去。那儿的一株樱树，树冠展得尤其大。真一也站在旁边望着那樱树，说：

“仔细看，真的很女性呢。垂下来的细枝条，还有花，真是又温柔又丰满。”

重瓣花的红色里，似乎又染着隐隐的紫。

“如此富有女性意味，是我迄今没想到的，颜色风韵也好，娇艳情趣也好。”真一又道。

两人离开那樱树往池塘方向走。在道路变窄了的地方有一个长凳，铺着深红的毛毡垫，有客人坐着在喝淡茶[1]。

“千重子，千重子！”

穿着长袖和服盛装的真砂子，从微暗的小树林里一个叫澄心亭的茶室跑了下来。

“千重子，想请你来帮一下忙，就一会儿也行。我累啦，在给老师的茶会帮忙呢！”

“就我这打扮，也只能做做整理和清洗茶具的事。”千重子道。

“没关系呀，整理茶具、清洗茶具……我来端出去就好。”

“还有同伴呢！”

真砂子这才注意到真一，她跟千重子咬耳朵道：

“未婚夫？”

千重子微微摇了摇头。

“情人？”

又是摇头。

真一转身走了出去。

“到位子上去吧，怎么样？你们俩一起……这会儿席位空

1 抹茶的一种，用新茶磨成。

着呢。”真砂子邀请道。千重子拒绝了，追上真一。

“是茶道的朋友，长得很漂亮不是？”

“也就一般般。”

“哎呀，也不怕她听见！”

千重子对站着目送他俩的真砂子用眼神道了谢。

茶室小路走到头有一个池塘。靠岸边近处，嫩绿色的菖蒲叶争先恐后地挺立着，睡莲叶子也浮在水面上。

这池塘四周没有樱花。

千重子与真一沿岸绕行，进了微暗的林荫路。空气中弥漫着新叶和湿土的香味。那窄窄的林荫路很短。忽地出现一片比先前那池塘更大的水域来，明晃晃展现在眼前。岸边，红色枝垂樱的花映在水中，照得人眼越发透亮。也有外国游客在拍樱花。

而对岸的树丛中，马醉木[1]正开着恭谨俭朴的白花。千重子想起了奈良。还有很多虽不很粗大，但树形很好的松树。如果没有樱花，那么目光就会被松树的绿色吸引去吧。不，即便此刻，松树洁净无染的绿和池水，也把垂下的红色繁花衬得更鲜艳、更活泼了。

真一走在前面，踩着池中踏石跳过了池塘。这叫“泽渡”。排成一溜的圆圆的石头，像是用鸟居[2]切割而成。有一

1 杜鹃花科常绿灌木，早春开白色壶状小花。

2 神社入口处的牌坊。

时，千重子把和服两边的下摆稍稍撩起来，塞在了腰带间。

真一回过头来：

“真想背着千重子过一趟呢！”

“那你就请试试看。算我佩服你。”

不用说，这是连老妇也过得去的踏石。

踏石下也浮动着睡莲的叶片。靠近对岸的地方，踏石四周的水中映着小松树的影子。

“这踏石的排列法有些抽象吧？”真一说。

“日本庭院都抽象不是吗？就跟醍醐寺[1]院中的桧叶金藓似的，一个劲儿被说抽象抽象，反令人生厌……”

“是啊，那桧叶金藓确实抽象。醍醐的五重塔[2]已经修缮完成了，要办落成典礼，去看吗？”

“醍醐的塔也学着新金阁寺[3]那样？”

“上了鲜艳的颜色，变得焕然一新了吧！塔并没有被烧……是拆掉后再按原先的样子重建了。落成典礼正是花开得最盛的时候，想必会有很多人去看。”

“要说花，一比起这儿的红色枝垂樱，其他的就都没看头了。”

---

1 始建于贞观十六年（874），日本佛教真言宗醍醐派总寺。

2 由意为地、水、火、风、空的五层屋檐构成的佛塔，塔内供奉佛舍利。日本佛塔多为木结构。

3 位于日本京都市北区，正式名称为鹿苑寺。临济宗相国寺派寺院，以三层宝塔形结构的金阁闻名于世。原为应永四年（1397）足利义满作为别墅而建造的北山殿，义满去世后改作寺院。

两人往稍里的地方去，走完了里面的“泽渡”。

过完“泽渡”，那岸边松树林立，走不一会儿，见有廊桥横跨在水上。正名该叫泰平阁，样子就像那名字一样让人觉得是“殿”，实则是桥。桥的两侧做成了低低的靠凳模样。人们在这儿坐着休息，在池的中间看庭院景色。不，不用说，若没有那池塘，庭院就不能成为庭院。

坐下的人们有的在吃东西，有的在喝着，也有孩子在桥中央到处跑。

“真一，真一，这儿……”千重子赶在前面坐下了，用右手按着给真一抢了个位子。

“我站着就行。”真一说，“在千重子脚下蹲着也……”

“不理你了！”千重子唰地站起来，让真一坐下了，“我去买喂鲤鱼的饵料。”

千重子回来，把麸料一投进池中，大群鲤鱼就挨挨挤挤地聚了过来，还有把身子探上水面的。涟漪的波圈向外扩去。樱树和松树的影子都在晃。

千重子把剩下的饵料往真一面前一递，说：“给你！”真一不作声。

“头还疼吗？”

“不。”

两人在那儿坐了很久。真一一副顿悟的表情，一动不动看着水面。

“想什么呢？”千重子问。

“哎，没什么。什么也不想的幸福时光，也是有的吧。”

“在这样赏花的日子……”

“不，在幸福的小姐身边……是否，那幸福的香气正在袭来，像热情的青春。”

“我，幸福……？”千重子又说，眼中倏然浮起忧愁的阴影。她低着头，所以看起来只是池水映在眼中一般。

可是，千重子很快恢复了原样。

“桥对面有我喜欢的樱花。”

“从这边也能看见的，是那个吧？”

那边的红色枝垂樱尤其好看。是一株广为人知的名木。枝条像垂柳一样，且树冠很大。从那树下走过，若有似无的小风，将花吹落到了千重子的脚下和肩上。

花稀疏地落在樱树下，也漂散在池面上。而这，只有七八朵吧……

枝条虽用竹撑子撑着，可是那花枝却几乎要把细梢儿垂到池水里。

从这红色多瓣花层层叠绣的空隙，可以望见池塘对面、东岸的小树林上空新叶初萌的群山。

“是东山[1]余脉吧？”真一问。

1 京都盆地东侧南北走向的山地的通称。以大文字山为首的诸山山势平缓，多名胜古迹。

“是大文字山。”千重子答道。

“是大文字山？看起来很高呢。”

“从花间看的缘故吧。”千重子那样说着，也站在花间。

两人看得舍不得离去。

那樱树一带，地上铺着粗的白砂石。白砂石的右边，是这庭院又高又美的松树林，那儿也是神苑的出口。

出了应天门，千重子说：

“我想去清水看看。”

“清水寺[1]？”真一一脸平常地问。

“想从清水看京都城的黄昏，落日下西山的天空。”千重子重复道。真一也点了点头。

“嗯，走吧。”

“走着去哟。”

走了很长的上坡路。避开了电车道，两人往南禅寺方向远兜远转，钻过知恩院的后门，走过圆山公园[2]深处，再沿旧时的一条小路走，出来恰是清水寺的门前。而这时，春天的暮霭正在弥漫。

来清水寺舞台游玩的人也只剩了三四个女学生，她们的脸已看不真切。

---

1 位于京都市东山区清水，北法相宗的本寺。相传由坂上田村麻吕于延历十七年（798）创建。有著名的建在悬崖上的本堂外接舞台“清水舞台”。西国三十三所名刹之第十六处。

2 位于京都市东部东山山麓，周围有八坂神社、知恩院等，为有名的赏樱胜地。

来的这时候正是千重子喜欢的。深暗的正殿上，神前点着明灯。千重子不停步地从正殿的舞台直走过去。经阿弥陀堂[1]前，往后院去了。

后院中，亦有建在悬崖上的舞台。柏树皮修的屋顶看起来很轻，舞台也很小很轻的样子。可是，这舞台是朝西的，对着京都的街市，对着西山。

街市上亮了灯。日落后的天空也还留着些微亮。

千重子凭靠在舞台的栏杆朝西望，像忘记了一起来的真一。真一走近她身边。

"真一，我是个弃儿呢。"千重子突然道。

"弃儿……？"

"嗯，我是弃儿。"

真一迷惑了，"弃儿"这话，说的是什么精神层面吗？

"弃儿吗？"真一自言自语道，"连你，也有时候认为自己是弃儿？千重子若是弃儿，那我也是，精神的……也许人，所有人都是弃儿，因为所谓出生，就如同被神丢弃到这世上一样。"

真一目不转睛地盯着千重子的侧脸，傍晚的天光若有若无染在上面，是这夜晚的春愁？

"后来，反倒被叫作神的孩子了不是？先丢弃，再来拯

1 主佛安置有阿弥陀佛，并画有极乐净土的寺院，日本平安时代相继在各地修建。

救……”

可是，千重子似乎没听进这话，她俯瞰着灯火璀璨的京都城，并没有回头看真一。

因了千重子这不明所以的悲伤，真一想把手抬起来搭到她的肩上去。千重子却将身子闪开了。

“说好了，别碰我这弃儿。”

“明明是神的孩子，却说弃儿……”真一多少把语气加强了些。

“哪有那么复杂。我可不是神的弃儿，是被人类父母遗弃的弃儿。”

“……”

“是被丢在店铺前铁丹[1]格子门前的弃儿。”

“说什么呢。”

“真的。这事儿说给你听，也没什么用……”

“……”

“我啊，从清水寺这儿看着壮阔的京都城夕照，就想，我真的是在这京都城出生的吗？”

“都说些什么呢，脑子坏了……”

“这样的事，我为什么要瞎说。”

“你不是批发商家受宠爱的独生女吗？独生女成了爱胡思乱想的养女了。”

---

1 红色无机颜料，具有耐晒、耐热等优点，为涂料、水泥等的着色剂。

"那是，受宠着呢。到如今是弃儿也没关系啦……"

"你说弃儿，有证据吗？"

"要说证据，那就是店铺前的铁丹格子门。旧格子门知道得最清楚。"千重子的声音越发好听了，"记得不太清了，好像是刚上中学那会儿吧，母亲把我叫去说，千重子不是自己亲生的孩子，是他们抢了一个可爱的婴儿，一溜烟坐车跑了带回来的。可是抢婴儿的地方父亲和母亲却不小心说岔了，一个说在开着夜樱的祇园[1]，一个说是鸭川[2]的河滩上……是觉得我这被丢在店门前的弃儿实在太可怜，才那么说的……"

"哦？不知道亲生父母吗？"

"得到现在父母的宠爱，我已打消寻找的念头了，亲生父母，莫不是已加入了仇野[3]的孤鬼行列，连墓石也旧了……"

从西山来的春日的柔柔暮色，如微红的雾霭般，在京都的半边天上铺陈开去。

说千重子是弃儿，况且还是什么抢来的孩子，真一是不信的。千重子的家在年代久远的批发街上，因此在附近一打听就能知道，可是眼下，不用说，真一即使有打听一下的心，也没有了这个意。真一感到迷惑，他想知道的是：千重子是

---

1 位于日本京都市东山区八坂神社门前。

2 日本向南流经京都市的河，为京都的象征。以出町为界，上游称贺茂（加茂），下游称鸭川。

3 曾位于日本京都嵯峨小仓山山麓的火葬场。转指火葬场、墓地。

为了什么，要在这儿作这样的坦言。

可是，她把真一叫到清水来，就是为了向他坦言吗？千重子的声音越发清亮澄澈了。那声音里透着美丽的坚强，似乎并非在向真一诉苦。

真一爱着她，这点，千重子一定是隐约知道的。千重子的坦陈，是为了让爱她的人知道自己的身世吗？真一却没有听出。不如说正相反，他心里有一个声音：她会不会是想先以此为由来拒绝他的爱意呢？所谓“弃儿”，或许是千重子的虚构吧……

真一想，自己在平安神宫再三地说千重子“幸福”，若这是对那话的抗议就好了。他于是试着说：

“知道自己是弃儿后，千重子你是不是感到孤单？曾伤心过吗？”

“不，一点也不，不孤单，也不觉得伤心。”

“……”

“向父母提出想去上大学的时候，父亲说：‘对将来要继承家业的女儿来说，大学反会成为阻碍不是？与其上大学，不如好好学着做买卖。’只是听父亲那么说的时候，才觉得有点儿……”

“是前年？”

“前年。”

“父母的话，千重子绝对服从吗？”

“是啊，绝对服从。”

“结婚这样的事也……？”

“是的，现在是这样想。”千重子毫不迟疑地回答道。

“你就没有所谓的自我，没有自己的情感吗？”真一问。

“太有了。自己都觉得为难……”

“但是你压制它，扼杀它？”

“不，没有扼杀。”

“净说些哑谜一样的话。”真一轻笑的声音有些发颤，他将上半身探出栏杆，想去看千重子的脸，“想看打哑谜的弃儿的脸呢！”

“天暗下来啦！”千重子这才向真一转过身来，眼中闪闪发着亮。

“真可怕……”千重子把那目光移上主殿屋顶。厚厚的柏树皮修的屋顶，正以沉重又阴暗的质感，可怕地逼近。

尼庵与格子门

千重子的父亲佐田太吉郎从三四天前起，就住进了隐在嵯峨[1]深处的尼庵。

要说这尼庵，庵主的年纪已过了六十五岁。那个小小的尼庵因在古都，亦是有渊源来历的，可庵门在竹林深处不可一见，于观光更几近无缘，显得十分冷清。至多，庵里的附房偶会被用来举办茶会。并非所谓的有名的茶室。庵主有时会出门去教人插花。

佐田太吉郎借了这尼庵的一间房。他如今，大概也跟这尼庵一样吧？

不管怎么说，佐田开的是一家京都和服料批发铺，位于中京。周围的店好像大都成了股份制，佐田的店在形式上也是股份制。太吉郎当然是老板，生意却全权委托给了掌柜的（如今叫专务或常务）。不过，店里还保留着很多从前的习气与老规矩。

---

1 日本京都市右京区京都市街的西面，隔着桂川，与岚山相对的地区。

太吉郎从年轻时起就有名人气质，还不爱见人。完全没有诸如举办自己染织作品个展之类的野心。就算举办，他的作品在那个年代也显得过于新奇，恐怕也很难作为商品卖出去吧。

上一代的主人、他父亲太吉兵卫[1]呢，只是不作声地看着太吉郎所为。绘制应时花样内有图案师，外可托付给画家，所以完全没有什么不凑手。只是太吉郎并非天才，他在艺途举步难行，烦恼之下，靠吸食麻药画了些风格怪异的友禅[2]纹样底稿，家人知道后，马上将他送去了医院。

到了太吉郎主家的时代，那种纹样也变得寻常起来。太吉郎为此很伤心。他独自跑到嵯峨的尼庵去，也是想得到从天而降的构图灵感吧。

战后，和服的纹样也发生了显著变化。他突然想起，从前靠着麻药绘制的怪异纹样，如今看来会不会让人感觉新鲜抽象呢？但是，太吉郎的年纪也已过了五十五岁了。

“干脆走古典风格的路子呢？”太吉郎曾这么自言自语过。不过，从前的优秀作品还历历在目，古代的帛片、旧戏装的纹样、色彩，全在他的脑中。当然，他也在京都有名的公园、野外和山中行走，为赋予和服纹样的变化而写生。

中午时分，女儿千重子来了。

---

1 “太吉”为名，“兵卫”为日本旧时隶属兵卫府的武官，日本人常取祖上做过的官名为通称（“通称”与中国的“号”相仿），以示尊敬。

2 即友禅染，一种手绘与染色相结合的织物染法，日本近世由京都的宫崎友禅首创。

"爸爸，您要尝尝森嘉[1]的豆腐火锅吗？我买来了。"

"啊，谢谢……森嘉的豆腐叫人开心，可千重子来了我更高兴，你就在这待到傍晚吧，也不知能不能帮爸爸放松一下头脑，以想出个好图案……"

布料批发铺的老板并没有必要自己画纹样，倒不如说，那样反会影响生意。

可是，太吉郎还是在店铺中，在有基督教灯龛的中庭、那铺了席子的日式客厅里头靠窗的位置放了桌子，有时候，一坐就是半天。桌子后面两个陈旧的桐木衣柜中，放着中国以及日本的古代织物帛片。衣柜横头的书箱里，则装满了世界各国的织物图鉴。

后面稍远一点的仓库二楼，有很多能乐[2]的戏装、武士家妇女穿的长罩衫礼服等，这些也都被按着它们本来的样子原封不动保存着。还有不少南方各国的花鸟印花布。

也有太吉郎的上一辈或者上上一辈收集来的东西。而举办古代织物展时，一旦被要求展出，太吉郎就会面无表情地拒绝：

"我们家遵从先祖遗愿，珍藏不外借。"

因是京都的老房子，上厕所得穿过太吉郎桌子横头那条细窄的走廊，每有人过，他必蹙着眉一言不发。而店那边稍

1 京都老字号豆腐店名。

2 日本的一种舞台艺术。由室町时代的观阿弥和世阿弥发扬光大。

有吵闹，他就会尖酸地发声：

“就不能安静点儿？”

掌柜两手触地跪着来说：

“是大阪来的客人呢！”

“买不买我们家的都没什么，批发商多的是。”

“是我们家长久以来的老客户，难不成……”

“和服是靠眼睛买的，用嘴买，那不是没眼光吗？生意人，一眼就能识货，虽说我们家的便宜货挺多。”

“嗯。”

从太吉郎的桌子下到他坐的小棉垫褥下，铺着一条有些来历的外国地毯；太吉郎的四周，则将南方的贵重花鸟印花布作帘子围了起来。这是千重子的聪明主意。帘子吧，多少也让店里的声音变柔和了些。千重子时不时就来更换这些帘子。每换一次，父亲都一边记着千重子的好，一边告诉她：这是爪哇国的，那是波斯的，是什么时代的啦，又是哪种图案，诸如此类关于帘子的事。那些详尽的解说，千重子听来却也有不解之处。

“做袋子可惜了，裁了做茶道用的方巾又太大了，要是做和服腰带，倒是能做好多条吧！”有一天，千重子四下看着帘子这样说。

“拿剪刀来……”太吉郎道。

不愧是父亲，剪刀用得灵巧极了，他把帘子印花布裁开了。

“用这个给千重子做腰带，不错吧。”

千重子吃了一惊，眼睛湿了。

“呀，爸爸？”

“很好吧，很好吧？千重子你要是系上这印花布的腰带，说不定，我绘制纹样的灵感也会来呢！”

千重子去嵯峨的尼庵那天，系的就是这腰带。

不用说，太吉郎也一眼就看到了女儿的印花布腰带。看是看见了，却不去特意看。他想，印花布纹样花型大、华丽，虽深色浅色错杂，可用来做花季少女的腰带，是否合适呢？

千重子把半月形饭盒放在父亲身边。

“您尝尝吗？稍等一下，我来准备豆腐火锅。”

“……”

站起来的一刹那，千重子顺势转身看向门外的竹林。

“竹子已到了衰老之秋啦。”父亲说，“土墙也要塌了，有点倾斜，也颓了不少。跟我一样啦。”

千重子已习惯了父亲那样说，也不安慰，只重复着父亲的话：“竹子的衰老之秋……”

“来的路上，樱花开得好吗？”父亲轻声问。

“落了的花瓣浮在池面上，山上的新叶间还有一两株没开败的，从稍远的地方看去倒是好。”

“哦？”

千重子进了里间。太吉郎随即听到了切葱的声音和刨削干鲣鱼的声音。过了一会儿，千重子端着樽源[1]的全套豆腐火锅用具回来了——那些都是从家里带来的。

千重子勤快地侍候父亲用餐。

“一起来吧，你也吃一口。”父亲说。

“哎，好的……”他看着这么回答的女儿，从肩膀打量到胸前。

“太朴素了。千重子你净穿我设计的纹样啦，大概也只有你才会穿，都是些卖不掉的……”

“是因为喜欢才穿的。很好呢！”

“是吗？太朴素啦！”

“朴素是朴素了点，可是……”

“年轻姑娘穿得朴素，并不坏。”父亲突然正色道。

“看见的人都称赞我来着……”

父亲陷入了沉默。

太吉郎画纹样，如今也不知是成了兴趣呢，还是业余爱好了。在营销已变得多少面向普通大众的批发店里，掌柜照顾老板面子，也只意思意思染了一两匹他的纹样而已。其中的一匹，女儿千重子按着惯例自己主动要来做着穿了。布料倒是精心挑过的。

“不用净穿我设计的。”太吉郎说，“还有，也不用净穿自家店里的……那样的情面，不要也罢。”

1 京都老字号豆腐料理用食器店名。

“情面?”千重子吃了一惊，“我可不是为了顾及什么情面啊!”

“若千重子哪天穿华丽了，是不是就是有了心上人?”父亲的脸上并没有笑，却发出了很大的笑声。

千重子侍候父亲吃着豆腐火锅，自然而然把目光落到了父亲的大桌子上。绘制京都染纹样的东西，却是一样也没见着。

只在桌子的一角放着一个江户泥金画[1]的砚台盒，和两本高野抄本残片[2]的复写本（倒不如说是画帖）。

千重子想，父亲自来了尼庵，看样子，是不是已经把店里的生意忘了?

“六十练字也不迟，活到老学到老嘛!”太吉郎有些腼腆似的道，“可是，藤原[3]的假名流线，对画纹样倒也不是一点好处都没有吧!”

“……”

“真是可悲呀，手开始发抖了。”

“写大一点呢?”

---

1 泥金画为日本独特的漆器工艺装饰技法之一。用漆画好图案后，再用金、银、锡等金属颗粒及色粉涂在上面以表现图案。从工艺上可分为平泥金画、磨光泥金画和泥金浮花画三种。

2 日本古墨迹残片之一，现存《古今集》的最古抄本。写于11世纪中叶。原有20卷，现残存9卷，因从高野山传来而得名。

3 指藤原行成（972—1028），日本平安中期书法家。平安中期三迹（三大书法家）之一，人称“权迹”。其作品《和汉朗咏集切》，是日本假名书道的起源。

“已经写得很大了……”

“砚台盒上的那旧念珠是？”

“啊，那个呀，跟庵主无意间说起，就送我了。”

“爸爸您就戴着那个去参拜吗？”

“用现在的话说，那该叫护身符吧。有时候也想把它衔在口中，将那珠子咬碎了。”

“啊，真脏！长年累月的手垢，不脏吗？”

“怎么就脏了，那不是两三代尼姑信仰的包浆吗？”

千重子觉得似乎触到了父亲的伤心处，遂不作声地低下了头，把吃剩的豆腐火锅搬去了厨房。

“庵主呢……？”千重子从里间出来的时候问。

“已经回来了吧。千重子你怎么打算？”

“想去嵯峨走一段再回去。岚山这时候人多得很。去往野野宫[1]、二尊院[2]的路，还有仇野，都是我喜欢的。”

“千重子这么年轻，喜欢这样的地方真叫人担心以后怎么办。可不能像我似的呀。”

“女人跟男人怎么会一样。”

父亲站在廊檐下目送千重子。

不久，老尼就回来了，随即扫起了院子。

---

1 皇女或女王即位时，为沐浴洁身（洁斋）而过一年隐居生活的宫殿。外设黑木鸟居，围树枝篱墙。

2 位于京都市右京区的天台宗寺庙。

太吉郎坐在桌前，脑中不由浮现出宗达[1]和光琳[2]画的蕨，还有春天的草花图案来。想起了刚刚动身回去的千重子。

一走上乡间路，父亲遁居的尼庵就被掩进了竹林深处。

千重子打算去参拜仇野的念佛寺。她沿着那旧石阶，一直爬到了左手边崖上有两尊石佛的地方。上方人声喧哗，她因此止了步。

那不知有几百个的、已朽蚀了的石塔群，被叫作无缘佛。这时节常有摄影会之类，让穿着奇怪罗衣的女子站到那小小的石塔群中去拍照。今天的也是吧。

千重子从石佛前沿着石阶往下走。想起了父亲的话。

就算为了避开春天岚山的游客，可仇野和野野宫，果然不适合年轻姑娘来。比穿着父亲设计的朴素衣服还……

“爸爸在那尼庵中好像什么也没做。”千重子心里有点空落落的，“又有手垢、又陈旧的念珠，爸爸嘴里咬着它，心里又想什么呢？”

千重子知道，父亲有时想要咬碎念珠的强烈冲动，在店里时是被压制了的。

“还不如咬自己的手指……”千重子小声嘟哝着摇了摇

---

1 指俵屋宗达（生卒年不详），日本江户初期画家，活跃于庆长至宽永年间（1596—1644）。

2 指尾形光琳（1658—1716），日本江户中期画家。京都人，擅长装饰画，创立表现华丽的琳派风格。

头。一转念，想起了和母亲两人一起在念佛寺撞钟的事。

这钟楼是刚刚新建的，小个子的母亲撞着，钟也不响。千重子说：

“妈妈，您吸一口气。”千重子把手掌放在母亲的手掌上，两人一起撞，钟响了。

“真的呢，这么大声，会传多远啊！”母亲很开心。

“嘿，跟天天撞的和尚的撞法不同呢！”千重子笑了。

千重子一边想着那些，一边沿小路往野野宫走。这小路边写着“通往竹林深处”，字迹并不太旧，可现在，那微暗的竹林已敞亮了不少。门前的小店也在揽客。

可是，小小的神宫却至今未变。《源氏物语》中也写到的，在伊势神宫侍奉的皇女（内亲王[1]）曾在这儿，以洁净无垢之身斋戒沐浴、净心修身三年之久。所以把这儿叫皇宫遗迹。从带树皮的黑木的鸟居以及小树枝篱笆就可知道。

从野野宫前沿野路走，前方渐渐开阔起来，岚山到了。

千重子在渡月桥[2]沿岸的松木行道树下上了公交车。

“爸爸的情形，回去后该怎么说才好呢……虽然妈妈一眼就会看穿……”

中京的商家聚居地，因明治维新前的“铁炮烧”“连连

1 指皇女、公主或长公主。

2 位于日本京都市西部，架设于流经岚山山麓的桂川上的桥梁。

烧”[1]多被焚毁，太吉郎的店也未能幸免。

所以，那一带虽说尚留有铁丹格子门和二楼有细格窗的古代京都风格店铺，其实它们都未经百年——虽然听说，太吉郎店里的内仓房倒是没被那大火烧塌……

太吉郎的店铺格局至今都无多大变化，那取决于主人的为人，或许，是不是也因为批发生意做得并不太好？

千重子回到家，打开格子门，一眼就看到了屋内。

母亲阿繁坐在父亲常坐的桌前抽烟，左手托腮，因为弓着背，样子看起来像在读写着什么，可桌上却什么也没有。

“我回来了。”千重子往母亲身边走去。

“啊，你回来啦，辛苦了！”母亲像刚清醒过来似的，“爸爸怎么样？”

“是啊。”

千重子心想着该怎么回答，嘴里却道：“我买豆腐去了。”

“森嘉的？爸爸很开心吧，做豆腐火锅了？”

千重子点了点头。

“岚山怎么样？”母亲问。

“很多人……”

“爸爸送你到岚山的？”

“没。因为庵主出门去了……”

---

1 1864年8月20日长州藩引兵上京，引发“禁门之变”造成的京都大火。因京都中心部为激战地，市内瞬间被大火包围，民居寺庙等尽数焚毁，民众束手无策，只能任由火势蔓延，故称“连连烧”，又因伴随街市巷战枪炮声，故亦称“铁炮烧”。

接着，千重子又答："爸爸好像在练字。"

"练字啊？"母亲毫不意外的样子，"不是说，练字对静心有好处吗？我也这么觉得。"

千重子偷偷看着母亲白皙端庄的脸，脸上并没有能让千重子猜到心思的什么变化。

"千重子。"母亲用安静的声音叫她。

"千重子，你呀，就算不继承这店铺也没关系……"

"……"

"如果想嫁人，就嫁出去好了。"

"……"

"你在听吗？"

"为什么您要说那话？"

"一句话说不清，可是，妈妈也五十岁了不是。想到了就说啦。"

"家里这生意，干脆，不做了怎么样……？"千重子漂亮的眼睛里含着泪。

"那样啊，你这不是说远了一步吗……"母亲微微地笑了。

"千重子，你说把家里的生意停掉，那是真心话吗？"

声音虽不高，母亲却突然正色问。——千重子看到母亲微微一笑，难道是眼花看错了？

"是真心话。"千重子答。有痛楚一股脑儿涌上胸口。

“我没生气，不用露出那样的神色。说得出口的年轻人和听这话的老年人，哪个更伤心失落？你应当很清楚的。”

“妈妈，请原谅。”

“没有原谅不原谅的……”

这回，母亲是真的微笑了。

“我呀，和刚才与你说的好像有点不太一致……”

“我也迷迷糊糊的，自己也不知说了些什么。”

“人呢——女人也是这样。自己说的话，要尽可能坚持到底。”

“妈妈。”

“在嵯峨，你对爸爸也说了同样的话吗？”

“不，跟爸爸什么也没说……”

“是吗？你也对爸爸说说看，说吧……男人哪，估计会发火，可心里一定会高兴。”母亲扶着额头，“我坐在爸爸的桌前呀，就是在想爸爸的事。”

“妈妈，您全都知道的对吗？”

“什么？”

母女两个沉默了好一会儿。千重子似乎耐不住了，道：

“是不是去锦市场[1]看看，买点什么来准备晚饭呢？”

“好呢，拜托了。”

千重子站起来往前店走去，这就下了泥地房。本来，这

1 京都锦市场商店街。

泥地房是由一条细长的通道与后面连着的。店堂对面的墙边有一排黑黑的柴灶，那是厨房。

如今到底已不用柴灶了。灶台靠里的地方置了煤气灶之类，地上铺了木板。若还像先前那样的灰浆地的话，这四下透风的地方，到了京都那冷得出奇的冬天还真叫人吃不消。

可是，炉灶却没有拆（很多人家都还保留着），是大家都信奉灶君（火神）——荒神[1]的缘故吧。灶后供奉着镇火的神符，还摆着一排布袋神[2]。布袋神共有七尊，每年初午[3]的时候去参拜伏见稻荷神社[4]，买一尊回来添上去。若这期间家里有人去世，则要从第一尊开始重新收集。

千重子家的店里，灶间的神已集齐了七尊，因为家中只有父母女儿三人，这七年、十年中，家里都没有死过人。

这排灶间神的旁边放着个白瓷的花筒，每隔两三天，母亲会给它换一次水，并仔细擦拭神龛。

千重子提着买东西的篮子出了门，只是前后脚的工夫，就见自家格子门里进来了一个年轻男子。

"是银行的人。"

---

1 三宝荒神的略语。佛、法、僧三宝的守护神，据传为厌恶不净的神，因火可驱逐不净，故被奉作灶神。

2 中国传说中唐末五代时期的禅僧，因袒露大肚子，肩背布口袋云游四方化缘，被称为布袋和尚，在日本被奉为七福神之一。

3 二月最初的午日。日本很多地方自古将此日作为农神的祭祀日。

4 日本旧官币大社，位于京都市伏见区深草薮之内町。供奉宇迦之御魂大神等四神，本为农耕神，后被奉为衣食住行及各种产业的保护神。

对方似乎并未留意到千重子。

因为想着是平时常来的年轻银行职员，千重子觉得不需担心什么。可是，脚步却重了起来。她往店铺玄关的前格子门那儿走，边走边用手指头轻轻滑拭那门的一根根格子。

格子门走完的时候，千重子回头看店铺，又抬了头朝上看。

二楼的细格窗前面，店铺的旧招牌依然显眼。那招牌上画着小小的屋脊。像百年老铺的标志，也像是装饰。

和暖的春日斜阳，在招牌旧了的金字上发着钝光，看上去反显寂寞。店铺的厚棉布暖帘[1]也已褪色泛白，露出了很粗的纹理。

“嗯，就连平安神宫的红色枝垂樱，在我这心里，有时也是寂寞的吧。”千重子一边想，一边加快了步子。

锦市场跟往常一样行人如织。

回来走到自家的店门附近，遇到了白川女[2]。千重子开口招呼：

“顺便到家里来坐吧！”

“嗯，多谢啦。小姐您回来了，正好！”那姑娘道，“您上哪去了？”

“去锦市场了。”

“真能干呀。”

---

1 挂在商店屋檐下，用于遮阳、印有商标和店号的布帘。

2 白川，京都北部鸭川以东、东山以西地区。白川女，指从这一带到京都走街串巷卖花及年糕等的女子。

"供佛的花……"

"嗯，谢谢您一次次地关照我……您就看着拣喜欢的吧。"

说是花，其实是杨桐[1]。说是杨桐呢，其实是新叶。

每月的初一十五，白川女照例会给送来。

"今天小姐您在，真好。"白川女说。

千重子挑着那新叶的小树枝，心活泼泼地跳。她一手握着那杨桐，进家门就道：

"妈妈，我回来了！"千重子的声音清朗明亮。

千重子把格子门拉开一半往里看，回头，卖花的白川女却还在原地。她招呼道：

"进去休息一会儿吧。我来泡茶。"

"嗯，多谢啦，总对我这么和气……"姑娘点了点头，高举着一把野草进了泥地房，"虽是单调无趣的野草……"

"谢谢！我喜欢野草呢，难为你记得……"千重子看着那从野山来的花。

进门的地方，灶台边有一口古井，上面盖着竹编的盖子。千重子把花和杨桐放在了那盖上。

"我去拿剪子。对了，杨桐的叶子必须得洗一洗……"

"我这有剪子。"白川女拿剪子嚓嚓空剪着，一边道，"您家的灶总这么干净，我们这卖花的，也打心眼里感激呢。"

1 山茶科常绿乔木，叶长椭圆形，厚且有光泽。枝叶常用于神事。

“妈妈有洁癖……”

“要说小姐您也……”

“……”

“近来，灶上、花插上、井台上，这些地方灰尘堆积的人家还真多，连我们卖花的也渐渐觉得可悲可叹了。来您家一看才松口气，真高兴啊。”

“……”

最要紧的生意萧条、顾客日稀的事，千重子却是不能对白川女说的。

母亲还在父亲的桌前坐着。

千重子把母亲叫到厨房，把在市场买的东西拿给她看，母亲看着她从篮子里一样一样拿出摆好，心想，这孩子也变得节俭啦，或者也是父亲去了嵯峨的尼庵，不在家的缘故……

“我也来帮你。”母亲站在厨房里说，“刚才来的，就是平时那卖花的吗？”

“是的。”

“在嵯峨的尼庵，有没有看到你给爸爸的画册？”母亲问。

“哎呀，那可没见……”

“他只带走了千重子你送的书。”

那是保罗·克利[1]、马蒂斯[2]、夏加尔[3]之类，还有更现代的抽

1 保罗·克利（Paul Klee, 1879—1940），瑞士艺术家。

2 马蒂斯（Henri Matisse, 1869—1954），法国画家，野兽派代表人物。

3 夏加尔（Marc Chagall, 1887—1985），俄国超现实主义画家。

象画画集。千重子是想着或许能重新唤起父亲的新感觉而为父亲买的。

“我们家啊，爸爸不画纹样也没什么，只卖外面染来的就很好。而你爸爸呀……”母亲说。

“可是千重子，你净穿爸爸设计的纹样了，真是一片心，妈妈也要对你说谢谢呢。”母亲继续道。

“谢谢什么的……只是因为喜欢才穿的。”

“爸爸看到你穿的和服、系的腰带，心里会多失落、多心疼啊。”

“妈妈，虽说好像朴素了些，可仔细看还是有味道的，也有人夸我呢！”

千重子想起，她今天也对父亲说了同样的话。

“不过，漂亮姑娘，反倒是素些的更合适……”母亲揭开锅盖，一边把筷子伸进煮菜中，一边道：

“华丽的纹样，流行的纹样，爸爸怎么就画不出来了呢？”

“……”

“你爸爸从前，可是画了不少非常华丽、非常新奇的……”

千重子点了点头，却说：“妈妈，就连您，也没有爸爸画的纹样的和服吧？”

“因为妈妈已经上了年纪……”

“上了年纪，上了年纪，您多大年龄嘛！”

“对上了年纪的人……”母亲只是说。

“是叫无形文化财产[1]（国宝级人物）吧——小宫[2]家的江户碎花[3]，年轻人一穿，就更漂亮、更引人注目了，走过去的人都回头看呢。”

“小宫老师那般厉害的，爸爸又怎能与之相提并论。”

“爸爸他，要从精神的谷底……”

“说得那么复杂。”母亲转过她那京都人特有的白皙的脸，“可是啊千重子，你爸爸曾经说过，说要为千重子的婚礼设计一件非同寻常的、华丽的……妈妈我也期待着，等了很久了……”

“我的婚礼……？”

千重子的脸罩上了一层薄薄阴云，有好一会儿没说话。

“妈妈，您这辈子到现在为止，最让您情不由己的事是什么？”

“那个呀，以前可能也说过吧，是和你爸爸结婚的时候，还有和你爸爸两个抢了还是个可爱婴儿的你逃跑的时候。我们当时抢了你就坐车逃，虽是二十多年前了，可至今想起来心口还怦怦跳。千重子，你来按按看妈妈的胸口。”

---

1 在日本，戏剧、音乐、工艺技术及其他无形文化产品中，其历史或艺术价值极高的部分，由国家指定为“重要无形文化财产”，其保持者俗称“国宝级人物”。

2 此处指小宫康助（1882—1961），染织家。

3 日本传统花纹的一种，以单色印染、细碎花纹为特征。最初是武士服装的纹样，与京友禅、加贺友禅并称日本三大友禅染，其最大的特点在于远看像素色，近看又有令人叹为观止的纤细纹样。

“妈妈，千重子是弃儿吧！”

“不是，不是。”母亲使劲儿摇着头。

“人在一生中，是会做那么一两件可怕的坏事吧！”母亲继续道。

“抢婴儿这样的事，比偷钱，比偷什么都罪孽深重吧，可能比杀人还要坏。”

“……”

“千重子的生身父母，他们会伤心到发疯吧。这么一想，就是现在也还想把你还回去，可是，已经还不了啦。千重子你如果说要去找你真正的父母，那也没办法……可是我，你这个妈妈也许就会死啊。”

“妈妈，不要再说那些了……千重子的妈妈只有您一个，我就是那么想着长大的……”

“我知道。正因为那样我的罪才更重……我和你爸爸，两个人都准备好了下地狱，地狱就地狱吧，只要能换来这一世可爱的女儿。”

看一眼语气激烈的母亲，见她脸上有泪在流，千重子的眼里也蓄了泪。

“妈妈，您就跟我说实话吧，千重子是弃儿对不对？”

“不是，说了不是还……”母亲依然摇头，“千重子怎么就是弃儿了，你那么想的？”

“说爸爸妈妈偷婴儿什么的，我没法想象。”

“刚才不是说了吗？人在一生中，是会做那么一两件可怕的坏事。”

“既然如此，你们是在哪儿把千重子抱回来的呢？”

“夜樱下的祇园啊。”母亲不绝口地道，“可能以前也说过的，在花下的座凳上，一个可爱的婴儿正睡着，见了我们，花开一样地笑啦。情不自禁地抱了起来，才一抱，心口倏地一紧，只觉不堪忍受，我贴着她的脸，望着爸爸。爸爸说：‘阿繁，偷了这孩子快逃吧，嗯？阿繁，跑，快跑！’后来，那就不顾一切了。应该是从煮芋棒[1]的平野屋[2]前面那儿飞跑到车上的……”

“……”

“婴儿的母亲应该是去什么地方了，恰是那一小会儿吧！”

母亲的话倒也没什么说不通的地方。

“命运……从那以后，千重子你就成了我们家的孩子，不是都二十年了吗？对千重子来说是好呢，还是不好？就算是好事，我这心里也有一双手在合十，总是不停地道歉说：‘宽恕我吧’，爸爸应该也一样。”

“是好事。妈妈，是好事。我一直这么想。”千重子用两掌覆住了眼睛。

---

1 煮食菜肴的一种，京都名菜。以虾芋（芋艿的一种）和晒干的鳕鱼（棒鳕）为主材料。

2 京都料理、怀石料理（品茶前请客人用的简单饭菜）老字号店铺名。

不管是捡来还是抢来的孩子，在户籍上，千重子是以佐田家嫡生女儿的名义申报的户口。

"千重子不是亲生的。"父母最初开诚布公对她说这话的时候，千重子根本没察觉出它的真实感。上中学那会儿的千重子，甚至怀疑自己是不是有什么地方做得不称父母的意，他们才那样说。

恐怕，父亲也好，母亲也罢，他们是怕附近的人说什么传到千重子的耳中去，所以抢在前面说了吧。或是相信千重子对父母感情深厚，觉得她这年纪，已多少能通情明理的缘故呢?

千重子确是吃了一惊的，可是并没有多伤心。即便到了青春期，也没有因为那事而感觉烦恼。对太吉郎和阿繁依然很亲，且没有迹象表明她勉为其难地对那事表现出无所谓。这也是因了千重子的性格吧。

可是，若非亲生，那真正的父母就该在某个地方，或许还有兄弟姐妹。

"倒也不是想去见……"千重子想，"他们的日子，过得肯定比这儿苦吧!"

那些，于千重子而言也是无从得知的。比起那些，这旧格子门后深店中的父亲和母亲的忧愁，倒是让千重子的心揪了起来。

千重子在厨房用手掌覆住眼睛，也是因为这。

"千重子。"母亲阿繁把手放在她的肩上，摇了摇说：

“以前的事就不要管它了，这世上，也许不知什么时候，什么地方就会落下一颗珠玉呢！”

“珠玉，上好的珠玉！要能给妈妈做戒指多好……”千重子说着，麻利地做起事来。

晚饭后收拾好碗筷，母亲和千重子一起上了后面的二楼。

临街有细格窗的二楼，天花板低矮，房间简陋，是店里小伙计们睡觉的地方。从中庭旁的游廊可直通后面的二楼，从店堂也能上去。来了大主顾就带上二楼设宴招待，也有时候在那留宿。如今，多半只在面朝中庭的客厅与客人谈生意了。说是客厅，却从店堂到后面都是连着的，货架上满满都是和服料，客厅的两侧也堆得层层叠叠，因为进深长阔，很方便将衣料摊开来看。这里一年到头铺着藤席。

后面二楼的顶棚很高，可只有六张榻榻米大的两间，是父母与千重子的起居室和卧室。千重子坐在镜前把头发解开了。长长的头发，原本是束成一束的。

“妈妈！”千重子叫纸拉门那边的母亲。那声音里，含着万般心思。

和服街

京都是一个大都市，树木尤其好看。

且不说修学院离宫[1]，还有天皇御所的松林、古寺宽阔庭院中的树，就是木屋街[2]和高濑川[3]两岸的垂柳，五条街[4]及崛川[5]的垂柳行道树，也一下就能把游人的眼光吸引去。那是真正的垂柳，绿色的枝条简直要垂到地面，看上去越发娇柔。北山的赤松亦如此，如一个个柔软的圆绵延成列。

尤其现在正是春天，东山上新叶的色形清晰可见，若是晴天，亦能看到比睿山的新叶。

树木漂亮，大约是因为城市漂亮，街道清洁做得入微吧。祇园之类的地方，一走进深处的小路，虽有成排暗淡古旧的小房子，可路上一点也不脏。

1 位于日本京都市左京区比睿山麓。根据后水尾太上皇的构思设计，于万治二年（1695）左右落成。

2 京都市南北方向道路之一。

3 位于日本京都市东部，沿鸭川向南流的运河。

4 京都市中心区域贯通东西方向的道路名。

5 日本流经京都市区中心并向南流的河。

做和服的西阵[1]一带也如此。就是看去一副凄惨相的小店，进门的地方也很干净，连小小的格子门也都洁净无垢。植物园也一样，乱扔纸屑之类是一概没有的。

美国军队曾经在植物园中建了住宅，当然，日本人是禁止入内的，不过军队离开后，那儿就又恢复了原样。

西阵的大友宗助很喜欢植物园中的林荫道。那是两边都种植了香樟的路。樟树并不高大，路也不长，可他却常去那儿散步。连香樟嫩叶萌发的时候也……

“那樟树如今怎样了呢？”有一时他在织机声中想，“该不会被占领军砍了吧？”

宗助等着植物园再次开放。

出植物园，从那儿稍稍往上爬就是鸭川的河岸，这是宗助散步的老线路。也可以去眺望一下北山。他多半是自己一个人去。

虽说是去植物园和鸭川，宗助最多也就花一个小时左右，可那样的散步已很久没有成行了，这会儿刚想起来。

“佐田来的电话！”妻子叫道，“好像在嵯峨。”

“佐田？从嵯峨？”宗助一边说着，一边往账台走去。

年龄上，做织造的宗助比做批发的太吉郎要小四五岁，可是撇开生意不说，两个人的脾气倒是登对，说来，年轻时曾是“恶行与共”的密友吧。可是近来却多少有些疏远了。

1 日本京都市上京区的崛川以西，一条大街以北地区。自平安时代开始发展丝织业。

“我是大友，好久不见……”宗助接了电话。

“啊，大友！”太吉郎的声音听上去有不同往常的兴奋。

“你去嵯峨了？”宗助问。

“在嵯峨不为人知的尼庵，悄悄躲着呢！”

“您可真神神鬼鬼。”宗助故意把话说得恭谨有礼，“尼庵里也各种各样的……”

“不，我这是真正的尼庵……只有一个上了年纪的庵主……”

“那可太好了，只庵主一个人，佐田你就能与年轻姑娘……”

“什么混账话！”太吉郎笑道，“今天呀，想拜托大友你一件事。”

“哎，哎。”

“我这就去府上可以吗？”

“来吧，来吧。”宗助有点疑惑，“我可走不了哇，织机的声音，你电话里也听得到的吧。”

“实话，还真是，那声音听着可真亲切。”

“说什么呢，那要是停了会怎样？与你躲的尼庵可不同。”

没过半个小时，佐田太吉郎就坐车到了宗助的织造作坊，眼里似乎正闪闪发着光。他立马就把包袱皮打开了。

“想拜托你这个……”说着，太吉郎把画的纹样展开来。

“嚯？”宗助望着太吉郎的脸，“是腰带吧，佐田你也画了这么新颖华丽的！哦，是给那藏在尼庵中的人……？”

“又来……”太吉郎笑了，“是给我女儿的。”

“哦，织好了，令爱会大吃一惊吧？首先，这样儿的她能系吗？”

“其实呢，是千重子送了我克利的厚画集，有两三册。”

“克利，什么克利……？”

“他呀，据说是抽象派的前辈级画家，画风柔美，格调又高，说是有梦幻色彩吧，与我这日本老人感觉相通呢，我在尼庵看了，反反复复看了，于是画出了这纹样。完全脱离了日本古代衣料的风格不是？”

“是啊。”

“也不知到底能成什么样，就想着请大友你帮我织织看。”太吉郎说着，那股子兴奋劲似乎仍没有平息。

宗助目不转睛地看了好一会儿太吉郎的纹样。

“嗯，真不错，色彩的搭配也……很好，对佐田来说虽是迄今没有的新意，却也典雅有味，不过织起来可有些难。我一定尽心尽力，就让我试织一下吧。令爱的孝心、父亲的慈爱，都会表现出来的。”

“多谢了……近来，很多人一说就是idea[1]呀，sense[2]什么的，连颜色也尽想着西洋流行的啦！”

“那，可算不上高明。”

---

1 构思。

2 灵感。

“我呀，最讨厌人家夹杂着说西洋话了，日本从有王朝的古代起，就有妙不可言的优雅颜色不是？”

“对，就一个‘黑’，也很多说法哪。”宗助点了点头，“话是这样，可今天我也想，做织带，也有像伊豆仓[1]那样的……那儿是西式四层建筑的近代工业，西阵也会变成那样吧。一天能织出五百条腰带，不久，员工也要参与经营，平均年龄据说才二十多岁。像我们家这样手动织机的家庭作坊，这二三十年内，肯定会被淘汰吧！”

“胡说些什么……”

“若能生存下去，哎，也不知能不能成为无形文化财产。”

“……”

“像佐田你这样的人，还能成为克利啊什么的。”

“要说保罗·克利，我隐居在尼庵中十天半个月地日夜想。这腰带的花纹颜色用得还算自如吗？”太吉郎说。

“用得很好，有日本式的端庄风雅。”宗助慌忙道，“一看就知道不愧是佐田，你就交给我吧，会织出一条好腰带的。我尽快做纹版[2]，一定会仔细织。对啦，织的话，比起我倒不如让秀男来，我家大儿子，你也知道的吧。”

“嗯。”

“秀男比我织得还要认真仔细……”宗助说。

“哎呀，没问题，交给你啦……要说我们家虽是批发商，

1 京都西阵老字号织带工坊。

2 提花织机上用以控制竖针升降运动，使经纱形成梭口的穿孔纸版。

可大多时候，货还是出到小地方去的。”

“说什么呢！”

“这腰带不是夏用，是秋天的，我还想尽快见到成品……”

“哎，明白。那，与这腰带配套的和服呢？”

“我先想着腰带了……”

“批发商嘛，要说和服，一挑就能挑出一堆好的来……反正哪件都是好的，不过，你这是为令爱的婚事做准备吗？”

“不是，不是。”太吉郎就像说自己的事一样脸红起来。

人都说西阵的手工织造很难连着三代传承。总之，因为手工织造是与工艺相伴相随的吧。即便父母是织造手艺精湛的织工，掌握了非常好的织造技艺，也不一定能传给孩子。儿子不因父母的手艺好而偷懒懈怠，而是更勤奋卖力，即便如此，也一样没有定数。

但也有这样的情况。孩子一长到四五岁，就先学着纺线缫丝，到了十岁十二岁的时候接受织机的操作训练。这样过不久，就能租赁织机，承接外包订单了。因此，孩子多就能帮到家里，有时也能使家庭兴旺发迹。还有，即便是七十岁的老太婆也能在自己家中纺线缫丝，所以，能看到有的人家老祖母与小孙女面对面地在纺线。

大友宗助家，只老妻一人在卷着织带线，因整天低头坐着，看上去比实际要老，是个寡言无话的人。

他家有三个儿子。各自在高机[1]上织着腰带。不用说，家里有三台高机是很好的了，有的人家仅有一台，还有的人家是租借的。

正如宗助所言，大儿子秀男的技术胜过父母，这是织户和批发商们都知道的。

"秀男，秀男！"宗助叫道，而他则像没听到一样。与几台机械织机不同，三台手动机都是木制的，噪声并没有那么大，宗助本就用了很大的嗓门，或是因为秀男的织机在靠近庭院的最顶头，织的又是最难的筒状带[2]，所以全神贯注，竟没有听到父亲的叫声。

"老太婆，你去把秀男叫到这儿来！"宗助对妻子说。

"哎。"妻子掸掸膝站起，下到了泥地房，往秀男织机那边走去，走的这当儿，还用手握拳捶着腰。

秀男停下织箱往这边看，却并未立即站起。也许是累了。因为知道来了客吧，所以没有松懈地转着胳膊伸懒腰。他擦过脸，走了过来。

"承蒙不弃，到这么脏乱的地方来。"秀男绷着脸对太吉郎寒暄，脸和身体似乎都还没从工作状态中出来。

"佐田先生呢，画了个腰带的图案来，想要我们家给织一下。"父亲说。

"是吗？"秀男依旧用了不感兴趣的声音道。

1 手动木织机的一种，织者坐蹬踏板，机身比一般织机高，性能亦较好。
2（穿和服时系的）筒状腰带，带内无布质衬芯，多用于正式服装。

“因为是很要紧的腰带，与其我亲自动手，不如秀男你来织更好些吧？”

“是令爱，千重子小姐的腰带吗？”秀男这才抬起白皙的脸看向佐田。

作为京都人，宗助试图遮掩儿子的冷淡脸色，说：“秀男一早开始干活，累了……”

“……”秀男并未作答。

“倘不那么专心致志，工作还真做不好……”倒是太吉郎反过来安慰。

“织的虽是没什么意思的筒状带，可脑子却还没从那转回来，请原谅。”秀男只是低了低头。

“好！手艺人不那样可不行。”太吉郎点了两下头。

“就算是没意思的东西，也会被认为是我家的织作，所以越发觉得为难。”秀男低着头道。

“秀男！”父亲的声音变了，“佐田先生的和那些个不同，佐田先生呢，遁居在嵯峨的尼庵中画了这纹样，不是售卖的。”

“是吗？在嵯峨的尼庵……”

“你且拿去看看？”

“嗯。”

太吉郎被秀男咄咄逼人的气势压倒，之前兴致勃勃来大友织造作坊的劲头已消了大半。

他把纹样图在秀男面前展开。

“……”

“不行吧？”太吉郎问得有些怯。

“……”秀男不作声地看着。

“不行是吧？”

“……”

面对儿子固执的一声不吭，宗助忍不住了：

“秀男！回个话，你这样很失礼！”

“嗯。”秀男还是没把脸抬起来，“我也是个手艺人，所以看了佐田先生您的图案，觉得与马马虎虎的工作不同，这是千重子小姐的腰带是吧？”

“是呀！”父亲点点头，却讶异秀男不同平日的样子。

“是不行吧？”再次开口的太吉郎的语气，不知不觉变粗了。

“挺好。”秀男平心静气地道，“我可没说不行。”

“嘴里没说，心里却……你那眼睛在说呢！”

“是吗？”

“什么话……”太吉郎一抬膝站起，给了秀男一耳光。秀男没有躲让。

“尽管给我打！竟说佐田先生的图案没意思，根本就不是你认为的那样！”

不知是不是被打的缘故，秀男的脸倒显得生动起来。

被打的秀男，两手触地，也没有用手去遮那被打红了的半边脸，跪坐着道了歉：

“佐田先生，请原谅。”

“……”

“虽然惹您生气了，可是，这条腰带还是想请您让我来织。”

“是吗？原本就是来拜托你们的嘛！”

太吉郎努力把情绪平静下来：“我也请你原谅，正因为上了年纪，才真的不应该啊。打得手生疼……”

“把我的手借去好了，织造工的手，皮厚。”

两个人都笑了。

可是，太吉郎心里的疙瘩还是消不去。

“打人这事儿，该有几年没干过了呢？我都想不起了——哎，还请多原谅。我想问的是，秀男看我这图案时为什么那样一副奇怪表情，你能不能坦诚告诉我？”

“嗯。”秀男又沉下脸，“我年纪还轻，又只是个手艺人，也不明白许多。不是说，您是隐居在嵯峨的尼庵中画的吗？”

“没错，今天也还要去庵里的。说来还只半个月左右……”

“别去了。”秀男加重了语气道，“您请回家吧！”

“在家里静不下心。”

“这腰带的纹样华丽、气派，非常新颖，可却让人吃一惊。我心想，佐田先生您为什么要画这样的图案呢？这样凝神一看……”

“……”

“乍一看觉得有趣，可却没有温暖的、内在的和谐，不知为什么，觉得荒凉、病态。”

太吉郎的脸色煞白，嘴唇颤抖，说不出话来。

“再怎么寂寞的尼庵，也会有狐啊，狸猫之类，没准已经附到佐田先生身上了……”

“嗯。”太吉郎把画稿拉到自己膝上，专心一意地看。

“啊……说得很好，你这么年轻却了不起呢，谢谢你……我再好好想想，重画一下。”太吉郎慌慌张张地卷起图稿，揣进了怀中。

“不，这就挺好，织成后的感觉会不一样，画笔和色纱的颜色也……”

“谢谢你，秀男，你能不能妥善保留住这图稿中我对女儿的爱之颜色，帮我织出来呢？”太吉郎嘴上虽这么说，却匆匆忙忙道辞，出了门。

很快到了一条不宽的小河边，真是京都才有的小河，岸边的草姿态古雅，都向水边倾斜。岸上的白墙，那是大友家的吧。

太吉郎伸手入怀，把画稿揉成一团，扔进了小河。

阿繁意外接到了从嵯峨打来的电话，问她能不能带女儿一起来御室[1]赏花。她一时不知如何是好了。与丈夫一起赏

1 地区名，位于日本京都右京区的双丘以北。宇多天皇曾在该地区的仁和寺内设置御室，故名。

花，这是至今从没有过的事。

“千重子，千重子！”阿繁求助似的喊女儿，“爸爸的电话，你来接一下……”

千重子来了，一边把手搭在母亲肩上听着电话，一边说：

“好的，也会带妈妈去。您就在仁和寺[1]前的茶店等着。好的，会尽快……”

千重子放下话筒，看着母亲笑了：

“不就叫去赏花吗？妈妈您可真叫人吃惊。”

“为什么？还叫我也去。”

“御室的樱花这时候正开得好……”

千重子催着犹犹豫豫的母亲出了店门，母亲看上去还是一脸不知所以。

御室的樱花有明樱[2]和八重樱[3]，比城里的樱花开得迟，该是京都花事的余韵了吧。

进了仁和寺的山门，左手边的樱树林（或叫樱花田），花开得挨挨挤挤，压得枝条都弯了。

可是太吉郎却说：“啊，真受不了。”

樱林路上摆着成排的大长凳，喝酒唱歌很是喧嚣，吵吵嚷嚷的。还有乡下老太婆们在欢快地跳舞，也有男人高声打着酒鼾从长凳上滚落。

---

1 位于京都市右京区御室大内，真言宗御室派的总寺院。

2 日本晚樱的一种。

3 日本晚樱中重瓣种樱花的通称。

“这可成什么样了！”太吉郎站着，一副可怜可叹的模样。三个人都没进花树林，御室的樱花，是他们多少年来看得最熟的。

后面小树林里在烧赏花游客丢弃的垃圾，青烟正升起来。

“赶紧逃到哪个安静的地方去吧，阿繁。”太吉郎说。

正想着要回去，就见樱树林对面高松树下的长凳旁边，六七个朝鲜女人正穿着朝鲜服，敲着朝鲜鼓在跳朝鲜舞。倒是颇有高雅风情。透过松树的绿树缝，看得见山樱。

千重子停下脚步，欣赏了一下朝鲜舞：

“爸爸，有个安静的地方挺好，植物园怎么样？”

“那儿呀，估计不错。只消看上一眼御室的樱花，也就算对得起这春天的情分了。”这么说着，太吉郎已走出山门上了车。

从这个四月开始，植物园再度开放了，从京都站前发往植物园的电车也重新频繁发车。

“要是植物园的人也多，就去加茂川河岸上稍微走一走。”太吉郎对阿繁说。

车穿行在嫩绿的街道。比起新建的房子，颜色古旧的屋舍旁，嫩叶看上去更为活泼动人。

从门前的行道树下望去，植物园内阔大明亮。左边，是加茂川的河堤。

阿繁把入园门票夹在腰带间。眼前开阔的景致让心胸也变舒畅了。在批发街，就算能见到山，也只是山的边缘，况且阿繁又很少出店门到前面路上去走。

一进植物园，就见正对面的喷泉四周开着郁金香。

“真是与京都本土不同的景色哪，美国人果然在这建过住家。”阿繁说。

“那是在更里面吧。”太吉郎答。

并没有春风吹拂，走近喷泉，却能感觉到飞散在空气中的细水滴。喷泉左边建有圆形钢筋玻璃屋顶的大温室，因为只是短时间的散步，三个人只透过玻璃下方看了看热带植物，没有进去。路的右侧，高大的雪松正萌新叶，下部枝条披散在地上。虽是针叶树，可那叶芽柔软嫩绿，完全无法让人想到“针”这一类词。与落叶松不同，它并不落叶，可如果也会落叶，还依然会发出那令人难以置信般的新芽吗？

“挨了大友那儿子好一顿说。”太吉郎没头没脑地冒出一句。

“比起父亲，不但事儿做得好，眼光也敏锐，看得深透。”太吉郎的这番自言自语，阿繁和千重子自然压根儿没听懂。

“您见到秀男了？”千重子问。

“听说是个织造好手。”阿繁只说了这一句。太吉郎向来讨厌别人反问。

喷泉右边的路不通。往左走，则像是孩子们的游乐场，听得人声喧哗，草地上拢着一大堆小行李。

太吉郎他们三人沿树荫往右折，意外地来到了一片郁金香花田中。千重子惊得大叫，那花开得实在漂亮，红的、黄的、白的，还有黑山茶般的深紫，且一大朵一大朵，满满盛开在各块花田中。

“嗯，这郁金香倒是可以用在新的和服上呢，虽然觉着有些蠢……”太吉郎也叹道。

如果把雪松下部萌着嫩芽的枝条比作散开的孔雀尾，那么，又该用什么来比喻这儿满开的各色郁金香呢？太吉郎继续呆看着。那华美的色彩，似乎把空气也晕染了，直至渗入人的体内。

阿繁从丈夫身边稍稍走开了些，来到了女儿千重子这边。千重子觉得奇怪，却没在脸上显出来。

“妈妈，白色郁金香花田前的人，好像在相亲。”千重子悄悄对母亲道。

“哦，是吗？”

“别看了，妈妈。”母亲被女儿拽住了袖子。

郁金香花田前有喷泉，有鲤鱼。

太吉郎从座凳上站起，走近去看郁金香花，他猫着腰一直钻进了花间，在那仔细看。之后回到两人面前，道：

“西洋花虽然形色都好，却叫人厌烦。我呀，还是觉得竹林好。”

阿繁和千重子都站起来。

郁金香花田被小树林团团围着，是一片洼地。

“千重子，植物园是西洋式庭园风格吗？”父亲问女儿。

“哎呀，我可不懂，不过也差不多吧！”千重子答，“让妈妈好好看看，再多待一小会儿吧。”

无可奈何般从花间出来的太吉郎突然被人叫住了。

“佐田？果然是你呀佐田！”

“啊，是大友，秀男也和你一起呐！”太吉郎道，“真是没想到……”

“哎呀，我这才意外哪……”宗助说着，深深地鞠了一躬。

“我喜欢这儿的香樟路，一直等着再次开园。这儿的香樟，树龄约莫都有五六十了，所以，我是慢慢、慢慢地踱来的。”宗助再次颔首道，“前些日子，犬子所为实在失礼……”

“年轻人嘛，没关系。”

“你从嵯峨过来的？”

“哎，我从嵯峨，阿繁和千重子从家里……”

宗助走近阿繁和千重子，向她们打了招呼。

“秀男，这郁金香你觉得怎么样？”太吉郎带着几分严厉的语气问。

“花是活的。”秀男依旧一副生硬模样。

“你说‘活的’？那倒也是，确实活着呢。虽是那样，我却对这过多的花有些厌烦……”太吉郎扭过脸去不再理人。

花活着。虽是短暂的生命，却活得清明，在来年萌蕾发花——如同这生机勃勃的大自然一般……

太吉郎像再次被秀男扎了根讨厌的刺。

“我眼光不够呢，郁金香花样的和服、腰带之类我都不喜欢，可是，如果是一个好的画家，即便是郁金香，也能画出具有永久生命的画来吧！”太吉郎继续脸朝着一旁道，“就说古代的布料，也是那样，没有比这老京城更古老的了，那么美的东西，如今还有谁能做得出？只是临摹罢了。”

“……”

“即便是活的树，也没有比这京城更老的树了，我说得不对吗？”

“我说的话没那么深奥，每天吧嗒吧嗒在机上做织带，想不了那么高深的。”秀男俯首鞠躬道，“可是，打个比方啊，就说令爱千重子小姐，要是站到中宫寺[1]或广隆寺[2]的弥勒菩萨跟前去，她不知道要比菩萨美多少。”

“这是说给千重子听，让她开心的吗？承蒙你这么好的比方……不过秀男，女儿呢很快会变成老太婆的，嚯，很快的！”太吉郎说。

“正是那样，我才说郁金香花是活的。”秀男加重了语气，“因为花开的时间短，它们才拼尽全力开着不是吗？眼下，不正是那一刻吗？”

---

1 位于日本奈良县生驹郡斑鸠町的圣德宗尼庵，西邻法隆寺。

2 位于日本京都市右京区太秦蜂冈町。为真言宗御室派的特别总寺院。推古十一年（603）由秦河胜创建。以所藏国宝弥勒菩萨半跏思惟像而闻名。

“那倒是。”太吉郎朝秀男这边转过身来。

“就是我，也不曾有过要承织一条一直能系到孙子辈的腰带的想法，眼下……只想努力织一条哪怕只系一年，但系上它心情就真的好的……”

“这想法好。”太吉郎点头道。

“没办法，跟龙村[1]之类的不一样。”

“说郁金香的花是活的，就是出于那心思。这时候虽然开得正旺，可是，也有两三片花瓣在落了吧！”

“是啊。”

“要说落花，樱花散落时飞雪般的景致倒是有情趣，可也不知郁金香花怎样。”

“花瓣掉落、四散凋零吧……”太吉郎说，“只是，我对太多的郁金香花有些厌烦，颜色太艳，似乎也没香味……人上了年纪了。”

“走吧。”秀男催促道，“送到我家的是郁金香花型的纹版，不是活的郁金香。今天真让我眼前一亮。”

太吉郎一行五人，从郁金香田的洼地沿石台阶往上登。

石阶旁丰满密生的雾岛杜鹃[2]，与其说是生篱墙，不如说像堤坝。这时候虽不是开花时节，可那细细的满树新叶，却

---

1 即龙村平藏（1876—1962），日本染织工艺专家，生于大阪，从事关于正仓院布块等古代纺织品的研究复原和制作。此处指龙村平藏旗下的产品工坊。

2 日本杜鹃（花）原生种，矮生枝密，4～5月间开红色花。

把盛开的郁金香的花色衬得更醒目了。

登上高处，右边的开阔地是牡丹园和芍药园，这时候也都没有开花，且新建的缘故吧，这花园似乎与周围稍有些不调和。

可是，看得见其东边的比睿山。

比睿山、东山、北山，几乎在植物园的随便哪一处都望得见，而芍药园东边见到的比睿山却是正面。

“不知是不是云厚的缘故，比睿山怎么看起来好像比平时低？”宗助对太吉郎道。

“春天的云霞，使山显得柔了……”太吉郎看了一会儿，“话说大友，看到那春霞，有没有觉得春天将去？”

“可不是嘛。”

“那么厚的云霞一出来，反而……春天也快要尽啦！”

“是啊。”宗助又说，“时间过得真快，还没来得及好好赏花。”

“这也没什么稀罕。”

两人沉默着走了一会儿。

“大友，是不是从你喜欢的樟木林荫道走着回去呢？”太吉郎说。

“哦？太好了。只要从那走我就觉得好，来的时候，我也是从那底下过来的……”宗助回头看千重子，“小姐你也陪我们一起吧！”

香樟行道树左右两边的树梢左右相交，那梢上的新叶尚是柔软娇嫩的淡红，没有风，有时却会微微摇动。

五个人都没有说话，只是慢慢走。树荫下，各人思绪暗涌。

秀男把奈良和京都最高雅的佛像与女儿类比，说千重子比佛像更美，这话在太吉郎脑中挥之不去。秀男竟那般被千重子所吸引吗？

“可是……”

如果千重子嫁给秀男，那么，她能待在大友织造作坊的哪个位置呢？就像秀男母亲那样，从早到晚转着线框绕线吗？

太吉郎回头一看，只见千重子正听秀男说话听得入迷，时不时点着头。

虽说“结婚”，也不见得一定是千重子去大友家，佐田家也可以招秀男做上门女婿吧！太吉郎想。

千重子是独养女儿，如果嫁出去，母亲阿繁该多伤心。

秀男呢，是大友家的长子。他父亲宗助说儿子技术比自己还要过硬，可是，他还有二儿子和三儿子。

还有，太字号的生意也越发不济，虽然店内样貌已老旧得无法修缮，可不管怎样，也是位于中京的批发商，与仅有三台手动织机的织造作坊不同。织造作坊连一个雇工也没有，只家里人做点手工活，这从秀男母亲朝子的模样，以及简陋的厨房也能看出来吧。纵然秀男是长子，可要是话说得好，或许也是能来做千重子的上门女婿的。

"秀男实在稳重得很呢!"太吉郎试着对宗助道,"这么年轻,却扎实可靠,真的……"

"嗯,过奖了。"宗助若无其事道,"工作呢,倒是尽心尽力,可一到人前,就净做些失礼的……真叫人捏把汗。"

"那样挺好。自那次起,我就连着挨秀男的批……"太吉郎道,看上去毋宁说很开心。

"还真的要请您原谅,就是那么个家伙。"宗助微微低下头,"就连父母的话,他要是不认可呢,也根本不听。"

"那样好。"太吉郎点点头,"今天,你怎么又只带秀男出来呢?"

"要是把弟弟也带来,家里的织机不是要停吗?还有,那家伙性格倔强,我是想着让他到我喜欢的樟树路走走,性格会不会变得柔和些……"

"这林荫路真不错,其实呢大友,我带阿繁和千重子来植物园,也是因为秀男的诚心忠告。"

"哦?"宗助惊讶地盯着太吉郎的脸,"不是你想见见令爱?"

"不是,不是。"太吉郎慌忙否认。

宗助回头看,只见秀男和千重子在后面走着,阿繁跟在他俩后面。

一出植物园的门,太吉郎就对宗助道:

"这车,你们坐吧,一下就到西阵了。我们呢,后面还想到加茂川河堤上去走走……"

宗助犹豫着。

“那就不客气了，我们走吧！”秀男让父亲先上了车。

见佐田一家站着目送，宗助从座位上欠起身致意，而秀男到底有没有颔首，还真没有看清楚。

“他家这儿子有意思。”太吉郎甚至想起自己打了秀男一耳光的事，他一边忍着笑，道：“千重子，你和那秀男倒很谈得来呢，年轻姑娘面前，他没怯场吗？”

千重子眼中含羞：“香樟树林荫路上？我只是听着而已，也不知他怎么说了那么多，还越说越来劲……”

“那还不是因为喜欢上千重子你了吗？这还不明白？他说，比起中宫寺呀广隆寺的弥勒菩萨，令爱更美……我听着吃了一惊。不过那倔头巴脑的家伙，这话却说得好。”

“……”千重子也吃了一惊。脸上泛起微红，一直红到了脖子根。

“都说了些什么？”父亲问。

“西阵地方手动织机的命运之类吧。”

“命运？”见父亲似乎陷入了沉思，女儿答道：

“一说命运，就好像变得有些复杂了，唉，命运……”

出植物园，右边的加茂川堤坝上是成排的松树。太吉郎率先从树间穿过，下到了河滩上。说是河滩，却像长着嫩草的狭长原野。立刻听到了河水打上堤坝又滚落的声音。

新草地上，有坐着、正把盒装饭菜摊开来的成群的老年人，也有结伴而行的年轻男女。

对岸堤上的车道下也有一片漫步区。稀稀疏疏的樱树对面，可以望见中间的爱宕山[1]，与之相连的是西山。上游的北山看起来很近的样子。这一带，是法定风景区。

“坐一会儿吧！”阿繁说。

从北大路桥的桥下望去，能看到河滩草地上晾着少许友禅染花布。

“嗯，真是春天呐。”太吉郎对四下张望着这么说的阿繁道：“阿繁，那个叫秀男的，你觉得怎么样？”

“什么怎么样，什么意思？”

“做我们家女婿……？”

“哎？怎么突然说那样的话……？”

“挺可靠的不是吗？”

“可靠是可靠，可那事，你得问问千重子吧！”

“千重子以前就说的，说绝对服从父母。”太吉郎看着千重子，“对吧，千重子？”

“那事儿，可勉强不得。”阿繁也看着千重子。

千重子低着头。水木真一的身影浮到眼前来了。是小时候的真一。描眉，涂口红，一身朝廷打扮，坐在祇园祭[2]插着长柄宽刃大刀的彩车上，那是真一扮的童男模样。——不用说，那时候的千重子也还小。

1 位于京都市右京区的西北部，丹波高地的残丘，海拔924米。

2 日本代表性的祭祀活动之一，7月1日至31日在京都市东山区八坂神社举行。

北 山 杉[1]

自古时的平安王朝起，在京都，似乎一说到山就叫人想起比睿山，说起祭祀，则是加茂祭[2]。

五月十五日的葵祭[3]也已经过了。

从昭和三十一年（1956）开始，葵祭的宣敕使行列中便忝列了斋王[4]一队。隐居斋院前，斋王要在加茂川洗浴洁身。一切按古法进行，由穿夹衣小褂的命妇[5]坐轿先行，后面跟着内侍司的女官和女童，并伶人奏乐，接着，斋王身着十二单礼服[6]乘牛车游行而过。因为那装束，加上斋王又是与女大学生相仿的妙龄，所以，在那高雅中亦有华丽与显赫。

千重子学校的同学中，也有姑娘被选去扮斋王的。那时，千重子她们也排队去加茂川的河堤上看过。

---

1 日本京都北山附近的杉树，木材称为北山圆木。

2 葵祭的正式名称。

3 葵祭又称贺茂祭，京都代表性节庆之一，每年5月15日在下鸭神社、上贺茂神社举行。

4 日本古代、中世在伊势神宫或贺茂神社侍奉神祇的未婚公主。

5 律令制下五品以上的女官。

6 “十二”源自在夹衣外再穿单衣，为日本宫中女官的一种礼服。

在这古神社、古寺都多的京都，也许可以说，几乎每天都有地方在举办大大小小的祭典吧。看一看祭历简直让人觉得，似乎整个五月中随时会有什么一样。

向神佛献茶，茶室中办茶会，去野外，连茶釜都被到处借用，忙得简直转不过来。

可是这个五月，千重子却连葵祭都错过了。是因为这个五月雨水多吧，也因为从小就被带出去看得多了。

花固然有花的好，千重子却喜欢去看嫩叶的新绿。高雄[1]一带的枫树嫩叶自然好，若王子神社[2]那边的，她也很喜欢。

得了些宇治[3]的新茶，千重子一边沏着，一边说：

“妈妈，今年连看采茶也稀里糊涂错过啦！”

“茶嘛，现在正采着不是。”母亲道。

“是吧。”

那天植物园的香樟行道树，嫩芽也发得同花一样美，大约今年的春天确是稍有点儿迟吧。

朋友真砂子打电话来邀她：

“千重子，一起去看高雄的枫树嫩叶吧！比秋天看红叶的时候人要少……”

“是不是有些迟了？”

---

1 即高尾，位于京都市西北右京区。有神护寺。与栂尾、槙尾一起被称为“三尾”。以红叶圣地著称。

2 位于京都市左京区若王子町，供奉伊奘诺尊。

3 北邻京都市，以高级名茶玉露闻名。

“那儿的气温比城里低，我觉得行。”

“哦。”千重子打断她，“那个，看过平安神宫的樱花后，接着去看周山的樱花就好了，我怎么忘得一干二净！那些古木……樱花已经没有了，可是想看北山杉呢，离高雄很近不是？北山杉树干笔直整齐林立的样子，只消一眼，心里就舒畅了。能一起去看杉树吗？比起枫叶，我倒更想看北山杉呢！”

高雄的神护寺，槙尾的西明寺，栂尾的高山寺，既然到这些地方，她俩还是决定去看看枫树绿叶。

神护寺和高山寺都是陡坡直上。已穿上了似是初夏的轻薄西式女装，脚蹬低跟靴的真砂子倒没什么。“穿着和服的千重子也不知怎么样？”真砂子偷眼看向千重子。可是，千重子却全无苦累模样，反问道：

“干吗那么看我？”

“真漂亮啊！”

“真漂亮啊！”千重子站住了，一边俯瞰清泷川，一边道，“还以为树林中会更加闷热，这不挺凉快嘛！”

“我……”真砂子努力忍住笑，“千重子，我说的是你呀！”

“……”

“老天怎么会造出你这么漂亮的女子？”

“讨厌。”

“素色和服在绿树映衬下，把千重子的美衬托得更醒目了，不过要是穿上华丽的和服，也一样漂亮吧……”

千重子穿的是一件浅灰紫色的和服，腰带是父亲毫不吝惜剪掉的印花布。

千重子爬上了石阶——神护寺里有平重盛[1]和源赖朝[2]的肖像画，被安德烈·马尔罗[3]评价为世界名肖像画的画上，重盛的脸上还是哪里隐约留着一点儿红。千重子想起，那是真砂子说过的，且千重子以前也听真砂子说过好几次同样的话。

在高山寺，千重子喜欢站在石水院的宽走廊眺望对面的山，也喜欢开山祖明惠上人“树上坐禅”的肖像画。壁龛旁摊放着《鸟兽嬉戏图》绘卷的复制品。两人在这儿的廊下得了清茶招待。

真砂子还从来没到过比高山寺更深的山中。到这儿呢，观光客就止步了。

千重子还记得以前曾被父亲带着去周山赏花，采了笔头菜[4]带回去的事。那笔头菜又粗又长。之后，只要来高雄，就算只千重子一个人也是必去北山杉的村子的——如今那儿已合并入市，叫作北区中川北山町。可因为只有百二三十户人家，所以称“村”似乎更合适。

---

1 平重盛（1138—1179），日本平安末期武将，清盛的长子。在保元、平治之乱中立功，任内大臣和左近卫大将。

2 源赖朝（1147—1199），日本镰仓幕府第一代将军。建久三年（1192）任征夷大将军，创立了镰仓幕府。

3 安德烈·马尔罗（1901—1976），法国小说家、艺术评论家、政治家。有小说《征服者》《人类的命运》《希望》，美术评论《诸神变异》等。

4 也叫问荆、杉菜，属木贼科。食用前须经过汆烫、浸泡等程序，方可去除本身的毒素。

“我一直都步行的，走着去吧！”千重子说，“况且是这么好的路。”

清泷川的岸边，有山陡峭迎面压来。不一会儿，就望得见美丽的杉林了，果真是笔直整齐地耸立着，一眼看去就知道是有人精心修整过的。名贵的北山圆木，仅出产于此村。

是到了下午三点的休息时间吗？几个像是去给小树割杂草的女人从杉山上下来了。

真砂子像呆了似的目不转睛地盯着一个姑娘看。

“千重子，那个人，真像。这不，同千重子完全一模一样的不是？”

那姑娘身着藏青色飞白纹样的窄袖和服，吊着束袖带[1]，穿宽腿裙裤，系围裙，戴着手背套[2]，头上还包着布手巾。围裙一直围到了身后，在腋下有开衩。只束袖带和从宽腿裙裤露出的细带子是红的。其他姑娘也都是这打扮。

和大原女[3]、白川女她们大致相似，都是偶人[4]模样，可这又不是为了去城里卖货而特意打扮的，只是山里的工作装。这就是在田野和山里劳作的日本女人的形象吧。

“真的很像，难道不觉得奇怪吗？千重子，你好好看看

1 用来束起和服袖子，便于活动的带子，从肩到后背打十字结。

2 行商、旅行、户外劳动时为防止外伤、寒冻、日晒而戴在手上的防护布套。

3 指头顶柴捆从京都北部大原及八濑乡村到京都大街上叫卖的女子。

4 女儿节陈列的玩偶娃娃。

呀！”真砂子再三说。

“是吗？”千重子却并没仔细看，“你呀，就是个冒失鬼。”

“再怎么冒失，那么好看的人……”

“好看是好看……”

“就像千重子你父亲在外面生的。”

“你看你看，这么冒失！”

被这么一说，真砂子也因自己离奇的失言差点笑出声来，掩口道：“旁人也有长得像的，但这个，像得简直可怕。”

那姑娘和跟在她后面的姑娘都没在意千重子她们俩，就走了过去。

那姑娘头上的布手巾包得有点低，虽露出了一点刘海，脸却几乎有一半是被遮着的，就像真砂子说的那样，没能看清对方的脸。且也未能对视。

此外，千重子来这个村好几次了，见过男人们把杉树圆木剥去粗粗的树皮后，再由女人们仔细刮净，也看到过她们把菩提瀑布的砂子放进水或热水中来轻轻打磨圆木的情景，她觉得，姑娘们的脸她是隐约知道的，因为那木材加工活都在路边或户外做。小小的山村，也不会有那么多姑娘。可是不用说，她并没有一一仔细看过姑娘们的脸。

真砂子目送女人们的背影远去后，稍稍平静了下来，却又一再说：“真奇怪啊！”她又像查验般看着千重子的脸，歪着头想。

“还是像。”

“哪些地方像呢？”千重子问。

“是啊，是感觉吧，要说哪些地方像还真不好说，不过，眼睛呀，鼻子呀……要说中京的小姐和这山里的姑娘，当然不一样嘛，请别介意。”

“那么个事……”

“千重子，我们跟着那姑娘，到她家去看看不行吗？”真砂子仍不死心似的道。

去那姑娘家看看什么的，再怎么活泼开朗的真砂子，也只是说说吧。可是，千重子也几乎停住般放慢了脚步，一时抬头看杉山，一时又望着家家户户门口排列整齐的杉树圆木。

白杉圆木连粗细也几近相同，打磨好的圆木好看极了。

“像工艺品一样吧？”千重子说，“好像连茶室那样的雅致建筑都用它来建呢，据说，甚至远销东京、九州……”

靠近屋檐的地方，整齐地排列着圆木，二楼也有。有一户人家在二楼的一列圆木前晾着内衣之类，真砂子见了，大惊小怪道：

“那人家在圆木阵列里住着呢！”

“你可真的是冒失鬼啊，真砂子……”千重子笑了，“圆木小屋旁，不是好好的一户人家吗？”

“啊，原来是二楼晾着洗好的衣物……”

“说那姑娘像我的，也是真砂子你这张嘴！”

“那和这不一样，”真砂子认真起来，“被说跟那人长得像，你觉得意外了？”

“一点儿也不……”千重子刚这么一说，脑子里就突然浮现出那姑娘的眸子来，是一个健康的劳作者形象，眼中有一点似浓愈深、沉在眼底的忧郁。

“这个村的女人都很能干。”千重子像要摆脱什么似的道。

“女人同男人一起做事，一点也不稀奇，要说农民不就那样吗？卖蔬菜的，卖鱼的……”真砂子口气轻松地道，“也只有千重子你这样的千金小姐，才什么都佩服。”

“我呀，今后也打算做工来着。你说的那是你自己吧？”

“哈，我可不做工。”真砂子淡然道。

“做工，说起来倒容易，真想让真砂子你看看这村里的姑娘怎么做工的。”千重子再次把目光投向杉山，“已经开始整枝了吧！”

“整枝？什么整枝？”

“为了培育一棵好杉树，要把多余的树枝用柴刀砍去。有时都不用梯子，就像猴子一样从一棵杉树梢荡到另一棵……”

“真危险！”

“有的人早上上树，一直到吃午饭才下来……”

真砂子也抬头望向杉山，笔直耸立的整齐树干实在美得不可方物，树顶残留的叶丛，也精美得像工艺品一样。

山不高，也不太深。抬头看，山顶上整整齐齐地立着一排排杉树。是不是可以说，因是用在茶室之类的雅致建筑上，所以连那杉林的样子也有了雅致的味道?

清泷川两岸的山山势陡峭，山谷狭长直下。据说雨量多、日照少，是这里可培育名贵杉树圆木的原因之一。当然，这样的环境也挡风吧。若遭受强风，因新的年轮内部木质松软，杉树树干就会扭曲变形。

村里人家的房子在山脚、河岸排列着，也只有一排而已。

千重子和真砂子一直走到这小村落的尽头，又原路折了回来。

也有人家正在打磨圆木。女人们把浸在水里的圆木捞起，用菩提瀑布的砂子仔细打磨着。黄中带红的砂子，像桦木色的黏土一样。据说是从菩提瀑布下面取来的。

“那砂子要是用完了怎么办?”真砂子问。

“只要一下雨，就会随瀑布一起冲下来积到下面呀。”一个年纪稍长的女人答。

真是从容啊，真砂子想。

可是正如千重子说的，女人们其实是一刻不停地劳作着。直径五六寸的圆木，该是做柱子之类用吧。

据说，打磨好的圆木用水洗净晾干，然后卷上纸，或用稻草裹好，这就可以出货了。

就连清泷川的石头滩上，也有地方种上了杉树。

看着山上齐齐耸立的杉树，屋檐下列着的排排杉木，真砂子的眼前一时浮现出京都老房子那一尘不染的铁丹格子门来。

在村子的入口处，有一个叫菩提道的国铁公交站。往上就是瀑布吧。

两人在那儿上了回程的公交车。沉默了一会儿，真砂子嘟哝道：

“要是把女孩子，也培育得像那杉树般正直该多好。”

“……”

“可是我们，却得不到那样满含疼爱的养育……”

千重子差点笑出来。

“真砂子，你正和人约会来着？”

“嗯，是啊。坐在加茂川的水边绿草地上……”

“……”

“木屋街的廊台上客人也多了不少，还点了灯，不过，我们是背对着外面的，认不出廊台上的人。”

“今晚呢？”

“今晚也约了七点半，虽然天还有一点点亮。”

千重子似乎很羡慕那自由。

千重子一家三口，在面对中庭后面的日式客厅里围坐着吃晚饭。

“今天，岛村送了不少瓢正[1]的竹叶寿司来，所以家里只煮了点汤，还请凑合。”母亲对父亲说。

“是吗？”

1 京都老字号寿司店名。

鲷鱼竹叶寿司是父亲喜欢的。

“要紧的大厨又回来得晚了点……”母亲说的是千重子，“又去看北山杉了，和真砂子一起？”

“嗯。”

竹叶寿司高高堆在伊万里[1]瓷盘中，一个个被包成了三角形。剥去竹叶，就能见到码在上面的切得薄薄的鲷鱼片。木汤碗中多是豆腐皮，还有少许香菇。

正如大门是铁丹格子门一样，太吉郎的店还保留着京都传统批发铺的风格，可如今，他的店已是公司，掌柜、伙计也都改称为了员工，基本上也都早出晚归地通勤了。只从近江[2]来的两三个小伙计住在临街有细格窗的二楼。晚饭时的后堂很安静。

“千重子，你很喜欢去北山杉的村子呢。”母亲道，“是为什么？”

“每棵杉树都站得笔直，漂亮极了。人心要是也那样，该多好。”

“那不就和千重子你一样吗？”母亲说。

“不，我有时弯，有时拧的……”

“那倒也是。”父亲插话道，“再怎么坦率的人，也会有这样那样的想法。”

“……”

---

1 即伊万里市，位于佐贺县西部，伊万里瓷器的集运港。

2 位于滋贺县东北部，琵琶湖东岸。

“那不挺好吗？北山杉那样的孩子固然可爱，可是一则没有，即使有，也肯定不知什么时候就会遭大罪的不是？就说树，弯也好拧也好，长大就好，爸爸我是这么想的……看看这狭窄庭院中那棵老枫树！”

“对千重子这样的好孩子，说什么呢！”母亲脸上稍稍有了怒气。

“知道的，知道的，千重子是个正直坦率的姑娘……”

千重子面对中庭沉默了好一会儿，说：

“那老枫树般的强劲有力，我可……”声音里满含了悲伤，“不过是和枫树树干上的凹坑里长着的紫花地丁差不多吧，啊，紫花地丁什么时候已经没有了。”

“……明年春天一定还会开的。”母亲说。

千重子低着头，目光停在了枫树根部的基督教灯龛上。家里漏出的灯光照着那剥蚀的圣像，并不能看得分明。而她却似乎想祈祷点什么。

“妈妈，我其实，是在哪里出生的？”

母亲与父亲对看了一眼。

“在祇园的樱花下啊。”太吉郎果断地说。

所谓“在祇园的夜樱下出生”什么的，不是和《竹取物语》[1]那样的神话故事差不多了吗？就如同辉夜姬在竹节之间

1 日本今存最古的平安前期传奇故事。故事女主人公辉夜姬由竹中出生，被伐竹翁养育，后又返回月宫。

出生那样。

正因为那样，父亲才反倒说得果断。

“若是花下生的，说不定也如辉夜姬那样，是从月亮上下来的吧！”千重子忽然想出这么一句玩笑话，却没有说出口。

弃婴也好，抢来的孩子也罢，千重子在哪儿出生的，爸爸妈妈也不会知道。千重子真正的父母是谁，他们也不知道吧。

千重子后悔自己问了个坏问题。可是，似乎还是不道歉比较好。那么为什么会不经意就问了呢？虽然自己也不很清楚，可是，是因为模模糊糊想起了真砂子说的，北山杉的那姑娘长得同自己一模一样吗……

千重子不知目光落往哪里才好，她抬眼往枫树上端看去。是因为月亮出来了呢，还是闹市灯光映射的呢，夜空泛着淡淡的白。

“天空的颜色已经有点像夏天了。”母亲阿繁也抬头看着，“喏，千重子，你就是这时候生的呀，虽不是我生的，可就是这时候出生的。”

“知道了。”千重子点了点头。

正如千重子在清水寺对真一说的，千重子并不是阿繁夫妇从夜樱盛开的圆山公园抢来的婴儿，却是被人遗弃在店门口的婴儿。抱她进屋的，是太吉郎。

是二十年前了，太吉郎那时三十多岁，也是个浪荡好玩的。丈夫的话，妻子根本没法立即就信。

“你可真会说……该不会把哪个艺妓生的孩子带回来了吧？”

“别说浑话！”太吉郎勃然变色道。

“好好看这孩子穿的，这是艺妓生的吗，嗯？这是艺妓什么的生的吗？”他把孩子推到妻子面前。

阿繁接过了婴儿，把自己的脸往婴儿冰冷的面颊上贴去。

“可把这孩子怎么办呢？”

“到里面商量吧。干吗呢，傻愣着！”

“才生不久啊。”

因为不知其父母是谁无法办理领养，所以，就以太吉郎夫妇嫡生女儿的名义上报了户口，取名千重子。

俗话说，领养一个会招来一个亲生的，可阿繁却没有。这样，夫妇俩就把千重子当作独生女，一路悉心爱护着养大了。太吉郎夫妇甚至也并不关心和介意是什么样的父母把她遗弃的，随着岁月流逝，连千重子生身父母的生死也不知晓。

那天晚饭后的收拾很简单，只清理了竹叶寿司的竹叶，收了汤碗而已。是千重子一个人做的。

之后，千重子就躲进了后面二楼自己的卧室，翻看父亲一度带到嵯峨尼庵中去的保罗·克利、夏加尔的画集等。睡下没一会儿，千重子被噩梦魇住了似的喊叫着睁开了眼。

“啊！啊！”

“千重子，千重子！”隔壁房间母亲在喊。没等千重子回答，纸拉门就开了。

“魇住啦？”母亲进来了，“做梦了？”

说着，在千重子身边坐下，开了枕边的灯。

千重子坐在床上。

“哎呀，这么多汗。”母亲从千重子的镜台上取了软棉布手巾，给千重子擦拭额头和胸口。千重子任由母亲擦着。多好看，多白的胸啊，母亲一边这么想着，一边把布手巾递给千重子。

“喂，胳肢窝下面……”

“谢谢妈妈。”

“做噩梦了？”

“嗯，梦见从很高的地方掉下来……嗖地掉进绿得可怕的深渊，深得没有底。”

“这种梦谁都做过。”母亲说，“掉下去的地方深不见底。”

“……”

“千重子，可别感冒了，把睡衣换换吧？”

千重子点了点头，可胸口还平息不下来，想站起，脚却微微踉跄了一下。

“不用，不用，妈妈帮你拿吧！”

千重子就这么坐着，有些害羞又灵巧地换了睡衣。刚要把脱下那件的袖子叠起来，就被母亲拿过去，丢挂到了墙角的衣桁上。

“不用叠了，没事，得洗啦！”母亲又在千重子枕边坐下了。

“做那样的梦……千重子，你没发烧吧？”说着，把手心放在女儿的额头上，那额头反而是冰冷的。

“嗯，一直跑到了北山杉村，该不是累着了？”

“……”

“这脸色看上去叫人不放心，妈妈也来你这睡好吗？”母亲看样子要把被褥搬过来。

“不用……已经没事儿了。您就放心地去睡吧。”

“是吗？”母亲一边说，一边从被头处钻了进来。千重子把身体往一边让了让。

“千重子，你长这么大了，妈妈已经不能再抱着你睡啦。这是怎么了？你看起来有些怪呀！”

可是，母亲先安然睡着了。千重子怕母亲的肩膀受凉，用手摸索着关了灯。她睡不着。

千重子刚才的梦很长，跟母亲说的，不过是那梦的结尾部分。

开始的时候与其说是梦，不如说是半梦半醒的状态。她很开心地想起了今天与真砂子一起去北山杉村的事，奇怪的是，真砂子说的与千重子很像的姑娘，却比那村里的情景来得要更鲜明。

梦的最后掉落进的那深不见底的绿，也许，就是她难以释怀的杉山吧。

鞍马寺[1]的伐竹会[2]是太吉郎喜欢的传统仪式，因为有地道的男子气。

太吉郎从年轻时起就看过多次，对他来说并不稀奇，可他还是想带女儿千重子去看。况且不是说，今年为了节约经费，鞍马那个十月份的祭火节[3]也不办了吗？

太吉郎担心会下雨。伐竹会是在六月二十日，正是梅雨季。

十九日，虽是梅雨，却下得多少有点大。

“照这么下，明天恐怕办不成呢！”太吉郎隔一会儿就看一下天。

“爸爸，下雨什么的对我来说完全没关系。”

“话是那么说，”父亲道，“毕竟，天不好的话……”

二十日，雨还是滴滴答答地下。

“把窗子、橱柜门都关好了，讨厌的湿气，和服料子会受潮的。”太吉郎对店员说。

“爸爸，是不是不去鞍马寺了？”千重子问父亲。

“明年还会有的，今年就算啦。这么个雾蒙蒙的鞍马山……”

为伐竹会义演的不是僧人，主要是当地村子里的乡下人，

---

1 位于京都市左京区鞍马本町。鞍马弘教总寺院。有著名的义经传说、伐竹仪式及寺内由岐神社的祭火节等。

2 每年6月20日在京都市左京区鞍马寺举行的仪式，法师分东西两侧站立，用厚刃刀砍断当作雌雄蛇的青竹。

3 日本各地以燃放大火为主的祭祀活动。鞍马山由岐神社的祭火节在每年10月22日举行。

这些人被称为“法师”。十八日就为伐竹会备好了雄竹、雌竹各四根，将它们横着缚在立于正殿左右的圆木上。雄竹去根留叶，雌竹则原样留根。

面向正殿的左边是丹波座，右边为近江座。自古以来便是这么叫的。

轮到当值的人家，要着世传的素绸衣，脚穿武士草鞋，系束袖带，插着两把刀，头上缠五幅袈裟做的僧巾，腰里别上南天竹的叶子，伐竹用的厚刃刀则收在锦囊中。就这样，由先行的开路人带领着走向山门。

午后一点左右。

穿十德礼服[1]的僧人吹响法螺，伐竹会就开始了。

两名童子齐声向管长[2]道：

“伐竹神事，可喜可贺！”

之后，童子分头走向左右两座，各自颂道：

“近江的竹，好啊！”

“丹波的竹，好啊！”

伐竹，是把缚在圆木上的粗雄竹先砍落，再理好。细雌竹则不砍。

童子向管长报告：

“伐竹既遂！”

1 一种状似素袄（日本古代武士礼服），袖根缝死的短身和服。
2 佛教、日本神道等教派中，担任一个宗派最高职位的人。

僧人们进到正殿读经，抛撒夏菊[1]以代替莲花。

管长从祭坛上下来，打开桧扇[2]上下各扇三次。

随着“嚯——”的一声，近江、丹波两座分别由两人将竹子砍成三截。

太吉郎想让女儿去看那伐竹会，正因下雨犹豫不决的时候，却见秀男腋下夹着个包袱从格子门进来了，一进来就说：

“小姐的腰带，终于织好了！”

“腰带？”太吉郎一脸惊讶，“我女儿的腰带吗？”

秀男踞退一步，跪坐着，双手指尖撑地，恭敬地行了个礼。

“郁金香纹样的……”太吉郎口气轻松地道。

“不，是您在嵯峨尼庵中画的……”秀男认真地说，“那会儿幼稚鲁莽，对佐田先生您真的太失礼了。”

太吉郎心下吃惊，一边道：

“怎么？我只是业余时画的，被秀男你一责问，觉得人也清醒了似的，得向你道谢才是。”

“那腰带我已经织好，给您带来了。”

“啊？”太吉郎很是吃惊，“那纹样底稿，我已揉成一团，扔到你家旁边的小河里了！”

“您扔了？这样啊。”秀男镇定地道，“您给我看过后，我

1 夏天开花的菊花的总称。
2 用白线穿起二十余枚丝柏木薄片的扇子。

就在脑子里记下了。”

太吉郎一边说着“你这一根筋的手艺人！”，一边皱起了眉头。

“话是那样，秀男，我已经扔到河里的画稿，你为什么还要织呢，嗯？为什么还要织？”太吉郎一遍遍地道，有一种说不上伤心，也不是生气的什么东西在心中翻涌。

“没有内在的协调，荒凉病态——难道不是秀男，你说的这话吗？”

“……”

“正因为那样，一出你家门，我就把那画稿扔进小河了。”

“佐田先生，请您原谅。”秀男再次两手撑地跪坐着道了歉，“我是因为整天织那些没意思的东西，累了，心里焦躁。”

“我的脑子也一样。要说嵯峨的尼庵，安静确是安静，只有一个上了年纪的尼姑，白天虽有雇用的老婆子来做事，可终究冷清，太冷清了……加上家里的买卖也不济，所以，越发觉得秀男你说得没错。我这做批发的，干吗非画纹样不可呢，画那种赶时髦的纹样……虽然是那样。”

“我也想了很多，自从在植物园见到小姐后，又想了不少。”

“……”

“您能看一下腰带吗？如果觉得不满意，就在这儿用剪刀剪碎了也不要紧。”

“嗯。”太吉郎点了点头，喊女儿，“千重子，千重子！”

与掌柜并排坐在账台中的千重子站了起来。

秀男长着浓眉，他口唇紧闭，看起来很有自信的样子，可是，解包袱皮的指尖却在微微发颤。

他似乎不好对太吉郎说什么，转向千重子这边，道：

“小姐，看，这是您父亲画的图案。”说着，把卷着的丸带[1]递了过去。随后，脸上便没有了表情。

千重子把那腰带从一头稍稍展开，说：

“啊，爸爸，您这是从克利画集里得来的灵感吧，在嵯峨画的？”说着，把腰带往膝上拉，“哎呀，真好！”

太吉郎苦着脸，没有作声，可是内心，却对秀男能把自己画的图案牢牢记到脑中，着实吃惊不小。

“爸爸，”千重子用天真烂漫的愉快声音道，“这腰带真好！”

“……”

千重子又摸了摸腰带的质地，对秀男说：

“织得很细密结实呢！”

“嗯。”秀男低着头。

“就在这儿展开来看看可以吗？”

“嗯。”秀男应道。

千重子站着，在两人面前展开了腰带，她把手搭在父亲

1 整体色织的女式礼服腰带，在带子里加入硬布衬芯编织而成。

的肩上，站着看。

“爸爸，您觉得怎样？”

“……”

“不觉得很好吗？”

“真的好？”

“嗯，谢谢您，爸爸！”

“再仔细看看。”

“因为花样新颖，所以也要看搭配什么样的和服……这腰带真好。”

“是吗？哎，要是喜欢的话呢，就跟秀男道个谢。”

“秀男，谢谢你！”千重子在父亲后面跪坐着向秀男颔首。

“千重子，”父亲喊她，“这腰带协调吗？内在的和谐……”

“协调？”千重子被问了个猝不及防，又看向腰带，“要说协调，那也要看配的和服怎样，以及什么样的人穿……不过，如今也开始流行故意打破和谐的穿法了……”

“嗯。”太吉郎点点头，“其实呢，千重子，给秀男看腰带纹样底稿的时候，就被他说不协调，所以，我就把底稿扔到秀男家织造作坊旁的小河里去了。”

“……”

“没想到，这一看秀男织来的，却跟爸爸扔了的底稿一模一样，虽然画笔与色纱的颜色稍有不同。”

“佐田先生，还请您原谅！”秀男两手扶席致歉。

“小姐，我有个非常任性冒昧的请求，能不能请您，稍稍在腰间系一下这腰带试试看？”

“在这件和服上……？”千重子站着把带子往腰间一围，顿时，整个人鲜亮活泼起来。太吉郎的脸色也舒展了。

“小姐，这可是您父亲的大作！”秀男眼里闪闪发着光。

祇园祭

千重子拎着个很大的购物篮子出了店门。要沿御池道[1]往上游走，去麸屋町的汤波半[2]，却看着从比睿山到北山间那火焰熊熊燃烧般的天空，在御池道伫立了良久。

夏天日长，夕照的时间也长。天空的色彩很是热闹，真正是烈焰铺陈于天。

“这样的景色，还是第一次见呢。”

千重子掏出一个小镜子，看自己的脸映衬在酣浓云彩中。

“忘不了，一辈子也忘不了……要说人，也不知是否会随心情的变化而变化？”

比睿山和北山，是被那色彩的气势压倒了吗？只现出单一的深青色。

而汤波半店里的豆腐皮、牡丹豆皮和八幡卷[3]豆皮都已做

1 京都市中京区东西向主路之一。

2 京都老字号豆腐皮食品店名。

3 将煮熟的牛蒡卷上康吉鳗、鳝鱼等的肉片，蘸酱油烤或熬制成的菜。因八幡产牛蒡，故名。

好了。

"您来了，小姐，正逢祇园祭，店里实在太忙了，只真正的老熟客才接待，还请您多担待！"

这个店在平时就只接受预约定做。京都的点心铺也有与之类似的。

"祇园祭用的吧？承蒙您长年惠顾。"汤波半的女人帮千重子把篮子装得满满的。

所谓"八幡卷豆皮"，是同鳗鱼八幡卷那样在豆皮中卷入了牛蒡。而所谓"牡丹豆皮"，则是像油炸什锦豆腐丸似的，在豆皮中包了白果之类。

这汤波半是历经"连连烧"而幸存的两百多年前的老店。虽然有的地方做了少许修缮……比如，在小天窗上嵌了玻璃，做豆皮的仿土炕炉子也改成了砖砌的。

"以前是烧炭火的，可拨火的时候炭灰飞进去，豆皮就沾上一点一点的啦，所以改烧锯末了。"

"……"

从带有四方铜隔断的一排锅中，用竹筷子熟练地把面上稍稍凝固了的一层豆皮捞起来，挂到锅上方的细竹棍上去晾。竹棍有上下几层，待豆皮晾干，竹棍就往上移。

千重子往汤波半的厨场里面走，把手搭在老柱子上。只要和母亲一起来，母亲总要细细抚摸那古老的大黑柱子。

"什么木做的？"千重子试着问。

"柏木。往上看，高吧？笔直的……"

千重子也摸过那古色古香的柱子，方才出了店。

走在回家的路上，她听得祇园祭吹奏乐的排练声越发大了。

说起祇园祭，或许，远道来的观光客总以为只是七月十七日那一天的山形彩车[1]巡游，最多只提前一天，来参加十六日晚上的前宵祭[2]。

可是，祇园祭实际的祭事，基本上是整个七月相继进行的。七月一日，准备迎山形彩车的各个街道先要“画吉符[3]”，接下来，奏乐就开始了。

乘有真人扮金童玉女、饰长柄宽刃大刀的彩车每年都走在巡游队伍的最前列，而其他彩车孰先孰后，则在七月二日或三日，由市长主持的抽签会抽签决定。

彩车大致在前一天搭好。七月十日的“御舆洗”则正式拉开了祭典的序幕。在鸭川的四条大桥洗御舆（神轿），说是洗，其实只是由神官用浸了水的杨桐往轿中洒水而已。

十一日，金童玉女参拜祇园社。那是坐长柄宽刃大刀彩车的童男童女。他们骑马，戴黑漆帽，穿一种与狩衣相似的叫“水干”的礼服，带着侍从，去受赐五品官衔。五品再往上就称“殿上人[4]”了。

---

1 日本民间祭祀时可拉行的一种彩车，彩车上插有矛、长柄大刀等武器。

2 日本神道在正式祭日前夜举行的仪式。

3 神职及相关人员祈祷祭典顺利进行、商议祭典事宜的例行仪式。

4 指古时获准可进入宫中清凉殿的人。

从前，神佛是混杂的，所以也把在童子左右做侍从的孩子扮作观音和势至[1]两尊菩萨。亦把从神那儿获得官衔比作童子与神的婚礼。

“什么呀，这多古怪，我可是男的！”这是水木真一被扮童子时说的话。

童子还要“另起炉灶”，也就是说，要与家人分开煮食物。是为了洁净。不过如今也已经从简，据说，只对着童子吃的东西，用火石互击一下取个火就行。传言有一户人家不小心忘了，扮童子的孩子就“取火，取火！”地直催促。

总之，金童玉女不是巡游一天就能完事的，这事并不简单。还要到彩车行走的街道去巡回致礼。祭典也好，童子的仪式也好，要历时约一个月。

比起七月十七日的山形彩车巡游，京都人似乎对十六日的前宵祭更情有独钟。

祇园会的日子一天天临近了。

千重子家的店也把格子大门取下，忙碌地准备着了。

千重子是京都姑娘，且是四条大道附近的批发商、八坂神社的族人[2]，祇园祭她每年都会参加，所以并不觉得稀奇。对她来说，只是暑热的京都夏天时的一个祭祀活动罢了。

印象最深刻的还是真一坐在山形彩车上的童子模样。祭

1 阿弥陀佛右侧的侍像，智慧的象征。

2 在土地神和出生地守护神镇守之地出生的人，以及该地区的居民。

典一开场，一听到祇园的吹打乐，或彩车被众多的灯笼火光一围住，真一的模样就再次活泼泼地现到眼前来了。那时候，真一和千重子都是七八岁的光景吧。

“就是女孩，也没见过那么漂亮的！”

真一去祇园社受赐五品少将[1]官衔的时候千重子跟着去了，彩车巡游，也跟着一起游了。扮成童子模样的真一还曾带着两个小侍，到千重子家的店里来致贺词。

“千重子，千重子！”地叫她的时候，千重子只是红着脸目不转睛地盯着他。真一化了妆，搽了口红，而千重子的脸却被太阳晒得黑红。

把靠在铁丹格子门边的小凳子放倒了，穿着单和服，系着红色扎染三尺带[2]的千重子，正和附近的孩子一起在放纸捻小焰火。

到如今，她还能在奏乐声中，在彩车的灯光中见着那童子模样的真一。

“千重子，你不去前宵祭看看？”晚饭后，母亲对千重子说。

“妈妈呢？”

“妈妈呀，家里有客人，去不了。”

千重子一出家门，脚步就快了起来。四条大道上人潮汹涌，挤到无法动弹。

可是，四条大道上的什么地方有彩车，哪条横街上有什

1 少将，日本古时近卫府的次官。

2 儿童用和服腰带。普通幅宽，长约2.5米。

么彩车，千重子一清二楚，所以大致地绕一圈看了。果然盛大辉煌。各种彩车的乐声也传到耳中来。

千重子走到御旅所[1]前取蜡烛，点上火供到了神前。祭祀期间，八坂神社的神都被迎到了御旅所。御旅所在过新京极[2]往四条去的路口南侧。

在那御旅所前，千重子发现有个姑娘似在做“七度参”。从背影一眼就能看出。所谓七度参，指从御旅所的神前往外走一小段，然后又走回去合十祈拜，来回反复地拜七次。做祈拜的时候，即便遇到熟人亦不能开口说话。

“咦？”千重子突然觉得那姑娘好像在哪见过。就像受了邀似的，千重子也做起了七度参。

姑娘往西走，又朝御旅所走回来；千重子则相反，是往东走再回来。可是，姑娘却比千重子更诚心，祈祷的时间也长。

姑娘好像已完成了七个来回。千重子走得没她远，所以两人差不多同时结束了。

姑娘注视着千重子。

“你祈祷的是什么？”千重子问。

“你看到了？”姑娘的声音发颤。

“终于找到姐姐了……你是姐姐！是神把我们指到一处来了！”姑娘的眼中泪光点点。

---

1 祭祀时神轿从神社启行途中临时停放的场所。

2 京都市中京区的一个地区，为电影院、剧场、礼品店集中的繁华街。

没错，就是北山杉村的那姑娘。

御旅所成排列着的神灯和参拜的人供奉在前的蜡烛把神前照得通亮。可姑娘的眼泪只不管不顾地落下来。灯火在姑娘的脸上闪烁。

千重子心里涌起一股强烈的感情，她忍住了。

“我是独子，没有姐姐也没有妹妹。”这么说着，她的脸却白了。

北山杉的姑娘抽泣着：

“知道了，小姐，请原谅，还请原谅！”这么反复地说着，“从小就这么一直想着念着姐姐，所以才会认错人……”

“……”

“据说是双胞胎，所以也不知是姐姐妹妹……”

“我们这是，偶然长得像吧！”

姑娘点了点头，眼泪即顺着脸颊落下来。她一边掏出手绢来擦，一边问：“小姐，您在哪出生的……”

“在这附近的批发街。”

“是吗？您刚才跟神祈祷什么了？”

“父母的幸福和健康。”

“……”

“您父亲……？”千重子问。

“很久以前……给北山杉修枝，从一棵树荡往另一棵的时候掉下来了，不巧撞到要害丧命了……村里人这么说的，我那时才刚出生，还什么也不知道……”

千重子吃了一惊。

想去那村子也好，想仰看美丽的杉山也好，难道都是受了父亲亡魂的召唤吗？

还有，这山里姑娘说是双胞胎，生身父亲是在杉树梢上一心想着把双胞胎中的一个——千重子——遗弃了的事，才在不知不觉间，一疏忽掉下来的吗？没错，肯定是那样。

千重子的额上渗出了冷汗。充斥在四条大道上的行人的脚步声、祇园的奏乐声都像消逝远去了，眼前的光景变得暗了。

那山里姑娘把手搭在千重子的肩上，用手帕帮她擦拭额头。

“谢谢。”千重子接过手帕擦了擦脸，无意中，就把那手帕收进了自己怀里。

“您母亲呢……？”千重子小声道。

“妈妈也……”姑娘支吾起来，“我好像，是在比那杉村更深的山里，妈妈的娘家出生的，妈妈她也……”

千重子没再往下问。

从北山杉村来的姑娘流的，不用说是高兴的泪。眼泪一止，她的脸就熠熠生辉了起来。

与她相比，千重子腿脚发软，心烦意乱，需要使劲儿踩才能站得住。这状态不是当场就能调整好的。支撑她的，只是那姑娘名副其实的健康之美。千重子无法像那姑娘一样天真开心，似有一丝忧郁深含眼底。

她犹豫着：接下去该怎么办呢?

“小姐。”姑娘喊，同时伸出了右手。千重子握住了她的手，是皮肤很厚的、粗糙的手，与千重子柔软的手不同。可姑娘似乎并不介意，她紧紧握着，说：

“小姐，再见。”

“哎?”

“啊，真开……”

“你叫什么名字?”

“苗子。”

“苗子?我叫千重子。”

“眼下虽然在帮工，可因为村子那么小，所以只要一说苗子大家都知道的。”

千重子点了点头。

“小姐，您看上去很幸福。”

“嗯。”

“我发誓，不跟任何人说今晚见面的事。知道这件事的，就只有御旅所的祇园神。”

虽是双胞胎，可如今身份已经不同，苗子她是明白的吧！千重子这么想着，却没有说出来。可是，被遗弃的不是自己吗?

“再见，小姐!”苗子又道，“趁着别人没看见……”

千重子的心口发堵。

“我家店就在附近，苗子你哪怕从店门口路过，也要来一趟啊。”

苗子摇摇头：“您家里人……？”

“家里人？就只父亲和母亲……”

“也不知为什么，我有这种感觉，您是被疼爱着长大的吧？”

千重子拽苗子的衣袖。

“在这地方站得太久了。”

“真的呢。”

苗子转身朝御旅所的方向毕恭毕敬地合十拜了拜。千重子也慌忙跟着拜起来。

“再见。”苗子第三次说。

“再见。”千重子也说。

“想说的话还有很多很多，什么时候您来村里吧，在杉林里的话谁也看不见。”

“谢谢！”

可是，两人却不由自主朝四条大桥方向，在人流中忽左忽右地穿行而去。

八坂神社的族人很多。即使前宵祭和十七日的山形彩车巡游结束了，还有接二连三的祭典紧随其后。店铺都大门敞开，摆上屏风之类的装饰。以前，装饰的都有初期浮世绘[1]、

1 日本江户时代风俗画的一种，描绘花街柳巷、歌舞伎等生活风俗。

狩野派[1]、大和绘[2]，以及宗达画的一对屏风等等。亦有浮世绘手绘的南洋屏风，高雅的京都风俗画中竟也有对外国人的描绘，总之表现的，是京都手艺人和商人的繁荣之势。

如今，那些都留在了山形彩车上。通常所说的舶来品，如中国织锦缎、戈布兰挂毯[3]、毛织物、金丝缎、织锦刺绣等都被用于其上。在桃山[4]风格的盛大华丽之外，又增添了跨国交易所带来的异国美。

彩车内，也有时下名画家绘制的装饰画。听说彩车头上还有看着像彩车柱子，却是朱印船[5]桅杆的东西。

祇园奏乐虽是简单“咚咚嘁喀锵”地响着，可其实有二十六种传音方式，据说与壬生狂言[6]的伴奏乐有相同之处，也与雅乐[7]的伴奏类似。

前宵祭时，那些彩车上装饰了成排的灯笼，乐声高亢。

四条大桥东边没有彩车，可即便如此，从那儿到八坂神社也让人感觉一路繁华。

千重子正要走上大桥，却被人潮裹挟，稍稍落在了苗子的后面。

---

1 日本室町后期至明治初期日本画的一大流派。

2 具有纯日本题材和形式的日本风俗画的总称，与“唐绘”相对的称法，形成于平安时代。

3 织锦挂毯的一种，约15世纪由巴黎戈布兰家族创制。

4 桃山文化，16世纪丰臣秀吉时期的文化，以城市富商为中心形成的大众文化，其特色是绚丽多彩。

5 日本桃山、江户初期，领有官方许可证从事海外航行的南洋贸易船。

6 指壬生哑剧，日本每年自4月21日起在京都壬生寺演出10天左右的假面哑剧。

7 日本宫廷音乐的总称。

“再见”这话，苗子说了三次，可千重子却在“是在这儿道别呢，还是去太字号近前走走，也好让苗子知道店的所在地好呢”中间举棋不定，心中似涌起了一种对苗子温暖的亲昵之情。

“小姐，千重子小姐！”正要过大桥，有一个人喊着向苗子走近来了，是秀男。他把苗子错当成了千重子，“您来看前宵祭吗？一个人……？”

苗子不知如何是好，可是，她却没有回头看千重子。

千重子忽地被人流挡住了。

“天气真好……”秀男对苗子道，“明天也不错，星星那么……”

苗子抬头往天上看，不知怎么回答才好。不用说，苗子并不认识秀男。

“前几天，对您父亲实在太失礼了，可那腰带还不错的，对吗？”秀男问苗子。

“嗯。”

“您父亲，后来没发火吧？”

“嗯。”苗子不知道这是怎么回事，也不知该如何回答。

可是，却也没有往千重子的方向看一看。

苗子迷惑了。千重子如果想与这年轻男子见面，就应该会自己走过来吧。

男子大脑袋，宽肩膀，目光沉着，以苗子看来绝不是坏人。她想，从他说的腰带的事看来，大概是西阵的织工吧。多少年坐在高机上织造，从体形也大致看得出的。

"我也是毛孩子不懂事，对您父亲的纹样说了不该说的，可是，没睡觉想了一晚上，还是织了。"秀男道。

"……"

"您能不能，哪怕就系一次看看呢？"

"嗯。"苗子含含糊糊地答道。

"怎么样？"

大桥上不比马路上那么亮，挤来挤去的人流几乎要把两人遮挡住，尽管如此，苗子还是对秀男认错人感到莫名其妙。

双胞胎若在同一个家中，受同样养育的话会很难分辨吧，可千重子和苗子却是过着几乎完全不同的生活，在不同地方长大的。苗子想，那男子该不会是近视眼吧？

"小姐，能不能按着我的构思，全心全力试着为千重子小姐您织一条腰带，给您做二十岁的纪念呢？"

"谢谢。"苗子支吾道。

"在祇园前宵祭上竟得以遇见，那是神灵相助，说不定，神力还会加在腰带上的！"

"……"

苗子想：千重子无非是不想让这男子知道双胞胎的事，所以才不往两人身边来吧。

"再见！"苗子对秀男说。秀男稍感意外，却也答：

"哎，再见！腰带我就帮您织了，可以吧？尽量赶在赏红叶之前……”这么叮问着告了辞。

苗子用眼睛四下找，没找着千重子。

刚才的年轻男子也好，腰带的事也好，对苗子来说都无关紧要，只在御旅所前与千重子的偶遇，才是神的恩赐，令人喜悦。她紧握着桥栏杆，注视了好一会儿水面映着的灯光。

然后，徐徐往桥的尽头走去。打算走完四条大道，去参拜那儿的八坂神社。

刚走到桥中间，就一眼见到了正站着同两名男子说话的千重子。

“啊！”

苗子兀自小声叫出来，却住了脚，没再往那边走近。

她无意中窥视着三人的身影。

苗子与秀男到底站那儿说什么呢？千重子想。很显然，秀男把苗子错看成千重子了，可苗子又怎么回答秀男的呢？想必一定很窘。

千重子去往那两人身边不就好了吗？可是她没有，不仅如此，在秀男喊“千重子”的时候，还倏忽藏进了人群，躲到了看不见的地方。

是为什么呢？

在御旅所前见到苗子，千重子的心慌意乱远比苗子更甚。苗子早知道自己是双胞胎，并且据她说一直在找那姐姐或妹妹。可是，这对千重子来说，则是做梦也没想到的。太突然了。苗子找到千重子似乎很开心，千重子却全无高兴的余暇。

还有，生身父亲从杉树上掉下来也好，母亲产后早逝也好，刚刚苗子说的这些，千重子是才知道的。就像针扎在胸口上。

以前只是偶然听到附近的人低声议论，觉察到自己是弃儿。可是，是在什么地方，被什么样的父母抛弃的，她一直尽量不去想，这也并非靠想就能知道。且太吉郎和阿繁对千重子爱意深厚，千重子也没必要去想。

今晚的前宵祭上苗子所说的，于千重子而言并不一定是幸事。可是她心底，却好像对苗子这样的姐姐或妹妹生出了一个温暖的爱的萌芽。

“心地比我纯洁，又勤劳能干，身体似乎也结实。”千重子自言自语道，“说不定什么时候要依靠她吧……”

这么想着，迷迷糊糊走过四条大桥，就听到：

“千重子，千重子！”是真一在叫，“干什么呢，傻呆呆地一个人走？脸色是不是也有点不太好？”

“啊，真一。”千重子清醒过来了似的，“真一，你扮童子，坐在山形彩车上的样子很可爱呢！”

“太难受了！虽然现在想来挺怀念。”

真一还有个伴。

“我哥哥，在大学读研究生。”

真一的哥哥同他长得挺像，却是有些粗鲁地对千重子低了低头。

“真一小时候是胆小鬼，却很可爱，漂亮得跟女孩子似的，所以被选去扮童子，傻瓜一样！”哥哥大声笑道。

走到了桥的正中间。千重子看了一眼哥哥英武的脸。

“千重子，你今晚脸色苍白，看上去很伤心？”真一说。

“不是大桥正中的光线的原因吗？”千重子道，一边使劲儿地踩地。

“还有，前宵祭这么多人，所有人都兴高采烈，有个把女孩子看起来有点伤心那也没什么吧！”

“那可不行。”真一把千重子往桥栏杆边上推，“你且靠一下。”

“谢谢。”

“虽然河上没什么风……”

千重子把手扶在额上，把眼睛闭了起来。

“真一，你第一次扮童子坐在山形彩车上的时候是几岁？”

“嗯，我算算，好像不到七岁吧，应该是上小学的前一年……”

千重子点点头，沉默了。想着要擦额头和脖颈渗出的冷汗，把手往怀中一伸，却摸到了苗子的手帕。

“啊！”

那手帕曾被苗子的泪水濡湿过。千重子握住了，犹豫着要不要拿出来。团在手心擦了擦额头，眼泪又要涌出来。

真一一脸讶然。因为他知道，按着千重子的脾气和秉性，是不会把手帕皱巴巴揉成一团放怀里的。

“千重子，你热吗，还是觉得冷？要是得了热感冒那可拖得久，还是快回去吧……我们送你，哥哥？”

真一的哥哥点了点头，在此之前，他始终盯着千重子看。

“很近的，不用……”

“就因为近，才更要送了！”真一的哥哥断然道。

三个人又从大桥桥中间往回走。

“真一，真一你扮童子坐彩车巡游时，我跟在后面走来着，说真的，你当时知道吗？”千重子问。

“记得的，记得的。”真一答道。

“你看上去那么小。”

“小吧！童子若东张西望的话会很难看不是，虽然那样，我还是感觉到有一个小女孩一直跟着走，被一路拥着挤着一定很累吧……”

“已经变不回那么小啦。”

“说什么呢？”真一有些不以为然，他疑心今晚的千重子到底怎么了。

把千重子一送到她家店里，真一的哥哥就恭敬地向千重子的父母行了礼。真一则等在哥哥后面。

太吉郎在后面房间，正与一位客户在喝祭酒，倒也没怎么喝，只是陪着客户。阿繁则时站时坐地在一旁侍候。

“我回来了。”千重子说。

“回来啦，还早嘛！”母亲说，一边留意着千重子的脸色。

千重子恭敬地向客人道了问候。

“妈妈，我回来得太晚了，没能帮上忙……”

“没事，没事。”母亲阿繁对千重子轻轻使了个眼色，和千重子一起进了厨房，是为了搬酒坛子。她却说：

“千重子，你这叫人不放心的样子，人家才给送回来的吧？”

“嗯，真一和真一的哥哥……”

“是吧，脸色不太好呢，走路也直摇晃。”阿繁用手在千重子的额上略探了探，“烧倒是没烧，就是看上去有点伤心，今晚呢也是因为有客人，你就和妈妈一起睡吧。”说着，轻轻抱了抱千重子的肩。

千重子拼命忍住了一颗要夺眶出来的泪珠。

“你去后面二楼先睡吧！”

“好的，知道了……”千重子的心，因母亲的疼爱而轻松了些。

“爸爸呢，也因为客人少觉得寂寞，晚饭时倒是有五六人的……”

不过，千重子还是提起了酒壶。

“已经喝得够多了，再倒这么点就行。”

千重子斟酒的手在发抖，把左手也压上去，却还是微微颤抖。

今晚，中庭的基督教灯龛也点了火。老枫树凹坑中的两株紫花地丁也隐约可见。

花朵已经枯萎，而上面和下面两株小小的地丁，那是千重子和苗子吗？两株紫花地丁看起来似乎从未见过面，可是今夜，它们已经见过了吧？千重子在微亮中一见那两株地丁，眼泪就又落了下来。

太吉郎也发觉千重子有点儿什么，时不时地看她一眼。

千重子悄悄起身，上了后面二楼。平日的卧房中，这时也设了客人的铺盖。千重子从壁橱拿出自己的枕头，钻进了被窝。

为了不让人听见自己的抽泣声，她把脸埋压在枕头中，两手抓住了枕头角。

阿繁上楼，见千重子的枕头湿了，拿出新的枕头给她。

又说着："哦，我一会儿就来！"马上下楼去了。走上楼梯又停下回头看了看，却什么也没说。

房里并非铺不下三个床，却只铺了两个，且其中的一个是千重子的。母亲似乎打算去千重子的床上睡。

麻布薄盖被倒是有两床，母亲的和千重子的，叠放在床头边。

阿繁没铺自己的床，却替女儿铺了，这件小事让千重子体会到了母亲的心意。

千重子收住了眼泪，思绪也平复下来。

"我就是这家的孩子。"

与苗子见面后，千重子的心突然乱成一团，难以自制，这是一定的。

千重子走到镜台前，看了看自己的脸，想着是不是画个淡妆，却又作了罢。只拿了香水瓶，在床上洒了一丁点儿香水。又用力把伊达窄腰带[1]重新勒了勒。

不用说，她一时还不可能睡得着。

“对苗子是不是太冷淡了些？”

只要一闭上眼，就能看到中川村（町）那美丽的杉山。

从苗子的话中，千重子知道了生身父亲和母亲的大致情况。

“对这家的父母，是开诚布公、实话实说的好呢，还是不说好？”

恐怕，这开店的父母也不知道千重子的出生地在哪，真正的父母又是谁吧。

就是这么想着生身父母也“明明已不在这世上了”，千重子也没有掉泪。

街上传来祇园祭的奏乐声。

楼下的客人好像是近江长滨一带做绉绸生意的，酒过几巡，说话声稍稍地大了，时不时传到千重子躺着的后面二楼来。

客人似乎纠缠不休地在说，彩车车阵改从四条大道往宽

1 妇女系在和服宽腰带下的细腰带。

阔的、有现代味的河原町走，又拐往畅通无阻的御池道，甚至还在市政府门前设了观光台，也就是说，现如今的祇园祭是为“观光”办的。

以前，是从有京都特色的窄路走，有时还会稍稍弄坏人家的房子，可是有情调。据说还能从二楼讨到粽子，现在则是撒粽子。

且不说四条大道，彩车一拐进窄路就看不见它的下部了。那倒也好。

太吉郎不温不火地辩解，说还是在宽路上一眼见着彩车全貌要更好看。

眼下，千重子在睡床上，似乎都能听到彩车那巨大的木车轮拐过十字路口的声音。

今晚客人好像要住隔壁房间，而千重子打算，要不，明天就把苗子说的一切告诉父亲和母亲。

据说北山杉村里都是私人企业。可并非所有人家都有山。有山的人家少。千重子想，生身父母，应该也是有山的人家的雇工吧。

“虽然在做工……”苗子也这么说过。

也许二十年前，父母不仅因生了双胞胎而觉得惶恐不安，也因为大家都认为双胞胎不好养，考虑到实际生活，才把千重子遗弃的吧。

千重子有三件事忘了问苗子。千重子被遗弃的时候还是婴儿，为什么遗弃的不是苗子而是她？父亲从杉树上掉下是什么时候？虽然苗子说是她“刚出生的时候”，她还说似乎是在“比杉村更深的山里——母亲的娘家出生的”，那儿又是什么地方？

被遗弃的千重子既已与苗子“身份不同”了，正如苗子想的那样，她是决不会主动来找千重子的，如果想说话，也必须是千重子去苗子做事的地方。

可是，千重子却也不能瞒着父母去。

千重子曾反复读过大佛次郎[1]的名篇《京都的诱惑》。

“北山圆木的杉树林，绿枝叠翠有如层云，赤松的树干根根清晰明朗，排列得整齐秀美，整座山如有音韵，树木的歌声正传送而来……”文中的一段话浮现到她的脑中来。

那呈圆形的层峦叠嶂，连绵不绝的音乐，树木的歌声，比祇园祭的乐曲和嘈杂声更贴近千重子的心，就像她正穿过北山中一架又一架的彩虹，听着那音乐、那歌声……

千重子的悲伤变得轻了。也许并不是悲伤，也许，是冷不丁与苗子相遇带来的吃惊、迷惘和困惑。可是姑娘家，爱流泪也是天生的吧。

千重子翻了个身，闭上眼睛继续听着山歌。

“苗子那么高兴，而我这是怎么了？”

没一会儿，客人同父亲和母亲一起上到后面二楼来了。

---

1 大佛次郎（1897—1973），日本小说家，本名野尻清彦。有小说《鞍马天狗》《归乡》，史传《天皇的世纪》等。

“晚安，您请好好休息！”父亲对客人寒暄道。

母亲把客人脱下的衣物叠好了，又往这边房间来，因为想把父亲脱下的衣服也叠起。

“妈妈，我来吧！”千重子说。

“还没睡呢？”母亲没再管她，兀自躺下。

“真香！年轻人哪……”语气开心又明朗。

近江的客人也不知是不是喝多的缘故，纸拉门那边很快响起了鼾声。

“阿繁，”太吉郎在旁边床上喊妻子，“有田先生想把儿子给我们家，是这样没错吧？”

“来做店员——公司员工吗？”

“上门女婿呀，千重子的……”

“说那些，千重子可还没睡呢！”阿繁这么说，是想让丈夫住口。

“知道。让千重子听听也没关系。”

“……”

“是家里老二，也到我们家来办过几次事不是？”

“我可不怎么喜欢有田先生。”阿繁把声音往下压了压，语气却是重的。

千重子耳边，山的音乐消失了。

“千重子。”母亲翻身朝向女儿。千重子睁开眼，却没有作答。房间里安静了好一会儿。千重子把两只足尖对着并拢了，就这么一动也不动。

“有田先生想要这个店不是？我是这么想来着。”太吉郎道，“还有，他也很清楚千重子长得漂亮，是个好姑娘……因为是客户，我们家的生意情况他也清楚的，而我们家店里，也不乏会跟他详细告密的店员。”

“……”

“千重子再怎么漂亮，为了我们家的生意而结婚，这样的事我连想都没想过。阿繁，这会对不起神灵啊。”

“那是当然。”阿繁说。

“我的性格不适合开店。”

“爸爸，您为我都把保罗·克利的画集带到了尼庵，真的谢谢，对不起。”千重子从床上欠起身向父亲道歉。

“说什么呢，那是爸爸的乐趣所在，解闷儿呢。如今呀，也是生活的价值所在。”父亲也微微颔首道，“没有画出那图案的才能呢……”

“爸爸。”

“千重子，把这批发店卖了，搬到西阵也好，安静的南禅寺或冈崎一带小一点的房子里去，我们俩一起设计衣料、和服腰带的图案怎么样？你能耐得住穷吗？”

“穷什么的，我一点儿也……”

“是吗？”父亲却只说到这儿，似乎过不一会儿就睡着了。千重子却睡不着。

可是第二天，她却又很早醒了。于是去扫店门前的路，又去擦格子门和长凳。

祇园祭还在继续。

十八日组装后祭用的山形彩车[1]，二十三日后祭的前宵祭、屏风祭[2]，二十四日后祭山形彩车巡行[3]，之后还有祭神狂言[4]，二十八日后祭御舆洗，随后回到八坂神社，二十九日为奉告祭[5]，以此宣告神事结束。

好几台彩车要从寺町路[6]过。

桩桩件件，令千重子无法静心。为时约一个月的节庆就这么过去了。

---

1 7月18日上午到21日组装山形彩车。不使用钉子，只用粗绳绑结等传统组装法。结名有雄蝶结、雌蝶结、虾结、鹤结、龟结、八幡结等。

2 7月21日到23日，山形彩车经过的城镇商家，将密藏的传家屏风拿出晾晒去霉，兼作装饰。

3 明治十年（1877）到昭和四十年（1965），先祭山形彩车游行时间为7月17日，后祭山形彩车游行时间为7月24日；从昭和四十一年（1966）起一度统一到17日。平成二十六年（2014）起又恢复50年前的做法。

4 在八坂神社的能舞台上，由茂山家（日本狂言大藏流派的一个家系）表演狂言以供奉神佛。

5 7月29日举行，向神表示感谢、告知祇园祭神事结束。

6 京都河原町西侧南北走向的路。

秋 色

留有明治“文明开化”痕迹，至今还存在着的遗留物之一，沿崛川而行的北野线电车，不知何时已被停用了。那是日本最早的电车。

千年古都，亦最先引进了好些西洋新鲜事物，这是众所周知的。京都人也有这样的一面吧。

可是，这蹒跚而行的“叮叮”电车一直开到现在，大概正是这点体现了“古都”的含义吧。不用说，车厢很小，相对而坐的人膝盖都要互相碰着。

可是一旦停用，也不知是不是因为恋恋不舍，又把那电车用人造花装饰起来，做成了“花电车”，让人们按很久以前的明治装束打扮起来去乘坐，向市民广作宣传。这也算一种“节日”吧。

连着多少天了呢，旧电车被无所事事的人们挤得满满当当，其中也有打着阳伞的，这是七月。

京都夏天的日头要比东京毒，东京现如今已看不到打阳伞走路的人了。

太吉郎从京都站前出来，正要乘上那花电车时，一个女人忍着笑似的故意藏在了他的身后。太吉郎也按明治的风格打扮了一番。

上车时，太吉郎注意到了那女人，有点难为情地道：

“你穿得不太像明治时期嘛。”

“有点接近就行啦。还有，我家就在北野线上。”

“是吗？那可坐对了。”太吉郎说。

“坐对了这话，实在太薄情啦……要说，你可想起我来了？”

“带着这么可爱的孩子……以前藏哪儿去了？”

“傻样……明明知道不是我的孩子。”

“那可不知道啦，女人啊……”

“说什么呢，男人才那样不是吗？”

女人带着的女孩，肤色白皙，确实可爱极了，有十四五岁吧，单和服，系红色的细腰带。女孩子躲着太吉郎似的羞怯地坐在女人身旁，紧闭着嘴。

太吉郎轻轻地拉了拉女人的衣袖。

“小千伊，坐到中间来。”女人道。

三个人一时都没有再说话。女人隔着女孩的脑袋，在太吉郎耳边低声道：

“我倒是觉得，让这孩子去做祇园的舞女挺好。”

“谁家孩子？”

“附近茶屋老板家的。”

“噢。”

“也有人以为是先生您与我的孩子。”女人用低到几乎听不见的声音嘟哝道。

“说什么呢!”

女人是上七轩[1]茶屋的老板娘。

“被这孩子拉着去北野神社拜天神。”

太吉郎知道这是老板娘的玩笑话，问那少女道：

“你多大了?”

“上中学一年级。”

“嗯。”太吉郎看着那女孩，“哎，要不，等我转世回来了，再去拜托你吧!”

因是花街上长大的孩子，所以看来有些无所谓，她似乎听懂了太吉郎这奇怪的话。

“为什么你会被这孩子拉着去拜天神呢，难不成这孩子是天神变的?”太吉郎对老板娘揶揄道。

“没错，没错。”

“天神不是男的吗?”

“投胎转世变成女的啦!”老板娘装得一本正经，“因为，要还是个男的，就又得遭流放受罪啦!”

太吉郎忍不住笑起来：“女的呢?”

---

1 茶屋名。起源于室町时代再建北野天满宫时，使用其余下资材在天满宫东门前建的七间茶屋。江户时代逐渐发展成为艺妓中心。

"女的话，是啊，要是女的，就会被情人好好疼吧！"

"是嘛。"

女孩子确实漂亮，童花头，头发乌黑发亮，那对双眼皮的大眼睛实在是美极了。

"是独子？"太吉郎问。

"不，还有两个姐姐，大姐明年春天就中学毕业了，所以有可能出来做。"

"长得和这孩子一样漂亮吗？"

"像倒是像，却不及这孩子。"

"……"

眼下，上七轩一个舞女也没有。就算做舞女也得中学毕业才行，否则是不被允许的。

上七轩之所以叫上七轩，是茶屋原本只有七间的缘故吧。太吉郎不知从哪听说，如今这茶屋已增加到了二十间。

从前，也不是那么太久的以前，太吉郎同西阵的织造商，以及地方上的客户常去上七轩玩。那时的女人们的面容都一个一个不由自主浮到了眼前。那时，太吉郎的店也还兴旺。

"老板娘你也是个好事的，来坐这种电车……"太吉郎说。

"人最要紧的，就是怀旧。"老板娘道，"我们家的生意，就在不忘从前的老客……"

"还有，今天我是送客人去车站，正好乘这辆电车回去……佐田先生您这才奇怪不是？就自己一个人来……"

“是啊，这是怎么了，明明只看看花电车就好的。”太吉郎歪着头想了想，“是因为怀念从前呢，还是现如今太寂寞了？”

“寂寞什么的，您还没到说它的年纪呢，一起去吧，就算只看看年轻女孩……”

太吉郎看来是动了心要跟着去上七轩了。

老板娘往北野神社的神前径直走了去，太吉郎也跟在后面。老板娘认真祈祷了很久。少女也低着头。

老板娘一回到太吉郎身边，就道：

“小千伊呢，得让她回去了，还请您多包涵。”

“啊。”

“小千伊，你回去吧！”

“谢谢。”女孩向两人行了礼走了，走得越远，走路姿态就越表现出中学生的本来样貌。

“您好像对那孩子中意得很呢。”老板娘说，“再过个两三年就出来啦，真期待……从现在起您就等着吧。这么漂亮。”

太吉郎没有作答。反正已经来了这儿，就想着去神社的大院里走走看看。可是，天却太热了。

“是不是去你那儿稍事休息一下呢，累啦。”

“嗯，嗯，我从一开始就那么想的。好久没去啦！”老板娘说。

一到那老旧的茶屋，老板娘即郑重其事地道：

“欢迎光临！真的，您一向可好？我们背地里倒是常说起您。”

又说：“躺下吧，我去拿枕头来，啊，您刚才不是说寂寞嘛，找个老实的来陪您说说话……”

“以前见过的艺妓就免了。”

太吉郎刚打起瞌睡，一个年轻艺妓就进来了。艺妓安静地坐了一会儿，见太吉郎是个生面孔，想着该不会是个难说话的吧。太吉郎呆呆的，看来全无说话的兴致。这艺妓，也不知是不是想激发一下客人，说自己出道后的这两年间，喜欢的人倒有四十七个。

“正好赤穗义士[1]不是？其中也有年纪四五十的，现在想想真可笑……净被人笑话，说那样儿是不是犯花痴。”

太吉郎完全清醒了。

“现在呢……？”

“现在是一个人。”

这时，老板娘也进了房间。

太吉郎想，艺妓只二十上下的年纪，尽管如此，泛泛之交的男人却有“四十七”人之多，这数字她果真没记错吗？

艺妓又说，出道的第三天带一个横竖看不顺眼的客人去洗手间，却冷不防被亲嘴，艺妓把那客人的舌头咬了。

“出血了？”

1 日本元禄十五年（1702）12月14日，原赤穗藩的47名家臣攻入江户本所吉良上野介宅邸，为主君浅野长矩复仇。史称四十七士。

“嗯，出血啦，客人嚷嚷着让出治疗费，怒不可遏，我又哭，闹得动静还挺大。话虽那么说，可事情是那人挑起的不是？现在，连那人的名字也都忘啦。”

“嗯。”太吉郎看着艺妓的脸，寻思着这瘦身溜肩，看上去挺温柔的京都美人，那会儿该是十八九岁，怎么就突然之间狠狠地咬了人。

“给我看看你的牙。”太吉郎对那年轻艺妓道。

“牙？我的牙吗？说话的时候您不就已见着啦？”

“我再仔细看看。没事儿。”

“不要，多难为情！”艺妓把嘴闭起来，“先生您可真坏，这搞得，连说话都成了危险的事儿似的！”

艺妓的嘴型很可爱，且有一口细密白牙。太吉郎玩笑道：

“牙咬断了，又装了一口假的不是？”

“舌头很软的呀！”艺妓一不留神脱口而出道，“哎呀，讨厌，我再也……”说着，把脸藏到了老板娘背后。

过了一会儿，太吉郎对老板娘道：

“既到了这儿，顺便也去中里[1]瞧瞧？”

“哎……中里家也会高兴呢，就让我陪您去好吗？”老板娘站了一会儿，又往镜台前去，大约是想坐下看看吧。

中里家的门面外观还和原先一样，客房却翻了新。

---

1 日本茶店名，位于京都上京区。

又叫了一个艺妓，太吉郎在中里一直待到了晚饭后。

秀男到太吉郎店里来，正是他不在家的这期间。说要见小姐，千重子就走出来站到了店门前。

“祇园祭时说好的腰带图案我试着画出来了，带来请您看一下。”秀男说。

“千重子！”母亲阿繁喊，“让他进里面来吧。”

“嗯。”

在看得到中庭的那间屋子，秀男把图案拿给千重子看。有两幅，一幅是菊花，配了叶子，那叶子是下了功夫的，形状画得新颖，甚至让人想不到是菊花叶。另一幅是红叶。

“真好。”千重子看得入了迷。

“千重子小姐您能中意的话，我是再开心不过了……”秀男说，“您挑哪一幅呢？”

“是啊，菊花的话，倒是一年到头可以系的。”

“那么，就为您织菊花好吗？”

“……”

千重子低着头，脸上现出了忧郁神色。

“两幅都好，可是……”她支吾起来，“你能画……长着杉树和赤松的山吗？”

“长着杉树和赤松的山？好像有点难，不过我想想看。”秀男诧异地看着千重子的脸。

“秀男，请原谅。”

“原谅什么的……”

“那个……”千重子不知怎么开口才好，“祇园祭那晚，在四条大桥上，秀男你与她说好织腰带的，其实不是我，是你认错人了。”

秀男连话也说不出了。他难以置信，一脸沮丧。只因为对方是千重子，他才把全身心投注到了图案中。千重子是打算在此完全拒绝秀男吗？

可是就算真是那样，秀男也有些无法理解千重子的措辞与态度，他的暴脾气又有点回来了。

“我遇到的难道是小姐的幻影吗？与千重子的幻影说了话？祇园祭上现幻影了？”秀男却也没有说“朝思暮想的人”的幻影。

千重子的脸绷了起来。

“秀男，那时与你说话的，是我的妹妹。”

“……”

“是妹妹。”

“……”

“我也是那天晚上才第一次见到的，妹妹。”

“……”

“那妹妹的事，我对父母都还没有说。”

“啊？”秀男吃了一惊，不明白。

“北山圆木的村子，你知道的吧，那姑娘在那儿做事。”

“啊？”

秀男惊得无言以对。太意外了。

“中川町，你知道吧？”千重子说。

“哎，只是坐公交车路过……”

“秀男，请帮我织一条腰带给她好吗？”

“嗯。”

“给她织吧。”

“哎。”秀男看起来依然有些疑惑，他点点头，“所以，你才说‘长着杉树和赤松的山’的图案？”

千重子点头。

“好的。不过，是不是稍稍和实际生活太贴了些？”

“那还不是由着秀男你设计吗？”

“……”

“她一定会珍惜一辈子吧，那姑娘叫苗子，并不是山林主的女儿，因此很会做事，比我这样的人靠得住，不知可靠多少……”

秀男还是有点不信，只道：

“既然是小姐请求，我一定仔细织。”

“再说一遍，是织给叫苗子的姑娘的。”

“知道了。可是，她为什么会与你那么像呢？”

“因为是姐妹啊。”

“再怎么姐妹……”

双胞胎这事儿，千重子还是没对秀男明说。

因那时穿的都是夏季祭祀的简单和服，秀男在夜间灯光下把苗子错看成千重子，大概也不见得就是眼花吧。

美丽的格子门外又有格子门，并附了长凳，铺面构造幽深——如今，或许只不过是徒留的形式，可这京式风格的、堂堂和服料批发商家的姑娘，与在北山杉圆木加工厂做工的姑娘又怎么会是姐妹呢？秀男不信。可是，那样的事又不能冒昧去问。

“腰带织好后，就送到这儿来可以吗？”秀男问。

“哎。”千重子稍想了想，“你能直接送到苗子那儿去吗？”

“可以的。”

“请送去那儿吧。”千重子的这请求似满含了真情，“虽说远了点……”

“哎。要说远呢，我是知道的。”

“苗子该多高兴啊。”

“她会收下吧？”秀男的疑惑也是自然，苗子大概会吃一惊的吧。

“我来和苗子细说。”

“是吗，那么……我一定送去。可是，她家怎么称呼？”

那是千重子也还不知的，她说：“苗子待的那家吗？”

“嗯。”

“我会打电话或写信告诉你。”

“是吗？”秀男说，“与其说有两个千重子，倒不如就把它当作给小姐您的腰带好好织。我会亲自送去的。”

“谢谢。”千重子颔首道，“拜托了，你是不是觉得奇怪？”

“……”

“秀男，那腰带不是给我，是请你织给苗子的。”

“哎，知道了。”

不久，秀男出了店门，他的脑中依然被谜团包围，不过，却也开动脑筋构思起了腰带图案。“长着杉树和赤松的山”，设计时若没有足够的大胆，只想着是给千重子的，恐怕就会陷入平淡。秀男似乎还想着是给千重子的腰带。不，若是给那叫苗子的姑娘的，这图案就不宜过于贴近她日常的劳作生活。就如他对千重子说过的那样。

他所遇的，是“像千重子的苗子”呢，还是“像苗子的千重子”？秀男想去四条大桥上走走看看，遂向着去了。可是午时的阳光炽热，他走到桥中间，凭着栏杆闭上了眼。他想听的，不是人流和电车的声音，而是细微得近乎无的河水的流动声。

今年，千重子没去看“大”字形篝火[1]。母亲阿繁少有地被父亲带了出去，千重子留下看家。

父亲他们和附近关系亲近的两三家批发户一起，事先租下了木屋街二条往南一家茶屋的露天凉台。

八月十六日的“大”字形篝火，是盂兰盆节最后一天的

1 日本盂兰盆节的例行活动之一。主要指在京都市东山的如意岳半山腰点燃的“大”字形篝火。

送祖灵火。据说，最早的习俗是夜里抛投火把以送先祖之灵经虚空回归冥府，由此演变为在山上焚火。

东山如意岳的大文字山，是“大”字形篝火燃起的地方。可是燃火的其实有五座山。金阁寺附近大北山的“左大文字”篝火、松崎山的“妙法”篝火、西贺茂明见山的“船形”篝火、上嵯峨山的“鸟居形”篝火，五座山上，送祖灵火被一一点燃。燃火的四十分钟时间内，市内的霓虹灯、广告灯等都会熄灭。

从燃着送祖灵火的那山色，以及夜空的颜色，千重子觉着了初秋意味。

早在“大”字形篝火燃起半个月前的立秋前夜，下鸭神社就已经在办夏越节[1]的神事了。

千重子为了看“左大文字”篝火，也曾和几位朋友一起爬上过加茂川的河堤。

“大”字形篝火那东西，是从小看惯了的。

“今年，又到了‘大’字形篝火了……”随着妙龄的到来，千重子却多愁善感地冒出了这样的念头。

千重子出了店铺大门，和附近的孩子们一起在长凳周围玩。小孩子们似乎并不关心什么“大”字形篝火，倒是对焰火有兴趣。

可是，这个夏天的盂兰盆节，千重子却新添了伤心事。

---

1 日本祭典仪式之一。阴历六月三十日，在神社内让前来参拜者钻茅草圈，以驱除邪恶，除灾求福。

是在祇园祭上遇见苗子，从她口中得知了生父生母早已亡故的消息。

“是啊，要不，明天就去见见苗子吧。”千重子想，“秀男织腰带的事也得跟她细说……”

第二天下午，千重子穿着朴素地出了门——直到这时候，千重子还没见过白天日光下的苗子。

千重子在菩提瀑布那儿下了公交车。

北山町已是忙季了吧。男人们正在那儿给杉树圆木粗剥树皮，杉树皮堆得高高的，四周也散落得到处都是。

千重子有些踌躇，刚走几步，却见苗子一溜烟跑了过来。

“小姐，你来得太好了，真的，真的太好了……”

千重子看着苗子一身干活装扮。

“不要紧吗？”

“嗯，今天已经请假，看见千重子你来了……”苗子一边气喘吁吁，一边拉着千重子的袖子，“到杉山中去说话吧，谁也看不到我们的。”

苗子兴冲冲地解开围裙，脱下来铺到了地上。那是丹波土棉布的围裙，围在身上能包到后面，所以大得足够两个人并排坐。

“请坐下吧。”苗子说。

“谢谢。”

苗子取下包在头上的布手巾，用手把头发往上拢，一边道：

“真的，来得太好了，真高兴，我真高兴啊……”她目光闪闪地盯着千重子。

泥土的香，树木的香，那也是杉山的香，香得多浓烈。

“从下面是看不到这儿的。”苗子说。

“我喜欢这里漂亮的杉树林，偶尔也来的，可进杉山还是第一次。”千重子看着周边，几乎全都是一般粗细的杉树，棵棵笔直矗立，将两人团团围住了。

“都是人工培植的嘛！”苗子说。

“哎？”

“这个，有四十年左右了吧，已经可以伐下来做柱子什么了，如果就这样随它去长，长一千年，得多粗多高呢？我偶尔会这么想。我喜欢原生林。这个村子，哎，就同培育鲜插花一样的不是吗……”

“……”

“这世上，如果没有‘人’这东西，也就不会有京都城什么的了，只是原生的树林和长满杂草的原野。就说这一带，也会是鹿呀野猪们的领地吧。人为什么会来这世上呢？真是可怕，人……”

“苗子，你竟想着那样的事吗？”千重子很吃惊。

“嗯，偶尔……”

“苗子你讨厌人吗？”

“我很喜欢人的，可是……”苗子答道，“最喜欢的就是人了，可这土地上如果没有人又会是什么样？在山里打盹儿一醒来，就会忽然这么想……”

“那些，难道不是隐藏在你心里的悲观厌世吗？”

“我最讨厌的就是悲观厌世之类，每天开开心心地做事就好了……虽然那样，可是人……”

“……”

两人所在的杉树林陡然暗了下来。

“下雷阵雨了。”苗子说。雨积在杉树梢头的叶子上，凝成大滴落了下来。

轰然的雷声也随之而来。

“可怕，太可怕了！”千重子脸色煞白，握住了苗子的手。

“千重子，你把腿蜷起来，身子缩小。”话音刚落，苗子就扑到千重子身上抱住她，把千重子几乎完全覆住了。

雷鸣声越发猛烈骇人，闪电和雷鸣也没有了间隔，声音大得几乎要把山谷震裂。

近得就像在两个女孩的头顶正上方。

雨打在杉山的树梢上发出乱响。每劈一道闪电，火光都直打到地上，照亮了两个女孩四周的杉树树干。美丽挺直的根根树干在刹那间变得狰狞，叫人毛骨悚然。还没来得及思考，雷鸣又接踵而至。

“苗子，雷像要劈过来呢！”千重子把身体缩得更紧了。

“可能会劈下，可是，不会劈到我们身上的。”苗子用力说，“怎么可能劈到呢？”

说着，她用身体把千重子包得越发牢了。

“小姐，你头发有点湿了呢！”苗子说着，用布手巾帮千重子擦脑后的头发，又把布手巾对折了盖在千重子头上。

“可能还会有一小阵雨要过去，不过呢，小姐，雷是无论如何也不会劈到你身上，也不会落到近旁的。”

本就性格刚强的千重子听了苗子鼓劲的话，稍稍平静了，说：

“谢谢……真的谢谢！护着我，你自己是不是全湿啦？”

“这是做事的工装，一点也不碍。”苗子说，“我开心呢！”

“你腰里发光的是什么……？”千重子问。

“啊，一糊涂给忘了，是镰刀。之前在路边给杉树圆木精刮树皮呢，就跑来了！就是那镰刀。”苗子回过神来。

“真危险！”说着，把那镰刀掷去了远处。是把未安木柄的小镰刀。

“回去的时候再捡，虽然不想回去……”

雷似乎在两人头顶上方滚过去了。

千重子清楚地知道，苗子是豁出了命地在用身体保护她。

再怎么说是夏天，被山里雷阵雨淋过，指尖也几乎是冰冷的。而从头到脚被苗子护着，她身上的暖意传到了千重子身上，渗进了千重子的内心深处。那是一种无法言说的、亲密的暖意。千重子感到幸福，她闭上眼睛，有好一会儿都没有动。

“苗子，真的谢谢你。”她又一次道，“是不是在妈妈肚子里时，也得到过你这样的关照？”

“难道不是互相推着挤着，蹬着踢着吗？”

“是吧！”千重子笑起来，笑中满含了骨肉至亲的意味。

阵雨似乎也和雷声一起走远了。

“苗子，真的谢谢你……现在没事了吧？”千重子动了动，想从苗子身下起来。

“嗯，虽说那样，可还是再这样待一会儿吧，杉树叶上积聚的雨滴还会落下来……”苗子依然护着千重子。千重子把手伸到苗子背上摸了摸。

“全湿透了不是？不冷吗？”

“我习惯了，无所谓的。”苗子说，“小姐你来这儿我太高兴了，浑身都热乎乎的。小姐，你也被淋湿了一些呢！”

“苗子，爸爸从杉树上掉下来，是在这附近吗？”千重子问。

“不知道。那时我也还是个婴儿。”

“妈妈的娘家呢……？有外公外婆吗？”

“那些，我也不知道。”苗子答道。

“你不是在妈妈娘家长大的吗？”

“小姐，你为什么要问那些事？”苗子厉声道。千重子把欲说的话咽了下去。

“小姐，你没有那样的家人。”

“……”

“哪怕只我一个人，只要你认我这个姐妹我就很感激了。祇园祭上，我多嘴说了不该说的。”

“不，我很开心。”

“我也……可是，小姐你家的店，我是不会去的。”

“去吧，我会好好待你，也会跟爸爸妈妈说……”

“别。”苗子很坚决，“如果小姐你像刚才那样遇到困难，我就是死，也还会护着你的……你明白我的意思吧！”

“……”千重子感动得眼眶发热。

“苗子，祇园祭那天晚上，有人把你错认成我，让你不知所措了对吗？”

“嗯，是那个说腰带的人吗？”

“那个年轻人，是西阵织带作坊做织带的，倒是挺可靠……他说要给你织腰带对不对？”

“因为他把我错当成千重子你了。”

“前几天，他把那腰带纹样图案拿来给我看了，然后，我就告诉他了：那不是千重子，是千重子的妹妹。”

“哎？”

“我已经拜托他，叫他帮我这叫苗子的妹妹也织一条。”

“给我……？”

“你不是答应过他的吗？”

“那是认错人了。”

“因为给我织了一条，所以，就让他给苗子你也织一条，好做我们姐妹的信物。”

“我……”苗子吃惊了。

“倒不是祇园祭上说好的缘故。”千重子柔声道。

刚刚护过千重子，苗子的身体这时候稍稍有些发僵，一动也不动了。

“小姐，小姐你遇到困难的时候，怎么着也好，我都会高高兴兴地替你去做，可是替你接受别人的东西，我不愿意。”苗子断然道。

“那可是人家的情义。”

“不是替我。”

“是替你。”

千重子想着该怎么说服苗子。

“若是我送你的，你也不接受吗？”

“……”

“是我想送给苗子，才让他织的。”

“不是这样吧？是祇园祭的那天晚上，那人认错了人，说要给千重子你织一条腰带。”苗子顿了顿又道：“那做织带的织匠，对小姐你可仰慕得很，我好歹也是个女的，所以非常清楚。”

千重子顾不得害羞：

“就是因为那样，你才不收吗？”

“……”

“我说了是我妹妹，才让他织的……”

“那我收下，小姐。”苗子老实让了步，“之前说不要不要的，还请原谅。”

“那人会把腰带送到你家去，可是，你雇主家叫什么？”

“是一家姓村濑的。”苗子答道，“是上好的腰带吧？像我这样的人，也不知有没有机会系。”

“苗子，一个人的将来，是不可预知的。”

“是啊，是啊。”苗子点头道，“虽然我并不那么想出人头地……就算没有机会系，我也会把它当个宝的。”

“我家的店不怎么经营腰带，可我会帮你找一件与秀男的腰带相匹配的和服。”

“……”

“我父亲是个脾气古怪的人，近来，渐渐对生意感到厌烦了。像我们家那样经营得又多又杂的——杂货铺一样的批发店，也不可能净卖上等货吧。化纤织物、毛织物之类的也渐渐多起来了……”

苗子抬头看杉树的树梢，从千重子的背上直起身。

“还有一点儿水滴要落……小姐，让你受委屈了。”

“不，多亏你……”

“小姐，你多少也给店里搭把手怎么样？”

“我……？”千重子像被击了一下似的站了起来。

苗子的衣服全湿透了，牢牢吸贴在身上。

苗子并没有送千重子去公交车站，与其说因为身上湿透，不如说因为不想引人注目吧。

千重子回到店里，见母亲阿繁正在家里的泥地房后面为店员准备点心。

“回来啦？”

“妈妈，我回来了，回来得太晚了……爸爸呢？”

“在手作的幕帐里想什么事。”母亲盯着千重子看，“你去哪儿了？衣服又湿又皱，快去换换吧。”

“嗯。”千重子上了后面的二楼，慢慢地换衣服，坐了有一会儿。下楼的时候，母亲已经把下午三时的点心给店员们分完了。

“妈妈。”千重子用有些颤抖的声音说，“我有话，想跟妈妈您一个人说……”

阿繁点点头：“去后面二楼吧。”

可是，千重子的表情却稍稍不自然了。

“这儿，也下了雷阵雨吗？”

“雷阵雨？雷阵雨倒是没下，你不是要说什么雷阵雨吧？”

“妈妈，我去了北山杉的村子，那儿有我的一个妹妹……也不知是姐姐还是妹妹，和我是双胞胎，在今年的祇园祭上第一次见到，据说，生父生母都早已经去世了。”

不用说，这对阿繁是意外的一击，她只是目不转睛地盯着千重子的脸看：“北山杉村……是吗？”

“我不能瞒着妈妈，我也只是祇园祭那天和今天，见过两次……”

“是女孩子吧，如今在做什么？”

“在杉村的人家帮工做事。是个好姑娘。她不肯来我们家。”

“哦？”阿繁沉默了一小会儿，“你知道了那些也挺好，那么，千重子……”

“妈妈，千重子是这儿的孩子，和以前一样，请还把我当这儿的孩子。”千重子一脸认真地道。

“那还用说吗，千重子从二十年前开始，就一直都是我的孩子呀！”

“妈妈……”千重子把脸伏到了阿繁的膝上。

“其实，从祇园祭过后，就见你时不时地有些发呆，还以为你喜欢上什么人了，妈妈正想问你呢。”

“……”

“那孩子，你把她带回家来一次怎样？店员下班后，或者晚上也行。”

千重子在母亲的膝上轻轻摇了摇头：

“不会来的，她喊我小姐来着……”

“是吗？”阿繁抚着千重子的头发，“都告诉我了呢。她和你长得很像吗？”

丹波罐里的金钟儿，已经零零星星地开叫了。

松　绿

得知南禅寺附近有合适的待售房，太吉郎便叫上妻子女儿，趁着秋日晴天去散步，顺便去看看那房子。

“你是打算买下吗？”阿繁问。

“不是看了再说吗！”太吉郎突然有些不悦。

“价钱便宜，据说，房子不大。”

“……”

“就是光出去走走不也挺好？”

“那倒是……”

阿繁有些不安。是想买了那房子，然后每天家里店里地来回跑吗？——跟东京的银座和日本桥似的，中京的批发街上，如今家在别处，每天家里店里往来的店老板也多了起来。要是那样倒也说得过去。虽说太字号的生意一直不济，可另买一个小房子的盈余，也还是有的吧。

但是太吉郎或许是想把店卖了，到那个小房子里去“隐居”吧？或许，趁着手头还算宽裕，尽快下决心要好些，可是那样一来，丈夫在南禅寺那边的小房子里，要靠什么生活呢？丈夫已年过半百，所以，还是让他按着自己喜欢的方式去过吧。店倒是能卖一个不错的价，可即便如此，靠利息过日子也终究底气不足。要是有谁能帮着把那钱周转活用起来，往后可就轻松安闲了。而阿繁却一时想不起哪有那样的人。

母亲的这种不安，就算不说，女儿千重子也能感觉到。千重子年轻。她看母亲的眼神里含了抚慰。

比较起来，太吉郎是明朗愉快的。

“爸爸，打那儿走的话，能不能绕去青莲院[1]一下？”千重子在车里央求道。“只在入口处前面……”

“香樟树吧，你想看香樟树对不对？”

“是的。”父亲的善解人意令千重子吃惊，“是香樟。”

“去吧，去吧。”太吉郎道，“爸爸年轻时候呀，也曾在那大香樟树的树荫下，同朋友们谈天说地来着——虽说那些朋友如今已都不在京都了。”

“……”

“那一带，哪儿都叫人怀念。”

千重子由着父亲去回忆年轻往事，过了一会儿，道：

“我自出了学校，还没在大白天看过那香樟呢。”

“爸爸，您知道夜间观光的公交线路吗？寺庙中，青莲院也是其中一站，班车一到就会有几个和尚提着灯笼出来

---

1 位于日本京都市东山区粟田口，天台宗门迹寺院（由皇族、贵族出家人担任住持的寺院）。

迎接。”

由僧人的灯光引领着往玄关去的路挺长，可是也可以说，所谓情趣正在于此吧。

游览公交的导游小册子上说，青莲寺的僧尼们以淡茶待客，而一走过大厅千重子就笑了：

“端倒是真端出来了，可是那么多人，他们往一个很大的盛鱼木盘上放很多粗茶碗，然后就快快走开了。”

“说不定尼姑也混杂在里面的，可那动作快得叫人来不及看……大失所望呢，茶也是半冷不热的温吞茶。”

“那也没办法，要是认认真真做的话，不是花时间嘛。”父亲说。

“嗯，也还算说得过去。宽敞的大院被各人手中的提灯照着，和尚又在院子正中站住了开始演说，虽是青莲院的解说词，却是高谈阔论。”

“……”

“自进了寺，就不知在什么地方有琴声作响，我还跟朋友说，不知那是真的在弹呢，还是放的留声机……”

“嗯。”

“后来，我们去看祇园的舞女，倒是在歌舞排练场[1]跳了两三支给我们看了，可是，哎呀，那是什么样的舞

1 开设于1873年，一度作为岛原出行的据点，1927年从中之町迁移至岛原，正式作剧场设施用。1996年，历120余年终至解体。

女呀！”

“怎么？”

“腰带虽是长垂下来的，可服装看起来挺寒酸。”

“嗯。”

“又从祇园跑到岛原[1]的角屋[2]去看太夫[3]。太夫的衣裳什么可都是真家伙，连侍女也……在百目蜡烛[4]的光照下，对了，那是叫‘喝交杯酒’吧，当时也按那老规矩摆了摆样子的。之后，又在玄关的泥地房略表演了一番出行[5]给我们看。”

“能看到这些也已经很不简单啦！”太吉郎道。

“是啊，青莲院的提灯迎客，还有岛原角屋都很好。”千重子答道，“这些，我好像以前都说过……”

“也带我去一次吧，角屋呀太夫呀，我都还没见过呢。”母亲说话间，车子已经到了青莲院前。

千重子为什么会突然想起要看香樟树呢？是因为之前从植物园的香樟道上走过，还是因为说北山杉是所谓人工栽培的，所以更喜欢自然生长的大树？

---

1 位于京都市下京区西部，正式地名为西新屋敷，烟花巷所在地。宽永十七年（1640）从六条三筋町迁移至此，因迁移引起骚乱，又因四五年前九州曾发生“岛原之乱”，故被戏冠以“岛原”俗称。

2 西新屋敷的妓馆区，1952年被指定为日本国家级重要文化遗址。

3 江户时代官方准许的最高级妓女。

4 每支约重100文目（日本古时重量单位，1文目约合3.75克）的日本大蜡烛。

5 即岛原出行，旧时京都妓馆区于每年4月21日举行的游行活动，众多一流妓女身着盛装，脚蹬黑色三齿木屐，迈八字步游行于街头。

可是青莲院入口处的石墙上方，只并排站着四棵香樟，其中最近的那棵，看起来尤其有古意。

千重子她们三人站在那樟树前看着，什么也没说。定睛看去，那大樟树的枝丫以弯曲的奇怪样态伸展、交叉着，似乎蕴藏着某种可怕的力量。

“看够了吗，走吧！”太吉郎往南禅寺方向迈步走了出去。

太吉郎从怀中钱包里，掏出一张画有去那出售房线路图的纸，看了又看，一边道：

“千重子，要说香樟呢爸爸也不是很懂，不过，它不是温暖地区的南方树种吗？在热海、九州这些地方就长得很好。这儿的虽是古树，可不觉得它们像是一个大的盆景吗？”

“您说的可不是京都？山也好，河也好，人也罢……”千重子说。

“啊，是吗？”父亲点头，却道，“人呢，虽说未必人人都那样。”

“……”

“如今的人也好，以往的历史人物也好……”

“是啊。”

“要是按着千重子你那样说，日本这个国家不也如此吗？”

“……”千重子想，父亲把话题扩大化了，但似乎的确如此。而她却又说：“话虽那样，可是爸爸，那樟树的树干也好，奇怪地伸开去的树枝也好，仔细看，不觉得好像有些可怕，有一种强大的力吗？”

“倒也是。你一个年轻姑娘竟想着那些吗？”父亲回头看樟树，随后又目不转睛地盯着女儿，“果然如千重子说的那样，正如千重子乌黑发亮的头发在生长……爸爸迟钝了，老糊涂啦。哎呀，你说得很妙。”

“爸爸！”千重子喊父亲的声音里满含了深情。

从南禅寺的山门往里看，里面寂静开阔，与平时一样人影稀少。

父亲一边看出售房的线路图，一边往左拐。那房子看起来果然小，就坐落在高高土围墙的幽深处。进入窄门往玄关去的两边，白花胡枝子连绵开成了长长的两列。

“呀，真漂亮！”太吉郎伫立在大门前，看那白胡枝子的花看得出神。可是，买那房子的意愿却很快消失了，是因为见到隔壁一幢很大的房子已成了饭店旅馆。

不过，白花胡枝子绵延的花列却叫他难以离去。

只是一段时间没来，南禅寺前面那一带的大路边，很多人家就已变成了饭店旅馆，太吉郎之前就对此感到惊讶。其中也不乏翻建成可接纳很多客人的集体旅舍，外地来的学生们正闹哄哄地在进出。

“房子挺好，可是，不行。”太吉郎在那长着胡枝子的大门口嘟哝道。

“照着这势头，看来过不久，整个京都都要变成饭店旅馆啦，就像高台寺那边似的……大阪、京都之间已成了工业区，西京一带还有空地，就算稍有不便也没什么，可是近的地方，也不知会建起怎样古里八怪的赶时髦的房子……”父亲脸上满是沮丧。

太吉郎似乎是仍对那白花胡枝子的花列恋恋不舍吧，走了七八步又独自折回来，驻足观看。

阿繁和千重子就在路上等他。

“开得真好啊，是不是有什么秘诀呢？”太吉郎往两人这边回来了。

“虽这样说，可要是给它做个竹撑子岂不更好……一下雨，人过去就会被胡枝子的叶子弄湿，石径就走不得了。”父亲道，“该不是今年，在胡枝子花开得很好的时候，房主还没想着卖房。而到非卖不可的时候，胡枝子谢了也好，乱成一团也罢，也听之任之了吧？”

那两个人都不作声。

“人啊，就是那样吧！”父亲的脸色有些黯然。

“爸爸，您就那么喜欢胡枝子吗？”千重子努力作了欢颜，“今年已经来不及了，明年，我来给爸爸设计一个胡枝子的碎花纹样如何？”

“胡枝子是女人的纹样，女人单和服用的。”

“我要试着把它画成非女人的，也非单和服的纹样。”

“啊？碎花什么的，是打算做内衣吗？”父亲看着女儿，笑着掩饰道，“爸爸呢，也给你一个回礼，是画一个樟树纹样给你做和服呢，还是做外褂？穿上那纹样准像妖怪……”

“……”

“男女纹样好像倒了个个呢！”

“没倒。”

“穿上妖怪似的樟树纹样，你能出得门去？”

“能，哪儿都能……”

“嗯。”

父亲低着头，像是陷入了沉思。

“千重子，我并不只是喜欢白花胡枝子，不管什么花，什么时候什么地方看到，我都深有感触。”

“是啊。”千重子答道，“爸爸，既到了这儿，离龙村[1]也很近了，我想顺便去看看……”

“呀，那可是面向外国人的店……阿繁，你说怎样？”

“千重子想去，那就去吧！”阿繁爽快地道。

“是吗，龙村家可不卖什么腰带……”

那一片，是下河原町的高级住宅区。

甫进店门，千重子就一头埋进去看那右手边摆放整齐、尚成卷堆着的丝绸女装衣料来，那些并不是龙村的，而是钟纺[2]织物。

---

1 龙村平藏开设的相关店铺。

2 即钟纺株式会社，日本纤维、化妆品、食品、医药品公司。成立于1944年，前身为明治二十一年（1888）成立的钟渊纺织。

阿繁靠近来："千重子，你也打算穿西服吗？"

"不，不是的，妈妈，我在想，外国人喜欢的丝绸会是什么样。"

母亲点点头，站在了女儿的身后。时不时伸出手指轻轻摸一下绸料。

正中的店堂以及廊檐下，主要陈列着正仓院布块，还有古代布料等的仿制品。

这就是龙村。太吉郎看过好几次龙村的产品展示，古代布料的原样、图鉴也都见过，一则脑中有印象，再者那些名称也都知道。可还是忍不住一一细看。

"我们要给西洋人看看，这样的产品，日本也能做得了。"一个与太吉郎面熟的店员道。

太吉郎以前来店里的时候也听过这话，这时依然点点头。见到仿中国唐朝的料子，又道：

"真了不起啊，古代……还是一千年前吧！"

这店里，那仿制古代的大织物是非卖品——也有织作女用腰带的，太吉郎很喜欢，曾给阿繁和千重子买过几条，可是看上去这个店是面向外国人的，并没有腰带。大件的卖品，充其量只是装饰用桌布之类而已。

陈列柜里摆放着包袋、钱夹、烟卷盒、小方绸巾等小件物品。

太吉郎索性买了几件并不那么有龙村特色的：两三条龙村的领带、一个"菊花绉"钱夹。所谓"菊花绉"，是将光悦[1]在鹰峰[2]首创的、被称作“大菊花绉”的纸张工艺仿制到了布料上，那创意还很新颖。

“东北[3]的哪儿来着，如今，还有用结实的和纸[4]做的钱包，跟这个很像。”太吉郎说。

“是，是。”店里的人答道，“还真不知道这个跟光悦的关系……”

后面的陈列柜上摆放着索尼小收音机，让太吉郎他们着实吃惊不小，就算是为“赚取外汇”的寄售品，也太……

三人被请到后面的接待室去喝茶。店里的人说，那边椅子上还坐着几位从外国来的所谓贵宾。

玻璃窗外面，是一片小小的，却不常见的杉树林。

“这叫什么杉？”太吉郎问。

“我也不清楚……好像是叫guang ye杉。”

“哪两个字？”

“植树的人有的不认得字，虽不很确切，但应该还是叫‘广叶杉’吧，听说好像是本州以南才有的树。”

“树干的颜色……”

“那是苔藓。”

---

1 即本阿弥光悦（1558—1637），日本桃山时代至江户初期艺术家，京都人，正业为刀剑鉴定师。尝试书画、陶器、漆器等的实际创作和设计，风格独特，被誉为“宽永三笔”之一。

2 京都市北区西南方的丘陵名。

3 日本本州北部地区。由青森、岩手、宫城、秋田、山形和福岛等6县组成。

4 即日本纸。以小构树、结香、剪夏罗等植物的韧皮纤维为原料制造的纸张的总称。

小收音机响起来，回头一看，一年轻男子正给三四个西洋妇人作说明。

“啊，那是真一的哥哥！”千重子站起来。

真一的哥哥龙助也朝千重子这边走来了，向坐在接待室椅子上的千重子父母颔首致礼。

“您在给那些妇人们做向导吗？”千重子说。两人一靠近，千重子才觉出与随和的真一不同，这位哥哥身上似有一种逼人的气势，并不好讲话的样子。

“也不算作向导，只是跟在那些人后面口译罢了，朋友的妹妹死了，我来替他三四天。”

“呀，他妹妹……”

“嗯，比真一小两岁吧，是个可爱的姑娘……”

“……”

“真一不是英语不好吗？又腼腆，所以呢，哎，我就……虽然这店里并不需要翻译……并且，来这店里的都是买小收音机的不是？她们是住在京都饭店的美国人的太太们。”

“是吗？”

“京都饭店很近，所以顺路就过来看了，若是好好看龙村的织物也就罢了，却都是看小收音机。”龙助小声笑了，“不过，看哪个都随便！”

“我也是第一次看到这儿摆收音机。”

“小收音机也好，丝绸也罢，一美元就是一美元，没什么不同是不是？”

“嗯。”

“方才，我到院子里去了，见池塘里有各色鲤鱼，想着要是问我这个可怎么说好，幸亏她们只是说漂亮啊漂亮啊，倒是帮了我的大忙。色鲤我哪儿懂啊，我还真不知道鲤鱼的各种颜色用英语怎么说。花斑鲤鱼啦，颜色什么的……”

“……”

“千重子小姐，您去看鲤鱼吗？”

“那些妇人们怎么办？”

“交给这儿的店员就好，差不多要到茶点时间，该回旅馆了，据说要和丈夫们会合后去奈良。”

“我去跟爸爸妈妈说一声。”

“啊，我也去跟客人打个招呼。”龙助去妇人们那儿说了点什么，妇人们的眼睛一齐朝千重子这边看来。千重子唰地红了脸。

龙助很快回来，叫上千重子往院中走去。

两人坐在池岸上，看漂亮的鲤鱼游来游去，有好一会儿没说话。

“千重子小姐，您家店里的掌柜——现在是公司了，也不知该叫专务还是常务，且来点厉害给他瞧瞧。您能做到的吧，我去现场给您撑腰也行……”

千重子很意外，心口一下缩紧了。

从龙村回来的晚上，千重子做梦——梦见各色各样的鲤鱼，成群聚到蹲在池岸边的千重子的脚下来。鲤鱼一条叠一条，还有跳着把头露在水面上的。

梦到的只是这些，且是白天的真事：千重子把手伸到池水中去，刚撩起一点水波，鲤鱼就这般聚过来了。千重子吃了一惊，对鲤鱼群生出了一种难言的欢喜。

一旁的龙助似乎比千重子还吃惊，说：

“千重子小姐您的手，是有什么香气——发出了什么神秘的灵气吗？”

被说得害臊，千重子站了起来，说：“鲤鱼是跟人熟悉了吧！”

可是，龙助却一动不动地盯着千重子的侧脸。

“东山就近在眼前呢。”千重子躲开龙助的目光。

“啊，您不觉得山色稍变了些吗？像秋天了……”龙助答道。

千重子做的鲤鱼梦里，龙助是在一旁还是不在，睁眼后的千重子已完全记不起了。醒来后，她有好一会儿没睡着。

第二天，千重子想起龙助说的，给店里的掌柜“来点厉害给他瞧瞧”的话，犹豫再三，还是觉得难开口。

临近打烊时分，千重子在账台前坐了下来。那是被低矮格子门围着的陈旧账台。掌柜植村觉出千重子的神色有些不寻常。

“小姐，怎么……？”

"有我穿的和服料吗？请拿来给我看看。"

"小姐您的？"植村松了一口气似的，"我们家的和服料吗？这时候要的，该是过年正月穿的吧，是会客服呢还是长袖盛装？哎呀，小姐您一向，不是在冈崎染坊或襟万记[1]之类的店买吗？"

"把家里的友禅染拿给我看看，不是正月穿的。"

"哦。那个呀，家里有的我都拿来，您眼力好，说不定就相中了呢！"植村站起来，叫来两个店员小声耳语了一番，三个人拿出十来匹布，在店堂正中熟练地铺展开来。

"这匹就好。"千重子也很爽快，"五天或一周内，能帮我做好吧？里子什么的就全权拜托了。"

植村被震住了："这可有点急，我们家是批发商，很少拿出去缝制的。不过，也成吧！"

两个店员灵巧地把布料卷了起来。

"这是尺寸。"千重子把那张纸放在植村的桌上，人却没离开。

"植村掌柜，家里的生意，我也想一点一点学起来，还请多多指教。"千重子用温柔的声音说道，一边微微地颔了首。

"嗯。"植村脸上颇不自然。

千重子用安静的声音道：

1 和服及和服饰品老店，位于京都市东山区。

“明天也行，请把账本也拿给我看看吧！”

“账本？”植村似乎苦笑了一下，“小姐，您是要查账吗？”

“查账什么的，那样狂妄的事我可想都没想过，只是看看账，这不，家里做些什么买卖我都还不知道呢。”

“是吗？简单说来都叫账，却有很多种。另外，还有对税务局的。”

“我们家有两套账吗？”

“说什么呢小姐，那等糊弄人的事，要做恐怕还得请小姐您来做。我这账可光明正大。”

“明天拿给我看吧，植村掌柜。”千重子干脆地抛下一句，从植村面前站起身。

“小姐，小姐您还没出生，我植村就被请来管店了……”植村这么说，千重子却连头也没有回。植村因此用了几乎听不见的声音道：“什么呀！”又轻轻咂了咂舌，“腰痛哇。”

母亲阿繁正准备晚饭，千重子一来，她也完全惊呆了似的：

“千重子，你这话说得厉害！”

“嗯，妈妈您辛苦了。”

“年轻人看着老实，也很可怕呢，妈妈听着都发抖了。”

“我也是得了别人的主意。”

“是谁？”

“真一的哥哥，在龙村……真一家的买卖，他父亲还做得很好，家里还有两个不错的掌柜，所以假设植村辞职的话也能拨一个过来，还说，即便他自己过来也是可以的。”

“龙助他？”

“嗯，他说反正要做生意，研究生什么的，随时不念都可以……”

“啊？”阿繁看着千重子熠熠生辉般美丽的脸。

“倒是不担心植村会辞职……”

“然后，他还说了，那种着白花胡枝子的房子附近若还有好房子，就让我家老爷子买了吧。”

“哦？”母亲诧异得一时说不出话，缓了一缓才道，“爸爸呀，是有点儿指望不上了。”

“他说，爸爸那样不也挺好吗？”

“也是龙助说的？”

“嗯。”

“……”

“妈妈，您刚才也看到了，我想用家里的和服料子做一套给杉村那姑娘，求您啦……”

“好啊，好啊，外褂也送一件怎么样？”

千重子避开母亲，把目光移到了另一处，眼里已经泪湿。

高机为什么叫高机，不用说，因为它是高的手动机，而安装的时候要将地面浅浅挖开，有一种说法，说是因为泥土的潮气对纱线有好处。原先，人一度要登到那高机上去，如今是把重石头放到筐子里，吊挂在织机的横头。

也有一些织造作坊，同时在用着这样的手动织机和机械机。

秀男家只有三台手动机，兄弟三人各司一台，偶尔，父亲宗助也会坐到织机前去，所以他家在小织造作坊林立的西阵也还算过得去吧。

受千重子托付织造的腰带，越向完工近一步，秀男心里的喜悦亦增加一分，那是因为全身心投入的工作即将完成，也因为在织筘的往来运动中、在织造声里，都有着千重子的身影。

不，不是千重子，是苗子。这不是千重子的腰带，是苗子的腰带。可是，秀男织它的时候，千重子与苗子却重合交叠成了一个人。

父亲宗助在秀男身旁站着看了一会儿。

"呀，这腰带好！花样不多见。"这么说着，又有些疑惑，"哪家的？"

"佐田家，千重子的。"

"花样呢？"

"是千重子构思的。"

"千重子？真的吗？"父亲吸一口气似的吃惊地看着，用手指摸了摸还在织机上的腰带，"秀男，你织得很密实，这就好。"

"……"

"秀男，我以前应该说过，佐田先生对我们家是有恩的。"

“听说过的，爸爸。”

“嗯，说过吧。”宗助一边说，一边又讲起车轱辘话，“我呀，从织工做起，一个人白手起家，好不容易买了一台高机，其中还有一半款是借的。每织出一条腰带呢，就拿到佐田先生那儿去，只一条腰带多丑，所以，就半夜里悄悄去……”

“……”

“佐田先生，他可从来没有给我看过不耐烦的脸色。好歹有了三台织机，总算，哎……”

“……”

“话虽这么说，秀男，我们同他家，身份还是不同的……”

“我知道。可是您为什么说这话？”

“秀男，你好像很喜欢佐田家的千重子……”

“您是这个意思啊。”秀男停下的手脚重新动作，又接着织了起来。

腰带一织好，秀男马上把那腰带往苗子所在的杉村送去了。

那是一个在北山方向出了好几回彩虹的下午。

秀男胸前抱着苗子的腰带，刚一到路上，彩虹就映入了眼帘。彩虹很宽，颜色却淡，顶端的弓形并不完整。秀男站住了看，看着看着，彩虹的颜色就淡下去，消失不见了。

可是坐公交车进山谷的途中，秀男又见到了相似的彩虹，还见了两次。三条都不是从下到上形状完整的彩虹，总有某处的颜色是淡的。虽然这样的彩虹很常见。

"嗯，出彩虹是吉兆呢，还是凶兆？"今天的秀男却有些担心。

天空并不阴沉，一进山谷，就让人疑心那样的淡彩虹是不是又出来了，清泷川岸上陡峭的山峰挡住了视线，看不分明。

在北山杉村一下车，一副工装模样的苗子就一边用围裙擦着湿手，一边快步走了过来。

苗子方才是在用菩提瀑下的砂子（毋宁说更接近黄红色的黏土）仔细地手工洗磨杉树圆木。

虽然还是十月，山里的水似乎已很冷了。把杉树圆木泡在人工挖掘的沟槽里，在沟槽的一头有一个简陋的灶，热水像是从那灶上流出的，蒸汽正从那儿升腾。

"这么偏僻的山里，您还真来了。"苗子弯腰行礼道。

"苗子小姐，说好的腰带终于织好了，所以给您送来。"

"您是把我当作千重子做的腰带吧？我可不愿做替身。不过，只见个面的话呢，也不错。"苗子说。

"这腰带是事先说好的不是？还是千重子构思的图案呢。"

苗子低着头说："说实话，秀男先生，前天，千重子家店里给我送来了从和服到草履一整套的行头，那样的东西，我也不知什么时候才有机会穿。"

"二十二日的时代祭怎么样，您出不来吗？"

“不，能出来的。”苗子毫不迟疑地说，“现在，这儿太引人注目了。”她似乎想了一下，“您能到那边沿河的石滩上去吗？”

像上次同千重子那样躲去杉山深处是万万不可以的。

“秀男您织的腰带，我会一辈子把它当宝的。”

“别，我以后还会为您织的。”

苗子说不出话来。

千重子送来和服这事，不用说，苗子寄住的人家也是知道的，所以把秀男带去那个家也未尝不可。可是，苗子对千重子如今的身份、店的情况都大致有了了解，只这些，她自幼缺憾的心就得到了满足，除此再不想因一点小事而给千重子添麻烦。

不过，照料苗子的村濑家是这儿颇不错的杉山林场主，加上苗子又不辞辛苦地专心劳作，所以即使被千重子家承认了，她也不可能成为她家的包袱。比起中等的和服料批发商，说不定，杉山林场主倒还要可靠些。

可是，苗子却打算对与千重子的往来及关系的加深保持慎重，之所以这样做，正因为切身感受到了千重子的深深爱意……

因此，她才把秀男叫到了河边的碎石滩上。清泷川碎石河滩上凡能种树的地方，都被种上了北山杉。

“实在太失礼了，还请您原谅。”苗子说。毕竟是年轻姑娘，想着快点看到腰带。

“真是漂亮的杉山！”秀男一边抬头看山，一边解棉布包袱，松开了柿漆纸[1]捻的包装绳。

“在这儿打鼓形结[2]，这一处，我想还是放前面的好……”

“啊！”苗子捋着那腰带看，一边眼中发亮，“这腰带，给我太可惜了！”

“才出道的年轻人织的腰带，有什么好可惜的？图案是赤松和杉树，也因为临近新年，我就光想着要把松树作鼓形结，千重子却说该用杉树，来这儿一看才恍然大悟。一说到杉树，就让人觉着是高大的老树，哎，我把它画柔画淡，倒是对了呢。赤松的树干也有几个不是？我也把颜色加深了……”

不用说，杉树的树干也未画成树的本色。形状与色彩都是下了功夫、费了苦心的。

“这腰带太漂亮了，真的谢谢……我这样的人，系不了这么华丽的腰带吧！”

“与千重子送的和服相称吗？”

“我觉得很相称。”

“因为千重子自幼对京式和服很熟悉……这腰带还没给她看过，也不知为什么，总觉得有些难为情。”

“怕什么，是千重子构思的图案嘛……我也想让千重子看看。”

1 和服包装用纸，由和纸涂抹柿漆制成。抹柿漆是为防潮防虫。

2 和服腰带结法之一，将腰带头放入结扣内结成鼓体状，有双鼓形与花式鼓形等。

“时代祭的时候您能穿着去吗？”秀男说着，把腰带叠起放入了柿漆包装纸里。

秀男打好了纸绳的绳结。

“您就轻松收下吧，这腰带虽是我允诺的，但也是千重子托付的，您就把我当一个普通的织匠好了。”他对苗子道，“虽然，我是全心全意地织的。”

苗子接过秀男递来的腰带包，放在了膝上，没作声。

“千重子自幼就熟悉和服，所以，她送您的和服一定与这腰带匹配。就像刚才说过的那样……”

“……”

清泷川在两人面前清浅流去，听得见它细碎的水声。秀男环顾着两岸的杉山，说：“果然，杉树树干这么齐齐站着，像工艺品一样，顶梢上的叶子呢，也像是朴素的花。”

有忧伤从苗子脸上掠过。父亲在树梢整枝的时候，是因为弃婴千重子而烦恼，所以才会在从这梢荡到那梢去的当儿掉下吗？一定是的。那时候，苗子也与千重子一样尚是婴儿，还什么都不知道，长大后，她才听村里人说起。

所以，千重子——其实连千重子这名字、是死是活、是双胞胎的姐姐或妹妹，苗子全不知道。她一直有个愿望：哪怕只见一次，如果能见到，在旁处看看就好。

苗子寒碜的、棚屋一样的家，如今还荒置在杉村。因不是姑娘家一个人能待得了的。很长一段时间，一对在杉山做事的夫妇和他们上小学的女儿住在里面，不用说，所谓的房租是一概没有的，这样的房子，也不是收得来租金的房子。

唯一可喜的，是这上小学的女孩不可思议地爱花。这屋旁有一株极漂亮的金桂。

“苗子姐姐！”有一次，女孩少有地跑来找苗子，问金桂如何侍弄。

“随它去就好。”苗子答。可是，从那小小的家门前走过时，苗子却觉得好像在离得老远的地方，就能比别人更早闻到桂花的扑鼻香味。那对苗子而言毋宁说是悲伤。

苗子的膝头一放上秀男织的腰带，就似乎变重了，因这桩桩件件……

“秀男，既然知道了千重子的下落，我也不想再同她继续交往了，和服和腰带我只收这一次，一定会铭记于心……您能明白我的意思吧？”苗子诚恳地道。

“啊。”秀男道，“时代祭您会去的吧？还想看看您系上腰带的样子，千重子呢我就不叫了。祭祀的队伍从御所出发，所以，我在西边的蛤御门那儿等您可以吗？”

苗子脸上一时染了薄红，用力点了点头。

对岸的水边有一株小树，树叶已着了赤，枝影随流水荡漾。秀男抬起头，问道：

“那鲜艳红叶子的，是什么树？”

“漆树。”苗子抬眼回答的当儿，用有些发抖的手往头上拢了拢，可不知怎么，一头黑发忽地散开，直直披落到了背上。

“哎呀！”

苗子红了脸，把头发扒拢去盘卷了，发卡衔在嘴里一个一个地往上别，却好像有发卡掉落，有些不够用了。

秀男看着那模样，觉得她的一举一动都美，说：

“您留着长头发呢？”

“是啊，千重子也是长头发，不过盘得好，男人看不出……”苗子慌慌张张地包上布手巾，“真抱歉。”

“……”

“在这儿，净给杉树化妆了，我自己倒不化什么妆的。”

话虽这么说，倒像涂了淡淡的口红。秀男很想苗子再次取下布手巾，让他再看看她披散在背上的长发，却没法说出口。那念头，是在苗子慌忙包上布手巾后冒出来的。

狭长山谷的西侧，山色已经薄暗。

“苗子，我得回去了。”秀男站起身。

“今天的活也要收工了……日头变短啦。”

山谷东边的峰顶上，杉林俊俏，根根挺拔，透过那树干缝隙，秀男看到了金色的晚霞。

“秀男，谢谢您，真的谢谢！”苗子做出轻松的样子收下腰带，也站了起来。

“若要说谢，您就谢千重子吧！”嘴上这么说，秀男心中，因替这杉山姑娘织腰带而来的喜悦却在温暖地鼓胀着。

"我怕是有点执拗啰唆，时代祭您一定要去呀，在御所的西门——蛤御门那儿等您。"

"嗯。"苗子重重地点了点头，"至今从没穿过、系过的和服和腰带，还真有点不好意思……"

十月二十二日的时代祭，即便在祭祀活动很多的京都，也被认为是与上贺茂、下贺茂神社的葵祭、祇园祭并列的三大祭祀之一。虽是平安神宫办的祭典，队列的出发点却是京都御所。

从大清早起苗子就按捺不住兴奋，她甚至比约定时间早半小时就到了，站在御所西边的御门——蛤御门下的荫凉处等秀男。等一个男人，于她来说还是第一次。

幸而，天晴了。天空碧蓝。

平安神宫是明治二十八年（1895）为纪念移都平安京一千一百年而建的，因此不用说，在三大祭祀活动中，时代祭是历史最短的一个。可因为是奠都庆祝活动，所以用队列游行的形式展示千年以来京都风俗的变迁。为表现各个时代的装束打扮，就要推出为人们所熟知的各个名人。

比方说和宫[1]、莲月尼[2]、吉野太夫[3]、出云阿国[4]、淀君[5]、常磐

---

1 和宫（1846—1877），孝明天皇之妹，亲子内亲王。1862年下嫁第十四代将军德川家茂。

2 即太田垣莲月（1791—1875），江户末期女歌人，歌风平明流丽。

3 江户时代京都妓馆区岛原高级妓女中的头牌花魁。前后代自称"吉野太夫"的有数位。

4 出云阿国（生卒年不详），被视为日本歌舞伎创始人，据传为出云大社的巫女。

5 淀君（1567—1615），丰臣秀吉之妾。

御前[1]、横笛[2]、巴御前[3]、静御前[4]、小野小町[5]、紫式部[6]、清少纳言[7]。

还有大原女，桂女[8]。

以上列举的女人混杂了妓女、女官及卖货女，当然另有很多类似楠正成[9]、织田信长[10]、丰臣秀吉[11]这样的王侯公卿与军人武士。

行进队列如同一卷长长的京都风俗画。

据说，将女人加进队列是从昭和二十五年（1950）开始的，这使得祭典华美艳丽又显赫辉煌。

行进队伍打头的是明治维新时期的勤王[12]队、丹波北桑田郡的山国队，殿后的是延历[13]时代文官们的上朝列阵。队列一抵平安神宫，就会在凤辇前诵祝词。

队列既是从御所出发，那么，在御所前的广场上看就最

---

1 常磐御前（1138—？），源义朝之妾。初在近卫天皇的后九条院中任杂务。

2 建礼门侍女。

3 巴御前（生卒年不详），源义仲之妾。

4 静御前（生卒年不详），源义经之妾。原为京都舞妓。

5 小野小町（生卒年不详），日本平安前期女歌人。

6 紫式部（约978—约1016），日本平安中期女文学家、俳人。所著《源氏物语》为日本古典文学最高水平之作。

7 清少纳言（约966—？），日本平安中期女随笔作家、歌人。本名不详。所著《枕草子》与紫式部《源氏物语》并列为平安朝女性文学的代表作。

8 从京都桂地区来到京城串街叫卖香鱼寿司和桂糖的女小贩。

9 楠正成（？—1336），日本南北朝时代武将。

10 织田信长（1534—1582），日本战国、安土桃山时代武将。天正元年（1573）流放第十五代将军足利义昭，推翻室町幕府。

11 丰臣秀吉（1536—1598），日本安土桃山时代武将。本能寺之变后，击败明智光秀统一天下。

12 指江户末期为实现天皇亲政而发动的打倒德川幕府的政治活动。

13 日本平安初期年号，时间为782—806年。

好。秀男把苗子叫来御所就是出于这考虑。

苗子虽在御所门下的荫凉处等秀男，可进进出出的人太多，也因此几乎没人朝她望一望，却有一个中年老板娘模样的人大大咧咧走过来："小姐，您的腰带真漂亮，在哪买的？和您的衣服也很搭……不好意思。"那人说着，差点要伸手来摸，"能把后面的鼓形结给我看看吗？"

苗子转过身去。

"哎。"被那人这么一看，苗子心里却沉静了些。穿这样的和服，系这样的腰带，对苗子来说是前所未有的。

"让您等了吧？"秀男来了。

祭典队列出场处、靠御所最近的座席都被参拜团体和观光协会占据了，秀男和苗子就站在了与那儿相连的参观席的后面。

苗子第一次占到这么好的位置，因此不知不觉把秀男、把新衣服全忘得干干净净，一心只看着队列了。

却忽然发觉了什么，问道：

"秀男，您在看什么？"

"松树的绿，瞧，看那队列，因为松树的绿色背景，队列更醒目了。宽敞的御所庭院内全是黑松不是？我最喜欢了！"

"……"

"也偷眼看您来着，没察觉吧？"

"讨厌。"苗子低下了头。

秋深姊妹情

在祭祀活动实在太多的京都，比起“大”字形篝火，千重子更喜欢鞍马的祭火节。苗子住得也不远，所以也去看过。之前或许两人也曾在祭火节擦肩走过，可即便如此，彼此也未曾留意吧。

去鞍马参拜的路上，家家户户用树枝做了隔离，事先在屋顶上洒水，从半夜起，点起大大小小的火把以作装饰。

一边高声诵念着“祭礼呀，好极！”，一边登山去往神社。火焰熊熊燃烧。待到两顶神轿一抬出，村（如今是町）里的女人们即全体出动去拉神轿的索。最后献上大松明。祭事大致要持续到拂晓时分。

可是今年，这有名的祭火节停办了。据说是为俭省。伐竹会倒同往年一样办着的，祭火节却不举行了。

北野神社的“芋茎祭[1]”今年也没有了。说是因为芋头歉

1 京都市北野天满宫于10月1日至4日举行的感谢五谷丰登的祭祀活动。以芋头茎铺于屋顶，祭祀者抬着饰有米、麦、豆、花等的芋茎神轿缓步行进。

收无法做芋茎神轿。京都鹿谷安乐寺的“南瓜供养[1]”啦，莲华寺的“封黄瓜[2]”啦，类似的例行活动也不少，这些是否都体现着古都风貌，也展示了京都人的一面呢？

近年来重新恢复的，要数泛舟岚山河流中、在龙头船上表演的迦陵频伽[3]，以及在上贺茂神社庭院中细流上表演的曲水流觞吧。两者都是王公贵族的风雅游戏。

所谓曲水流觞，是人穿古装坐在岸边，在酒杯随流水来到自己面前的当儿唱歌、绘画或是写点什么，酒杯到自己面前时则端起饮尽后再斟满让其继续流去。有童子侍奉左右。

雅集是从去年开始的，千重子曾去看过。王侯公卿那一队打头的是歌人吉井勇[4]（如今，吉井勇已离世，其中已没有了他）。

因集会恢复的时间不长，所以似乎尚未纯熟。

千重子今年也没去看岚山的迦陵频伽，觉得还是少了点古色古香的情趣。毕竟在京都，古色古香的仪式活动多得看都看不过来。

不知因为母亲阿繁是勤快人呢，还是天生秉性如此，千

---

1 每年7月25日煮食鹿谷南瓜，祈祷不患中风。

2 来源于真言宗开祖、五智山莲华寺弘法大师在立秋前18天内的丑日将病魔封到黄瓜中，为人间去除病痛一事。参拜者在黄瓜上写下姓名、年龄、病名等，祈祷后，将黄瓜带回，连续三天早晚两次一边抚摩黄瓜一边祈祷，第四天早上将黄瓜埋入洁净之地。

3 迦陵频伽为梵文“极乐鸟”（Kalavinka）的音译，佛供养法会上演出的雅乐剧目，唐乐童子四人舞。童子戴天冠，负鸟翅，手持小型铜钹。剧目名来源于住在极乐净土的人面鸟身神物极乐鸟。

4 吉井勇（1886—1960），日本歌人，剧作家。著有歌集《祝酒集》《人生经》，剧本《河内屋与兵卫》。

重子一大早就起了床，仔仔细细擦起了格子门。

“千重子，两个人在时代祭玩得很开心嘛！”收拾完早饭的碗筷后，真一来电话这么说。看来真一又认错了人，把苗子看成了千重子。

“你去了？也不招呼一声……”千重子缩了缩肩。

“想叫你来着，可哥哥不让。”真一全不拘泥。

千重子迟疑着，不知该不该回说那是他认错了人。可是从真一的电话，就能得知苗子穿了千重子送的和服、系了秀男织的腰带去看了时代祭。

带苗子去的一定是秀男。一瞬间，千重子觉得有些意外，可心里又立即微微涌起了暖流，脸上也浮出笑意来。

“千重子，千重子！”真一在电话里喊，“怎么了，怎么不说话？”

“要打电话给我的，是真一吗？”

“是啊，是啊！”真一笑起来，“这会，你家掌柜在吗？”

“没，还没来……”

“千重子你没感冒吧？”

“声音听起来像感冒吗？我正在大门口，在擦格子门呢！”

“是吗？”真一好像在那头晃了晃话筒。

这下是千重子朗声笑了。

真一压低了声音：“这电话是哥哥叫打的，我现在叫他来接……”

对真一的哥哥龙助，千重子说话就没法像对真一那样随便了。

“千重子小姐，您给过掌柜颜色看了吗?”龙助冷不丁地问。

“是的。”

“呀，了不起!”龙助加强了语气再次道，“真是了不起!”

“母亲也无意中在边上听到了，看样子似乎挺担心。”

“是吧!”

“家里的生意，我也想一点一点学起来，就说让他们把所有的账簿都拿来给我看。”

“哦?那可太好了。即便只是口头说说也会不一样的。”

“然后，保险柜里的存折啦，股券啦，债券啦，那些东西也全让拿出来了。”

“哎呀，了不起。千重子小姐您真厉害!”龙助感慨道，“千重子小姐，没想到您这么温柔的小姐……”

“是得了龙助先生您的指点……”

“不是我的指点，是因为从附近批发商那儿听到了奇怪的传言，所以下了决心，想着如果千重子小姐您说不了的话，就由我父亲，或者我来说。话虽这样，小姐您说却是最好的。掌柜的态度有变化了吧?”

“是的，好歹有了点。”

“是吧。”龙助在电话中陷入了长长的沉默，“干得真不错。”

千重子觉得，电话那一头的龙助似乎还有什么事迟疑不决。

“千重子小姐，我想今天下午去您家店中拜访，不知有没有什么不方便？”龙助道，“真一也一起……”

“有什么不方便的，我哪有什么了不起的夸张事。”千重子答。

“因为是年轻小姐嘛！”

“讨厌。”

“怎么样啊？”龙助笑起来，“趁掌柜还在店里的时候去，我也去观察观察。千重子小姐您完全不用担心，我会看掌柜脸色的。”

“啊？”千重子说不出话来。

龙助家是室町一带的大批发商，在同行中也颇有能耐。龙助虽还在读研究生，可是他身上，却自然而然有着店家的威望与庄重。

“这时节正是吃甲鱼的好时候，我在北野的大市[1]订了席位，您能来吗？若说要连令尊令堂也一起请上，倒显得有些狂妄自大，还是只千重子小姐您一个人吧……我呢，带上童男一起去。”

千重子被惊得倒吸了一口气，只答上来两个字：

“好的。”

真一扮童男坐在祇园祭的山形彩车上还是十多年前的事，

---

1 京都老字号甲鱼料理店名。

可直到如今，哥哥龙助却偶尔还半带嘲弄地喊他“童男”，也是因为真一的身上，至今还有着“童男”似的可爱与温柔……

千重子对母亲道：“龙助和真一下午要来我们家，刚才电话说的。”

“哎？”母亲阿繁似乎也有些意外。

下午，千重子上了后面的二楼，化了个精致却不引人注目的妆，又把一头长发仔细梳过，可怎么也梳不成满意的发式。要穿的衣服也是，这件那件地挑花了眼，反而不知道穿哪件好了。

终于下楼来。父亲不在，也不知出门去了哪儿。

千重子给后面客厅备好炭火，往四下看看，也向狭窄的庭院看去，粗大的老枫树上的苔藓还很绿，而寓居在树干上的两株紫花地丁，叶子却已经枯黄了。

基督神龛座下，一小株山茶树开着火红的花，是真正灼灼鲜亮的红，比红玫瑰更令千重子心动。

龙助和真一一来，向千重子的母亲郑重道了寒暄后，龙助一个人在账台的掌柜跟前规规矩矩坐下了。

掌柜植村慌忙出账台郑重其事向他致礼，寒暄话说得挺长。龙助虽也受了礼作了答，脸却始终是紧绷的。那种冷淡，植村当然也觉察到了。

这学生模样的毛头小子到底要干什么？植村思忖着。可是，被龙助这么压制着却也无计可施。

等植村说完一段，龙助从容道：

“您家店亦生意兴隆，太好了。”

“哎。多谢，托您的福。”

“我父亲他们说，佐田先生幸亏有植村掌柜，您有多年的经验，很了不起……”

“说什么呢，与水木先生您家那样的大铺子可完全不能比，我们家太不像样了。”

“哪里哪里，我们家那样的，只是摊子铺得大，京式和服料批发呀什么呀，简直是杂货铺，我不喜欢。像植村先生您家这样做事严谨仔细的店铺，却一天少似一天了……”

植村正要回答的一瞬，龙助却站了起来，往千重子和真一所在的后客厅走去了。望着龙助的背影，植村一脸苦相。掌柜心里十分明白：说想看账簿的千重子和眼前的龙助，一定有内在的联系。

千重子抬起眼，问询似的看着往后客厅走来的龙助的脸。

“千重子小姐，我又帮您把掌柜的敲了敲。既给您出主意，就有责任不是？”

“……”

千重子低着头为龙助沏薄茶。

“哥哥，你看，老枫树树干上的紫花地丁。”真一用手指着道，“有两株不是？千重子说她几年前，就把那两株紫花地丁看作可爱的恋人……虽挨得近，却绝无可能在一起……”

“哦？”

“女孩子就喜欢想可爱的事吧。”

“讨厌，说得人难为情死了，真一！”千重子把沏好茶的茶碗放到龙助面前，手却微微有些发颤。

三个人坐龙助店里的车去了位于北野六番町的甲鱼料理店大市。大市是一家构筑颇具古风的老字号，连游客也都知道。店堂陈旧，天棚看上去很是低矮。

这儿专营煮甲鱼，即所谓的甲鱼锅子，还有杂烩粥[1]。

千重子浑身暖和起来，且似有醉意袭来。

千重子连颈子都染上了薄薄的桃红，雪白的肌肤细腻、光滑，闪着温润亮泽，这充满朝气的面容着了颜色真是美啊，眼中亦生了水灵与娇艳。她时不时用手摸一下脸。

千重子不曾喝一滴酒，可是，甲鱼锅子的汤汁却多半是酒。

外面虽有车子等着，千重子却担心脚下会不会踉跄，心里是欢喜兴奋的，话也说得多起来。

“真一，”千重子对好说话的弟弟道，“时代祭时，在御所庭院你看到的那两个人里没有我，是你看错人了，离得太远了吧？”

“别瞒了，没关系的。”真一笑道。

“一点也不瞒。”

1 蔬菜、鱼、贝类切细后加豆腐或酱油、盐做成的粥。该“大市”店也用当时吃剩的甲鱼汤汁煮粥。

千重子不知怎么开口，犹豫了一下又道："其实，那姑娘是我妹妹。"

"啊？"真一很吃惊的样子。

樱花盛开的时候，在清水寺，千重子就曾经对真一说过自己是弃儿。这话，不用说也已传到真一哥哥龙助的耳中了吧。就算真一没跟哥哥说，两家店离得近，迂回婉转也传过去了吧？或许这样想比较好。

"真一，你在御所庭院看到的……"千重子稍稍迟疑了一下，"我们是双胞胎，那是其中的另一个姑娘。"

这话，真一也是初次听说。

"……"

三人沉默了好一会儿。

"我呢，是被遗弃的那个。"

"……"

"那个，真那样的话，还不如丢到我们家店门前来……真的，要丢到我们家门前就好了。"龙助满含真挚地重复说了两遍。

"哥哥，"真一笑了，"又不是眼前的这个千重子，是刚刚生下不久的婴儿。"

"是婴儿也行啊！"龙助道。

"哎呀，哥哥，你是见了现在的千重子才说那样的话不是？"

"不是。"

“佐田先生爱护又爱护、宠爱有加地养育，才有了如今的千重子。”真一说，“那时候，要说哥哥你也还只是个小孩子，小孩子养得了一个婴儿吗？”

“能养。”龙助坚决地答道。

“哼，哥哥你一贯强硬自信，净嘴硬。”

“也许吧。可我愿意抚养婴儿千重子，要说，母亲也一定会帮我吧！”

千重子的酒醒了，脸色开始发白。

秋天的北野歌舞会[1]要持续半个月，结束前的一天，佐田太吉郎一个人出了门。茶屋[2]给的入场券当然不止一张，可太吉郎却全然提不起要请谁一起去的兴致，嫌歌舞会结束回去时，一伙人去茶屋玩太麻烦。

歌舞会前，太吉郎一脸愁容去茶席入了座。今天当值坐在那儿按茶道礼法沏茶的艺人，太吉郎也不熟。

七八个少女在横头站成一排，大约是帮忙端茶的。穿一式的浅粉色长袖盛装。

只正中间一个少女，穿的是蓝色长袖盛装。

“咦？”太吉郎差点喊出声来。虽化了漂亮的妆，却不正是在“叮叮电车”上，由这花街老板娘带着、与太吉郎偶遇

1 即上七轩北野歌舞会，每年春秋两次，严格来说春天的称“北野歌舞会”，秋天的称“寿会”。

2 此处指上七轩茶屋。

的那少女吗？——只她一人穿蓝色和服，或许也是当的什么值吧。

那蓝衣少女端着薄茶往太吉郎面前来了，不用说，是一脸若无其事的样子，连笑容也没有。一切都按着礼法。

可是，太吉郎心下却似乎轻松了许多。

跳的是名叫《虞美人草图绘》的歌舞伎舞蹈剧，一共有八场，是中国的项羽与虞姬那广为人知的悲剧。不过，剧情却是虞姬剑刺胸膛后，被项羽抱在怀中，听着望乡的楚歌而亡，项羽也战死疆场。接下来的场景切换到了日本，变成了熊谷直实[1]和平敦盛[2]与玉织姬[3]的故事。熊谷讨伐完敦盛，感到人生无常，遂出了家，之后去古战场吊慰亡灵，只见敦盛墓下有虞美人草花开迷乱，笛声响起，敦盛的亡灵显形，托付熊谷将青叶笛献纳黑谷寺[4]。玉织姬的亡灵则说，希望把坟旁虞美人草的红色花朵供奉到神前。

这舞蹈剧之后，又演了一出热闹的新舞剧叫《北野风流》。

上七轩的舞与祇园的井上流[5]不同，属花柳流[6]一派。

太吉郎出北野会馆后，顺路去了那古色古香的茶屋上七

1 熊谷直实（1141—1208），日本镰仓初期武将。在一谷战役中讨伐平敦盛。

2 平敦盛（1169—1184），日本平安末期武将。在一谷之战时逃往海上的途中被熊谷直实杀死。

3 平敦盛之妻。

4 金戒光明寺的通称。位于京都市左京区冈崎。

5 日本舞流派之一，宗家为井上八千代。

6 日本舞流派之一，初代为花柳寿辅。

轩。因坐着只是发呆，茶屋老板娘便道：

“想叫谁，叫一个吧！”

“咬舌头的那艺妓吧——还有，穿蓝色和服的，端茶的那孩子？”

“叮叮电车的……喂，若真的只是打个招呼呢，倒也可以的。”

艺妓来之前，太吉郎喝了几杯，因此故意站起来走出屋去。在艺妓跟上来的时候，他问：“你现在还咬人吗？”

“记得真清楚，没关系的，您且伸出来试试？”

“真可怕！”

“真的，没关系。”

太吉郎试着把舌头伸了出来，一下就被吸进了温暖柔软的口中。

太吉郎轻轻拍着女人的背，说：

“你堕落啦。”

“这就是堕落？”

太吉郎想漱个口洗洗嘴，可因为那艺妓就站在身边，所以没能漱成。

这真是个恣意的恶作剧，对那艺妓而言，也是转瞬之间就做了的事，并没有什么意图动机吧。太吉郎并不讨厌这个年轻艺妓，也不认为她脏。

太吉郎正要回客厅去，被艺妓抓住了：

“等一下。”

说着，掏出手帕帮太吉郎擦了擦嘴唇，手帕上是口红。艺妓把脸凑到太吉郎的脸跟前看着他，道：

“嗯，这下好啦！”

“谢谢……”太吉郎把手轻轻放上艺妓的双肩。

艺妓在洗手池的镜子前站住了，是为了补口红。

太吉郎回到客厅，客厅空无一人，遂把稍凉了的酒漱口般饮了两三杯。

尽管如此，他身上什么地方还像是沾了艺妓的味道，不知是艺妓的体香呢，还是她的香水味。太吉郎的举止略微年轻了些。

就当是艺妓突发奇想地闹着玩，但自己是不是也有些冷淡呢？他想，大约是很长时间没同年轻女人玩乐的缘故吧。

这二十岁左右的艺妓，说不定倒是个很有趣的女人。

老板娘带少女进来了。少女仍穿着蓝色的长袖和服盛装。

“既然您说看看，我就告诉她只来打个招呼，这才来的。这不，年纪还小着呢不是？”老板娘道。

太吉郎看着少女：“刚才，你端茶……”

“是的。”因是茶屋的姑娘，所以也不腼腆，“我就想着是那老爷子呀，才端了茶过去的。”

“嚯，谢谢！你还记得我？”

“记得的。”

艺妓也回来了。老板娘对艺妓道：

“佐田先生对这小千代，可中意得不得了呢！”

“哦？”艺妓看着太吉郎的脸，一边道，“您眼光高明，不过，还须等上三年不可呢。另外，小千代从明年春天起就要去先斗町[1]了。”

“先斗町？为什么？”

“她说想当舞女，说向往舞女的身段做派对不对？”

“哦？想当舞女的话，祇园不好吗？”

“小千代有个阿姨在先斗町，就是因为那。”

这少女不管去哪儿，都会成为一流舞女的吧，太吉郎看着她。

西阵的和服料织物工业合作社采取了一个前所未有的果断措施：从十一月十二日到十九日的八天，停掉所有织机。因十二日和十九日是周日，所以实际停机天数是六天。

理由各种各样，简单来说归结于经济问题。也即生产过剩，库存品已高达三十万匹之多。这么做，是为了销库存和改善交易，也有近期以来资金周转困难加剧的因素。

还因为去秋至今春这一段时间，西阵的和服料进货经纪商社[2]接连倒闭。

---

1 京都市鸭川西岸三条和四条之间的地区。从江户初期起即为烟花柳巷，至今仍保留着舞伎等传统风俗。

2 在生产者、产地与消费者集中地区的批发商之间充当中介的一种批发商。日本多见于纺织业。

据说，八天的停机休织约减产了八九万匹。可限产后的结果却很好，似乎取得了一阶段的成功。

尽管如此，西阵的织造作坊街，尤其胡同小巷，只一眼看去就能明了：承接业务多为零散家庭手工的织造作坊，全都是服从了这统一管理的。

旧瓦屋顶、深房檐的小房子低低卧成一排，就算有二楼也很低矮。狭窄通道般的小巷更是乱七八糟，甚至隐约能听到从昏暗中传来的织机声，其中也有无织机而租机织造的人家吧。

可是据说提出“免除停机”申请的，却只有不到三十家。

秀男家织的并非衣料而是腰带。三台高机开着，白天当然也点着灯，织造作坊还算亮堂，后面也有空地。可是，仅有几件粗陋厨房用具，看不出家里人歇息睡觉的地方在哪里。

秀男有主见，也有足够的工作才能，同时还有热情。可因为常年坐在高机的细长板上不停地织，屁股上怕是都长了长条老茧吧。

叫上苗子去看时代祭的时候，比起各个时代装束打扮的列阵，反倒是其背景——御所中深阔的松树绿色更吸引他，这是因为从日常生活脱离出来吗？常年于狭窄山谷劳作的苗子却并未注意到……

不过，自从苗子系上自己织的腰带来过时代祭，秀男的工作便更得了鼓舞。

千重子呢，自从和龙助、真一兄弟俩去过大市，虽说不上有什么强烈的痛苦，却时常会神情恍惚，待自己一发觉到，则觉得似乎还是痛苦。

十二月十三日的京都事始[1]也已过，进入了这地方真正的冬天，天气多变。一边晴着，一边阵雨映着日光急下，偶尔雨中也会夹杂雪珠。眨眼间晴，眨眼间又阴了。

从十二月十三日的事始这天开始，整个京都且不说会为准备新年忙碌，更有年终互赠的习俗。

严格遵守那交往礼仪的，还是类似祇园这样的烟花柳巷。

艺妓、舞女等，会派伙计去那些平日关照她们的茶屋、教歌舞音曲的师傅家、师姐的住所等处分送镜饼[2]。

之后，舞女她们再去一一致礼问候。

说“恭贺新禧”，意思是这一年得以平安过去，新的一年还请多多偏爱。

这天，艺妓、舞女们比平常任何时候都打扮得隆重华丽，道上往来送返，把年底前的祇园一带装点得花枝招展。

千重子家的店并无那般华丽。

千重子吃完早饭独自上了后面的二楼，打算化一个简便的晨妆，可双手却漫不经心，精神涣散得无法集中。

北野的甲鱼料理店里，龙助那激烈的言语犹在千重子心中往来回响，类似“婴儿千重子……丢到我们家门前就好了”

1 着手为新年做准备、向关照自己的人致谢的风俗。

2 日本民间正月供神的圆形年糕。一般为大小各一，叠放在一起。

这样的话，难道表达得还不够强烈吗？

龙助的弟弟真一与千重子自幼熟识，两人到高中都是同学，真一的脾气也温和，他喜欢千重子，千重子也知道。像龙助那样让千重子紧张得喘不过气来的话，他是不会说的。与他在一起可以玩得随意又融洽。

千重子仔细梳理长发，让它垂在身后。下了楼。

早饭快吃完的时候，北山杉村的苗子给千重子打来了电话。

“是小姐吗？”苗子确认着叮问道，“我想同千重子小姐见个面，其实，是有一件事想问问您。”

“苗子，我挺想你的……明天怎么样？”千重子答。

“我这边，随时……”

“你能来店里吗？”

“请原谅，店里我不能去。”

“我已经跟母亲说了你，父亲也知道的。”

“不是还有店员什么的吗？”

“……”千重子想了想，“那样的话，我去你村里吧！”

“冷呢，虽然我很开心……”

“也想看看杉树……”

“是吗？冷不说，可能还怕会有阵雨，来的时候也做好准备吧！烤火的话这儿倒是要多少有多少。我会在路边做事，让你一眼就看到。”苗子朗声答道。

冬之花

千重子破天荒地穿了长裤和厚毛衣，脚上的厚袜子也挺鲜艳。

父亲太吉郎在家，千重子因而坐到他跟前，同他打了招呼。太吉郎瞪大眼睛看着千重子这身稀罕打扮。

“爬山去吗？”

“是的……北山杉的那姑娘有话要跟我说，说想见个面……”

“是吗？”太吉郎没有半点迟疑，“千重子！”

“嗯。”

“那姑娘若是有什么苦恼的事、为难的事，你就把她带回家来……我会收留她。”

千重子低着头。

“真好，一下有两个女儿，我也好，老婆子也好，往后可就热闹了。”

“谢谢爸爸，爸爸，谢谢您！”千重子弯下腰，温热的眼泪落到了大腿上。

“千重子，你是我从婴儿养大的，含在嘴里怕化了，捧在手心怕摔了，若是那姑娘来了，我也会尽量一视同仁。长得和千重子像，一定也是个好姑娘不是？你就带回来吧。虽然二十多年前我不喜欢双胞胎，如今都无所谓啦。”父亲道。

“阿繁，阿繁！”他喊妻子。

“爸爸，您的好意我记下了，谢谢！可是那姑娘，苗子她决不会来的。”千重子说。

“那又是为什么？”

“是因为我的幸福，她一丝一毫都不想有所妨碍吧。”

“怎么就妨碍了？”

“……”

“为什么？怎么会妨碍呢？”父亲又重复着说了一遍，略微歪着头。

“就是今天我也说了，说爸爸妈妈都知道了，让她来店里。”千重子用带了些呜咽的声音道，“可是，她却顾虑店员呀，左邻右舍的……”

“店员算什么！”太吉郎的声音不知不觉大起来。

“爸爸，您说的我都明白。可是今天，还是我到她那儿去吧。”

“是吗？”父亲点点头，“路上小心……还有，你也可以把我刚才说的那些，告诉那个，叫苗子的孩子。”

“嗯。”

千重子在雨衣上加装了风帽，也穿了橡胶雨靴。

一大早，中京还是大晴天，可不知何时就阴了，北山那边正下阵雨也未可知，即便从城里看去也能看得出迹象。若没有京都那许多平缓低矮的小山，怕是都看得到雪在那边的天上沉沉酝酿吧。

千重子乘上国铁公交。

北山杉的中川町，通有国铁和市属两条公交线路，市属公交似是到京都市（现已扩大）北部尽头的山口，再折返；国铁公交则一直延伸到很远的福井县的小滨[1]。

小滨位于小滨湾沿岸，又从若狭湾进一步延展至日本海。

不知是不是冬天的缘故，公交车上乘客不多。

两个结伴而行的年轻男子用锐利的眼神一动不动地盯着千重子看。千重子心下有些发毛，戴上了风帽。

“小姐，拜托，别用那玩意儿把自己藏起来嘛！”那男子声音嘶哑，与他的年轻极不相称。

“喂，住嘴。”旁边的男子道。

拜托千重子的那男子戴着手铐。不知是什么人犯。旁边的男子大约是刑警，翻山越岭，应该是要将他押送到山那边的什么地方去。

千重子是不可能把风帽摘下露出脸来的。

车到了高雄。

1 即小滨市，位于福井县西部，濒临若狭湾。

“到高雄的哪儿了?”有乘客问。实则还不至那般认不出。枫树的叶子已悉数落尽，树头的细梢上，是冬意料峭。

栂尾山下，连停车场也全无驻车。

苗子一身工作服打扮，等在菩提瀑布公交站台接千重子。

千重子的装束让苗子稍愣了愣，却也马上认了出来：

“小姐，欢迎您来，真的，您能来这偏僻的山里太好了!”

“这儿也不算偏僻。”千重子戴着手套，就把苗子的两手握住了，“真开心，之前来还是夏天呢。夏天在杉山多亏了你。”

“那算什么，千万别放心上。”苗子道，“话虽这么说，要是那时候雷忽闪一下打来，打在两人身上会怎样?我呀，即便那样也很开心……”

“苗子，”千重子边走边道，“你打电话到家里去，是有特别的事吧?能不能现在就先说给我听听，让我放下心来，后面才好说话不是?”

“……”苗子一身工作服，头上包着布手巾。

“发生什么事了?”千重子又问。

“其实，是秀男说想和我结婚，所以……”苗子也不知是不是趔趄了一下，被千重子一把抓住了。

千重子抱住了差点跌倒的苗子。

每天卖力劳作的苗子身体很结实——夏天打雷的时候，千重子因为害怕而未曾注意到。

苗子很快挺直了腰板，可是，被千重子抱着很欢喜吧，所以也不说已经没事，反倚着千重子走了起来。

搂着苗子的千重子，不知不觉也更多地朝苗子靠去。可是这点，两个姑娘却都没有意识到。

风帽中传来了千重子的问话："苗子，那么，你是怎么回复秀男的？"

"回复……？我再怎样，也没办法当场答复他吧？"

"……"

"他把我错认成了你——虽然不是现在认错，可秀男的心底，你已深深烙在他心里了不是吗？"

"没有的事。"

"不，这事儿我很清楚，即便没有认错人，我也是代替千重子你去结婚，秀男把我当成了你的幻影对不对？"苗子道。

千重子想起，春天郁金香盛开的时候，在从植物园回来的加茂川河堤上，父亲说招秀男给千重子做上门女婿而遭母亲责备的事。

"再者，秀男家是做织带的。"苗子加重了语气，"那样一来，万一我跟你家的店产生什么瓜葛，给你添了麻烦，惹周围人奇怪眼光的话，就是死，我也赔不起这个罪的。我都想躲到更深更深的深山里去……"

"你那么想呀？"千重子摇着苗子的肩，"今天，我是事先就认真地把要来你这儿的事告诉父亲后才出的门。母亲也知道。"

“……”

“你猜父亲怎么说？”千重子更猛烈地摇着苗子的肩。

“‘那姑娘若是有什么苦恼的事、为难的事，你就把她带回家来……我会收留她。’我是作为父亲亲生女儿入的户籍，可父亲说：‘若是那姑娘来了，我也会尽量一视同仁。千重子，你一个人太孤单了不是？’”

“……”苗子把包头的布手巾取了下来。

“谢谢。”她掩住脸，“我会牢牢记在心上的，谢谢。”好久说不出话来。“要说我，你看，没有亲人也没有真正的依靠，虽然寂寞孤单，但都不去想，只拼命做事。”

千重子放轻了语气：

“要紧的是，秀男的事怎么办……？”

“那事，一时回复不了。”苗子看着千重子，带着哭腔道。

“把那给我。”千重子拿过苗子的布手巾，给苗子擦眼眶和脸，“脸上哭成那样，可怎么去村里……”

“没事儿，我虽生性要强，做事比别人加倍勤快，可就是爱哭。”

千重子给苗子一擦脸，苗子就越发把脸埋往千重子的胸前，反倒抽抽搭搭哭得更厉害了。

“这可怎么办，苗子，叫人多难受，快别哭了。”千重子轻轻拍着苗子的背，“你再这样哭我就回去啦！”

“不，不要！”苗子打了个激灵，取过千重子手中自己的日本布手巾，用力擦了擦脸。

好在是冬天，所以并不明显，只眼白稍稍有点红。苗子用布手巾把头包得严严的。

两个人默不作声地走了好一段。

北山杉的修枝，真的是一直修到树顶，千重子看那梢头留下的修成圆形的枝叶，觉得它们是素雅的绿色冬花。

想着该没事了，千重子对苗子说：

“秀男他自己画纹样，画的腰带图案又好，织得也密实，很认真。”

“嗯，我都知道的。”苗子答，“被秀男叫着一起去时代祭时，与其说看各时代装束的队列，不如说，他像是在看背景，御所中松树的绿色呀，东山的山色变化之类。”

“因为时代祭的队列，对秀男来说不稀罕……”

“不，好像不是那样。”苗子用力说道。

“……”

“队列走过后，他叫我务必顺路去家里。”

“家里，是秀男家吗？”

“是的。”

千重子稍稍有些吃惊。

“家里还有两个弟弟。他带我去看屋后的空地，说要是我们俩以后在一起了，就在那儿盖一个小房子什么的，尽量只织自己喜欢的东西。”

“那不是挺好吗？”

“你说……好？我觉得，秀男是把我看作了小姐的幻影，才想同我结婚的。作为一个女孩子，我很清楚。”苗子又一次说道。

千重子迷惑了，边想边走，该怎么回答她才好呢？

在狭长山谷旁的一条小山涧边，磨洗杉山圆木的女人们，这会儿正围坐成一圈在休息，用来取暖的篝火上轻烟袅袅。

苗子走到了自己家门前。说家，不如说是棚屋。房子久未修缮，稻草屋顶已经倾斜，成了波浪状。只因是山里人家，所以有个小院。恣意生长的南天竹的高枝上结着红果。那七八棵南天竹的树干，也纠结交错，乱纷纷长在了一起。

可是，这个惨不忍睹的家，说不定也是千重子的家。

走过那屋旁时，苗子的泪痕就干了。是告诉千重子“这是家”呢，还是不告诉？千重子是生在母亲的娘家的，因此恐怕并未在此待过，就连苗子，在她还是婴儿的时候，父亲就先去世了，接着是母亲，所以，在这家里是待过一段的呢，还是未待过，她已全然不记得了。

幸好千重子没注意到那房子，只顾抬头看杉山，看着成排的杉树圆木走了过去。苗子因此并未提及家的事。

千重子觉得，那笔直的树干末端还残存着些许圆形的杉树叶，看起来就像冬天的花。再看，它也确乎是冬之花。

大部分人家都将剥了树皮、磨洗好的杉树圆木排成一排，晾晒在檐前和二楼，那雪白的圆木被排得规规矩矩，一根根齐刷刷站着。即便如此，也很美。美过任何一种墙。

杉山上也一样，杉树下的草已然凋枯，笔直的、粗细均一的树干亦很美。透过少许斑驳的树干与树干，从那空隙中能见着天。

“还是冬天漂亮。”千重子道。

“是吧？天天看，看惯了也不觉得。冬天，杉树叶子变成淡淡的黄色了。”

“像花一样。”

“花？像花吗？”苗子似乎有些意外，抬头看了看杉山。

走了一会儿，眼前出现了一座大房子，大约是这儿山林主的家吧。是一处古雅的房子。矮围墙，下部的木板上涂了铁丹红，上部是白墙，墙头有盖瓦的檐。

千重子停住脚，说：“这房子真好。”

“小姐，我就住在这家里，进去看看吧！”

“……”

“没关系的，我都在这住了近十年了。”苗子道。

与其说秀男把苗子当千重子的替身，不如说当成了千重子的幻影，这才要和苗子结婚吧。千重子听苗子说这话，听了两三遍了。

“替身”的说法当然能懂，可是所谓的“幻影”到底是什么——特别是作为结婚对象……

“苗子，你说幻影幻影的，可幻影到底是什么？”千重子正色道。

“……”

“幻影这东西，用手摸不着，连形状也没有不是吗？”千重子继续道，突然之间红了脸。不光是脸，浑身上下哪哪都与自己长得一模一样的苗子，恐怕很快就会为男人所有了。

“是的，可没有形状的幻影，它不就在这儿吗？”苗子答道，“幻影，不知是在男人的心里还是脑中，或体现在更多的别的事物上？”

“……”

“即使我到了六十岁成了老太婆，幻影的那个千重子，也还如眼前这般年轻不是吗？”

这话出乎千重子的意料。

“你想那么多吗？”

“对漂亮的幻影，是永远不会生厌的。”

“那也不一定。”千重子好不容易说出一句。

“幻影踢不得又踩不得，对方只会自己跌跟头不是吗？”

“嗯。”千重子看出苗子有嫉妒心，却道，“幻影这东西，真的那样？”

“在这儿……”苗子摇着千重子的上身。

“我才不是幻影，是苗子你的双胞胎姐妹。”

“……”

“若如你说的那样，你难道，同我的魂儿是姐妹？”

“不是，你看，就是这个千重子。可是也只限于秀男……”

“你想太多啦。”千重子说完低头前行，走了一段又道：

"我们三人什么时候一起说说话，说个明白，你看怎样？"

"说话——有真心话，也有不那么真心的……"

"苗子，你疑心那么重？"

"不，是因为，我也有一颗女孩子的心……"

"……"

"阵雨从周山那边往北山这边来了，山顶上的杉树也……"

千重子抬眼看。

"快回去吧，看样子还夹了雪珠。"

"我就想着说不定要下，所以事先穿了雨衣来的。"

千重子脱下一侧的手套给苗子看："这手，不像小姐的手是不是？"

苗子吃了一惊，用自己的两手把千重子的那只手拢住了。

阵雨在千重子尚未发觉的时候，就已经来了吧，恐怕连住在这村里的苗子也未留意到。不是小雨，也不是毛毛雨。

苗子这么一说，千重子抬眼朝四下的山峦望去，山上似笼着冷雾，山脚小杉树林的树干却反倒清晰起来。

很快，众多小山都被雾气裹住似的，渐渐失去了界限轮廓。不用说，从天色就可知与春天的云霞不同。毋宁说这才更像京都？

往地面看，脚下已经微湿。

不久，群山即被浅浅的灰色笼住，被雾霭裹了起来。

雾气变深变浓，穿过峡谷往这边涌来，还夹杂着少许白色的东西。成了雨夹雪。

“快回去吧！”苗子对千重子说这话，是在看到那白色的东西之后。那不能叫雪，是霰。可那白色却时而消失，时而又加重着。

随着时间的推移，山谷罩上了薄暗，气温骤然降下来。

千重子也是京都姑娘，北山阵雨于她而言并不鲜见。

“趁还没变成冰冷的幻影……”苗子说。

“又是幻影？”千重子笑了，“穿了雨衣来的啦……冬天的京都，天变得可真快，又停了不是？”

苗子抬头看天：“今天还是回去吧！”说着，一手握住了千重子脱下手套给她看的那只手。

“苗子，你真的考虑结婚吗？”千重子问。

“有那么一点点……”苗子答着，满含爱意地为千重子戴上脱下的那只手套。

这当儿千重子说：

“到我家店里去一次吧。”

“……”

“去吧！”

“……”

“等店员下班回家后。”

“晚上吗？”苗子吃了一惊。

“住下吧，因为父亲母亲都知道你。”

苗子眼里浮起了喜悦，可是，却又犹豫起来。

“至少，只一晚上也好，我想同苗子一起睡。”

苗子朝路侧转过身去，是为了不让千重子看见眼泪落下。而千重子又怎能不知。

千重子回到室町店中，见城中的那一带只是阴着。

“千重子，你回得正是时候，雨还没有下。”母亲阿繁说，“爸爸也在里面等着你。”

父亲太吉郎不等回家来的千重子招呼完，就探着身子问：

“怎么样，千重子，那姑娘？”

“嗯。”

千重子不知该怎么回答，三言两语说不清。

“怎么了？”父亲再次问道。

“嗯。”

就连千重子自己也对苗子说的某些话，还似懂非懂——秀男他，其实想结婚的对象是千重子，够不着所以断了念，而向同千重子长得相像的苗子求了婚。苗子那颗少女心敏锐地感觉到了，所以对千重子说了奇怪的“幻影论”。秀男心里想的是千重子，他是想借苗子，来抵抗对千重子的念想吗？千重子觉得，自己这么想未必是自负。

可是，事情也许并不止于此。

千重子不敢正眼看父亲，害臊得连脖子都红了。

“那个叫苗子的姑娘，只是没来由地想见见你吗？”父亲问。

“嗯。”千重子下了决心，抬起脸，“大友家的秀男，好像跟苗子求婚了。”千重子的声音微微有些颤。

“哦？”

父亲端详着千重子的脸沉默了好一会儿。似乎洞穿了什么似的，却又没说出口。

“是吗，和秀男……？大友家的秀男，倒是不错。缘分这东西真是不可思议呀，虽说，这也是因千重子而起吧。”

“爸爸！不过，我觉得那姑娘是不会同秀男结婚的。”

“啊，为什么？”

“……”

“为什么呀，我觉得蛮好……”

“不是好不好，爸爸，您还记得吗，在植物园，您不是说，想把秀男作为我的结婚对象吗？那事儿，那姑娘也知道的。”

“哦，那怎么办？”

“还有，那姑娘好像有顾虑，觉得做织带的秀男家和我们家，多少有生意往来吧。”

父亲感动不已，陷入了沉默。

“爸爸，一晚上就好，让那姑娘到我们家来住一晚吧，千重子求您了。”

“当然可以，怎么，这样的事……我不是说过，连收养也不成问题吗？”

“那她是决不肯的。只一晚上……”

父亲怜爱地看着千重子。

传来了母亲关防雨板的声音。

“爸爸，我去帮一下。”千重子站了起来。

阵雨悄无声息地落在瓦屋顶上。父亲木然坐着，一动也不动。

太吉郎受水木龙助、真一兄弟俩父亲的邀请，去圆山公园的左阿弥[1]吃晚餐。冬天日短，从高处的餐厅俯瞰，城中已灯火点点。天空是灰的，没有晚霞。城中除了照明也是那样的灰色。是京都冬天的颜色。

龙助的父亲把室町的大批发店做得风生水起，作为店主，为人亦坚实可靠，可今天他却像有什么话说不出口的样子，犹犹豫豫着，只说些无聊闲话以消磨时间。

“其实……”稍稍借了点酒劲，谈话才终于切入正题，倒不如说，是性情优柔，时常陷入厌世情绪的太吉郎大致猜到了水木的意思。

“其实……”水木再次吞吞吐吐道，“您有没有从令爱口中，听说到我家的鲁莽小子龙助？”

“啊，我虽不中用，但龙助的好意还是明白的。”

“是吗？”水木看上去似乎轻快不少，“那家伙同我年轻

1 传统日式高级餐厅名，创业于1849年，修建于圆山公园高地。曾为织田信长侄儿织田赖长的游乐地。

时一个样，话一说出口，不管怎么制止都不听，真叫人没办法……”

“我倒觉得这很难得。”

“是吗？您这么一说，我也松了口气。”水木真的松了一口气，郑重鞠躬道，“还请您多多原谅。”

就算太吉郎店里的生意越发不济，可是让几近同行又是那样的年轻人来帮忙，却是一种羞辱。要说学生意吧，从两家店的身份地位看，也得倒个个才对。

“对我来说求之不得，不过……”太吉郎说，“您家店里少了龙助，会为难吧……”

“什么呀，龙助对生意只是稍有些耳闻目染，还什么也不懂，这要让做老子的说，怎么说呢，做事呢倒还可靠……”

“啊，到我家店里去，突然就板着脸在掌柜面前坐下了，我都吃了一惊。”

“那家伙就那样。”水木说着，又闷头继续喝起酒来。

“佐田先生。”

“啊。”

“要是您答应让龙助去店里帮忙，就算不是每天，他弟弟真一，大概也慢慢地会扎实可靠起来吧，也能帮到我的忙。真一是个心性温和的孩子，直到现在，一有什么事还被龙助嘲弄着叫‘童男’，那好像是他最讨厌的了……以前坐过祇园祭的彩车不是？”

“那是因为漂亮。和我家千重子从小就要好……”

“您家千重子小姐……”水木又语塞了。

“那位，千重子小姐……”水木重复着，用了简直有些怒气般的口吻道，“为什么！令爱那么漂亮，那么好，您是怎么养出来的？”

“哪里是父母的功劳，是那孩子本来生就的。”太吉郎直言道。

“我想您也明白我的意思了，佐田先生，您那儿，是与我家大致差不多的店，龙助请求说去您那儿帮忙，是想能有机会，让他在千重子小姐身边待上半小时一小时的。”

太吉郎点点头。水木擦了擦与龙助很像的脑门，说：“这个儿子虽然不像话，却还算是个做事的料吧。我决不作无理请求，但说不定，千重子小姐什么时候，万一觉得龙助也还行的话，那就厚着脸皮了，求您能不能接纳他做您的上门女婿，我这边呢，会废除他的继承权……”说着，又低头鞠躬作礼。

“废除继承权……？”太吉郎大为震惊，“大批发店的法定继承人……”

“那并非人生幸事，看龙助这段时间的样子我那么想。”

“难得您盛情，不过那事儿，还全凭两个年轻人的感情发展。”太吉郎避开水木的激动情绪，“千重子是个弃儿。”

“弃儿又怎样？”水木道，“哎，我的这些话，佐田先生您放肚子里就好。让龙助去您店里帮忙可以吗？”

“啊。”

“多谢，多谢！”水木的身体似乎变得轻松起来，喝酒的姿态也不同了。

第二天早上，龙助早早到了太吉郎的店里，一来，就召集了掌柜店员核查货品——漆线[1]和服、白绸生料、刺绣绉绸、一越绉绸[2]、绫、特等绉绸、平纹粗绸、婚礼服、长袖盛装、中长袖准礼服、普通和服、金丝织锦、缎子、高级定染、会客服[3]、腰带、里子绸、和服零饰……

龙助只看着，一句话也不说。掌柜因为上次的事心下发怵，有些抬不起头来。

龙助也不顾挽留，赶在晚饭前回去了。

那天晚上，“笃笃”地敲着格子门的，正是苗子。只千重子一个人听到了那声音。

“呀，苗子！从傍晚起就开始冷，你却来了，真好！”

“……”

“可是，天上出了星星呢。”

“千重子，你父亲和母亲，我可怎么招呼好呢？”

“已经跟他们详细说过了，所以，你只说是苗子就好。”千重子抱住苗子的肩，一边往里走，一边道，“吃晚饭了吗？”

“在那边吃了寿司来的，不用麻烦。”

---

1 指和纸涂上色漆、细细裁断做成的线，以及其同丝线或棉线编成的线。可作为装饰线用于和服或和服腰带。

2 日本绉绸的一种，特征为绉纹小。

3 一种适于社交场合穿的女式长和服，规格低于带黑纹的正式和服。

苗子有些拘谨。而一看到与千重子长得这么像的姑娘，父母两人却惊得连话也说不出了。

“千重子，上后面二楼去吧，两个人也好慢慢说话。”母亲阿繁体贴道。

千重子牵了苗子的一只手，从窄细的外廊一上到后面二楼，就点上了暖炉。

“苗子，来一下。”她把她叫到穿衣镜前，而后，久久地盯着镜中两人的脸看。

“真像。”千重子觉得有暖意袭来。左右换位置站了再看，“真的一模一样。”

“双胞胎嘛。”苗子说。

“所有人都生双胞胎的话，会怎样？”

“会净认错人的，岂不为难？”苗子往后退一步，眼睛湿了，“人的命运，真是不可知啊！”

千重子也退到了苗子的位置，一边用力摇她的两个肩，一边道：

“苗子，你能不能就在这家里一直待下去呢？一则爸爸妈妈都那么说……再则，我一个人也孤单……虽然我不知道杉山到底有多闲适。”

苗子有些站不住，微微趔趄一下似的跪了下去，摇了摇头，一边摇，一边似有眼泪落到膝上。

“小姐，如今，我们俩的生活不同，教养之类也不同，室町的生活我是过不惯的。我只来你店里一次，就只这一次，也想把送我的和服穿给你看看……再说，小姐你去杉山，都去了两次了。”

“……”

“小姐，我父母抛弃婴儿，丢的是小姐你，而我也不知道那是为什么。”

“那些事我早忘了。”千重子毫不在意，“对我来说，现在，我都不认为曾有过那样的父母。”

“我倒是想，也不知父母二人是不是因为那事受了天惩……我那时也还是个婴儿，请你原谅。”

“那事儿，苗子你又有什么责任与罪过？”

“倒不是那个，之前也说过，我不想对小姐你的幸福哪怕有一丝一毫妨碍。”苗子压低声音道，“干脆，我还是消失了吧！”

“讨厌，竟说那样的话……”千重子用力说，“怎么觉得像有些不公平……苗子，你不幸福吗？”

“不，是寂寞。”

“幸福是短暂的，寂寞才长久不是吗？”千重子道，“躺下吧，还有很多话想说呢。”说着，她从壁橱内取出了被褥。

苗子一边帮着铺床，一边道：“要说幸福，这就是吧！”这么说着，又侧耳往檐上听。

千重子见苗子凝神细听，问道：

“阵雨？雨夹雪？还是掺了雨夹雪的阵雨？”一边问，一边停了手上的动作。

“也不知是不是，像是雪花儿？”

“雪？”

“悄没声息的，不像是平常的雪，实在是很小的小雪片。”

“嗯。”

“山里常会下这样的小雪，正做着事，我们都还没有觉察到呢，杉树顶端的叶子就像花一样白了，落光了叶子的树上，哎呀，那可真是，连细细的枝梢上也都白了。”苗子道，“漂亮极了！”

“……”

“有时候很快止了，有时候变成雨夹雪，也有时转成阵雨……”

“把防雨门打开看一眼不就知道啦？”千重子站起来要走过去，苗子一把抱住她，“别去，冷不说，幻影也会灭的。”

“幻影幻影的，苗子，你喜欢说这词吗？”

“幻影……”

苗子美丽的脸上微微笑了，却有一丝隐隐的忧愁。

千重子刚将被褥铺开，苗子就慌慌张张道：

“千重子，让我给你铺一次床吧！”

两条被褥并排着，却是千重子，不声不响地钻入了苗子的被窝。

“啊，苗子你身上真暖。”

“做体力活还是不一样对不对？还有住的地方……”

苗子紧紧抱住了千重子。

“这样的夜晚，温度还会往下降的。”苗子似乎一点儿也不冷，“小雪花儿纷纷扬扬下，又停了，又下……今晚啊……”

“……”

听上去，父亲太吉郎和母亲阿繁也从楼下上来，往隔壁房间去了。因上了年纪，所以用的电热毯暖床。

苗子把嘴凑到千重子耳边轻声道：

“千重子你的床已经暖了，我去旁边床上。”

母亲把隔扇拉开一条缝，往两个姑娘的卧室中看，已是之后的事了。

第二天早上，苗子很早起了床，她把千重子摇醒了：“小姐，这大概就是我一生的幸福了吧，趁着别人没看见，我就回去了。”

正如昨晚苗子所说，细雪果然在夜里下下停停，这时候正纷飞飘舞。是个清寒的早上。

千重子从床上起身。“苗子，你没带雨具吧，等一下。”说着，把自己最好的天鹅绒外套、折叠伞和高齿木屐一齐拿给了苗子。

“这些是我给你的，以后还要来呀！”

苗子摇了摇头。千重子紧紧抓着铁丹格子门，目送她远去。苗子没有回头。细细的雪花落了一点在千重子的刘海上，很快融化了。街市尚睡得悄无声息。

后　记

《古都》从昭和三十六年（1961）十月八日到昭和三十七年（1962）一月二十三日，曾在《朝日新闻》分一百零七期连载。担任插画的，是小矶良平[1]先生。

我经常拖延交稿，因此给报社添了非同一般的麻烦，而小矶先生则是在几乎未通读到我原稿的情形下，坚持不懈画下去的。可是，就连将《古都》改编成新派剧上演的川口松太郎[2]先生，也说那画好，说想在明治座[3]举办画展。其中不少幅是在小说背景地写生创作的，因此，我亦考虑将那些插画放入此书。

卷首插画东山魁夷[4]先生的“冬之花”（北山杉），是昭和三十六年我获文化勋章时得到的贺礼。“冬之花”这个画题，

1 小矶良平（1903—1988），日本西洋画画家。昭和五十八年（1983）获文化勋章，作品有《齐唱》等。

2 川口松太郎（1899—1985），日本小说家、剧作家。昭和十年（1935）以《鹤八鹤次郎》《风流深川歌》获第一届直木奖。

3 位于日本东京桥滨町的剧场。

4 东山魁夷（1908—1999），日本画画家。昭和四十四年（1969）获文化勋章，作品有《残照》《光昏》等。

得缘于《古都》最后一章的标题，描绘的正是文中所写的北山杉。昭和三十七年的二月，承蒙东山先生夫妻将画作送到了我在东大冲中内科的病房，病房中，我每天看看那画，就觉得随着春天临近、自然光线变明亮的同时，这画中杉树的绿也渐次明亮起来了。

眼下，因东山先生正在北欧旅行，我未征得他的许可即将“冬之花”作了卷首装饰。也是因为，有欲以此挽救我的“异常所作”——《古都》。

《古都》写完仅十天后，我就住进了冲中内科病房。多年连续服用的安眠药，到了写《古都》的前夕被愈发滥用，早就想摆脱药物毒害的我，趁着《古都》完成之际，在某日突然就将安眠药停了，随即导致强烈的脱瘾症而被送到了东大医院。入院十天皆处于昏迷状态，其间，又引发肺炎和肾盂肾炎而不自知。

且《古都》写作期间的诸事多失忆，简直可怕。不记得《古都》中都写了些什么，真的是怎么想也想不起。我在每日《古都》的写作前、写作中都服用安眠药，那是在安眠药上瘾的非清醒状态中的写作。或许，也是安眠药促使的写作吧。这就是为什么把《古都》说成我的“异常所作”的缘由。

也因此，我在重读时感到不安，推迟看要校订的印刷本，对出版也有犹豫。借着计划上演《古都》，还亲自作编剧的川口松太郎先生对此作的同情与安慰，我才开始着手校正工作。怪异之处、不合逻辑之处果然不少，在校的过程中大都作了订正，而有些地方的行文混乱与情境失常，反觉是此作特色而原样保留了。校订费了很大的辛苦。可是，《古都》与我其他作品多少有些不同，是否正得益于安眠药？

成书后使人觉得面目一新的是京都方言。这是恳请京都人帮助修正的。所有对话都一一做了热情细致的修正，见此，直让人觉得那是件很不容易的烦劳事，而作为此文最大缺点的京都方言得以完善，我也安下了心。

报纸连载期间，京都的新村出[1]老师曾有题为《古都爱赏》的文章刊于《朝日新闻》的“PR[2]版”，这是我的意外荣幸。另外写信来的读者中多有老人，于我亦为罕见。

小说后的作者后记之类实在是无用的东西，而《古都》因是报纸连载文修改而来，故添笔于此。

川端康成

昭和三十七年六月十四日

1 新村出（1876—1967），日本语言学家、国语学家。京都大学教授。《广辞苑》的编纂者。昭和三十一年（1956）获文化勋章。

2 PR，英文Public Relations缩写，公共关系。

千只鹤

千只鹤

一

已经进了镰仓圆觉寺[1]，菊治还为去不去参加茶会犹豫不决。约定的时间已经过了。

每次在圆觉寺后院茶室举办栗本千花子的茶会，菊治就会收到请柬，可父亲死后他却一次也没来过，他觉得，这不过是看在亡父面上的客套而未作理睬。

可是这回的请柬上却添了一笔，说希望他来见见她的一个女弟子。

读到这的时候，菊治想起了千花子的痣。

菊治八岁还是九岁的时候，跟着父亲去千花子家，一进门，就见千花子在起居室中敞着怀，正用小剪子剪痣上的毛。痣占据了半个左乳，竟有手掌大小，往心窝方向延展。那黑紫的痣上似生了毛，所以千花子在用剪子剪。

1 临济宗圆觉寺派的总寺院。弘安五年（1282）由北条时宗创建。

“哎呀，哥儿也一起吗？”

千花子很吃惊似的想要合上领口，可能觉得越慌张遮掩越不体面，她把膝盖稍稍转了转，这才慢慢把领口掖进了腰带。

她的吃惊并非因父亲而起，却像是因为见到菊治。是女佣去玄关迎客并通报了的，所以千花子应当知道菊治父亲的到来。

父亲没有去起居室，而是坐在了隔壁房间。那个客厅兼做了茶道练习场。

父亲看着壁龛的挂轴，一边漫不经心道：

“能给我来一杯吗？”

“嗯。”

这么答着，千花子却也没有马上站起。

菊治也见到千花子膝头的报纸上，散落着男人胡须一样的毛。

大白天，却有老鼠在屋顶天棚内打闹。廊沿边桃花正开。

就是坐到了炉边，千花子仍有些发呆，心不在焉地点着茶[1]。

自那日后只过了十天，菊治就听母亲像公开一个惊天秘密似的跟父亲说：千花子是因为胸前有痣才不结婚的。母亲以为父亲不知道。母亲看上去很同情千花子，一脸痛惜模样。

1 点茶，一种沏茶技巧。

“嗯，嗯。”

父亲半带吃惊似的附和着，却道：

“不过，若是被老公看到又有什么关系呢，事先了解了再娶就好。”

“我也这么对她说啦。不过，身为女人，‘我胸前有个大痣’这话可说不出口哇。”

“又不是年轻姑娘了。”

“还是难说出口呢，虽说这要是长在男的身上，就算结婚后才知道，说不定也能一笑而过。”

“那么，她把那痣给你看了？”

“怎么会，净说浑话。”

“只是说说？”

“今天来排练的时候，讲了很多……不知不觉就说出来了。”

父亲默不作声。

“就算结了婚，男人会怎样？”

“会嫌恶，心里也会不痛快吧。不过呢，那样的秘密或许也会成为乐趣，说不定成为一种魅惑也未可知。有短处，说不定就会有长处，再说实际也不是什么大不了的妨碍。”

“我也安慰她说不会碍什么事。不过，她说痣横覆在乳房上。”

“嗯？”

“到有了孩子的时候，一想到要喂奶，那可最叫人难受了。就算老公没什么，可为了婴儿也不行呢。”

“是说因为痣，乳汁出不来吗？”

“不是……是说吃奶的婴儿看到她会觉得痛苦。我倒也没想那么多，可要是设身处地地为当事人想一想也确乎如此。因为婴儿从生下来那天起就要吸奶，从得见天日的第一天起看到的，就是母亲乳房上的丑痣不是？对这世界的第一印象，对母亲的第一印象，就是乳房上的丑痣——这印象之深，会缠着那孩子的一生吧。”

“嗯。可是，那也想得有点过了头。”

“要那么说，喂奶粉就行了，或者请个奶妈呢？”

“即便有痣，好像只要有奶水就行啊。”

“可还是不行。我听着那些话眼泪都出来了，心想可不是，要说我们家菊治，我也不想让他吮有痣的奶嘛。”

“是呀。”

菊治对佯装不知的父亲感到义愤。明明连菊治都看到了千花子的痣。他对无视自己的父亲也觉憎恶了。

可是现在，自那已过了近二十年之后的菊治，却不禁苦笑：那时父亲大约也是不知所措的。

话说回来，菊治十岁出头的时候，常想起母亲那时说的话，曾经感到不安，怕突然出现吮吃有痣乳房的同父异母的弟弟或者妹妹。

菊治不只害怕外面生出弟弟妹妹来，更害怕那样的孩子。不知为什么，菊治没来由觉得，吮吃那有大痣且大痣上生了毛的乳房的小孩，是有恶魔般的恐怖面目的。

所幸，千花子好像并没有生过小孩。往坏处猜测，或许是父亲不让生，说不定让母亲流泪的痣与婴儿的话，也是父亲不想让千花子生孩子而教唆的说辞。总之，在父亲生前也好死后也罢，都不曾有千花子的孩子出现过。

被与父亲一道的菊治发现那颗痣之后不久，千花子就来家里向菊治的母亲坦言了，那是想着与其被菊治向母亲告发，不如先下手为强的意思吧。

千花子始终也没有结婚，果然是那痣支配了她的人生吗?

可是于菊治而言，因那痣的印象无可消除，所以也不能说，那与他的命运就没有在哪一处产生过关联。

千花子在请柬上说要借茶会让他见见女弟子时，那痣便浮现到了菊治的眼前。有一时菊治忽然想：那个千花子介绍的会是个全无瑕疵、冰肌玉肤的小姐吗?

父亲偶尔，会不会用手指撮捏千花子胸前的痣呢，说不定父亲甚至咬过那痣。菊治也曾那般胡思乱想过。

此刻，他在寺院山上小鸟的鸣啭声中走着，也一边在脑中胡乱掠过类似的念头。

可是，在被菊治看到痣的两三年后，千花子也不知怎么就变得男性化了，如今则已完全变得中性。

今天的茶室中，她也正麻利地待着客，而那个有痣的乳房说不定也已干瘪。想到这，菊治松了一口气，正要发笑的时候，却有两位小姐从后面匆忙而至。

菊治停下了脚步，给她们让路，问道：

“栗本女士的茶室，是从这儿往里走吗？”

“啊。”

两位小姐同时答。

其实，就算不问他也知道的，且从小姐们穿的和服就可知那即是去茶室的路，菊治是为了让自己痛快往茶室去才说的这话。

手拿桃红色绉绸面料、上有白色千鹤图案包袱的女子生得很美。

二

两位小姐进茶室前，在换短布袜的时候，菊治也到了。

从小姐的身后往里看，室内似有八叠大，却并排挤坐得膝盖碰膝盖。几乎全是穿着华丽和服的人。

千花子一眼看到菊治，瞬间站了起来。

“哟，快请进，稀客！来得太好了！请从那边进来吧，没关系的。”

她边说着，边用手指壁龛旁的拉门。

屋内的女人们一齐回了头看。菊治脸红了。

“全是女的啊？”

“是，男的也来过，都回去了。你是一点红。”

“不是红。”

“菊治你有红的资格啊，没事儿。”

菊治挥了挥手，示意绕行到对面入口进去。

小姐很有礼貌地站着，她一边将之前一路走来的短布袜包到千鹤图案的包袱中去，一边让道给菊治先行。

菊治抬脚上了隔壁的那间。屋里稍有些凌乱地放着点心盒、搬来的茶器盒、客人的行李之类，女佣在房内水屋[1]中洗涮。

千花子一进来，就屈膝往菊治面前坐下了。

“怎么样，那小姐还不错吧？”

“拿千鹤包袱的那个吗？”

“包袱？我可不知道什么包袱。就是刚才站那边，长得好看的那位小姐啊，是稻村先生的千金。”

菊治含糊地点了点头。

“包袱什么的，你竟盯着那种奇怪东西，我可不敢大意了。想着你们是不是一起来的，正为自己安排得好而吃惊呢。”

“说什么呢。”

“来的路上遇到，也是有缘嘛。稻村先生呢，你父亲也认识的。”

---

1 茶室附设的厨房，在此整理或清洗茶器具。

“是吗？”

“家里原先是横滨的生丝商。今天的事我没对小姐说，所以，你就存着心好好看吧。”

千花子的声音不小，菊治疑心隔着一道纸门会不会被茶室里的人听见，刚一闭嘴，千花子就冷不防把脸凑了上来：

“不过，倒有件稍稍叫人为难的事。”

她压低了声音。

“太田的夫人来了。他家女儿也一起。”

这么说着，一边窥伺菊治的脸色，一边又道：

“今天并没有请她……可是像这样的茶会，即便是路过的什么人也可以来的，方才就有两拨美国人顺路来过。抱歉。太田夫人听到就来了，我这也没办法。不过，你的事她当然不知道。”

“今天的事，我也……”

菊治本想说自己并无相亲什么的打算，却没说出口来，嗓子好像有些发硬。

“要感到不好意思的是夫人，菊治你摆出一脸不在乎的样子就好。”

千花子的这说法，菊治听得有些恼。

栗本千花子同父亲的交往似乎并不深，时间也短，父亲去世前，千花子是以一个随叫随到的女人不断出入家中的。不光茶会，好像寻常有客时也来厨房做事。

千花子已变得男性化，事情至此，母亲再妒忌似乎就成了令人苦笑的滑稽事一样。父亲是看到过千花子的痣的，母亲事后也肯定发觉了，可那时就像狂风已过，千花子也忘得干干净净，一脸舒畅地不离母亲左右。

不知不觉，菊治待千花子也轻慢起来，在任性的顶撞发泄中，幼时倍感苦闷的嫌恶感变淡了。

千花子男性化也好，成为菊治家好用的劳力也罢，也许，这都是适合千花子的生存之道。

靠着菊治家，千花子在茶道师一职上得了些许的名气。

父亲死后，菊治曾想过，也许，千花子只因与菊治父亲一段靠不住的交往，就压制了自身女性的一面吧，竟对她涌起了淡淡的同情。

母亲之所以对千花子不曾抱多少敌意，也是因为被太田夫人的事牵制了。

茶道同好太田死后，菊治的父亲承接了茶具的处置事宜，与未亡人走得很近。

抢先将那事急告给母亲的就是千花子。

不用说，千花子是站在母亲一边做事的，甚至做得过了头。千花子四处跟踪父亲，又屡屡前去寡妇家提出严厉警告，让人疑心是不是她自身深处的嫉妒之火在喷发。

腼腆内向的母亲，毋宁说被千花子家常式的爱管闲事吓着了，她怕遭人议论。

即便当着菊治的面，千花子也向母亲大骂太田夫人。母亲一不乐意，她就说让菊治听听也好。

“之前去的时候，我狠狠放话说了她，也是被孩子偷听了，这不，突然听到隔壁房里有抽抽搭搭的啜泣声。”

“是她家女儿？”

母亲不快地皱了皱眉。

“是呀，据说快十二了。要说那个太田夫人是有点缺心眼儿吧，我还以为她要骂孩子了，没想到，她却特意起身去把那孩子抱来，让孩子靠在她膝上，在我面前坐下了。和孩子一起演哭戏给我看。”

“她孩子真可怜。”

“所以，我们也把孩子当成责难的工具用啊！因为自己的母亲什么样，孩子全知道的。虽说那是个长着圆圆脸的可爱孩子。”

千花子一边说，一边看菊治：

“我们菊治，也对先生说点什么就好了。”

“还请你不要乱说。”

母亲到底责备了她。

“太太，您是把怨气吞进肚里去了，可不行啊！一咬牙发泄了才好，太太您这么瘦，对方却光润润胖乎乎，虽然缺心眼，却自以为只要装绵羊哭哭就完事了……首先，她死了的丈夫的照片，还在接待您家先生的客厅里招人眼地摆着哪。您家先生居然也沉得住。”

被那样指责过的夫人，在菊治父亲死后，竟然带女儿参加千花子的茶会来了。

菊治觉得像被某种冰冷的东西击了一下。

就算如千花子所说，今天没请她，父亲死后，难道千花子与太田夫人一直有来往吗？这是菊治不曾料到的。大约，是让女儿跟千花子学习茶道吧。

“你若不愿意，要不，就让太田夫人先回去？”

千花子看着菊治的眼睛。

“我无所谓。她自己要回去的话，请便。”

“要是她是那样的机灵人，你父亲也好母亲也好，就不会那么辛苦费神啦！”

“不过，她女儿也一起的不是吗？”

菊治还没见过未亡人的女儿。

与太田夫人同坐着与持千鹤包袱的小姐相见，菊治觉得不合适。此外，与太田家小姐在这儿初见更叫人生厌。

可是，千花子的声音就像缠在耳朵边一样，刺激着菊治的神经。

“不管怎么说，她知道我来了，又不能逃走藏起来。”

菊治说着，站了起来。

他从神龛附近的门进了茶室，就在入口处的上座坐下了。

千花子从后面赶过来，一字一顿地郑重介绍了菊治。

“三谷少爷，三谷先生的儿子！”

随着这介绍，菊治重新向众人行了礼，一抬眼，清清楚楚看到了小姐们。

菊治似乎有些怯。满眼是和服的华丽色彩，乍一看分不清谁是谁。

等看分明了，菊治才发现自己与太田夫人坐的是正对面。

“哎呀！”

夫人道。满座的人全听见了，那声音坦率真挚，满是眷恋。

“久疏问候，真是太久不见呀！”

夫人继续道。

接着，又轻轻拉了拉邻座的女儿的和服袖角，看样子是叫她快行礼，小姐似有为难，红着脸低下了头。

菊治着实感到意外。夫人的态度中完全看不出丝毫敌意和恶意。完全是念旧。因与菊治的这意外邂逅，她似乎很惊喜。看来夫人已忘了自己在座中是个什么身份，又是什么立场。

小姐始终把头垂得很低。

一发觉到这点，夫人的脸也红了，她把目光投向菊治，眼中似有要往菊治这边来说点什么的意思。

“您还是做了茶生意吗？”

“不，完全没有。”

“是吗？不过，总还有血统传承的。”

夫人看上去激动不已，眼眶湿润。

自父亲的告别仪式后，菊治就没见过太田的未亡人。

她看起来与四年前几乎没有变化。

依然是白皙的长颈，同与之并不匹配的圆肩膀，样貌都比实际年龄年轻。眼睛很大，鼻子和嘴却小，仔细看，小小的鼻子形状标致，招人喜欢。说话的时候，时不时显出下唇突起的兜嘴来。

小姐也从她母亲那儿继承了长脖子和圆肩，嘴比母亲的大，闭得很紧。母亲的嘴唇比女儿的小，这有点滑稽。

小姐的黑眼珠比母亲的更大更亮，眼神中有悲切。

千花子注视了一会儿炉中的炭。

“稻村小姐，怎么样，是不是为三谷少爷奉一杯？你还没点茶呢不是？”

“嗯。”

千鹤包袱的小姐站起来，走了过去。

菊治知道，这小姐是坐在太田夫人身旁的。

可是，菊治自见过太田夫人和太田小姐后，就不再把眼光投向稻村小姐了。

千花子让稻村小姐点茶，是想让菊治看吧。

小姐在茶釜前转过身，向千花子发问：

“茶碗用哪个？”

“是啊，就用那个织部烧[1]吧！”千花子说，“那可是三谷少爷父亲爱用的茶碗，他父亲又给了我。”

小姐放在前面的茶碗，菊治看着也觉眼熟，不用说父亲的确用过，不过那是从太田的未亡人手中转让来的。

---

1 日本尾张、美浓地区从安土桃山时代开始烧制的陶瓷。

看着亡夫的遗爱物经菊治父亲之手到了千花子手中，在这席间以这样的方式出现，太田夫人会是怎样的心情？

菊治对千花子的满不在乎感到吃惊。

要说满不在乎，不得不说，太田夫人也旗鼓相当。

中年女人的过往叫人不痛快，而这当前干干净净点着茶的小姐，却令菊治觉着悦目。

三

千花子想让菊治见见千鹤包袱小姐的意图，小姐本人是不知道的吧。

小姐一点儿也不怯生地点了茶，亲手端到菊治面前。

菊治喝过茶，略凝了神盯着茶碗看。那是个黑织部的茶碗，在正面的白釉处，用黑釉描着春天刚抽芽的幼蕨。

“看着眼熟吧？”

千花子在对面道。

“嗯。”

菊治含糊应着，将茶碗放下来。

“那蕨菜很让人感觉到山村气息呢，早春用这茶碗最好了，你父亲也用过。虽说这时候拿出来有点儿错过时令，但给菊治少爷你用却是正好。”

“不，它在我父亲手上只是很短时间，于这茶碗而言根本没什么，要说，这是利休桃山时代传世的茶碗吧。此间几百年，多少茶人珍惜爱护着才传下来的，所以我父亲又算什么。”

菊治这么说着，似乎要忘掉这茶碗的由来。

从太田到太田的未亡人，从未亡人到菊治父亲，又从菊治父亲到千花子之手，然后，太田和菊治父亲这两个男人死了，两个女人在这儿。只因为这些，这也是个有着奇怪命运的茶碗。

那老茶碗又在这儿，被太田的未亡人和太田小姐、千花子、稻村小姐，以及其他小姐们，时而口唇相触，时而以手抚摩。

“我也想用那茶碗来一杯呢！刚用的是别的碗。”太田夫人有些出其不意地道。

菊治又是一惊，她到底是呆笨老实，还是不知羞耻？

菊治觉得一直低着头的太田小姐太可怜了，简直不忍看她。

稻村小姐又给太田夫人点了茶。满座人的目光全朝向那边，而这位小姐大约并不知道黑织部茶碗的来历，只是按着习到的规范举止动作着。

点茶点得全无毛病，非常纯正。从胸部到膝部的正确姿势尽显优雅。

嫩叶的影子映在小姐身后的纸拉门上，她华丽长袖和服的肩部和袖子似发着柔和的反光，头发也像发着亮。

作为茶室当然太亮了，但它却让小姐的年轻生了熠熠光芒。与年轻姑娘相称的红色小方绸巾[1]，给人的感觉不是甜蜜而是水灵灵的娇艳，就像是小姐的手让红花开了一样。

恍然觉得，小姐身旁似有无数的白色小鹤在翩翩舞着。

太田的未亡人把织部茶碗握入掌中说道：

“这黑碗加上绿茶，真像春芽萌发呢！”

话是这样，却到底没说出“这曾是亡夫的东西”诸如此类的话。

接下来观瞻茶道用具，小姐们对用具都不熟，所以大抵只是听千花子讲解。

净水罐[2]也好，茶勺[3]也好，都是以前菊治父亲的所有物，而千花子和菊治都闭口未提。

菊治看着小姐们起身离去，刚一坐下，就见太田夫人走过来。

“方才失礼，您该生气了吧，可是我一眼见到您，就马上觉着了亲切。”

“啊。”

“出落得这么英俊出众。”

夫人眼里似浮起了泪。

“对了，您母亲也……本想着葬礼是无论如何要去的，却

1 茶道中用来擦茶具、接茶碗的方巾。

2 茶道中盛水的器具。

3 茶道用具，取粉茶用。

还是没能参加。”

菊治脸上露出了不快。

“父亲去了接着是母亲……真是孤苦无依呀。”

“啊。”

“还不回去吗？”

“啊，再稍等一会儿。”

“什么时候，让我一件一件说给您听。”

千花子在隔壁房里喊：

“菊治少爷！”

太田夫人恋恋不舍似的站起身，小姐已经到院中等着了。

小姐同母亲一道，向菊治颔了颔首走了，眼神中像有什么话要说。

隔壁房里，千花子和亲近的两三个弟子以及女佣在收拾。

“太田夫人说什么了？”

“没……什么也没说。”

“对那人你可小心点，看起来倒是温顺，脸上总一副自己无辜的样子，心里想些什么却时常弄不懂。”

“不过，却常来参加你的茶会吧？什么时候开始的？”菊治多少含了些讥讽道。

像要摆脱这一处的恶意一般，他走到了大门口。

千花子跟上来。

“怎么样，小姐还不错对吗？”

“是个好姑娘。不过，要是在没有你，没有太田夫人，没有在父亲亡灵徘徊的地方见面的话，还会更好吧！”

“在为那样的事费神呢？太田夫人什么的，与那小姐可全没关系啊。”

“我不过是觉得，对那小姐过意不去。”

“怎么就过意不去了？太田夫人来这儿令你不快的话我道歉，可今天并不是我请她来的。稻村小姐的事，还请你分开了考虑。”

“不过，今天就到这儿吧，告辞了。”

菊治停下了脚。边说边走的话，看样子千花子会跟着不放。

待只剩菊治自己一人时，就见眼前山脚下长着一丛含苞的映山红。他深吸了一口气。

讨厌被千花子的信引诱来的自己，却对千鹤包袱的小姐印象深刻。

同席见了父亲的两个女人，而并未留有多少郁闷情绪，或许也是那小姐的缘故吧。

可是，一想到两个女人还活得好好的说着父亲，一面又想到母亲已死，菊治就觉得有一种莫名的怒气涌来。有一时，千花子胸前的丑痣又浮到了眼前。

傍晚的风穿过新叶而来，菊治却一边脱了帽子，一边慢慢走着。

老远看到太田夫人站在山门下的阴凉处。

有一刹那，菊治想绕道避开，他向四下看了看。要是爬上左右两边的小山，似乎不经山门就能过去。

可是，菊治往山门方向走去了。脸上的肌肉似有些发僵。

未亡人发现了菊治，反而往这边迎了来。脸颊绯红。

“想再见您一面，就在这等了。您大概会觉得我是个厚颜无耻的女人吧！可是如果就此分别的话我无论如何也……再说这一别，也不知什么时候才能再见。”

“小姐怎么办？”

“文子她先回去了，因为有朋友一起。”

“所以小姐，是知道她母亲在这等我的咯？”菊治道。

“啊。”

夫人答着，看了看菊治的脸。

“那么，小姐就没有不高兴吗？因为刚才在茶席上小姐好像也不愿见我。真对不住。”

菊治这话听起来既像露骨，又像委婉，夫人却很坦率：

“那孩子见到您，一定很难受吧。”

“是因为，我父亲曾使小姐受了很大的痛苦吧。”

菊治本想说，就像因为太田夫人，自己也被迫受了苦一样。

“不是那样的。文子从您父亲那儿得了很多疼爱呢。那些事，什么时候我也想慢慢说给您听。一开始的时候，无论您父亲如何温和地待那孩子，她也丝毫不亲近。不过到了战争快结束的时候，空袭越来越厉害，也不知是不是感觉到什么，态度完全变了，对您父亲，也开始用自己的方式尽力去报答了。说报答呢，因为是姑娘家，所以也只是出门买些鸡呀菜呀给您父亲罢了。也曾冒过相当的危险，她是拼了命的。比如，从空袭中大老远买米回来……态度突然变好，您父亲也吃了一惊。我一见着女儿的变化，也莫名难受，觉得她可怜，又愈发觉得，自己会受谴责而痛苦。”

菊治第一次想到，母亲也好，自己也好，竟是得过太田家小姐恩惠的吗？那时候，父亲时不时带回些意想不到的礼物特产，却是太田家小姐去买的吗？

“女儿为什么突然变了，我虽不十分清楚，可是，也许是因为每天都想着不知什么时候就会死掉吧！她一定是觉得我可怜，所以才那么拼命，连同您父亲也一起报答。”

因为小姐清楚看到了在那场战败中死命抓着与菊治父亲的爱不撒手的母亲吧。因为日常的现实惨烈，所以她撇开了自己的亡父这个“过往”，只顾着母亲这“现实”了吧？

“刚才，您有没有注意到文子的戒指？”

“没有。”

“那是您父亲给的。您父亲即便来了，只要警报一响就回家的不是？这么的，文子就要去送，任谁说也不听。说路上他一个人指不定就会出个什么事。有一次送了很久也没回来，我想着若是留住您家倒也没什么，就怕两人会不会死在路上了。天亮回来了，一问，说把您父亲送到家门口，回来路上就在不知什么地方的防空壕里待了一夜。您父亲再来的时候，说‘阿文，上次谢谢你’，然后就给了她戒指。对那孩子来说，那戒指也不好意思被您看见吧。”

菊治一边听，一边心生嫌恶。奇怪的是，太田夫人似乎觉得菊治定会感到同情。

不过，菊治的心情还没到对夫人产生明确的憎恶或警戒的地步。她身上有某种使人感到温暖、叫人漫不经心起来的东西。

小姐之所以拼命，或许也是对母亲实在不忍坐视不管。

在菊治听来，夫人说的是小姐的事，实则却像在说自己的爱情。

夫人或许是想倾诉满腹心事，而在听的人看来，说得极端一点，她似乎并没有把菊治的父亲与菊治作明确区分。她那异常亲切的样子，是将与菊治的谈话，在心里当成了与父亲说话一样吗？

即便之前菊治与母亲共有的对太田夫人所持的敌意还未消退，那劲头却弱了很多。一不留神，甚至会觉得被这女人爱着的父亲就在自己的体内一样。似乎会被诱入一种“很久以前与这女人就是亲密的”的错觉。

菊治也知道，父亲与千花子很快便分开了，与这女人的关系则一直持续到了死，而菊治却能感觉到，千花子一定是看不起太田夫人的。菊治心里也微微生出些残忍的念头，这念头诱惑着他，让他觉得似乎能轻松痛击到夫人。

“你常去参加栗本的茶会？以前受过她责难的不是吗？”菊治道。

“啊。您父亲去世后她写了信来，我一面是想念您父亲，一面，也是因为寂寞。”

夫人说着，垂下了头。

“小姐也一起吗？”

“文子她不情愿，勉勉强强才跟我来的吧。”

横穿了铁轨，走过北镰仓车站，两人往圆觉寺相反方向的山那边走去。

四

太田未亡人少说也该四十五岁左右了，比菊治年长近二十岁吧，却让菊治完全没感觉到她的年长。菊治觉得像抱着个比自己年轻的女人。

经验丰富的夫人让菊治体会到了与她一样的快乐，全无经验不多的独身者的胆怯。

菊治觉得像第一次知道女人，也像才懂得了男人一样。他为自己觉醒的男性意识感到吃惊。女人竟是如此柔软的容受之身，一边被吸引来、又一边被诱惑去的容受之身，被温暖香气噎住般的容受之身，这些，菊治之前并不知道。

单身的菊治在男女事毕后也不知为何多半会觉得无趣，而最应感到无趣的现在，他却只觉甜蜜安然。

这种时候，菊治本想冷漠离开，眼下，他却在对方温暖的偎依下无所事事地发着呆，这好像也是之前未有的。菊治从不知道，女人的波浪竟是这般紧随其后的，他在那波浪中偃了旗，甚至觉得自己像一个征服者正一边打着盹，一边享受着奴仆帮他洗脚而心满意足。

还有一种母亲的感觉。菊治缩了缩脖子，道：

“栗本的这儿，有个痣，你知道吗？”

不经意间把厌恶之事说出了口，自己也意识到了，却想自己是头脑放松的缘故吧，并不觉对千花子有多少歉意。

“横覆在乳房上，在这儿，这样地……”

菊治说着，伸出手去。

令他说出这种话的某种东西，在菊治体内渐渐显露出它的苗头来。是一种难以名状的，想要忤逆自己，又想要伤害对方，令人难为情的感觉。也许是为了要掩饰想看那地方的甜蜜的羞怯。

“不要啊，真可怕。”

夫人悄悄合上了领口，突然，又像有点无法理解般，轻松地说道：

“我还第一次听说那样的事，不过，在衣服下面看不见的吧！”

“怎么看不见。”

“哎呀，为什么？”

“喏，在这儿的话不就能看见吗？”

“哎呀，你这人真讨厌。想着我是不是也有痣所以在找？”

“不是的。不过要是有的话，像刚才那种时候不知会是什么心情？”

“在这儿吗？”

夫人说着，看了看自己的胸。

“为什么你要说那样的事？那样的事跟你又有什么关系？”

夫人毫无反应地道。菊治挑起的茬，似乎对夫人全不起作用。于是那茬就像转回来似的到了菊治自己的身上。

“并不是没关系啊，那痣，我八岁还是九岁的时候只见过一次，可一直到现在还历历在目。”

“那又为什么？”

“就是你，也被那痣作祟害过。栗本曾打着母亲和我的旗号，到你家去狠狠训斥过你不是？”

夫人点点头，随即悄悄把身子往后缩。菊治往胳膊上使了使劲，说：

“要说那时候，我想，她一定是不断意识到自己胸前的痣，才更狠心出手的。”

“哎。说得真可怕。”

“也许多少还怀着报复父亲的心理。”

“什么报复？”

“因了那痣始终自卑，认为有痣所以才被抛弃，心里有诸如此类的别扭与乖戾吧。”

“就别再说痣的事啦，只会让人心情变坏。”

可是，夫人似乎无意去想象那痣。

“栗本现如今，已不再拘泥于痣什么的了，生活得很顺心吧。那都是已过去了的烦恼。”

"过去的烦恼，就不会留下痕迹吗？"

"一旦过去了，有时也会变得令人怀念呢。"

夫人说着，多少仍有点似在梦中。

菊治竟把之前想着"只这一件不能说"的事，也发泄般说了出来。

"刚才茶席上，坐你旁边的小姐……"

"嗯，雪子小姐，是稻村先生的千金吧。"

"栗本是想让我见见那小姐，才喊我去的。"

"呀！"

夫人睁开了她的大眼睛，一动不动地死盯着菊治。

"是相亲？我怎么一点儿没觉察到。"

"不是相亲。"

"是吗？这是在相亲回去的路上？"

夫人流下了眼泪，长长的泪珠落到了枕头上。肩膀颤动着。

"不应该啊。不应该啊。为什么你不早跟我说？"

夫人埋脸哭着。

菊治完全没想到会是这样。

"是相亲回去的路上也罢，不是也罢，若说不应该，那就不应该好了。那和这没关系。"

菊治说。他是真的这么想。

可是，稻村小姐点茶的样子浮现到菊治眼前来了，那千鹤图案的桃红色包袱也恍然若见。

这么一来，不由觉得哭泣中的夫人的身体变得丑恶了。

“啊，不应该呀。我是个多么罪孽深重的女人啊！”

夫人哭着，颤动着圆圆的肩膀。

于菊治而言，如果要说后悔，也一定是意识到此事的丑恶。就算撇开相亲的事不说，她也是父亲的女人。

可是直到这时候，菊治也没感到后悔，亦不觉得丑恶。

怎么就和夫人这样了呢？菊治也不十分明白。就是那么自然而然。听夫人刚才的话，说的也许是后悔自己诱惑了菊治，而一则夫人恐怕并无诱惑的意图，再则，菊治也并不觉得自己是被诱惑的。此外，菊治在情绪上完全没有过任何抵触，夫人也同样没有任何抵触。可以说丝毫无道德的阴影。

两人进了位于圆觉寺对面小山上的旅馆，一起吃了晚餐。因为菊治父亲的事还没有讲完。菊治并不是非听不可，再说，老老实实听着应该也很可笑吧，可夫人似乎没想过这些，只是满怀眷恋地诉说着。菊治一边听，一边感受到安静的善意，觉得像被柔美的爱情笼罩住了一般。

菊治也感觉到，父亲是幸福的。

若要说那是要不得的就要不得吧。眼下，他已错过了拒绝夫人的时机，只由着心中的甜蜜松软将他任意摆布。

可是，或许是因为心底有阴影潜藏，菊治又像发泄怨气一般，将千花子和稻村小姐的事说了出来。

那效果大得过了头。若说后悔了便显得丑恶，菊治对欲向夫人说出更为残酷的事的自己感到嫌恶，这嫌恶狂怒般升腾起来。

“忘了吧，就当什么事也没发生。”夫人道，“这种事，算不了什么的。”

“你只是因为想起了父亲吧。”

“呀！”

夫人抬起了吃惊的脸。因为埋在枕头上哭过，眼睑是红的，眼白也好像有点脏。菊治清楚地看到，她睁着的眼中还留有女人事后的倦怠。

“你那么说我也没办法，可是，我就是个可悲的女人吧！”

“瞎说。”

菊治说着，粗野地拉开了她的胸襟。

“比如有个痣什么的就忘不了了不是？印象深刻……”

菊治对自己的话感到吃惊。

“讨厌。别这样看，我都已经不年轻了。”

菊治龇牙凑近去。

夫人方才的波浪又回来了。

菊治安然入睡了。

似梦非梦中听到了小鸟的鸣啭。在小鸟的叫声中醒来，菊治似乎还是第一次。

晨霭像把绿树丛濡湿了，菊治觉得自己的脑子也像被洗过了一样。万念俱无。

夫人正背对菊治睡着。不知什么时候她转过身来，菊治略觉得有些奇怪，支着一只胳膊，一动不动盯看着微明晨光中的夫人的脸。

五

茶会只过去半个月后的一天，菊治接受了太田小姐的造访。

把她引进客厅后，为了平息心中的纷乱，菊治亲自打开了茶柜，取出西式点心试着装了盘，却也无从判断小姐是否是一个人来的，夫人会不会不便进菊治的家，而在大门外等着呢？

菊治刚打开客厅的门，小姐就从椅子上站了起来。菊治看到她低着头的脸上，有些兜嘴的下唇紧闭着。

“让你久等了。”

菊治从小姐后面走过去，把朝向庭院的玻璃门打开。

经过小姐身后的时候，闻到了花瓶中白牡丹的隐隐香气。小姐略往前屈着她那圆圆的肩膀。

“请坐。”

菊治说着，自己先往椅子上坐了下去，一刹那，一颗心不可思议般平静了下来。是因为在小姐身上看到了她母亲的模样。

“唐突前来，失礼了。”

小姐说道。她依然低着头。

“没有。你倒是对路挺熟呢。”

“啊。”

菊治想起来了，这姑娘在空袭的时候曾把父亲送到过家门口。是在圆觉寺听夫人说的。

菊治想提这事，又咽了回去。却看了看小姐。

于是，太田夫人那时的温情，又如热泉般涌了来。菊治想起夫人曾将全部身心温软相许，使他多么安心。

因了那时候的安心，菊治觉得自己对小姐的警戒也要放松了似的，可是，他却无法正面直视她。

“我……”

小姐顿了顿，把脸抬了起来，说：

“是为母亲的事，来求您。”

菊治屏住了呼吸。

“请宽恕我母亲。”

“啊？你说宽恕？”

菊治一边反问，一边觉察到，夫人大约把自己的事也跟小姐坦言了。

“要请求得到宽恕的，该是我吧。”

“也请宽恕您的父亲。”

“我父亲，若说希望得到宽恕，也该由他请求不是吗？母亲现也已经不在，就是宽恕，又由谁来宽恕呢？”

“我想您父亲那么早离世会不会是我母亲的缘故，并且您母亲也……那话，我对我母亲也说过。”

“你想多了。你母亲很可怜。”

“我母亲先死就好了！”

看上去，小姐似乎羞愧得无地自容。

菊治意识到，小姐说的是与自己的事。那事会怎样地羞辱和伤害小姐啊。

“请宽恕我母亲！”

小姐又拼命求助般地道。

“宽恕也好，不宽恕也好，我都感谢你的母亲。”菊治断然道。

“是我母亲不好，母亲是个糟糕的人，还请别管她，不要再理会她。”

小姐的语速很快，声音发抖。

“求您了！”

小姐说的请求宽恕的话，菊治懂。其中也含了不要理会她母亲的意思。

“也请别再打电话……”

小姐一边说，一边红了脸。似乎想要战胜那羞耻，反抬起头看了看菊治。眼里蓄满了泪。睁得大大的黑眼珠又大又亮，眼中看起来全无恶意，像是在拼命地哀求。

“我知道了。对不起！”菊治说。

“拜托了。”

小姐的羞愧之色愈加深浓，一直晕染到了白皙的长脖颈。是为了衬托长脖子的美吗？她西式服装的领口缀着白色的装饰。

“您电话中说好的约会，母亲没有去，是我制止的。她无论如何也要出门，是我紧紧抱住了不放她走。”

小姐稍稍松了口气，放缓了语速道。

菊治打电话约太田未亡人出来，是那之后的第三天。夫人的声音明明有发自内心的喜悦，菊治却没能在本应见面的茶店等到她。

只打过那一次电话，那之后，菊治就没见过夫人。

“后来也觉得母亲可怜，可那时候我就是无情地不顾一切阻止了她。母亲说：‘那么文子，你去帮我拒绝吧。’我走到电话机那儿，却也说不出一句话。母亲一动不动地盯着电话机，眼泪扑簌簌地落着，让人觉得，在母亲看来，三谷先生您就在电话机旁似的。母亲就是那样的人。”

两人都沉默了好一会儿。菊治道：

“那次茶会结束后，你母亲等我的时候，你为什么先回去呢？”

“因为想让三谷先生知道，母亲并不是那么坏的人。”

“她太不坏了。”

小姐做了坏事似的低下头去。看得见她形状很好的鼻子和小小的兜嘴嘴唇，线条柔和的圆脸与她母亲很像。

“以前，我就知道你母亲有个女儿，还曾想象过与那姑娘谈我父亲的事。”

小姐点了点头。

“我也想过那样的事。”

菊治想，如果自己与太田未亡人之间清清白白，能与这小姐毫不拘泥地谈谈父亲该有多好。

可是，得以发自内心地宽恕未亡人、宽恕父亲同未亡人的事，竟是因为菊治与未亡人之间已经不再是清白的。这是不是很奇怪?

小姐也不知是不是发觉自己已坐得太久，慌慌张张站了起来。

菊治送她出去。

“我父亲的事也是，什么时候，能再和你说说你母亲的美好人品就好了。”

菊治想，这是自己随意的说辞，一方面却真是这样觉得。

“嗯。不过，您很快就要结婚了不是吗?”

“我吗?”

“嗯，是母亲说的，说您与稻村雪子小姐相亲了……”

“不是那样的。”

出大门即是下坡道。坡道中途的地方稍有些起伏，从那儿回头望，只看得见菊治家庭院树的树梢。

因了小姐的话，菊治脑中无意间浮现出了千只鹤小姐的模样，而这时，文子正停下脚步向他道别。

菊治往小姐相反方向的上坡登去。

森林的夕阳

一

在公司，菊治接到了千花子打来的电话。

“你今天直接回家吗？”

应当是回去的，可菊治一脸不高兴地说：

“是吧。”

“为了你父亲呢，今天还请回家来，按着惯例，你父亲每年都在今天举办茶会。一想到那我就坐不住了。”

菊治不作声。

“我把茶室，喂喂，我才扫着茶室呢，就突然想做几道菜看看。”

“你在哪儿呢？”

“你家。我到你家来了。不好意思，事先没告诉你。”

菊治吃了一惊。

“一想起来，我就再也坐不住啦。所以想，要不就去打扫一下茶室吧，或许心情会平静下来呢。虽说事先给你打个电话什么的比较好，可是肯定会被你拒绝嘛。”

父亲死后，茶室就没再用过。

尽管如此，母亲活着时，好像还时不时独自进去坐坐。可是不曾在炉中生过火，是拎了开水壶去的。菊治不喜欢母亲进茶室。他担心那儿静悄悄的，也不知母亲在想些什么。

菊治也想试着偷眼看看独自在茶室中的母亲，最终也没去看。

可是在父亲生前，张罗茶室中大小事的却是千花子。母亲几乎从不往茶室去。

母亲死后，茶室就彻底关上了。只一个从父亲那时起就用着的老女佣，每年会去开几次门窗通风。

“从什么时候起不打扫的？榻榻米怎么擦都还有霉味，真拿你没办法。”

千花子说着，声音听起来越发放肆了。

“扫着扫着，就想做菜了。因为是突然决定的，所以材料也不齐，不过也稍做了一点准备。因此还请你直接回家来。”

“啊？这可真叫人吃惊。”

“菊治你一个人冷清清的，要不，叫上三四个公司的朋友一起来怎么样？”

“不成，没人会弄什么茶。”

“没经验的更好啊，因为准备得简陋嘛。你们就轻轻松松来吧！”

“不行！”

菊治吼出来似的道。

“是吗，真失望。那可怎么办呢，那个，请谁呢，你父亲茶道的朋友……又是绝不能请的。那，是不是就叫稻村先生家的小姐吧？”

“开什么玩笑，你算了吧。”

“为什么？不是很好吗？那件事呀，对方对你还是有意的，所以你就再仔细看一次那位小姐，好好跟她谈谈不成吗？今天我来试着请请看，小姐要是来呢，就表明她那边没问题。”

“真讨厌，这种事。”

菊治心中烦闷起来。

“算了吧。我不回去。”

“唉，这种事，在电话里说不清楚，那我回头再跟你说吧。总之就因为这样，你早点回来。”

“所谓的这样是怎样？我可不知道。”

“行啦。算是我多管闲事了。”

嘴上虽这么说，可千花子那强加于人的恶意还是通过电话传了过来。

菊治又想起了横覆千花子半个乳房的大痣。

接下来，菊治耳边传来了千花子打扫茶室的扫帚声，就如同自己脑中被扫帚触碰而发出的声响，一时又觉得，自己的脑中也像被她用擦廊檐的抹布抹了一样。

那种嫌恶感首先涌了上来，而千花子于他不在时进了家中，甚至随意做起了菜，这也是奇怪的事。

若说来给父亲灵前做供养[1]，清洁一下茶室，或插个花就回去的话，倒也情有可原。

不过，在菊治那怒火般直冒的嫌恶中，稻村小姐的模样却犹如一道光闪耀发亮。

父亲死后，菊治与千花子自然而然疏远了。莫非她是以稻村小姐为诱饵，打算重新与菊治拉起关系、纠缠上他吗？

千花子的电话，听上去照例有她好玩的性格，以及令人苦笑着放松警惕的劲头和语调，却也听得出命令式的逼迫。

菊治想，之所以接受逼迫，是因为自己有心虚之处。因为惧怕被抓小辫子，所以对千花子随意打来的电话也不能发火。

千花子是抓住了菊治的把柄，才如愿攻进来的吗？

菊治从公司一下班就去了银座，顺路去了一家逼仄的小酒馆。

不得不按着千花子所说的回家去，但因背负着自己的心虚事，菊治的心情愈发沉闷了。

从圆觉寺茶会回去的路上，菊治与太田未亡人意外地在北镰仓的旅馆住了一夜，那事千花子明明没可能知道，难道那之后她与未亡人见过面？

他疑心电话中那命令式的口气，或许并不仅仅因为千花

1 佛教语，指给死者之灵上供、诵经、祈求冥福等。

子的厚脸皮。

可是，也许不过是千花子想用她自己的方式来推进菊治与稻村小姐的事。

菊治在酒馆中也无法静下心来，他坐上了回家的电车。

过了省线[1]的有乐町站[2]往东京站去的时候，菊治从电车的车窗俯瞰到，车子正穿行在有高大行道树的大路上。

那条路与省线大体成直角，呈东西走向，恰将夕阳返照上来，如金属板一般反射着炫目的日光。可是，行道树是从逆着夕照的内侧看的，所以那绿是沉静的墨绿，树荫清凉。树枝伸展，阔叶茂盛。路两边是坚固的西洋式建筑。

那大路上行人稀少，令人觉得不可思议。一眼看去，直至尽头的皇宫护城河一带都是寂静的。发着耀眼光亮的车道也是静的。

从挤得厉害的电车车厢内往外俯视，不知为什么，有一种“只那条路浮现在傍晚的奇妙时间里”般的，像是人在异国的感觉。

菊治仿佛看见，稻村小姐正抱着桃红色绉绸面料、上面缀有白色千鹤图案的包袱，穿过那行道树的树荫走去。千鹤图案的包袱似看得很分明。

菊治的心情鲜活了。

想到这时候小姐应该到家里了，菊治的心里纷乱起来。

---

1 日本旧铁道省（今国土交通省）管理的国营铁道线，也为其电车的通称，今称JR线。
2 位于东京都千代田区东南部地区，紧邻银座的闹市区。

尽管如此，千花子在给菊治的电话中说让他带朋友回去，菊治一不愿意，她就说叫稻村小姐吧，这又出于什么考虑呢？是一开始就打算请小姐的吗？菊治依然不解。

一到家，千花子就急忙迎出玄关。

“你一个人？”

菊治点了点头。

“一个人好。已经在啦。”

千花子说着靠近来，伸手要接菊治的帽子和皮包。

“你顺路上哪里去了吧？”

菊治想，自己脸上难道还留着酒气吗？

“肯定上哪里去了。我后来又往公司去了电话，说你已经走了。我算了你回家的时间。”

“真叫人吃惊。”

千花子随意进这个家，随意做着想做的事，连招呼也不打。

她又跟到了起居室，看样子准备把女佣准备好的和服披到菊治身上去。

“行啦。不好意思，我要换衣服了！”

菊治脱了上衣，像要摆脱千花子似的径直走进了藏衣室。

菊治进到藏衣室来换衣服。

千花子坐着不动，说：

“单身汉，你可真叫人佩服。”

“啊？”

“这种不方便的生活，还是适可而止，结束为好！”

“因为看到老爷子吃的苦，不打算重蹈覆辙。”

千花子朝菊治瞥了瞥。

千花子借穿了女佣的烹饪服[1]。这本来也是菊治母亲的。她卷着袖子。

手腕以上的地方白得不太相称，胖瘦倒正好，肘部内侧爬着纠成把的青筋。菊治虽觉得意外，却仍把脸绷得像块硬肉。

“还是茶室好一点吧？虽然已经引到了客厅。”千花子郑重其事地道。

“咦，茶室中开电灯吗？我还从来没见过开灯用的。”

“要不就点蜡烛吧，反而会更有趣。”

“我可不喜欢。”

千花子像想起了什么似的，道：

“对了，那之后，刚才给稻村家打电话一说，小姐就说是不是和她母亲一起，所以我就拜托道，说你们如能一起来就更好，可是她母亲有事不方便，最后决定只小姐一个人来了。”

“什么最后决定，是你擅自做的主吧？突然就说什么‘请马上来’这种话，会让人觉得很失礼不是吗？”

“那我是知道的，可小姐已经在那儿了啊。只要肯来，我的失礼自然也就不存在了不是？”

---

1 袖口缝有松紧带的炊事工作服。日本在大正中期以后普及。

“为什么？”

“可不是那样嘛。今天只要来了，就表明上次的事小姐也是愿意的不是？做事的程序虽说与众不同了点，却也无妨。等事情成了以后，你们俩尽可以笑我栗本是个做事新奇的女人。能成的事呢，怎么做也是能成的嘛。根据我的经验就是这样。”

千花子全不当一回事地道，仿佛看穿了菊治的心思一般。

“跟对方说过了吗？”

“是的，已经说了。”

千花子像在说，你也请明确态度吧。

菊治站起身，穿过走廊往客厅走去，却在一棵大石榴树下停住了，想着要竭力转变一下自己的脸色。不能让稻村小姐看到自己脸上的不快。

往阴暗的石榴树影中一看，千花子的痣又浮上了脑海。菊治摇了摇头。客厅前面的庭石上，还留着少许夕阳的余晖。

纸拉门敞开着，小姐就在房门口附近。

小姐的光彩，仿佛正朦胧地照往宽敞客厅的微暗深处。

壁龛的水盘中插着鲜切菖蒲[1]。

小姐也系着绘有水菖蒲[2]的腰带。也许是偶然吧，却也是常见的季节表现，所以或许不见得是偶然。

壁龛内的花不是水菖蒲而是菖蒲，叶和花因此插得很高。

1 花菖蒲的俗称，为玉蝉花的变种。

2 天南星科植物菖蒲的根茎，生于水边。

从花的感觉可以知道，这是千花子才刚插上的。

二

第二天是星期天，有雨。

午后，菊治独自进了茶室。是为收拾昨天用过的茶具之类。

也是为了怀恋稻村小姐留下的香气。

他让女佣拿来了伞，刚想从客厅下到院中踏石上，就见屋顶的雨水管上有个裂口，雨水正从那裂口流出来，哗哗直落在石榴树前。

“那地方不修不行了呢！”菊治对女佣道。

“是啊。”

菊治想起来了，很早以前有段时间，下雨天的晚上即便进了被窝，自己也担忧着那落水声。

“不过，要是一开修，就这儿也要修那儿也要补，没完啦，趁坏得还不算厉害，倒不如卖了的好。”

“最近，有大宅子的人家都这么说。昨天，小姐也很吃惊地说‘宅子真大’。看样子小姐是打算来这个家吧！”

女佣的意思，像是在说别卖。

“栗本师傅对那事说什么了吗？”

“嗯，小姐一来，师傅好像就带她到您家中各处去转了转。”

“啊，真叫人吃惊。”

昨天，小姐并未对菊治说起过那样的事。

菊治还以为小姐只是从客厅走到茶室，所以今天自己也不由自主地想从客厅走到茶室去。

菊治昨夜辗转难眠。

他觉得茶室中好像还萦绕着小姐的香气，使得他半夜都想起床去看看。

“永远是两个世界的人。”

如此这般想着稻村小姐，菊治一边努力入睡。

那位小姐被千花子拉着在家中到处东看西看，这对菊治来说实在意外。

菊治叫女佣送些炭火到茶室，而后便踩着踏石先去了。

昨晚，千花子要回北镰仓，因此和稻村小姐一起出了门，餐后的拾掇是女佣做的。

排在茶室一角的茶道用具，菊治只需将它们收起就好，可他并不清楚原先放在哪里。

“栗本倒是知道得很清楚吧。”

菊治嘟哝着，看了看壁龛内的歌仙绘[1]。

那是法桥宗达[2]的小品，淡墨线描上薄薄施了淡彩。

“那位是谁？”

1 在歌仙的画像上题写和歌的书画，盛行于镰仓初期至江户时代。
2“法桥”，僧位之一；宗达，指俵屋宗达。

昨天，稻村小姐这么问，菊治却没能答上来。

“哎，是谁呢？又没有题歌，所以我也不知道。这类画上的歌人，差不多都一个模样不是？”

“是源宗于[1]吧？”千花子加油添醋道。

“歌唱的是：‘恒青的松树之绿啊，在春天，秀色也会成倍增。’所以这时节已稍稍错过了节令，不过你父亲喜欢它，春天常拿出来挂。”

“究竟是源宗于还是纪贯之[2]，从画上看无论如何也区分不出呢。”

菊治又继续道。

那是张宽厚大方的脸，到底是谁，如今看去也完全无从分辨。

可是，那线条简洁的小画，却能令人感受到大的样貌与情趣。就这样持续看上一会儿，会觉得有种清洁之气隐隐从中而来。

由这歌仙绘，或昨天客厅的菖蒲插花，菊治都想到了稻村小姐。

“刚才在烧开水，所以来迟了，想着烧一点给您带去的好。”

女佣把炭火和烧水壶都带来了。

---

1 平安时代三十六歌仙之一。

2 纪贯之（约886—945）：日本平安时代前期的歌人，三十六歌仙之一，《古今和歌集》的主要编选者。

因茶室中有些发潮，菊治只想着要个火，并没有架茶釜点茶的打算。

可是，菊治说火，女佣就体贴地连开水也准备好了。

菊治随意添了点炭，架上了茶釜。

因为父亲的关系，菊治从孩提时起就熟悉茶道，却从没兴趣自己点茶。父亲也不曾劝他学过。

眼下水一烧开，菊治亦只稍稍挪了挪茶釜盖，呆呆坐着。

有一点点霉味。榻榻米也像是湿的。

古朴色调的墙，昨天把稻村小姐的模样反衬得光彩醒目，今天却变得暗淡了。

感觉像住西式洋房的人穿起了和服似的。

“栗本突然这般邀请，给你添麻烦了吧，叫来茶室也是栗本擅自做主的。”

昨天菊治对小姐说。

“听师傅说，今天是您父亲的茶会例日。”

“是倒是。那种事，我是忘得一干二净，连想都没有想过。”

“这样的日子，邀我这种全没经验的来，不会是师傅挖苦人吧？因为我最近偷懒没去练习呢！”

“要说栗本，好像也是今天早上才想起，急急忙忙来茶室打扫的，所以有霉味不是？”菊治支吾道，“不过，一样是与你相识，若不是栗本介绍的就好了。我觉得对稻村小姐过意不去。”

小姐一脸想要知道究竟般看了看菊治。

“为什么？要是没有师傅，就没人介绍了呀！”

着实是简单的抗议，却是实情。

没错，要是没有千花子，两人在这世间恐怕不会相见吧。

菊治像被闪亮的鞭子迎面打到了一般。

菊治觉得，小姐的说法听上去就像应允了与自己的亲事似的。

小姐诧异的眼神让菊治觉得像光，或许也是那缘故。

可是，菊治不礼貌地将千花子直呼为栗本，小姐听了会怎么想？尽管是短时间内的事，栗本毕竟是菊治父亲的女人，这点，小姐果真知道吗？

“因为，我心里有关于栗本的讨厌的记忆。”

菊治的声音似乎有些颤抖。

“因为不想被那女人妨碍到自己的命运。稻村小姐竟是那女人介绍的，这真叫人难以置信。”

千花子把自己的餐具也搬了来。谈话中断了。

“我也来陪陪客人。”

千花子一坐下，就像要平息勤快劳作带来的喘息似的稍稍倾着上半身，偷眼窥了一下小姐的脸色。

“虽然只一个客人有点冷清，你父亲也开心的吧！”

小姐老实地垂下眼皮。

“我，没有进您父亲茶室的资格呢。”

千花子对那话充耳不闻，继续想到哪是哪，不停地说着这茶室在菊治父亲生前是如何被使用的。

看样子，千花子已经断定这门亲事可以谈成。

回去的时候在玄关处，千花子道：

“菊治你也上稻村小姐家去一次呢？下回就该商议日子了。”

才说完，小姐就点了点头。似乎想说什么又没发出声，却在无意中，全身上下显出些本能的羞涩来。

菊治颇感意外。觉得像触到了小姐的体温。

可是，菊治却不由自主地感到自己像被笼罩在黑暗而丑陋的幕帐中。

直到现在，那幕也没能揭开。

不仅是介绍稻村小姐的千花子不洁，连菊治自己的内心也是不洁的。

菊治臆想过用脏牙咬着千花子胸前那颗痣的父亲。父亲那个模样，这时候亦与自己有了关联。

小姐不介意千花子，菊治却介意。菊治的卑怯和优柔寡断，或许并不全出于这点，却似乎也是原因之一。

菊治的所为，使人觉得他是嫌恶千花子的，而同时又叫人认为千花子真的强迫着他与稻村小姐的亲事。再说千花子又是那种利用起来很方便的女人。

菊治疑心小姐是不是看穿了他这点，觉得像遭了迎面一棒。而那一刻，菊治自身也为发现了那样一个自己而愕然不已。

吃过饭，千花子起身出去准备茶水的时候，菊治又说：

“因为，假设把栗本看作左右你我的命运，那么在对那命运的看法上，稻村小姐和我也会有很大不同呢。”

话是这么说了，却含着某种辩解的味道。

父亲死后，菊治不喜欢母亲一个人进茶室。

就是现在，他也认为，父亲、母亲和自己，各人独自在这茶室中时，想的当是各自不同的事吧。

雨点敲打着树叶。

这声音中，有一个雨打在伞上的声音越来越近。

“太田女士来了！”女佣在纸拉门外道。

“太田女士？是小姐吗？”

“是夫人，怎么了？好像病了似的很憔悴……”

菊治忽地站起，之后却保持着原样没动。

“带她到哪边？”

“这儿就好。”

“嗯。”

太田未亡人来时没拿伞，或许是放在玄关了吧。脸上挂着的是雨吗？菊治才这么一想，就发觉那是泪。因为它不停流下，从眼中往脸上流。

虽一开始犯糊涂以为是雨，菊治却近乎叫着迎了上去：

“啊，你怎么了？”

夫人在外廊跪坐下来，两手触地地撑着眼看就要往菊治这边瘫倒下来。廊檐的门槽旁被雨水啪嗒啪嗒打湿了。是雨滴吗？菊治又一愣神，才发现竟是不停落下的泪。

夫人的视线停在菊治身上，似乎全靠那目光撑住了要倒的身体。菊治也感到，如果这视线一移开就会发生什么危险似的。

眼眶凹陷，小皱纹也出来了，眼睛下方发黑，且形成了奇怪的病态性双眼皮，满含痛苦的求助眼神却湿润发亮，又笼着一种无以言说的柔情。

“对不起，太想见你了，实在是坐立不安。”

夫人用毫不生疏的亲昵口吻道。

那样貌中也是柔情。若不是因了这柔情，夫人的憔悴都让菊治不忍直视。

夫人的痛苦像针刺般扎到了菊治的心。他明明知晓，那苦痛是由他引起的，却又生出一种错觉，在夫人这柔情的引诱下，自身的苦痛也能得到缓解。

“会被淋湿的，快请上来。”

菊治冷不防从夫人背后往前一把深抱住，几近拖拽着将她提了上来。这动作多少带了点残忍意味。

夫人试图用自己的脚站住。

“你请放开，放开我。很轻吧！”

“是啊。”

“变轻啦。最近瘦了。”

菊治对突然抱起夫人的那个自己也稍稍觉着吃惊。

“小姐不担心你吗？”

"文子？"

夫人那样一声叫，让菊治疑心是不是文子也来了。

"小姐也一起来了吗？"

"我被那孩子关起来了……"

夫人哽咽般道。

"那孩子紧盯着我不放啊，就是半夜，只要我一做点什么她也会马上醒来。那孩子的脑筋也因为我变得有些怪了，'妈妈你为什么只生我一个？就算和三谷先生生个孩子不也很好吗？'连那么可怕的话也时不时会说出来了。"

说话间夫人端正了坐姿。

从夫人的话中，菊治感到了小姐的悲哀。

文子的悲哀，是不忍看到母亲悲哀的悲哀吧。

尽管如此，听说文子竟说出"和三谷先生生个孩子不也很好吗"这样的话，依然刺痛了菊治。

夫人还是一动不动看着菊治。

"今天说不定也会追来，虽然我是趁那孩子不在偷跑出来的……她大概是觉得我下雨天不会出来吧。"

"下雨怎么？"

"嗯，大概以为我的身体，已经虚弱到下雨天无法外出走动了吧。"

菊治只是点了点头。

"前些天，文子也到这儿来过吧。"

"来过。叫请原谅母亲，被小姐这么一说，我都不知道怎么回答。”

“我很清楚那孩子的心情，可我为什么又来了呢？啊，太可怕了！”

“可是，我对夫人是心怀感激的。”

“谢谢。本来，那已经很好……可是后来我时时为此苦恼，抱歉啊。”

“不过，应该也没有什么可以真的束缚夫人不是？要说有，是我父亲的亡灵吗？”

然而，夫人的脸色并没有因为菊治的话而有所动。菊治扑了个空。

“忘了吧！”夫人道，“对栗本女士的电话，我为什么那样气得发昏呢？真丢人。”

“栗本打电话了？”

“嗯，是今天早上。说你跟稻村雪子小姐的事定下了……为什么她要告诉我呢？”

太田夫人的眼睛又湿了，却不经意微笑了一下。那并非带哭的笑，实在是天真无遮拦的微笑。

“事情并没有定。”菊治否认道。

“夫人你是不是被栗本觉察到了与我有关的什么？那之后你没见过栗本吧？”

“没见过。可是，那人太可怕了，所以或许她是知道的。今天早上打电话的时候她也一定觉得我不对劲。我真没用，险些要倒下去，好像还叫了一声什么，就是电话里对方也听得清楚，因为她对我说：‘夫人，请你不要妨碍。’”

菊治蹙了蹙眉。突然间无言以对。

“妨碍什么的，那种事……你和雪子小姐的事，我只觉自己不好，可是，从今天早上起我就觉得栗本女士太可怕了，家里也待不下去了。”

夫人说累了似的肩膀发颤，嘴唇歪向一边，像往上吊起一般，现出年龄的丑来。

菊治起身过去，伸出手想按住夫人的肩。

夫人却抓住了那手：

“可怕，真可怕啊。”

她一边说，一边怯怯地看向周围，忽然泄了气。

“这间茶室？”

这话什么意思？菊治在心里疑惑，却含混道：

“是的。”

“是间好茶室呀。”

她是想起死了的丈夫时常在这儿受招待呢，还是想起了菊治的父亲？

“第一次来吗？”菊治问。

“是的。”

“你在看什么？”

“不，什么也没看。”

“这是宗达的歌仙会。”

夫人点了点头，又顺势垂下了头。

“以前没来过家里吗？”

“没，从来没有。”

“是吗？”

“不，来过一次的，是你父亲的遗体告别式……”

夫人道，即刻话音消去，声息全无。

“水开了，来点茶怎么样？应该能解除疲劳吧。我也想喝。”

“好的。可以吗？”

夫人说着想站起来，踉跄了一下。

菊治从排列于一隅的箱中取出了茶碗之类，虽意识到这就是昨天给稻村小姐用过的茶器，但依旧拿了出来。

夫人去取茶釜盖，手抖，盖子碰到了茶釜，发出细碎的轻响。

手持茶勺，上身前倾，夫人的泪濡湿了釜盖。

“这茶釜，也是蒙你父亲从我家买的啊！”

“是吗？我先前不知道呢。”菊治说。

尽管夫人说这茶釜是她亡夫的遗物，菊治也没觉得反感，亦不觉坦率说那话的夫人有什么不正常。

茶一点完，夫人道：

“我端不过去呀，你来。”

菊治走去釜边，在那儿喝了茶。

夫人像失去知觉一般，往菊治的膝上倒了下来。

菊治甫一抱住肩，夫人的脊背就轻轻晃了晃，呼吸也变细了一样。

菊治的臂弯中像抱着个幼小的孩子。夫人软软的。

三

“夫人！”

菊治粗猛地摇了摇夫人。

菊治用两手紧紧抓着夫人喉头至胸骨间那一段，像扼着她颈子一样。看得出，她的胸骨比之前更加突起了。

“夫人，你能区分得出父亲和我吗？”

“真残酷呀，讨厌。”

夫人继续闭着眼，用甜蜜的声音道。

看来，夫人暂时不想从另一个世界回来。

菊治的话与其是对夫人，倒不如说，是向他自己内心深处的不安发问。

菊治老老实实地被带入了另一个世界。只能认为是另一个世界。在那儿，似乎并无父亲与菊治的区别。那种不安是后来才萌生的。

他疑惑，夫人是非人类的女子吗？是人类诞生前的女子，抑或人类最后的女子？

夫人一进入另一个世界，则不由人疑心她是否就对死去的丈夫、菊治的父亲和菊治不加以区分了。

“你是不是一想到我父亲，就把他和我当成一个人了？”

“原谅我，啊，太可怕了！我是个多么罪孽深重的女人啊！”

夫人的泪从眼角落下，流成了一线。

“啊，我想死，想死啊，要是现在死了多幸福！刚才，菊治，你不是好像掐我颈子来着吗？你为什么不掐呢？”

“别开玩笑了。不过你那么一说，我倒想掐一下了。”

“是吗？太好了。”

夫人把颀长的颈子伸得更长了。

“瘦了，好掐呢。”

“你不会留下小姐去死的对不对？”

“不，照这样下去反正也会累死的。文子就拜托给菊治了。”

“你说小姐跟你一样？”

夫人喘了口粗气，睁开眼。

菊治被自己的话吓了一大跳。那是全没意料到的话。

夫人听了会怎么想？

“你看，脉搏这么乱……已经活不长了。”

夫人说着拿过菊治的手，紧贴到乳房的下方。

她心跳得厉害。或许是被菊治的话惊到了。

“菊治你多大？”

菊治没作答。

“没到三十吧？罪过呀，我真是个可悲的女人。我不知道啊。”

夫人支起一只手半欠起身，把腿屈了起来。

菊治坐好了。

“我并不是为玷污菊治和雪子小姐的婚事来的，不过，也已经无可挽回了。”

“虽然我还没决定结不结婚，可你要那么说的话，我倒觉得你帮我洗刷了过去。”

“是吗？”

“就说所谓的媒人栗本，也是父亲的女人啊，那家伙是要找碴发泄从前的恶意。你是父亲最后的女人，我想，父亲也是幸福的。”

“快点跟雪子小姐结婚才好。”

“那得看我高兴不高兴。”

夫人神情恍惚地看着菊治，脸上的血气却渐渐退了，她用手摁了摁额头：

“头晕，眼发花。”

因夫人说无论如何要回家，菊治叫了汽车，自己也上车同去了。

夫人闭着眼，倚在车中一隅，一副无依无傍的模样，看上去命在旦夕。

菊治未进夫人的家门。从车上下去的时候，夫人冰冷的手指就像从菊治掌间倏然消失一样。

那天夜里两点左右，文子打来了电话。

“三谷先生吗？我母亲刚才……”

话音顿了顿，却又清晰道：

“去世了。”

“啊？你母亲，她怎么了？”

“去世了。是心脏麻痹，因为她最近吃了很多安眠药。”

菊治无言以对。

“所以，嗯……我想请求三谷先生您一件事。”

“啊。”

“三谷先生您如果有熟识的医生，可以的话，能否麻烦带着来一趟？”

“医生？是医生吗？很急吧！”

医生还没到吗？菊治很吃惊，却忽然间意识到了：

夫人是自杀。为了隐瞒这点，文子才来拜托菊治的。

“知道了。”

“拜托您了。”

文子一定深思熟虑好了才给菊治打的这电话，所以，才会用了郑重其事的口吻，只说了要办的事吧。

菊治在电话机近旁坐下，闭上了眼。

与太田未亡人一起留宿北镰仓后，返程电车中看到的那夕阳，浮上了菊治的脑海。

是池上本门寺[1]森林上空的夕阳。

1 位于日本东京都大田区池上。日莲宗总寺院。

红色的夕阳恰擦着林梢流动般落去。

森林从布满晚霞的天空黑黢黢地浮现出来。

那沿林梢滑去的夕阳也深深刺痛了疲惫的眼，菊治合上眼皮。

那一刻，他忽然觉得，稻村小姐包袱皮上无数的白色小鹤，正在他眼中布满晚霞的天上飞。

绘志野[1]

一

菊治在太田夫人头七的后一天去了她家。

若等公司下班就到傍晚了，因此他打算提前动身。可是眼看着要走，心情却无法平静，那天天黑前始终没能成行。

文子出到玄关。

“哎呀！”

文子就那么两手撑地，跪坐着抬头看了看菊治，似是用两手撑住了突然抖动起来的肩膀。

“谢谢您昨天送来的花。”

“不客气。”

“因为收到了花，还以为您来不了呢。”

“是吗？也有先让送花，人随后再来的吧。”

“可我没那么想过。”

1 日本岐阜县土岐地区烧制的陶器（志野烧）品种之一，有绘志野、鼠志野、红志野等，繁荣于长庆年间（1596—1615）。

“昨天我也到这附近花店的……”

文子老实地点点头。

“花上虽然没有您的署名，可我马上知道了。”

菊治想起自己昨天站在花店的花丛间想太田夫人。

想起花的香味，在无意中淡化了他负罪的恐惧感。

而眼下，文子也同样温柔地接待了菊治。

文子穿着白底的棉布服。未搽白粉，只在稍有些皴裂的唇上涂了薄薄的口红。

“我是想，昨天我还是避一避的好。”菊治道。

文子把膝斜着挪了挪，那样子似是说“请进吧”。

看上去，文子像是为了不让自己哭出来而在玄关说了类似寒暄的话，而接下来要是再用同一个姿势说些什么，说不定就要哭出来了吧。

“只收到您的花，就不知道有多高兴了。要说您就是昨天来，也是可以的。”

文子从菊治后面站起身，走过来道。

菊治竭力装作轻松的样子。

“因为如果让亲戚们感到不快，就不好了。”

“我都已经不在乎那些了。”文子明明白白地道。

客厅里，骨灰罐前立着太田夫人的照片。

花，只有昨天菊治送的那束。

菊治感到意外。是不是文子只留下了菊治送的花，而把其他的都处理了？

不过，也许是个冷清的头七吧。菊治又有这样的感觉。

“是净水罐吧？”

菊治说的是供花器皿。文子知道的。

“是的，我觉得正合适。”

“确是个不错的志野陶。”

作为净水罐，它的尺寸显得稍有些小。

花是白玫瑰和浅色的康乃馨，那花束与筒形的净水罐很是相称。

“母亲也常常插花在里面的，所以没卖留下了。”

菊治在骨灰罐的前面坐下，奉上线香。合掌，闭了双眼。

菊治谢了罪。可是，却有一股对夫人之爱的感激之情涌了来，让他沉溺其中。

夫人是被罪孽感追到了绝境，无路可逃才去死的吗？还是被爱逼到了穷途，因为无法自制去死的？迫使夫人去死的到底是爱，还是罪孽？菊治想了一个星期依然迷糊。

在夫人遗骨前闭目的这一刻，夫人的肢体虽没有浮到脑海，但夫人那醉人香气般的触觉，向菊治暖暖包拢而来。这是件奇怪的事，菊治却不觉得有什么不自然，或许也是夫人的缘故吧。触感复苏了，那感觉却不是雕刻式的，而是音乐一般。

夫人死后，菊治因晚上无法入睡而在酒中加了安眠药。即便如此，睡着后还是易醒，梦多。

可是，做的却并非可怕的噩梦。半梦半醒时还常有甘美的陶醉，就是醒来后，菊治也会神魂颠倒地发上一阵呆。

已经死去的人，却愈发在梦里也叫人感受到她的拥抱，这让菊治觉得奇怪。就菊治不多的经验而言，这是件出乎意料的事。

“我是个多么罪孽深重的女人啊！”

这话，夫人在北镰仓旅馆与菊治同宿的时候，来菊治家走进茶室的时候都说过。可是，正像它引发了夫人愉悦的战栗与啜泣一样，眼下，菊治在遗骨前坐着，想着到底是什么促使夫人去死的，若说那是罪孽，则说“罪孽”的夫人的声音也复在耳边响了起来。

菊治睁开眼。

身后，文子在抽抽搭搭地哭。似在强忍住的哭中漏出了一声，复又憋住了。

菊治不便往那边转，问道：

“什么时候的相片？”

“五六年前，用小的放大了的。”

“是吗，这不是点茶的相片吗？”

“呀，您知道得真清楚。”

是一张把脸放大了的相片。衣领接缝以下的部分被裁去了，两肩的肩头部分也剪去了。

“您怎么知道是点茶的照片？”文子道。

“有那种感觉吧。视线稍稍向下，是在做着什么的表情吧。虽看不见肩膀，可是能知道身体是紧绷有力的。”

“稍稍有点儿侧身，觉得不太好，可这是母亲喜欢的相片。”

“娴静，是张好照片。”

“不过，有点侧身到底不行呢，受人进香的时候，目光不往进香的人那边看是不是？”

“啊？这说的也是。”

“因为脸朝一边，低着头。”

“是的。”

菊治想起夫人临死前那天的点茶。

持茶勺的夫人的眼泪濡湿了茶釜盖，菊治走过去，将茶碗拿到手中。茶喝完，釜上的泪水也干了。茶碗刚一放下，夫人就往菊治的膝上倒了来。

“拍那照片的时候，母亲也还胖的。”

文子说完这话，又吞吞吐吐道：

“还有，摆这张跟我很像的照片，怎么说呢，真难为情。”

菊治蓦然往后看了看。

文子垂下眼去。那双眼睛在此之前一直凝视着菊治的背影。

菊治已从佛堂牌位前离开，不得不与文子面对面了。

可是，对文子还能有什么致歉的话呢！

好在插花器皿用的是志野陶的净水罐，菊治在它前面将双手轻轻触地，跪坐了下来，像看茶器那样目不转睛地盯着。

从白釉中隐隐浮出些微红，菊治伸出手去，触摸了一下看起来既冷又暖般的、娇艳的肌理。

“柔和，像梦一样。好的志野陶我也喜欢呢。”

本想说“柔和像女人的梦一样”，临了，却略去了“女人的”几个字。

“您要是喜欢，就将它当母亲的纪念物送您。”

“不。”

菊治慌忙仰起脸。

“若不介意的话就请收下，母亲也会开心。因为东西好像并不那么差的。”

“不用说，当然是好东西。”

“我也听母亲那样说过，所以才把您送的花插里面了。”

菊治眼里忽然有热泪涌起。

“那么，我收下啦。”

“母亲也会开心的。”

“不过，我好像不会作净水罐用，只会拿它当花瓶啊。”

“母亲也曾用它插花，所以没问题。”

“就是插花，插的花也不会和茶道有关。茶道用具一旦离了茶，会觉得少点儿什么呢。”

“我也想着不学茶道了。”

菊治趁转身站了起来。

把壁龛旁的靠垫往廊檐方向挪了挪，又坐下。

之前，文子没用靠垫直接坐着，一直和菊治保持距离。

因菊治挪了位置，文子看上去像被孤零零地留在了客厅的正中间。

微微屈着指头放在膝上的那手，似开始发抖，她捏住了。

“三谷先生，请您原谅母亲。”

文子说着，猛低下头去。

菊治吓了一跳，疑心文子的身体会不会在那一瞬间倒下。

“哪儿的话，想得到原谅的是我。请求原谅这样的话我都觉得难以启齿，也没有办法表达歉意，对文子小姐只有羞愧，实在不好意思来见你啊。”

“该羞愧的是我们。”

文子脸上露出愧色。

“都想找个地缝钻进去了。”

从未施脂粉的脸，到白皙的长脖子都微微泛起了红，看得到文子因操心所致的憔悴。

那淡淡的血色，反让人觉到了文子的贫血。

菊治心中发痛。

“我一直想，你母亲该有多恨我啊。”

“恨？那怎么说？母亲有恨过三谷先生您吗？”

“不。可是，难道不是我把你母亲逼死的？”

“母亲是自己寻死，我那么想的。母亲死后，我一个人想了一星期。”

“那之后，家里就你一个人吗？”

“是的。唉，从早前起，母亲和我就是那样过的呀。”

“是我，把你母亲逼死了。”

“是她自己去死的。若说是三谷先生您逼她死的，那不如说是我逼的。因为母亲死了就非要恨一个人的话，也许该恨我吧。可是，如果令旁人感到有责任或后悔，母亲的死就会因此变得晦暗而不纯。因为我想，生者因此事引起的反省或后悔，对死去的人而言都是沉重的负担。”

“也许确如你说的那样，可我要是不和你母亲见面……”

菊治说不下去了。

“我想，只要死了的人能得到宽恕，只这样就好。也许，母亲也是为了想得到您的宽恕才死的。您能原谅母亲吗？”

文子说着，站起来走了。

因为文子这话，菊治觉得脑中的幕布似乎落下了一片。

他寻思着：果真有减轻死去的人的负担这一说吗？

因死去的人而忧愁，就如咒骂死去的人一样，就会多犯愚蠢肤浅的错误吗？死去的人又不会强迫活人按道德行事。

菊治又把目光移向了夫人的照片。

二

文子端着茶盘进来了。

茶盘中盛着一个赤乐和一个黑乐[1]的筒状茶碗。

---

1 赤乐、黑乐，土陶的一种。其名称的来源据说是因最初于丰臣秀吉宅邸的“聚乐”邸内烧制，在底部作“聚乐”或“乐”字款，有红、黑两种，称赤乐和黑乐。据传创始人为千利休。

她把黑乐端到了菊治跟前。

点的是粗茶。

菊治将茶碗拿起，一边看底部的乐印，一边生硬地问：

“谁的?”

“我想，是了入[1]。”

“红的也是?”

“是的。”

“是一对儿吧。”

菊治往红茶碗那边看了看。

那茶碗被文子放在她自己的膝前，没被动过。

这筒状茶碗用来当水杯恰是正好，而菊治脑中却忽地浮起一个不快的想象。

文子的父亲死了，菊治父亲还活着的光景，菊治的父亲来文子母亲这儿的时候，这一对乐茶碗，难道没被他们当普通水杯用过吗?黑的给菊治父亲，文子母亲则用红的，难道不是被用作夫妻茶碗吗?

若是了入，也不会那么舍不得，也许还被用作过两人的旅行茶碗吧。

若真是那样，知道那一切的文子，眼下还为菊治拿出这茶碗来，就实在太恶作剧了。

可是，菊治却不觉得这里面有什么暗含的讽刺，也不认

1 了入(1770—1834)，乐陶第九代陶匠名。

为有企图阴谋。

他将此理解为姑娘家的单纯的伤感。

毋宁说，那伤感也正往菊治心中丝丝沁来。

文子也好菊治也好，也许，两人都因文子母亲的死而变得有些不正常，变得无力抵抗这异样的伤感了，而一对乐茶碗，又加深了菊治与文子心中共有的悲伤。

菊治父亲与文子母亲的事、母亲同菊治的事、其后母亲的死，所有这一切文子都知道。

将文子母亲自杀之事瞒住的，也只是这两个共犯。

看样子文子点粗茶的时候哭过，她的眼中微微泛红。

“我想，今天来对了。”菊治道。

“刚才文子小姐的话，我把它的意思理解成：死去的人同活着的人，原谅也好不原谅也好都已做不到了，所以我是不是试着改变一下想法，就当已得到你母亲的谅解了呢？”

文子点点头。

“若不是那样，母亲也无法得到原谅呢。虽然母亲活着时大约没能原谅自己。”

“可我来这儿，和你这样面对面，说不定也是件可怕的事。”

“为什么？”

文子看了看菊治。

“您觉得死了不好吗？我在母亲刚死的时候也很懊恼，觉得母亲不论蒙受多大的误解，死也不能替她辩白。因为，死拒绝一切理解。不管是谁都无从原谅它。”

菊治沉默了好一会儿。他想，“死”这东西的秘密，文子竟也直面探究过吗？

“死拒绝一切理解”，这话从文子口中说出让他觉得意外。

而事实上，眼下菊治所理解的夫人，与文子所理解的母亲就大不相同吧。

文子无从知道作为女人的母亲。

不管原谅也好被原谅也好，菊治都像处在女人肉体的朦胧梦境中，被那梦境的波浪摇着一样。

那一对黑色和红色的乐茶碗，也让菊治觉得似有梦境恍然浮来。

那样的母亲，文子不知道。

从母体生下的孩子不清楚母亲的身体，这似乎不可思议；而母亲的体貌却不可思议地传给了女儿。

自在玄关得到文子迎接的那时起，菊治就感到了一种柔情，那也是因为在文子线条柔和的圆脸上看到了她母亲的面影。

如果说夫人在菊治身上见到了他父亲的样貌而犯了错，那么，菊治觉得文子与她母亲长得像，就是个足叫人胆战心惊的、类似以咒语束缚人心自由般的某种东西。而菊治却顺从地接受这种召唤。

仅仅看着文子有些突起的小小兜嘴、嘴唇粗糙干裂的样子，菊治也觉得，与这个人是无法起争执的。

究竟要做什么，这位小姐才会表现出反抗来？

菊治又有了那样的感觉。

“你母亲也是因为太温柔，所以才活不下去的吧。”菊治说，“话说回来，我对你母亲太残酷了，有时也把自己道德上的不安，就以那样的方式一股脑甩给了她吧。因我是个胆小卑怯的……”

“是我母亲不好，因为她这个人不行。和您父亲也好，和三谷先生您也好，我不认为是她性格的原因。”

文子说着，住了嘴，脸红起来，血色比刚才要好了。

像是为了避开菊治的目光，她稍稍背过脸，垂下了头，说：

“不过，母亲死后的第二天起我却觉得她渐渐变美了。不是我觉得，是她自个儿变美的对不对？”

“死去的人，怎么着都一样。”

“可是，也许母亲是受不了自己的丑才去死的吧……”

“我想不是。”

“那以后，她痛苦得无法忍耐。”

文子眼里浮起了泪，她想说母亲对菊治的爱情吧。

“死了的人已作为心中之物为我们长存，所以，珍惜它吧。”

菊治又道：

“不过，他们都死得太早啦。”

说的是菊治与文子的双亲，文子看来也明白的。

“你和我都是独生。”菊治继续道。

自己的这句话让他意识到：如果太田夫人没有这个叫文子的女儿，也许，他会因与夫人的事而闭锁在更晦暗、更扭曲的思绪中无法自拔。

“听说文子小姐对我父亲很亲善，你母亲说的。”

菊治终于说了这句之前想说却没能说出的话，自认为说得自然。

他想过的，与文子说说自己父亲把太田夫人作情人而往来这家时的事情，似乎也不错。

可是，文子却突然两手触地跪坐着，说：

“请原谅，因为母亲实在太可怜……那时候，母亲就眼看着随时要死。”

她说着，就那么趴着上半身，在一动不动中哭起来，肩膀失去了先前的力气。

因为没想到菊治会来，文子没有穿袜子。她把两脚的脚心往腰后藏去，越发像缩着身子一般。

长及榻榻米的头发，几乎要擦碰到那个赤乐的筒茶碗。

文子两手捂着泪脸走了出去。

好一会儿没见回。

“今天就这样吧，告辞了。”

菊治说着，出到玄关。

文子抱着一个包袱皮的小包来了。

“虽说让您受累，这个，您带去吧！”

“啊？”

“志野陶。”

取了花、倒了水、擦拭过、装进箱子又包好了，对文子的这份麻利，菊治着实感到吃惊。

“这么快，方才还插着花的，今天就给我带走吗？”

“请带上吧。”

文子是太悲伤了，所以才这么麻利的吗？菊治这么想着，一边道：

“那我收下了。”

“您带上就好。可是，我却不能去拜访。”

“为什么？”

文子没有作答。

“那么，请多保重。”

菊治正要出门。

“谢谢了。那个……请不要在意母亲的事，您还请早点结婚。”文子道。

“你说什么？”

菊治转身，文子却没把低着的头抬起来。

三

带回家的志野陶净水罐，菊治依旧试着在其中插了白玫瑰和浅色的康乃馨。

太田夫人死后，菊治才感到自己爱上了夫人，那种感觉牢牢抓着他不放。

并且这份爱，好像是因了夫人的女儿文子才得以确知的。

星期天，菊治试着给文子打了电话。

“家里还是你一个人吗？”

“是，虽然空落落的。”

“你一个人住不行呢。”

“嗯。”

“你家静悄悄的样子，电话里好像都听得到。”

文子略略笑了笑。

“或者叫上哪个朋友去住，你说怎样？”

“可是，总觉得一有人来，母亲的事就会被看出……”

菊治无言以对。

“你一个人，出门也没法出吧？”

“那倒不是，可以锁上了出去的。”

“那么，就请来一趟吧。”

“谢谢。会去的。”

“身体怎么样？”

“瘦了。”

“睡眠呢？”

“晚上基本都睡不着。”

“那可不行。”

“也许过一小段时间会把这儿收拾了，去朋友家租一间房住。”

“过段时间，是什么时候？”

“我是想，把这儿卖了怎么样？”

“你家吗？”

“是的。”

“打算卖了吗？”

“是的，您不觉得还是卖了的好吗？”

“唉，是啊。我也想着把我这个家卖了呢。”

文子默然。

“喂喂，在电话里说这样的事也是白说，星期天我在家，你过来吧？”

“好的。”

“你送的志野陶呢，我插上了西洋花，要是你来，我就再把它作净水罐……”

“茶道……？”

“倒不是说用在茶道上，可是若不把志野陶当净水罐用一次就有点糟蹋了不是？还有，茶道用具也要同其他的茶道用具组合配套的，不让它们互相辉映一下，就不能显露真正的美。”

“可是，眼下我，比您上次见到时更难看了，还是不去拜访了。”

“又没有其他客人来。”

“可是……”

“是吗？”

“再见。”

“请多保重。家里好像来人了，回见。”

来客是栗本千花子。

菊治板起脸，他疑心刚才的电话会不会已被她听去了。

“真郁闷，这么久才遇上好天，我就来了。”

一边招呼，千花子的目光就已落到了志野陶的上面。

“马上要入夏了，茶道课也会闲下来，所以想着来茶室坐坐……”

千花子手里拿着带来的点心和一把扇子。

“茶室看样子还会有霉味吧？”

“是吧。”

“太田家的志野陶吗？我来瞻仰瞻仰。”

千花子边若无其事地道，边往花那边膝行着靠近。

她两手触地跪坐着一低头，骨骼粗大的两肩就耸了起来，那架势，看起来像要喷排伤人的毒气一样。

“跟她买的吗？”

“不，是送的。”

“送了这？可得了件了不得的东西呢，以纪念物的理由？”

千花子抬头，与此同时转过身来。

“这么贵重的东西，还是买下来的好吧？让小姐送的话，好像有点可怕呢。”

“啊，我想想。”

“就那么办吧，太田家各种各样的茶道用具也来了不少，可你父亲全是买的啊，就是把夫人当情人照顾后也……”

“那些事，我可不想从你这儿听说。”

“好，好。”

千花子忽然神情轻松地站起走了。

隔壁传来她与女佣的说话声。接着，她穿着烹饪服出来了。

“太田夫人，不是自杀的吗？”

千花子出其不意突袭般地道。

“不是。”

“是吗？我可是一听说就明白了。不知怎的，总觉得那位夫人一身妖气。”

千花子看了看菊治。

“你父亲也说过呢，说那位夫人是个搞不懂的女人。虽说女人看女人眼光又会有不同，可是呀，那人活着时却是个任何时候看去都天真烂漫的人，和我们性格脾气不同，黏黏糊糊……”

“说一个死了的人的坏话，你可住口吧。”

“那倒是。可是死了的人不是连菊治你的婚事都来妨碍吗？就是你父亲，也曾因那位夫人伤透了脑筋。”

伤脑筋感到痛苦的该是千花子吧。菊治想。

千花子，父亲跟她是短时间内的一段调情，应该不存在因为太田夫人把千花子怎么样了的事，可是，千花子却憎恨着与父亲一直到死都保持关系的太田夫人。

“像菊治你这样的年轻人，是不会懂那位夫人的。她自己去死了，对别人不也是件好事吗？真的。”

菊治不理她，转向了一边。

“连菊治你的婚事都要来干扰，这是能忍的吗？到底觉到了自己的恶，又压不住自己的魔性，所以才去死的。肯定是这样。那个人呢，说不定以为一死就能见到你父亲了。”

菊治感到身上发冷。

千花子走下院中，道：

“我也去茶室静静心。”

菊治一动不动地坐在那里赏花。

白与浅红的底色似乎同志野陶的肌理色连成一体，呈现出一片朦胧。

菊治脑中，浮现出在家中独自哭倒的文子的模样。

母亲的口红

一

菊治刷好牙，刚回到卧室，就见女佣在葫芦做的悬花[1]花器中插了一枝牵牛花。

“今天要起来的。”

菊治说完，却又钻进了被窝。

他仰面躺着，就在枕上扭过头去，看挂在壁龛一角的花。

“开了一朵。”

女佣说着，退到了隔壁房间。

“今天还是请假吧？”

“啊，还请一天。不过要起床的。”

菊治头痛感冒，已经四五天没去公司了。

“哪来的牵牛花？”

“缠在院子横头的蘘荷[2]上，开了一朵花。”

---

1 插花的一种形式，在挂于墙壁和柱子上的花器内插花。

2 姜科多年生草本植物，花及嫩芽可食。

是自然长着的吧，就是常见的纯蓝色，生长在瘦弱藤蔓上的花小，叶子也小。

可是，涂着旧红漆，又有些发黑的葫芦，配上下垂的绿叶与蓝花，倒显得清凉。

女佣是父亲那时就在的，所以才会做这样的事。

悬花花器上有涂漆已淡了的花押[1]，褪色的盒子上也有“宗旦”[2]字样。

若那些都是真的，葫芦就该是三百多年前的老物了。

菊治对茶道用花知之甚少，即便女佣也不见得有经验。可是如果早上点茶，倒叫人觉得牵牛花也很不错。

想着传了三百年的葫芦中插着一枝只开一早晨就将萎谢的牵牛花，菊治看了有一晌。

也许，比起在三百多年前的志野陶净水罐中插满西洋花，这要来得更为相称吧？

然而，用作插花的牵牛花又能开多久呢？他有一种不安。

菊治对伺候早饭的女佣道：

“那牵牛花，我还担心看着看着就会枯萎，却并不是那样呢。”

“是吗？”

菊治想起，自己曾打算在从文子那儿、以她母亲纪念物名义得来的志野陶净水罐中插一次牡丹的。

1 在署名下面添写的将汉字图案化的独特符号。

2 千利休之孙。

带回净水罐时，牡丹的花期已经过去，不过那时节，指不定哪儿还有牡丹在开的吧。

“我都忘了家里还有那样一个葫芦了，亏了你找出来。”

“嗯。”

“是不是以前什么时候，你见过我父亲把牵牛花插在葫芦中的？”

“不，我是想牵牛花也好葫芦也好，都是蔓生的，所以配在一起怎么样……”

“哦？蔓生的……”

菊治笑了，随即丧了气。

看着看着报纸，头重了起来，菊治就在饭厅躺下了。

“床铺还是原样没动吧？”

菊治话音刚落，女佣就擦着洗完东西的湿手来了。

“这就去打扫。”

之后菊治进卧室再看时，壁龛的牵牛花已不见了。

葫芦的悬花花器也不在壁龛挂着了。

“啊……”

大约是为了不让他看到花将萎谢吧。

牵牛与葫芦都是“蔓生的”，这说法让人忍俊不禁，而父亲的一些生活惯例似乎仍保留在女佣这一类的做法中。

不过，志野陶的净水罐还摆放在壁龛的正中。

要是文子看到，一准会认为它受了怠慢。

当初从文子家带了这净水罐回来时，菊治立即就在里面插上了白玫瑰与浅色的康乃馨。

因为文子就是在她母亲的骨灰罐前那样做的。那白玫瑰和康乃馨，即是文子母亲头七那天菊治供的花。

抱着净水罐归家的路上，菊治在昨天让送花去文子家的那家花店，买了同样的花回去了。

可自那之后，即便只触碰到净水罐，他的胸口也跳得厉害，再也没能插花了。

有时走在路上看到中年女人的背影，会忽然被强烈地吸引住，一旦意识到那点，菊治即会小声嘀咕："简直是个罪人。"脸色也随即黯淡。

清醒过来再看时，那背影其实与太田夫人并不相像。

只是腰围鼓鼓的同夫人有些像。

瞬间，菊治感觉到一种近乎颤抖的渴望，而在那同一瞬间，甜蜜的醉意又与可怕的惊悸重叠了，如从犯罪瞬间醒来一般。

"要把我变成罪人的东西，到底是什么？"

菊治像要甩开什么似的道。可即便如此，代替那回答的却是越发强烈、一味陡涨起来的对夫人的恋慕。

因为时不时有与死去的人肌肤相亲的鲜活触感，菊治想，如果不摆脱，自己就无可救药了。

有时他也想：说到底，会不会是道德的谴责将肉欲变得几乎病态了？

菊治把志野陶的净水罐收入箱中，进了被窝。

望一眼庭院，外面雷声正隆。

声音虽远，却是滚雷，且一次比一次往近处来。

闪电也开始穿透庭院中树木的枝丫。

而雷雨却先到了。雷声似已远去。

豪雨打着院中的泥土，飞沫四溅。

菊治起身下床，给文子打电话。

“太田小姐已经搬走了……”电话那边道。

“啊？”

菊治的心惊得猛跳起来。

“不好意思，那么——”

文子已经把家卖了。菊治想。

“请问知不知道她搬去哪儿了？”

“啊，请稍等。”

对方看样子是女佣。

电话很快回过来了，像是看着纸上写的在念，告诉了菊治住所名和门牌号码。

是一个叫“户崎”的人家。也有电话。

菊治再往那家打过去。

文子声音朗朗：

“让您久等了，我是文子。”

“文子小姐吗？我是三谷。刚刚打电话去你家了。”

“对不起。”

她把声音压了下去。压低的声音同她母亲的声音很像。

“什么时候搬的？”

“我是。那个……”

“也不告知一声。”

“几天前住来朋友这儿的。家里房子已经卖了。”

“啊。”

“一直犹豫着，不知是否要告诉您。刚开始时是打算不说的，下定了决心不说，可是这几天却为没告诉您而后悔，觉得于心不安了。”

“可不是嘛。”

“呀，您也这么想?”

说话间，菊治的身心像得了洗涤似的清爽起来，难道电话中也能有这样的感觉?

“那个志野陶的净水罐呀，带回来后，一看见它就想见你了。”

“是吗?家里还有一个志野陶，是个小号的筒茶碗，那时候还想着是不是同净水罐一起送您，可母亲曾当喝水杯用过，且那茶碗口渗进了母亲的口红印……”

“啊?”

“母亲是那么说的。”

“陶器上，你母亲的口红还一直原样留着?”

“也不是。那件志野陶，本来就有点儿淡淡的红，母亲说，口红渍一沾到茶碗口就擦也擦不掉似的。母亲去世后我再看那茶碗口，有一处，倒好像烈火熊熊烧着一样。”

文子是无意中说的这话吗?

菊治有些听不下去，说：

“雷雨下得真大，你那儿呢？”

“倾盆大雨。雷声吓人，现在已经小下去了。”

“这雨下过后，会神清气爽吧。我也请了四五天假了，今天在家，方便的话就请过来吧。”

“谢谢。本想着，就是去拜访也等找到工作后再去的。我想找个工作。”

菊治还没答话，文子又先说了：

“接到您的电话，很高兴，所以这就去。虽说可能已经不方便再去拜访……”

菊治等着雷雨过去，一边让女佣收起了铺盖。

居然把文子叫了出来，这样的结果菊治自己也觉讶然。

可是，与太田夫人之间的罪孽阴影，却因为听了那姑娘的声音反消失殆尽了，这于菊治而言更是意外。

是不是女儿的声音，让人恍然觉得她那母亲还活着？

菊治剃胡子时，把沾了肥皂的毛刷在院中的树叶间来回甩，好让雨滴落下来打湿它。

午时已经过去，菊治满脑子都是文子，一出玄关，迎面来的却是栗本千花子。

“啊，是你？”

“天热起来了，好久不见，来看看你怎么样。”

“是有点不舒服。”

“那可要不得。你脸色不好。”

千花子抬眼，额上的皱纹蹙起来，她看了看菊治。

菊治想，文子应该穿西服来的，怎么会把木屐声错当成了文子的，真可笑。又道：

“补牙了吗？好像变年轻了。”

“趁着梅雨天，有空……太白了点，不过很快会变得自然的，所以挺好。”

千花子走过菊治躺着的客厅，往壁龛望去。

“什么也不放，清清爽爽的很好对不对？”菊治道。

“啊，因为梅雨天吧。不过花什么的倒……”

千花子转过身来问道：

“太田家的志野陶哪去了？”

菊治默不作声。

“那东西，你把它还回去不好吗？”

“得看我高兴。”

“不是那样的。”

“至少，轮不到你来吩咐我不是？”

“不是那样。”

千花子露着白色的假牙笑道：

“今天我可是准备听听你的意见才来的。”

这么说着，两手突然伸出去，像要撣掉什么似的张开了。

“要是不把妖气从这屋里赶出去……”

“可别吓唬人。”

“不过，今天你要让我这个做媒人的说说想法。”

“如果是稻村家小姐的事，难得你好意，但也请免谈。”

“哟，哟，虽说不喜欢我这个媒人，可因为这而放弃中意的亲事倒显得小气啦。媒人是渡桥，所以桥嘛踩踩也不打紧。你父亲利用起我来，那可是很轻松舒畅的呀。”

菊治一脸厌烦。

千花子说话一说上劲，肩膀就习惯性地往上耸起。

“可不是那样吗，我和太田家的夫人不同，马大哈好对付嘛。就连这样的事，也可一点不加隐瞒地跟你说说，可是遗憾呀，在你父亲桩桩件件的花心事中，我都凑不上数。真叫人吃惊……”

说着，她低下头去。

“不过，我也不恨他，因为自那以后，只要觉得我好用，他都一直轻松自在地利用我……要说男人，是会觉得有过关系的女人用起来才方便的。承蒙你父亲，我也学到了为人处世的健全的常识。”

“嗯……”

“所以，请利用我的健全的常识。”

“真是这样。”菊治也被这令人放心的亲密感吸引了。

千花子从腰带中拔出扇子。

“太男人气或者太女人气，都培养不出为人处世的健全的常识啊。”

“是吗？因为常识是中性的对吧？”

“讽刺我吗？不过，一旦变成中性，就能完全窥透男人与女人的心理了。太田夫人只自己和一个孩子，你没觉得她居然可以丢下女儿去死吗？我推测那人或许是有指望的，难不成是想在自己死后，让菊治你来照顾她女儿……”

“说什么呢？”

“我左思右想，那疑团忽地解开了，那也就是说，太田夫人用死干涉了菊治你这门亲事。不仅仅只是死了这么简单，一定是有点什么。”

“是你奇怪的胡思乱想。”

菊治说着，一边却对千花子那奇怪的想法感到吃惊。

好像有一道闪电经过。

“菊治，你把稻村小姐的事告诉了太田夫人？”

菊治想起来了，却佯装不知：

“给太田夫人打电话说我的事定下了的，不是你吗？”

“是的，我告诉她了。叫她不要妨碍。太田夫人就是那天晚上死的。”

一阵沉默。

“不过，要说我打了电话，菊治你又怎么知道的？那人上门哭诉来的？”

菊治遭了出其不意的一击。

“是那样吧？那人还在电话中‘啊’地叫了。”

“那么，等于是你杀了她？”

“那样一想菊治你就轻松了不是？我也已经习惯了讨人嫌的角色。你父亲可是每在必要的时候，都把我当冷酷的讨嫌女人加以利用的呀。也不是要报恩，不过今天呢，我还是来挺身当一回反派角色。”

千花子是在宣泄根深蒂固的妒忌与憎恨吗？在菊治听来确是这样。

“幕后的事，就当不知道……”

千花子的眼神像在看她自己的鼻子。

“菊治你尽管皱起眉，板起脸，把我当讨厌女人多管闲事好了……我这就把妖女从这屋里赶出去，让你喜结良缘。”

“那良缘的事，你就不能消停消停？”

“好，好。我也不想把它和太田夫人的事一起说。”

千花子把声音放软了。

“再则，太田夫人也不是坏人……因为她自己死了，却在不声不响中想要把女儿给你……”

“又说浑话。”

“不过，就是那样啊。菊治你以为，那人活着的时候，就一次也没想过要把女儿嫁给你？要是没觉得，你可就太糊涂啦。睡也好醒也好，那人脑子里除了你父亲就没有别的了，就像邪魔附体一样。要说纯情呢也纯情。半梦半醒地把女儿也带进去，最后又搭上性命……不过，作为旁观者，倒好像有什么可怕的祟呀咒呀的，张开了妖网一样。”

菊治与千花子目光相对。

千花子睁大了小眼睛。

因为避不开，菊治转过身去。

菊治之所以畏缩着任由千花子说，是因为自开始就怀有心虚，也因为被千花子奇怪的话惊到了。

死去的太田夫人，果真希望女儿文子能与菊治结合吗？菊治没想过，也不相信。

是千花子出于妒忌的胡言吧。

就像粘在千花子胸前的丑痣一样，是邪恶的猜疑。

可是，这奇怪的话于菊治却如闪电一样。

菊治感到惊惧。

难道自己也不曾期望过？

在跟母亲之后又移情女儿，世上也不是没有这样的事，可一边尚在母亲的拥抱中沉醉起伏，一边却不知不觉地开始爱恋其女儿，若说连自己都未意识到，可不真成了妖魔的俘虏吗？

菊治这才想，自与太田夫人见面后，自己的性格似乎全变了。

有什么东西麻木了一样。

“太田家的小姐来了，现在有客的话，我让她改天……”女佣来通报。

“不。她走了吗？”

菊治起身出了门。

二

“刚才……”

文子伸着白皙的长脖子，抬头看了看菊治。

从前颈到胸部，那一处微洼有淡淡的黄色阴影。

是因为光呢，还是因为她显露的憔悴？看着那阴影菊治松了一口气，心中安妥了。

“栗本来了。”

菊治张口就道。出来的时候是心有拘泥的，一见文子反而轻松了。

文子点了点头：

“看到师傅的阳伞了……”

“啊，是这把蝙蝠伞吗？”

一把长柄的鼠灰色蝙蝠伞倚靠在玄关处。

“要不，你去那边茶室等等？栗本那老太婆就快走了。”

菊治这么说着，明明知道文子要来，为什么没把千花子赶走呢？连自己也对自己生疑。

“我没关系……”

“是吗？那请进吧。”

文子看样子并不知千花子的敌意，一进客厅，她就向千花子寒暄。

也就母亲的吊唁说了致谢的话。

千花子像看弟子茶道练习时那样，稍稍提着左肩，挺胸说道：

“你母亲呢，也是个温柔的人——总觉得，在这温柔之人无以生存的人世间，她像最后一朵花凋零了。”

“也不是那么温柔。”

“往后只有文子一个人了，你母亲也曾舍不得吧。”

文子垂下了眼帘。

兜嘴突起的下唇紧紧收拢了。

“想必你也孤单冷清，这就来上茶道课吧。”

“啊，我已经……”

“可以排遣心绪哟。”

“我已经，没有再学茶道的资格了。”

“什么话！”

千花子把叠放在膝上的手拿开了。

“其实呢，这房子，因为出了梅，我想着给茶室通通风，所以今天才来的这儿。”

这么说着，朝菊治瞥了一眼。

“文子小姐也来了，所以，怎么样？”

“啊。”

“让我用一下你母亲的遗物志野陶……”

文子抬头看了看千花子。

“或者，也一起说说你母亲的旧事吧。”

“不过，要是在茶室中哭了该多讨厌。”

“啊，尽管哭，没关系的。过不久，菊治的夫人一进门，就连我也不能随便进茶室啦！虽说是个值得回忆的茶室……”

千花子略笑了笑，即端正了态度郑重其事道：

“要是，和稻村家雪子小姐的事定下来的话。”

文子点了点头，脸上丝毫没现出什么。

可是，与她母亲很像的圆脸上却看得出憔悴。

菊治说：

“没定下的事拿出来说，对方会难堪的。”

“我是说，要是定下的话。”千花子顶撞道。

“好事多磨。所以文子小姐，在事情定下之前你就当没听说过。”

“嗯。”

文子又点了点头。

千花子喊上女佣，起身打扫茶室去了。

“这边树荫下的树叶还是湿的，小心点。”

听得庭院中千花子的声音。

三

“早上，我这边的雨声大得电话里都能听到吧？”菊治道。

“电话里也能听得到雨声？我倒是没在意。这庭院中的雨声，电话里也能听到吗？”

文子把视线转向庭院。

传来了树丛对面千花子打扫茶室的声音。

菊治也看着庭院，一边道：

“我倒是也没觉得在电话里听到了文子你那边的雨声，可后来总觉得有。可厉害的雷雨呢！”

“啊，雷打得太可怕了……”

“是啊是啊，电话里你也这么说。”

“连在无聊的小事上，我都像母亲。小时候，一打雷母亲就会用和服袖子把我小小的头包起来，夏天外出的时候母亲常常会说‘今天不会打雷吧’，一边往天上看。就是如今听到雷声，我有时也会想用和服袖子把自己的脸遮起来。”

文子从肩膀到胸前都露着些羞色。

“那个志野陶的水杯，我带来了。”

说着，站起走了。

文子一回到客厅，即把包着的东西原封不动地放在了菊治膝前。

可因为菊治犹豫，文子又拉到跟前，把它从箱中拿了出来。

“乐陶的筒状茶碗，你母亲好像也用作喝水杯的吧。是了入吗？”菊治问。

“是的，说不管黑乐赤乐，是点粗茶还是点煎茶[1]，颜色都不调和，所以才用了这个志野碗。”

“是啊，因为用黑乐，粗茶的颜色就看不见了……”

菊治并无把放在那儿的志野陶筒茶碗拿到手里看看的意思。

1 日本有代表性的绿茶，用蒸汽将茶叶蒸熟后制成。在日本茶中占有很高的比例。

“可能不是什么好的志野陶……”

“不。”

虽这么说着，菊治却难以伸出手来。

正如今天早上文子在电话中说的，那志野陶的白釉上带了些隐隐的红。仔细观赏了一下，似乎就从白中浮现出点点红色。

碗口稍显浅茶色，有一处的浅茶色又似乎较别处深一些。

那是口唇触碰的地方吗？

看起来像是结着茶垢。不过，可能也有口唇碰触而沾上的污渍。

再细看那浅茶色，竟发现其中同样带着些许的红。

难道是今天早上文子在电话中说的，是文子母亲口红渗进后的印迹？

那么想着再一看，就见陶器表面的细裂纹中，也有茶色与红色混杂其间。

像褪了的口红颜色，红玫瑰败了的颜色，又像沾在什么上的血迹旧了的颜色，这么一想，菊治的心情变得怪异了。

欲吐的不洁感和心猿意马的诱惑感同时涌来。

茶碗的碗身，用蓝黑画了阔大叶片的草，叶间也有几笔锈红。

那草的图案单纯健康，似乎也平息了菊治病态的肉欲。

茶碗的形状也凛然。

“真好。”

菊治说着，拿到了手中。

“虽然我不懂，可母亲很喜欢，拿它来喝水的。”

“作女人的水杯很好。”

菊治从自己的话中，鲜活感受到了文子母亲这个女人。

可即便如此文子又是为了什么，把据说沾染了她母亲口红的志野陶拿来给他看？

文子是天真呢，还是感觉迟钝？菊治不明白。

只是，文子身上的某种不抵抗，似乎也传递给了菊治。

菊治在膝上转着茶碗看，指头却不去碰到碗上的口唇接触处。

“请收起来吧。要是栗本老太婆又说什么会很烦的。”

“好。”

文子把茶碗收回箱中，重新包好。

看样子是打算送给菊治才带来的，可文子却似乎有所顾虑而没能说出口。也许，是觉得东西没能中菊治的意。

文子又站起来把那包裹放去玄关。

千花子弓着腰，从院里上到了屋内。

“能把太田家的净水罐拿出来吗？”

“用家里的怎么样？太田小姐来了……”

“说什么呢，不就因为文子小姐来了才要用的吗？用上志野陶遗物，好一起说说她母亲的旧事呀。”

“可是，你恨太田夫人不是？”菊治道。

“哪里有恨？不过是性格不合罢了，死了的人也没法恨呀。不过，正因为性格合不来，一来，我看不懂那位夫人；二来，我反倒在某些地方把她看透了。”

“看透别人，好像是你的习惯……”

“不要被我看透就好嘛。”

看得见文子在廊檐下的隔扇边坐下了。

千花子耸起左肩，转头说：

“文子，想借你母亲的志野陶用呢！”

“啊，您请便。”文子答道。

菊治把才刚收到抽屉中的志野陶净水罐拿了出来。

千花子倏地把扇子插进腰带，抱着装有净水罐的箱子去了茶室。

菊治也出房间来到隔扇边。

“早上电话里听说你搬走了，吓我一跳。房子的事啊什么的，都是你一个人办的？”

“是啊。不过，因为是熟人买的，所以简单。那人好像暂住在大矶[1]，听说是个挺小的房子，承蒙他说愿意跟我换，不过房子再怎么小，我一个人也没法住呢。要上班的话，还是租房来得方便，所以权且住到朋友那儿了。”

“工作定下了吗？”

“没有。一到要用的时候，才发现全无一技之长……”

文子微微笑了。

1 即大矶町，位于神奈川县南部。

“本想着工作定下后再来拜访的。因为没有家，也没工作，漂泊不定的时候来拜访会叫人伤感。”

菊治想说，那种时候来最好。本以为文子一个人孤零零的，而她看起来并非孤苦的样子。

“我也想把家里这房子卖了，却一直磨磨蹭蹭。可是因为有意要卖，所以雨水管也没有修，榻榻米也是因为这样没能换席面。”

“您要在这房子结婚的吧，到那时候……”文子直言道。

菊治看着文子：

“栗本说的？你觉得，眼下我能结婚吗？”

“因为我母亲的事……？若母亲叫你那么伤心，那么母亲的事，我想就可以让它过去了……”

四

因为手熟，千花子茶室的准备工作很快做好了。

“与净水罐的搭配还好吗？”

即便被千花子这么问了，菊治也是不懂。

因菊治未作答，文子亦没有言语。菊治和文子都看着志野陶的净水罐。

一度在太田夫人骨灰罐前用来插花的，眼下却回到了净水罐的本来面目。

原是太田夫人手头的东西，现如今却被栗本千花子的手操弄着。在太田夫人死后，传到了女儿文子的手中，又由文子之手流转到菊治手中。

这是个几乎有着奇特命运的净水罐，而所谓茶道用具，或许就是这样的吧。

在太田夫人成为它的主人之前，这净水罐在问世后的三四百年中，又是从有着何等命运之人的手中，手手相传至今的？

“志野陶一放到风炉[1]或茶釜旁边，看起来就更像个美人了。”菊治对文子道。

“可是，却有不亚于铁的遒劲模样。”

志野陶的白色肌理由内而外泛着光泽。

“那个志野陶的净水罐呀……一看见它就想见你了。”这是菊治在电话中对文子说的，而她母亲的雪白肌肤中，是否同样蕴含了女人的强大内涵？

因为暑热，菊治事先打开了茶室的纸拉门。

文子坐在那儿，她身后的窗外枫树正绿。枫叶浓密交叠的影子，落在文子的头发上。

文子自长颈子以上处在窗户的光亮中，似乎刚开始穿短袖的胳膊，看起来白得有些发青。她并不那么胖，肩却感觉圆润，胳膊也是圆乎乎的。

---

1 茶道中放置于席上，烧水用的炉子。

千花子也看着净水罐。

“果然，净水罐若不作茶道用，就不能现出好来。随便插点西洋花真是可惜了。”

“我母亲也用它插过花。”文子道。

“你母亲留下的净水罐来了这儿，真像做梦呢。不过，想必你母亲也一定高兴的吧！”

或许，千花子是想挖苦一下。

文子却若无其事。

“母亲也将净水罐作插花用过。再说，我也没学茶道了。”

“请别那么说。”

千花子一边环顾茶室，一边道：

“还是往这儿一坐，我才觉得心里最安呢。四面都望得到。”

她看着菊治，说：

“明年，你父亲去世就满五年了，就在忌日那天举办茶会吧！”

“是呢，说不定摆上一溜儿赝品茶具，呼朋唤友的会很愉快呢！”

“说什么呢？你父亲的茶具，可是连一件赝品都没有的。”

“也许吧。不过，全用赝品的茶会大概会很好玩吧？”菊治对文子道。

“我觉得，这茶室好像也笼罩着什么发霉味的毒气一样，若用清一色的赝品茶具办茶会，或许能驱毒气呢。就用它来为老爷子求冥福，从此断了与茶道的关系。明明之前断绝了的……”

“是说我这老太婆啰啰唆唆，总到这茶室透气来吧？”

千花子飞快地搅动茶筅[1]。

“算是吧。”

“那么说我我可不答应，不过，要是结上了新缘，旧缘断了也没关系啊。”

像说“请吧”似的，千花子把茶往菊治跟前一送。

“文子小姐，听到菊治的玩笑话，会觉得你母亲的遗物送错地方了吧？我一见着这个志野陶，就觉得你母亲的脸浮现在那儿一样。”

菊治放下喝过的茶碗，无意间看了一眼净水罐。

那涂了黑漆的盖子上映着的倒是千花子的样貌。

可是，文子却心不在焉。

文子对千花子是不抵抗呢，还是根本无视？菊治不明白。

文子连不愉快的神情都没有，同千花子一起进了茶室坐着，这也是件奇怪的事。

连千花子说菊治的婚事，文子也看不出有拘泥牵扯。

从早前就憎恶文子母女的千花子，其言虽句句有辱文子，文子却并未显露反感。

所有这一切都不过从事物的外表流经而过，文子她是沉

1 茶道用具，用于搅和粉茶。

浸在深深的悲伤中吗？

是受了丧母打击，而使她超越了那一切吗？

抑或继承了母亲的性格，是一个对自己、对他人都不抵抗，有着近乎不可思议般纯净心灵的姑娘？

可是，菊治极力不使人看出，他是想从中维护文子，使她不受来自千花子的嫌恶和侮辱。

意识到这点，菊治自己都觉得奇怪。

后来菊治看见，自斟自啜着茶水的千花子也是一副奇怪模样。

千花子从腰带间拿出表。

“总觉得这表太小，老眼昏花看不清……要不，把你父亲的怀表给我吧。”

“没有怀表。”菊治断然拒绝。

“有，他老戴着的呀！去文子你家的时候，他也戴着怀表的不是？”

千花子说着，故意装出一脸茫然若失。

文子做了坏事般低头朝下看去。

“是两点十分吗？模模糊糊看到两根针叠在一起。”

千花子变了一副勤快人模样。

“稻村家小姐帮我建了个学习小组，今天三点开始就是那小组的茶道练习。去稻村家之前我顺路往这儿来一下，想听听菊治的回信，好心里有个数。”

“稻村小姐那边，请你明确回绝。”菊治这么说道。

“好，好。明确是吧！”

千花子却笑着掩饰。

“真希望早点把那个学习小组的茶道练习，搬到这个茶室来。”

“那么，让稻村家买下这房子就可以了不是吗？反正不久也要卖掉。”

“文子小姐，你能和我一起去那儿吗？”

千花子不理菊治，向文子转过身去。

“好的。”

“很快就收拾好的。”

“我来帮你。”

“好的。”

可是，千花子却不等文子，径直向水屋走去了。

有水声传来。

“文子算了吧，不要跟她一起去。”菊治小声道。

文子摇头，说：

“真可怕呀！”

“没什么可怕的。”

“我怕。”

“那么，你就跟她一起到那边，然后甩掉她。”

文子一边摇头，一边想抚平夏装膝后的褶皱般站了起来。

菊治差点从下面伸出手去。

因为他误以为文子踉跄要倒，文子却赤红了脸。

千花子说怀表时，文子的眼眶就微微有些红，而这时，那羞怯如花开般猛地往四下散开了。

文子抱着志野陶净水罐去了水屋。

“哎呀，到底把你母亲的东西拿来了?”

从水屋中传来千花子嘶哑的嗓音。

双重星

一

“文子，还有稻村小姐都结婚了。”栗本千花子来菊治家这么说。

夏令时节，八点半之前的天色都还是亮的。菊治吃过晚饭，一边伸着四肢横卧在廊檐边，一边看着女佣买来的萤笼。发白的萤火虫光不知什么时候多了点黄色，天光也暗下了。可是菊治却没有起身去开灯。

菊治跟公司请了四五天夏假，去了位于野尻湖[1]的一个朋友的别墅，这时才刚回到家。

朋友已经结婚，有了新生儿。对婴儿全无经验的菊治实在判断不了婴儿生下了多少天，相对而言长得是大还是小，他困惑着，不知如何寒暄。

“这孩子发育得真好。”

1 位于长野县北端，避暑胜地，为斑尾火山喷发而形成的堰塞湖。

话音刚落，朋友的夫人就回道：

“才不是呢，生下来的时候那叫一个小，可怜死了。到现在才赶上来。”

菊治在婴儿面前晃了晃手。

“眨都不眨呢！”

“看是看得见的，不过，得再大点儿才会眨眼啊！”

菊治看婴儿，以为已经几个月了，可据说才有百天上下。年轻的夫人头发稀疏，脸色也寡淡，似乎还留有产后的疲惫，这也都能理解。

朋友夫妇的生活一切以那婴儿为中心，他们的眼中似乎只有婴儿，菊治觉得自己像个被排除在外的人，而一坐上回程的火车，那一看即知是老实人的夫人，她失去活力般憔悴，又陶醉般抱着婴儿的细长身姿，却久久浮现在菊治脑中，挥之不去。朋友一直与父母兄妹同住，产下头子后不久，才在湖畔别墅中与丈夫共享两人世界的夫人，也许正安适到有些发呆吧。

眼下，菊治回到家中，展身躺在廊檐边，心中仍怀着一种或许称得上神圣的伤感，想起了那夫人的模样。

这时，千花子来了。

千花子不客气地闯进客厅。

“哎哟，这么暗。”

这么说着，在菊治脚前的廊上坐下了。

“单身汉真可怜，一躺下，就连个帮忙开灯的人也没了吗？”

菊治曲起脚缩了缩。过一会儿，却一脸不耐烦地坐了起来。

“你请躺着。”

千花子用右手做了个手势，让菊治躺下，随后又郑重其事致了寒暄。说她去了京都，回程时顺路去过箱根才回来的。在京都她师傅那儿，见到了经营茶道用具的大泉。

“久别重逢，我们说了很多你父亲的事。他说，‘我带你去三谷先生幽会时的住处吧’，就带着我去了位于木屋町的小旅馆。你父亲当时，大约是同太田家的夫人一起去的。大泉问我是不是就在那儿住下，这话说得可真大大咧咧。一想起你父亲也好，太田家的夫人也好，两人都已去世，即便是我，到夜里说不定也会有点毛骨悚然吧！”

菊治没作声，心想，说这话的千花子才不在乎吧。

“菊治你也出门去了野尻湖？”

千花子明知故问。其实一进家门她就从女佣口中听说了，也不通报就径直进门，这是千花子的一贯做派。

“才刚回来。”菊治不高兴地答道。

“我是三四天前回来的。”

千花子一词一顿郑重其事道，她把左肩突地往上一提：

“可是呀，回来一看，发生了一件憾事。叫人大吃一惊！真是意外疏忽，我简直没脸来见你。”

千花子说，稻村小姐结婚了。

菊治听得一脸讶然，幸好是在廊侧的暗处。不过，他用了全不在意的口吻：

“是吗？什么时候？”

“你倒沉得住气，说得像跟自己没关系似的。”千花子挖苦道。

“要说雪子小姐的事，我可是再三跟你回绝的。”

“说得好听，对我才摆出那副面孔不是？从一开始就没兴趣，可是好管闲事的老太婆自作主张，纠缠不休，叫人不快，不过，心里又觉得对方小姐却是好得不得了呢！”

“都胡说些什么！”

菊治噗哧笑出声来。

“你中意小姐的对不对？”

“是个好姑娘。”

“那点我早看穿了。”

“并不因为是好姑娘就要同她结婚的。”

可听说稻村小姐已经结婚，在觉得胸口被扎了一下后，菊治强烈地渴望在脑中描绘出小姐的面容来。

菊治与雪子只见过两次面。

在圆觉寺的茶会上，为了让菊治见见雪子，千花子特意让雪子点了茶。茶点得纯朴高雅，映着新叶影子的纸拉门把雪子长袖和服的肩、袖，连同头发都衬得发亮，那印象虽留存于心，可雪子的面容却叫人难想起。那时候的红色小方绸巾，还有走去寺院深处茶室时，雪子手持的在桃红色绉绸上缀有白色千鹤图案的包袱，直到如今还鲜明地浮现在眼前。

那之后，雪子再次来菊治家的那天，千花子也点了茶。如同第二天菊治仍觉得茶室中还留着小姐的香气一样，小姐的水菖蒲手绘腰带也历历在目，而她的样貌却难以捕捉。

连三四年前死去的父亲和母亲的脸，菊治也有些记不真切了。看一下照片才认定真是那模样。也许，越是亲密的爱人，就越难记起。又也许越丑陋的，才越容易明确留存在记忆中。

雪子的眼睛、脸颊，是如同光一样的抽象记忆，而横覆千花子乳房至心窝的痣，则是像癞蛤蟆一样成为具象的记忆。

现在，廊侧虽然很暗，可菊治知道，千花子大约是穿着白色小千古[1]麻绉和服长衬衣，即便在亮处，也不可能透过衣服看到胸脯上的痣，可是菊治却用记忆看到了。与其说因为暗看不见，倒不如说，是因为暗才看得更清。

"若觉得她是好姑娘，就不能让她跑了。因为稻村雪子这人，世上可就仅此一个呢！花费一生去找，也找不到一样的。这么简单的道理菊治你竟还不明白。"

千花子用了斥责般的口气：

"经验还浅，想头倒大。就这样，菊治你和雪子，两个人的人生就变了。小姐对同你的事情是乐意的，所以，要是小姐嫁给别人而变得不幸的话，也不能说菊治你就没责任。"

菊治没有作答。

---

1 指新潟县小千古，麻产地。

“你是仔细看了小姐的对吧，就忍心让那位小姐以后想起你来，后悔说‘几年前同菊治结婚就好了’那样的话吗？”

千花子的声音里满含了怨气。

若雪子已经结婚，千花子又是出于什么要说这废话呢？

“这个时候还有萤笼吗？”

千花子伸了伸脖子。

“马上就到挂秋虫笼的季节了，竟还有萤火虫？跟个幽灵似的。”

“是女佣买来的吧。”

“女佣，也就这点水平了。菊治你要是习茶道，就不会有这样的事啦！茶道可是讲‘日本的季节’这一套的。”

被千花子这么一说，萤火虫光就真有了那么点幽灵味道。菊治想起了野尻湖湖岸边的虫声。没错，这萤火虫活到这时确叫人觉着不可思议。

“要是有个太太，就不会孤单冷清地滞后于季节了不是？”

千花子突然感慨万端：

“我想着，玉成你与稻村家的小姐，就是我为你父亲效劳……”

“效劳？”

“是的。还有，菊治你在黑暗里躺着看什么萤火虫，我可告诉你，连太田家的文子也都结婚了！”

“什么时候？”

比听说雪子结婚时还吃惊，菊治惊得像被人绊了一跤，也不打算遮掩那惊讶了。菊治满脸都是“不可能”的神态，千花子也看出来了吧。

“我从京都回来一看，也惊呆了，就像商量好了似的两个人急急慌慌都把事办了，年轻人就是简单啊！”

千花子道。

“我才想，文子嫁了，也就没人来干扰你了，可那时候稻村家小姐早已结婚了。对稻村家，就连我的面子也被你丢尽，托了你优柔寡断的福啊。”

话是这么说，菊治却不相信文子已经结婚。

“太田家的夫人到死都在打扰你对不对？不过，文子结了婚，夫人的妖气也会从这屋里消散吧！”

千花子把目光转向庭院。

“这下干净利落了，也修整修整庭院树木吧。就是这么个黑暗里，我也知道树枝树叶长得全无节制，真叫人郁闷。”

父亲死后四年，菊治从未请过园丁来家。庭院树木长得实在恣意茂盛，这点，从散发着白天暑热余温的气味也已经感知到了。

“女佣水也不浇的吗？那么点事儿，你也吩咐一下吧？”

“真多管闲事。”

可是，虽然他对千花子说的每一句话都皱眉，但他似乎又任由她喋喋说个没完。每次同千花子一见面，就总是这样。

千花子一边故意说着惹人厌的话，一边讨好菊治，又意欲试探他。那调调，菊治已经习以为常。菊治不仅公然拒绝，也在暗地里提防。那些，千花子是知道的，却多半装着不知，有时候也故意显出她知道的样子。

此外，千花子很少说让菊治出乎意料的那种讨厌话。她挑刺的，是菊治有点自我嫌弃似的考虑着的问题。

今天晚上，千花子也像是以告知雪子、文子都结了婚来窥伺菊治的反应。这是出于什么目的？菊治想，自己可不能掉以轻心。千花子意欲把雪子说给菊治，以此来让文子离菊治远点，而既然两个姑娘都已经结婚，这之后菊治怎么打算似乎就由不得千花子干预了，可是，她却依然紧随菊治心头的阴影。

菊治想着是不是要站起去把客厅或外廊一侧的灯打开，在暗处就这样与千花子说话，留意到了就觉得有些奇怪，且两人的关系也并没那么亲密。连修整庭院树木这样的事都多嘴，菊治听了，也只当那是千花子一贯的好管闲事未加理睬。可是，不知为什么，菊治就是懒得站起去开灯。

千花子也同样，虽一进屋就先说了灯，却并不想自己起身去开。在这样的事上勤勤恳恳是千花子的习惯，也是家业的一部分。这样看来，她对菊治就显得颇失殷勤。也或者，是不是因为千花子年纪大起来，有了些许茶道师傅的派头？

“京都的大泉托我带了口信，他说如果你这边要出茶道用具的话，到时候请让他来办。”

千花子口气沉着地道。

“稻村家的姑娘也让她跑了，假设菊治你一发奋开始新生活，也许就不要这些茶道用具啦。我呢，从你父亲那会儿做下来的活儿也没了，虽然冷清寂寞，可你家茶室也只有在我来的时候，才得以通通风不是？”

菊治哈的一声表示同意。

千花子的目的很明显，和雪子的婚事没说成，她对菊治已经失去信心，最后，就想着同卖茶具的合起伙来，把菊治家的茶道用具给弄出去吧。那会儿在京都，就是和大泉事先议价去了吧。

菊治与其说是恼火，不如说反觉得好像轻松了。

“正想着连家也卖了，所以，过不久或许就去找你帮忙。”

“不管怎么说，还是你父亲那时就常来家中的老主顾，让人放心。”千花子又加了一句。

家里的茶具，比起自己，千花子要知道得更清楚详细吧。菊治想，千花子或许都已经在心里将它们一一盘算过了。

菊治朝茶室那边看去。茶室近前有一棵大的夹竹桃树，白花开得正盛。看去只朦胧一片的白。那是个黑得分不清天空同树木界限的暗夜。

二

下班时分，菊治正要出办公室，却被电话叫了回去。

“我是文子。”

听得话筒那头小声道。

“那个，我是三谷……”

“我是文子。”

“啊，我知道。”

“打电话给您虽有些失礼，可是因为有件事，如果不打电话道歉的话就来不及了。”

“哦？”

“其实，是我昨天给您写了一封信，可是好像忘贴邮票了。”

“啊？可我还没收到……”

“因为我在邮局买了十张邮票，信寄出后回到家一看，竟好好的还有十张。真是太糊涂了。我想着，要怎么在信到达之前跟您道个歉……”

“要是那么点小事，不必放心上的……”

菊治边回答边想：那所谓的信，大约是结婚通知书也未可知吧。

“是封报喜的信吗？”

“啊……？一直都是打电话说的，写信还是第一次，所以犹豫着该不该寄，才一糊涂把邮票忘了。”

“你现在在哪？”

“打的公用电话，在东京站……后面还有人排队等着。”

“公用电话吗？”

菊治觉得有些难以理解，却还是说：

“恭喜你。”

"咦……？托您的福总算……可是，您怎么知道的？"

"是栗本，她告诉我的。"

"栗本师傅她……又怎么知道的呢？真是个可怕的人。"

"不过，你以后也不会再见到栗本了不是？还记得上次，电话中连雷雨的声音也听见了。"

"您是这么说的，那时候我搬到了朋友那儿，左右为难犹豫着要不要告诉您，这回也一样。"

"这个呀，我觉得你还是告诉我的好，因为我是从栗本那儿听说的，正拿不定主意该不该道喜。"

"就这么失踪的话，是有些凄凉呢。"

她说。行将消失的声音与她母亲的很像。

菊治突然噤了声。

"可是，也许是不得不销声匿迹吧……"

过了一会儿又道：

"虽是蹩脚的六叠大小的榻榻米房间，可那是和工作同时找到的。"

"啊……？"

"正是酷暑的时候开始上班，很辛苦。"

"是啊，再加上很快结婚……"

"哎呀？结婚……？您说结婚？"

"恭喜你。"

"哎呀？我……？讨厌啊。"

"你结婚了对吧？"

“哎呀？我……？”

“你不是结婚了吗？”

“没有啊。我现在，还能有心情结婚……？发生了那样的事，母亲才刚去世……”

“啊。”

“是栗本师傅那么说的？”

“是啊。”

“怎么回事呢？真不明白。三谷先生您听说后也认为事情真是那样吗？”

文子也像在对自己说。

菊治突然用了清晰的声音道：

“电话里说不清，能见面吗？”

“好。”

“我去东京站，请就在那儿等着。”

“可是……”

“要不，说好某个地方你去那儿等？”

“我不喜欢在外头等，所以，还是去你家吧。”

“那就一起回去？”

“一起回去的话，也还是要在说定的地方等啊。”

“要么顺道来我公司？”

“不，我一个人去。”

“是吗？我也马上回去。如果文子你先到呢，就先请进。”

假设文子从东京站坐电车，应该是比菊治还早的班次吧。

可菊治却总觉得似乎会乘上同一趟，他在乘车处的人群中穿行，边走边找。

最终还是文子先到的家。

听女佣说文子在院中，菊治也径直从玄关横头进了院子。文子坐在白夹竹桃树荫下的石头上。

自千花子来过后这四五天来，女佣都在菊治回来前给树浇了水。院子里的旧自来水管口也能用了。

文子坐着的石头，下端看起来也像是湿的。盛开的夹竹桃，浓厚绿叶衬着的若是红花，那花会如烈日当空，可眼前这白花给人满满的清凉感。花簇轻摇，把文子的身影包掩其中。文子也穿着白色的棉布服，翻折的领口和袋口上用深藏蓝布镶了细边。

夕阳从文子身后的夹竹桃上，一直照到菊治跟前来。

“欢迎。”

菊治一脸亲密走过来。

菊治开口前，文子有什么欲言又止，然后道：

“刚才，电话中……”

这么说着，肩膀一缩，像要转身般站了起来。或许她看菊治那样子，觉得他再这么径直上前来，就会抓住她的手吧。

“因为电话中您说了那样的话，我才来的。来澄清……”

“结婚的事？我也吃了一惊。”

“哪个？”

文子不敢正视，低了头朝下看去。

“要说哪个，总之，是听说文子结婚了的时候和听到没结婚的时候。两次我都很吃惊。”

“两次都?”

“可不是嘛。”

菊治沿踏脚石走去。

“从这儿进去吧。你可以进屋等的……”

这么说着，在廊檐边坐下了。

“前些天我旅行回来，正在这休息的时候，栗本闯来啦。是晚上。”

女佣在里屋喊菊治。大概是晚饭的事吧，方才从公司出来的时候打电话吩咐过。菊治起身去了，回来时顺便换了白色的上等麻布装。

文子看样子也重新补过妆，正等着菊治落座。

“栗本师傅的话怎么说的?”

“只说，听说文子小姐也结婚了……”

“那话，三谷先生您就当真了?”

“因为万没能想到是假的……”

“您一点儿都没怀疑……?”

文子又大又亮的黑眼睛瞬间湿了。

“我现在能结婚吗?三谷先生，您觉得我做得了那样的事吗?母亲也好我也好，都那么苦恼又伤心，那些都还没有过去……”

这话在菊治听来，觉得就像她那母亲还活着一样。

“母亲也好我也好，都是天生与人一熟悉就爱任性说话的，也愿意相信别人能懂得自己，那都是虚幻吧，只是自己心灵水面上倒映着的自己……”

文子已泣不成声。

菊治沉默了好一会儿。

“‘你觉得我眼下能结婚吗？’这话，是前一阵我对文子你说过的呢。下雷雨的那天吧……？”

“下雷雨那天……？”

“是啊。今天，反过来被问了。”

“不对，那是……”

“我是不是就要结婚了，文子你之前总是这么说。”

“那是因为三谷先生您和我是完全不同的呀。”

文子道，一边用噙满泪水的眼睛盯着菊治。

“三谷先生和我，是不一样的。”

“怎么不一样？”

“身份不同……”

“身份？”

“是的，身份不同。不过，要是不讲身份这个词，那就说身世境遇的晦暗吧。”

“总之，是说罪孽深重……那不该是我吗？”

“不。”

文子猛地摇了摇头。泪水溢出了眼眶。可那只是一滴泪水不经意地离开左边眼角，流经耳朵边落了下来。

“如果是罪孽，母亲已经背负着它死过了。不过，我并不认为是罪孽，我觉得仅是母亲的悲哀。”

菊治低下了头。

“是罪孽的话，也许就永无可消之时，可是，悲伤会过去的。”

“可是，文子你若说身世境遇晦暗之类的话，不是也会把你母亲的死弄得阴郁晦暗吗？”

“还是说深深的悲伤比较好。”

“深深的悲伤它……”

不就等同于深深的爱嘛，菊治想说，又止住了。

“并且，再说三谷先生您还有同雪子小姐谈婚论嫁的事，所以和我不同。”

文子似乎要把话说回到现实中来。

“因为栗本师傅好像觉得是我母亲干扰了那事，她说我结婚了，是因为把我也当成了干扰。只能这么想了。”

“但是，据她说那稻村小姐也结婚啦。”

文子松了口气，一脸茫然，却说：

“骗人……骗人的不是？那也肯定不是真的。”

说着，又猛地摇了摇头。

“什么时候的事？”

“稻村小姐结婚？该是最近吧。”

“肯定骗人的。”

“因为她说雪子小姐和文子小姐两个都结婚了，我反倒觉得文子你结婚大约也是真的了。”

菊治低声道。

“可是，雪子小姐那边，说不定是真的……”

“骗人的。这么热的时候可没人结婚，只穿一层衣服都淌汗呢。”

“是啊。夏天是不是没人举办婚礼呢？”

“啊，几乎……也不能说完全没有吧……也或者把结婚典礼延到秋天办……”

也不知怎么了，文子湿润的眼中又满是新的泪水，泪水落到膝上，她盯着自己的泪斑。

“不过，栗本师傅到底是为了什么要说那样的假话呢？”

“把我好一通骗。”菊治也道。

可是，那事为何引出了文子的眼泪？

至少，文子的结婚不是真的，此时此地已经确定。

说不定雪子她真的已经结婚，所以现在难不成是为了让文子也远离菊治，千花子才说文子也结了婚的？菊治这么疑心着。

可是，那又叫人不能完全理解。菊治仍然觉得雪子结婚似乎不是真的。

“不管怎么样，在不清楚雪子小姐结婚是真是假的时候，是不是栗本的恶作剧也未可知呢。”

“恶作剧……”

“算了，就当是恶作剧吧！”

"不过，今天要是不打电话，我就成了已婚的了。这恶作剧太过分啦！"

女佣又喊了菊治一声。

菊治从里屋拿着一封信回来了：

"文子你的信到啦，没贴邮票……"

说着，轻松愉快地就要开封。

"不，不，您不要看……"

"为什么？"

"不要，把它还给我。"

文子膝行着过来，想从菊治手中把信抢去。

"您请还给我！"

菊治忽地把手藏到了身后。

就是那一瞬，文子的左手戳到了菊治的膝盖。她是试图用右手去抢信。左手的动作与右手相反，身体失了平衡。眼看要向菊治身上倒去的时候，左手往后支撑住了，而右手仍竭力伸长，要去抓菊治身后的东西。文子向右一扭，侧脸险些往菊治怀中倾下，她却又灵活闪开了。连戳到菊治膝盖上的左手，也只轻柔地触了一下。这样的柔柔一触，是如何将往右扭之前就要倒下的上身支撑住的？

眼见着文子猛地倒来，菊治也紧绷了身子，而文子那出乎意料的柔软，让他差点啊地叫出声来。他强烈地感受到了女人，感受到了文子的母亲太田夫人。

她是在哪个瞬间闪开身的？又在哪个瞬间松了力？那是

一种不可能的敏捷，就像是女人本能的秘术。菊治本想着文子的身子会沉重地压向他，文子却只如温暖的香气贴近了一下而已。

香气浓郁。夏天，从早上工作到傍晚的女人，体味正变得浓郁起来。菊治感受到了文子的香气，他感受到的，也是太田夫人的香气。是太田夫人拥抱时的香气。

“哎呀，您还给我！”

菊治没再抗拒。

“我撕了它。”

文子转过身，把自己的信撕成了碎片。脖颈与裸露的胳膊都因汗水而浸湿了。文子闪开欲倒的身子时忽然变白的脸，自重新坐下后开始泛红，就是那一会儿，似乎又微微地带了汗。

三

从附近料理店点了晚饭送来，一成不变的老一套很是乏味。

志野陶的筒茶碗，被当作菊治的喝水杯放在了那儿。跟平时一样，是女佣拿来放上的。

菊治忽然意识到了，而文子也停住了目光。

“呀，那茶杯，是您在用着吗？”

"啊。"

"真叫人不知怎么好。"

文子的声音听起来并没有菊治那么害羞。

"我后悔送您那样的东西啦。这件事，我在信上也提了一下的。"

"说什么了？"

"也没什么，只是送了您不像样的东西，跟您道歉……"

"没有不像样啊。"

"并不是太好的志野陶对不对？因为我母亲，平时也只是拿它当水杯。"

"我虽不太懂，可这难道不是上好的志野陶吗？"

菊治一边说，一边把筒茶碗拿到手中看了看。

"不过，比这更好的志野陶多的是呢。您要是用着这个，又想起别的茶碗，觉得那一个志野陶才叫好……"

"家里好像并没有志野陶的小茶碗。"

"即便您家里没有，可在外面也会见到啊。您想用这个的时候，心里却有别的茶碗浮现，想着那个志野陶才是好的，要是那样，母亲和我都会伤心啊。"

菊治倒吸了一口凉气，却道：

"我很快要与茶道绝缘，所以，也不会有机会看到茶碗了。"

"可是，什么样的机缘又见到也未可知啊，就是之前，您也见到过比这更好的志野陶不是？"

"要这么说的话，送人东西就只能送最好的了。"

“是啊。”

文子干脆地扬起脸，目光直视菊治：

“我就是这么想的。请把它摔碎丢了，信上也这么写的。”

“摔碎？把这？”

对一味紧逼来的文子，菊治有些支吾着掩饰道：

“这是志野的古窑器，所以，该是三四百年前的东西了。最早大约是向附[1]或其他什么用的，可能并不是什么茶碗水杯，可自被当作小茶碗用，大约也历经很长的岁月了，那是因为古人小心珍惜着才传下来的。也许还有人曾把它装入旅行的茶箱，带着走过远路。因为这样，恐怕不能由着文子你的任性而摔了它。”

据说茶碗上口唇接触的地方，也渗进了文子母亲的口红渍。

茶碗口一沾到口红怎么也擦不净，母亲似对文子这么说过，菊治得到这志野陶之后也发现，碗口有一处尤其显得脏，洗也洗不掉。不用说，那并非口红那种颜色，是淡淡茶色，却掺了点隐约的红，把那看成败了的陈旧口红色也未尝不可。不过，那也许是志野陶自带的微红。还有，那器皿只要把它当茶碗用，口唇接触的位置就是固定的，所以，也或者是比文子母亲更早的前主人的嘴留下的污渍。不过，日常将之作水杯用的太田夫人，应该是用它用得最多的吧。

---

1 日式凉菜，日本料理中摆在餐盘中央靠里侧的菜，如生鱼片、醋拌凉菜等。

把这当水杯用，是太田夫人自己一念想到的，还是菊治父亲想起而让夫人用的？菊治也那样想了一下。

他也疑心，了入的那一对黑色和红色的筒茶碗，是被太田夫人和菊治父亲用作夫妻茶碗，一度当水杯喝水用过的。

让她把志野陶的净水罐当花瓶插入玫瑰花和康乃馨，给她志野陶的筒茶碗让她当水杯，曾经的父亲眼中，太田夫人也是美的吧。

两人死后，那净水罐与筒茶碗都来到了菊治这儿，文子也来了。

“不是任性，是真的想请您摔了它。”文子道，“因为送您净水罐，您高兴地收下了，就想着还有一个志野陶，给您当水杯送了您，可是后来又觉得不好意思。”

“这件志野陶，本不该拿它当水杯用对不对？说实话太委屈它……”

“不过，比它好的也不知还有多少。要是您一边用它，一边想着别的好志野陶，我会难过的。”

“因为送人东西只能送最好的是吗？”

“要看对方是谁，什么情形。”

菊治深深感动了。

文子是替他想着：希望菊治通过太田夫人的遗物，而想起夫人和文子，抑或是他满怀亲密去触摸的物品，要是最好的东西。

只有最好的名品才配成为母亲的遗物，文子一心表达愿望的话，菊治也懂。

那正是文子最真挚的情感。事实上，净水罐就是证据。

看起来既冷又暖的娇艳的志野陶肌理，让菊治就此想起太田夫人。可是，此间却并没有所谓罪恶的晦色，也无丑陋感相伴相随，个中也有净水罐是名品的缘故吧。

在看着那名品遗物的过程中，菊治愈发觉得，太田夫人是女人中最好的名品。名品是全无污浊的。

雷雨那天，菊治在电话中曾说："那个志野陶的净水罐呀……一看见它就想见你了。"因是电话，才得以说出了那样的话。也因听了那话，文子才说还有一个志野陶，并把那筒茶碗拿到菊治家来了。

诚然，这筒茶碗，应该不像净水罐那样名贵吧。

"好像，我家老爷子有一个旅行茶箱……"菊治想起来了，说道，"里面装的，一定是比这志野陶差的茶碗吧！"

"是怎样的茶碗？"

"我没见过。"

"我倒想开开眼呢，您父亲的肯定是好的。"文子道，"这志野陶若比您父亲的那个差，摔了它不也好？"

"真危险。"

饭后吃西瓜，文子一边灵巧地去西瓜籽，一边又催着要看那茶碗。

菊治让女佣去把茶室打开，自己也出到了院中，打算去找那茶箱，而文子也跟着来了。

“我也不知道在哪。倒是栗本知道得比我清楚……”

菊治转过身道。文子站在夹竹桃满开的花荫下，看得见树下她穿袜子和庭园木屐[1]的脚。

在水屋横头的架子上找到了茶箱。

菊治走进茶室，把它放在文子面前。文子以为菊治会来解开包袱，所以正襟端坐着等了一会儿，才自己动了手。

“我来开个眼。”

“灰尘都积起来了。”

菊治捏着文子刚解开的包裹皮站了起来，拎到院中拍了拍。

“水屋的架子上有死蝉，都生了虫。”

“茶室很干净啊。”

“是，前些天，栗本来清扫过。就是来告诉我，文子小姐和稻村雪子小姐都结婚了的那时候……可能因为是晚上，所以蝉飞进来后被关里面了吧。”

文子刚将一个装有茶碗模样的小包从箱中拿出，上身就深深地弯了下去。她解着碗袋的绳扣，那指头却微微地抖着。

文子圆润的两肩朝前缩着，菊治从一旁往下看，她那长脖子更醒目了。

越是有些兜嘴，那因过于认真而紧闭的下唇、老实丰满的耳垂，看起来就越可爱。

1 在庭园中行走穿的木屐。

“是唐津[1]。”

文子抬脸看向菊治。

菊治也在一旁坐下了。

文子将之放在榻榻米上，说：

“是个好茶碗啊。”

看上去也是能作水杯用的，一个筒形的小唐津陶。

“强劲，有凛然之气，比那个志野陶还要气派得多。”

“将志野陶与唐津陶作比较有些不合适吧……”

“不过，并排放一起看看就知道啦。”

菊治也被唐津陶的力度吸引，拿到膝上目不转睛看了一会儿。

“那么，是不是把志野陶拿来瞧瞧呢？”

“我去拿。”

文子站起身走了出去。

志野与唐津两个茶碗并排放在一起的时候，菊治同文子的视线无意中相遇了。

随后，目光又同时往茶碗落去。

菊治有些慌张般道：

“是男茶碗和女茶碗呀，这么并排着一看……”

文子像是说不出话来了，只点了点头。

连菊治也觉到自己的话有些异样。

---

1 以佐贺县唐津地区为中心产的陶器。据传，制陶技艺最早由镰仓时代末期来自朝鲜的陶工传授。

唐津陶没上彩绘，是素色的，稍带些枇杷色的青中也泛着些暗红。碗的腰部强劲鼓胀着。

“旅行的时候也带着，该是您父亲喜欢的茶碗吧。与您父亲很相配。”

文子没意识到危险般地说了危险的话。

志野陶茶碗与文子的母亲很相配，这话菊治没能说出口。可是，两个茶碗就如同菊治父亲与文子母亲的心，并排摆在这儿。

三四百年前的茶碗外形健康，并不引发人病态的妄想。可是，它们充盈着生命的张力，甚至是性感的。

一旦将自己的父亲同文子的母亲看成两个茶碗，菊治觉得，眼前摆放的就像是两个美好灵魂的赋形。

并且，因为茶碗的外形是真实的，他觉得，在茶碗两侧相对而坐的自己与文子，此时也是纯净无垢的。

太田夫人头七的次日，菊治甚至对文子说过两人相对而坐是一件可怕的事。而眼下，那罪恶的恐惧也被茶碗的肌理拭去了吧。

“真美啊。”

菊治自言自语般说道：

“父亲也不是地位人品特别好的，说不定摆弄茶碗之类，是想麻痹他的各种罪孽心。”

“啊？”

“不过，一看着这茶碗，它原主人的坏也变得叫人想不起来了是不是？父亲的寿命，短得只是这传世茶碗寿命的多少分之一……”

“死亡就在你我脚下，多可怕呀。明明自己的脚下也有死，却总想着不能被母亲的死纠缠住，我也做了各种努力。”

“是啊，一旦被死去的人缠住，就会有一种好像连自己也已不在这世上的感觉。”菊治道。

女佣把水壶之类的东西拎来了。

大约因为菊治他们在茶室待得久了，她想着要烧水点茶吧。

就用摆放在这儿的唐津陶和志野陶茶碗，像旅行途中一样点一次茶怎样？菊治试着向文子提议。

文子顺从地点点头。

“将母亲的志野陶摔碎前，能把它给我当茶碗用一次以作惜别吗？”

说着，她从茶箱中拿出茶筅，往水屋洗去了。

夏日昼长，天还没有黑。

“就当是在旅行……”

文子一边用小茶筅在小茶碗中搅动，一边说。

“既是旅行，那么往哪儿投宿呢？”

“不一定非要旅馆呀，也许是河岸，也许是山上。就当用的是山谷中的水，冰冷的才好吧……”

文子把茶筅提起来的时候，黑眼睛也往上看，瞟了菊治一眼，旋即又将目光投注在掌中转起的唐津陶茶碗上。

随后，文子的眼神也同茶碗一起，移往菊治的膝前。

菊治感觉文子仿佛是随眼神流淌到自己面前的。

这回，把母亲的志野陶往跟前一放，茶筅沿碗边唰唰擦着，文子停了手。

“真难啊。”

“碗太小，不好点吧？”

菊治这么说时，文子的手腕抖了一下。

而她的手一停下，茶筅在小小的筒茶碗中就再也动不起来了。

文子看着自己僵直的手腕，一动不动垂着头说：

“母亲不让我点啊。”

“哦？”

菊治突地站起，似要把被咒语困住动弹不得的人搀扶起来一般，一把抓住了文子的肩。

文子没有抵抗。

四

菊治睡不着，等见着防雨门的门缝里亮了，才往茶室去。

庭院石制洗手钵的前石上，落着志野陶的碎片。

把大的四瓣碎片在掌中一拢，就恢复了茶碗的形状，碗口处却少了一块。缺口放得下一个拇指。

那块碎片也还在的吧，他在石缝间找了找，却很快作罢了。

抬眼看，东边的枝叶间，一颗硕大的星星正兀自亮着。

天亮时的启明星菊治已多年未见。他一边这么想着，一边站起来看，而天上已笼起了云。

因是在云中亮着，星星看起来似乎越发大了。光的边缘像被水濡湿了一般。

面对着新鲜透亮的星星，自己却在捡着茶碗的碎片要把它们拼起来，这样的比照，让菊治觉着可悲与可怜。

他把手中的碎片就地扔了。

昨夜，菊治没来得及阻止，文子就把茶碗打碎在了洗手钵上。

文子失踪般悄没声息出了茶室，菊治全没发现她带着茶碗。

“啊！”

菊治叫出声来。

可是，却也顾不上去昏暗的石阴下找茶碗的碎片，他扶住了文子的肩。因为文子蹲着打碎茶碗的身子正往洗手钵那边倒去。

“还有更好的志野陶啊。”

文子嘟哝着。

菊治会将它同更好的志野陶比，是这让她感觉悲伤吗？

之后，菊治在彻夜的无眠中深深体味到了文子那话中哀切又纯粹的余韵。

待庭院中亮了，他才去看那打碎的茶碗。

可是，捡起的碎片，在见过星星后又扔了。

随即一抬眼，菊治道：

“啊！”

天上没有星星，菊治看了一眼拾起的碎片，即是那一瞬，启明星便被云遮住了。

菊治像被夺走了什么似的呆呆看着东边的天。

云并不见得有多厚，却也不能知晓星星的有无。天幕下方有云裂开，低低擦着城市的屋顶，那淡红色变得愈发深浓了。

“也不能扔这儿。”

菊治自言自语着，又把志野陶的碎片捡起来放入睡衣的怀中。

就这么扔在那儿叫人看着难受。也怕栗本千花子看到了起疑盘问。

也因为文子像是钻牛角尖才摔的，菊治想着，碎片就不保存了，将它埋到洗手钵的旁边去。最后他却用纸包着放进了壁橱，随即回了被窝。

文子担心的，到底是菊治什么时候要把这志野陶与什么作比较呢？

菊治甚至有些疑惑：这样的担心从何而来？

并且昨晚和今晨，他总觉得根本无法将文子同任何其他的什么作比较。

于菊治而言，文子是无可比拟、无与伦比的。是既定的命运。

在此之前，菊治从没认为文子是太田夫人女儿以外的其他什么人，而现在，他也像忘了那一点。

母亲的身体特征微妙地转到了女儿身上，菊治曾被那一点诱惑着做过离奇的梦，凡此种种，如今却反消失得无影无踪。

菊治得以从长久罩在身上的黑暗丑陋的幕中出来了。

是文子纯洁的苦痛救出了菊治？

文子并没有反抗，是纯洁本身在反抗。

她才是掉进咒语与麻痹深渊的人，而菊治反而觉得从咒语与麻痹中逃离了。就像一个中了毒的人，最后服了大量的毒药解了毒一样，是奇迹。

菊治一到公司，就往文子店里打了电话。文子曾说她在神田一家呢绒批发店上班。

文子没去店里。菊治是睡不着才来上班的，而文子是不是一觉深睡到了早上？菊治想，或者也因为不好意思，她今天在家闭门不出？

午后再打电话，文子还是没上班，菊治因此跟店里的人打听了文子的住处。

昨天的信上应该也写了这回搬家后的地址的，可文子却把它连同信封撕碎装进了口袋。晚饭时说起工作的事，菊治记住了呢绒店的店名。可是，忘问地址了。因为文子的住址就像已经移进了菊治体内一样。

下班回去的路上，菊治找到了文子租住的那个家。在上野公园后面。

文子不在。

一个看样子刚从学校回来、穿水兵服的十二三岁少女出到玄关来，刚出来，又进去问了一下。

“太田小姐今天早上说要和朋友去旅行，她不在。”

“旅行？”菊治反问道，“出门旅行了？今天早上大概什么时候？说去哪了吗？”

少女又躲进里面去了，这回是从稍远一点的地方说：

“不清楚。因为我妈出门了……”

她这么答着，似乎害怕菊治的样子。是个眉毛浅淡的孩子。

菊治出了门又回头看，却没能找着文子的房间。那是幢也有一个狭窄庭院的、小小的二层楼房。

“自己的脚下也有死。”文子这话让菊治脚下发麻。

他掏出手帕擦了擦脸，随着那擦拭，脸上的血色也消失殆尽了一般，但他依然吭哧吭哧地擦。

手帕微微地发黑变湿了。他也觉着了背上汗湿的冷。

“应该不会去死。”

菊治对自己说。

那个让菊治感觉重获新生的文子，没有理由去死的。

可是，昨天文子表现的，难道不是对于死亡的顺从吗？

或者，那顺从也可以理解为：她害怕同她母亲一样成为罪孽深重的女人？

“让栗本一个人活着吧……”

菊治对着假想敌吐出一口恶气般地道，说完，急急往公园的林荫中去了。

永远的旅人[1]

——川端康成其人及作品

三岛由纪夫

一

数日前从报纸上得知，川端先生以笔会代表身份[2]赴欧参会的行程又取消了。川端先生每年都要出席国际笔会代表大会，因此他远赴海外的消息年年都有报道，几乎成了传统。时隔不久，又如传统一般，行程取消的消息也再见报端。普通读者往往弄不清楚究竟是怎么一回事。

然而，稀奇的是，川端先生自己也不清楚。

好几次，我问他："今年快该去了吧？"他只是答："哎，不知道啊。"甚至临到行前也是如此。最后，在川端先生本人的意愿

1 译自新潮社2003年版《三岛由纪夫全集》第27卷。

2 川端康成从1948年起任日本笔会会长，直至1965年。

下，行程取消。

一般来说，真的需要出国的文人，无论如何都是要去的。所以，如果因故无法成行的话，实际上也不是必须出国。我的这种看法套用在川端先生身上，正好合适。不过，让我疑惑的并不在这一点，而是计划赴欧又取消行程一事围绕着川端先生所起的复杂状况，以及在这过程中川端先生身上呈现的某种规律性。

川端先生的生活、艺术以及人生的方方面面，都是如此！他到底真的想去，还是不想去？谁都不知道。连川端先生自己都不知道的事，谁又能知道呢？

我行事慌张，墨守成规，凡事都要按计划推进。在我这种人看来，川端先生是位奇人。神在造人时，也像造园一样，乐于考虑各种对比，所以人的性格迥然有别。就东洋来说，我这种人是小卒，川端先生则是高深、神秘、汪洋大海般的大人物。

但是，听人评价川端先生是“胸襟宽广之人”“大度量之人”，我又感觉不太相称。因为这种类型的性格会让人立即联想到西乡隆盛[1]。然而，川端先生十分清瘦，又是一副神经质般的风貌，与西乡隆盛完全不同。另一方面，世间流传着诸多对川端先生的偏见，说他具有近代性的、如末梢神经般异常敏锐的洞察力，也有说他拥有古代美术收藏家一样纤细的美意识，等等。以这些偏见来看，川端先生的作品实际上并不是豪放的、英雄式的，而是纤巧的，透着惊人的敏感。

---

1 西乡隆盛（1828—1877），日本政治家，明治维新时期倒幕派中心人物。

川端先生这个人的独特之处，就在于他的性格中不可思议地混合着互异的特质。所以，他的生活与作品看似截然不同，却又被一根共通的线牵连在一起。在那些纤巧的作品中也随处可见果敢、大胆的笔触。

二

有人说川端先生冷酷，有人说他温暖，关于他的评价往往因人而异。如果从极其世俗的意义上界定温暖之人，那么先生确实是温暖、侠义的好人：他为穷困者提供物质援助，帮助别人找工作，照顾已故恩人的家人，等等。先生的半生中，这类美谈累积如山。在受助的人看来，先生大概既像幡随院长兵卫[1]，又像清水次郎长[2]吧。而且，先生的这些行为中，没有丝毫伪善的味道，这也是他的特质。如今我要出国旅行时也是，川端夫妇特意到寒舍激励独自出行前无助不安的我，给了我莫大的底气。

但是另一方面，极其世俗的意义上的温暖之人往往过度热心，喋喋不休地强迫对方接受自己的好意，而且喜欢擅自干涉他人的私生活。而这些特点，先生完全没有。十年间，我一直亲聆先生的教诲，却从未听到过什么忠告。不过，也可能是因为他觉

1 幡随院长兵卫（1622—1657），日本江户初期的侠客。本名塚本伊太郎，传说因杀人被判死刑，随后被幡随院的住持救下，于是自称幡随院，后成为町奴（市民侠客）的头领。

2 清水次郎长（1820—1893），日本江户末期到明治时期的侠客、实业家。

得我这个人不听劝，即便给忠告，也是徒劳吧。先生酒量小，从不会与人豪饮。大概因为这层缘故，十年来，先生从没有半强制性地要求过我陪他喝酒。即便路上偶遇，也不过是作为后辈的我邀他去喝个茶而已。

“喝一杯去！”“这人不够意思！”以这种世俗方式生活的人，当然会觉得先生冷酷吧。我也不能免俗，有时碰上先生兴致大好，也不是没有期待过他与我谈些荒唐的事，可惜这种事绝对不可能发生。

有人曾说过：

“若是陪同小说家出行，最佳人选便是川端先生。一同旅行时他爱操心，工作上又平易近人。除此以外的事，完全放手不管。”

此人所说若是真的，那么川端先生的人生便是一场接一场的旅行，先生就是一个永远的旅人。偶尔在人生的一隅落脚小憩，便忍不住关照邻里，善待老妪。那么，是不是一直在路上，就能拥有川端先生那样的生活态度呢？并不会。不仅不会，还有许多人在外出旅行后变得更招人烦。

不过，我们很难到达完全不需要他人忠告的境界。理论上来说，一切忠告都只是伪装的利己主义。面对他人的忠告，我们很可能又会忠告对方：“忠告这种东西不过是伪装的利己主义罢了，难道不是吗？”然而，如果打碎了忠告这种愚劣的、社会连带性的幻影，我们又害怕其他幻影也会一并被打碎，人就会陷入孤独。

这就产生了许多传说：有人说川端先生“孤独”，也有人持另一种观点，称他为“达人”。当然，创作是需要孤独的。那种可以成为强有力的创作母胎的生气蓬勃的孤独并不能从无所事事、充满惰性的孤独感中产生。普鲁斯特长期禁闭在斗室，但也时不时穿上毛皮大衣，与相熟的文人见面。更何况川端先生体质强健，无宿疾，也很少感冒。他并不是挂着一副看破世事的表情，在人们想象的那种慢性孤独中度日。

川端先生其实经常外出。他虽然不是爱伦·坡所写的那个“人群中的人”，但是在人群聚集的地方发现川端先生那张“孤独”的脸也并非罕事。他常常挂着一副饶有兴致的表情，是好奇心旺盛的那种类型，应该和正宗白鸟[1]算是同一种人吧。在众所周知的镰仓文库时代[2]，作为励精恪勤的董事，他每天准时上班，从不懈怠。他食量小，一下子吃不了太多，于是一小份便当分四次吃完。如今已是不需要带便当的时代了，但他坚持出席笔会的例会，从不缺席，还要处理各种繁杂的外部事务。

有一两次，我和川端先生约好见面，他惊人地准时。而另一方面，他也并不是事事都这样务实高效。

有桩出名的逸事：川端先生年轻时，房东老太太来催要房租，他只是默然长坐，最后迫使老太太只得自己离开。先生的个

1 正宗白鸟（1879—1962），日本小说家、剧作家、评论家，自然主义文学代表作家，1943年任日本笔会会长。

2 1945年，川端康成参与成立图书借阅店“镰仓文库”。同年，镰仓文库转型为出版社，川端等人任董事；随后四年为其辉煌时代，最终于1950年解散。

人生活直到现在也没有什么计划性。从他成为新进作家开始，就喜欢住大房子，在热海[1]租了一套大别墅。据说，有客人留宿时，川端夫人便急匆匆地跑去租借被褥。即便这是杜撰的故事，也确实像川端先生的作风。据说有段时间，他常住的房子是租来的，却在轻井泽[2]买了三套别墅。这样的人恐怕并不多见。古董商也是，一碰上先生，恐怕就要费不少苦心了。

尤其不可思议的是，他会抽时间接待来客，几乎来者不拒。所以，他在家的时候，常有编辑、年轻作家、古董商、画家等数人，有时甚至是十余人围在他左右。我时常上门拜访，忝陪末座。这么多来访者，立场不同，事情也各异，主人若不八面张罗，话题自然就会中断。一个人说了什么。先生答上两三句。沉默。又有人唐突地发言。又是沉默。……就这样，几个小时过去了。

我基本是个急性子，耐不住别人的沉默。世上有人性子慢，对方沉默，他反倒觉得轻松，跟沉默的人打交道，丝毫没有负担。川端先生大体就是这种个性，别人沉默，他就想些别的事，并不觉得累。所以，川端先生的责任编辑也最适合由这种人来担任，他得能够享受一连数小时发呆或沉默的氛围。那么，川端先生出现在拥挤的会客间，会最先跟谁说话呢？听人讲，必定年轻女士优先。

初次见面，川端先生给人的第一印象出名地不好。他经常一言不发，毫不客气地盯着对方看，心怯的人只能连连擦冷汗。

---

1 静冈县城市，位于伊豆半岛北部，以温泉闻名。

2 位于长野县的避暑胜地。

甚至传说有位年轻的新手女编辑初次上门拜访，结果运气不好，或者说是运气很好——当天没有其他来客，先生三十分钟未发一言，女编辑不堪忍受，最后哇的一声伏地大哭起来。

来客中也有古董商，带着川端先生中意的名品过来，先生只顾埋头欣赏，连对古董一窍不通的同行也只好窘迫地跟着鉴赏先生的背影与古旧的名画。先生最初可能高估了我的鉴赏能力吧，给我看过大量他收藏的名品，可我一向兴致不高，最近他索性放弃，不再给我看了。

川端家习惯在大年初二迎客。战后，我第一次参加这天的聚会，众人谈笑风生，唯独川端先生独自坐在火盆旁伸手烤火，同时默默地注视着大家。当时尚健在的久米正雄[1]先生见状，突然大叫："川端你真孤独啊！太孤独了！"

我依然记得久米先生绝叫般的话语。那时的我觉得，爽朗的久米先生比川端先生看上去更孤独。我十分确信的一点是：自己懂得了这些正创造着丰富作品的作家的孤独。

讲了这么久先生的待客态度，是因为我难免怀疑：川端先生难道不可惜自己的时间吗？在我看来，当作家有种特殊的好处——若想更好地处理工作方面的事，就可以无限度地占用私人时间。这当然也能使合作方获益。但是，川端先生的生活态度还是遵循着开头提到的规律。只能说他喜欢顺其自然，而另一方面则是蔑视生活，关于这一点，我打算梳理梳理，后面再写。

1 久米正雄（1891—1952），日本作家，曾与芥川龙之介一起投入夏目漱石门下。著有《萤草》等。

不过，先生在与人交往时，也并不是没有畅快愉悦的时刻。那是在战后，突然兴起与外国人交际的风潮。先生饶有兴趣地观察着外国人，这种情形在他身上鲜有发生。看见与西洋人同席而坐的先生，我总是想，那就像孩子觉得西洋人有趣，目不转睛地盯着看一样，近似于一种无邪的好奇心。

占领时期的美国驻日本大使馆有位名叫威廉姆斯的老太太，人很有趣。她完全不通日语，却成了一个大川端迷，川端先生也经常与她来往。威廉姆斯夫人是个高大的老太太，为人大气，身上带着美式的开朗、坦率与可爱，她不懂文学，还是天理教[1]信徒组织MRA的狂热拥护者。这个人没有读过一部川端先生的作品，却成了川端迷。川端先生也很害羞，虽然略通英语会话，却从来不说，两人就靠眼神和表情交流。但我知道，川端先生很享受与这位夫人的交往。《千只鹤》获艺术院奖时，威廉姆斯夫人虽然什么都不懂，却像自己获奖一般高兴，立即举办了一场庆祝会。我前往参加，结果看见夫人准备的大蛋糕上只装饰着一只鹤的图案。

我提醒说："只有一只鹤，很奇怪。"

"为什么奇怪？"威廉姆斯夫人反问。

"怎么说呢，就是很奇怪。"我说。

结果她说："那可是长着千根羽毛的鹤啊，一只难道还不够吗？"

我想，一定是什么人给她这样翻译的，让老太太陷入了文

1 日本新兴宗教，1838年由中山美伎（1789—1887）创立。

学上的误解。

三

写了这么多，该谈谈先生的作品了。但是，描绘完如此破碎的肖像画，现在就更没办法一板一眼地阐述川端康成论了。

瓦雷里说："作家的生活可以成为作品，反之却不行。"我最近领悟到了这句著名箴言中的意味，同时开始确信，一流作家的作品和生活，撇开私小说不论，最终都会有一致的相似性。

芭蕉[1]在《幻住庵记》中写道："无能无才，唯一心终此途。"这同样是川端先生的作品与生活的最终宣言吧。川端先生的作品注重细节上的造型，相比之下，却放弃了对整体结构的塑造，这种方式应该是从同一种艺术观和同一种生活态度中产生的。

比如说，川端先生是世上公认的擅写名文的名家，但是在我看来，他始终是一个没有文体的小说家。之所以这样说，是因为所谓小说家的文体，关键便是应有解释世界的意图。作家只有借助文体这个道具才能应对混沌与不安，整理世界，划分世界，将其带入一个狭小的造型框架内。福楼拜的文体，司汤达的文体，森鸥外[2]的文体，小林秀雄[3]的文体……此类例子不胜枚举，

1 松尾芭蕉（1644—1694），日本江户时代诗人，写作风格对日本诗坛影响巨大。

2 森鸥外（1862—1922），日本小说家、翻译家、评论家，著有《舞女》《阿部一族》等。

3 小林秀雄（1902—1983），日本文学评论家，曾参与创办《文学界》，著有《种种意匠》《私小说论》等。

这就是文体。

但是，川端先生的杰作是完美的，却又完全放弃了解释世界的意图，这样的艺术作品究竟是怎么回事呢？这是因为他其实不惧混沌，也不惧不安。不过，这种无惧无畏宛若在虚无前拉开的一根丝线。它与希腊雕塑家畏惧不安与混沌，于是在大理石上寄托造型意图正相反，与端正的大理石雕刻以全身之力抵抗恐惧也完全相反。

川端先生作品中的无惧无畏，与他在生活中常被评价的“胸襟”“度量”“大胆无敌”等表达里所暗示的特质完全一致。先生在生活中大胆到近乎虚无的无计划性，与他在创作时放弃结构的态度也十分相似。先生恐怕没有一部作品是成稿后直接出版的，全是应报纸约稿以连载的形式完成。接下来的这番论述，我并没有细致地查过先生的作品编年，如有错误，还请指正。像《雪国》，中途停笔，一直拖到战后才完稿。《千只鹤》和《山音》也是，想着已经写完了，结果又刊出新章节，历时多年才完成。就算完稿了，他也绝对不会设定戏剧性的大结局，所以读者也弄不清楚是不是真的结束了。从这一点上来讲，泉镜花[1]乍看风格相似，却在等同于通俗小说的《风流线》中以希腊悲剧般急剧性的结局收尾，与先生恰恰相反。

川端先生这种无惧无畏，这种通过让自己无力来排解恐怖与不安的不战而胜的生活方式，是从何时开始的呢？

---

1 泉镜花（1873—1939），日本小说家，著有《高野圣僧》《参拜汤岛》等。

想来，恐怕是从孤儿的成长历程里以及孤独的少年与青年时代中培养出来的特质吧。像先生这样拥有极度敏锐的感受力的少年，没有受挫、没有受伤地成长起来，几乎是让人难以置信的奇迹。不过，在声名鹊起的青年时期，面对自己蓬勃跃动的感受力，先生也的确曾感到自我陶醉与享受。先生说他很讨厌的《化妆与口哨》里，鲜明锐利的感受力几乎一直在舞蹈。这虽然是很罕见的例子，但感性始终如小说中的行为一般，自然地发挥着作用。

先生的感受力在他的创造中成为了一种力量，这种力量同时也是一种天然、巨大的无力感。为什么这样说呢？因为强大的理性可以重构世界，而感受力越强大，内心就越需要容纳世界的混沌。这就是先生的受难形式。

但是，如果这个时候，感受力开始求救，想要依靠理性，会怎样呢？理性会为感受力赋予逻辑与理性法则，感受力就会被逻辑逼入绝境。也就是说，作者会被带到地狱去。同样被先生讨厌的《禽兽》中，作者窥视到的地狱正是这个。《禽兽》是先生最接近理性极限的一部作品，与横光利一[1]的《机械》十分相似，仿佛是借同种契机写成的。随后，川端先生毅然决然地背对理性，保全了自己，而横光利一却与之相反，沉入到地狱与理性的迷惘中去了。

当时，川端先生的内心应该生出了对人生的确信。做一个

1 横光利一（1898—1947），日本小说家，新感觉派代表作家之一，著有《太阳》《上海》等。

可能有些跳跃的类比，这种确信就像十八世纪的让-安托万·华托[1]所抱的确信一样。确信要让情念归于情念本身，感性归于感性本身，官能归于官能本身，只要保持这种法则，使其不停滞，情念、感性与官能就不会受到破坏。确信虚无前拉起的那一根丝线，即使遭遇来自地狱的风吹雨打，也绝不会断裂。倘若是大理石雕刻，恐怕就倾塌了吧。

如此一来，川端先生意识到，在放任他人之前先放任自己，即是人生的奥义。另一方面，需要警惕他人世界的逻辑法则渗透到自身来。不过表面上还要轻松应对他人世界的法则。实际上，快乐主义有时会呈现出凄惨的外表，尽管我把先生的艺术与华托的艺术一道称为快乐的艺术，但距快乐主义不远了。

接下来，最重要的是必须蔑视生活。为什么呢？因为一旦被放任的自己在生活层面上变得重要，就危险了。如果被放任的自己表现出想要尊重生活、建立生活秩序或者破坏生活的意图，作品就濒临危险了。我用词可能欠佳，但从这一点上来说，川端先生的人生实际上是很精明的。

说到这里，已无须赘言了。川端先生是一个没有文体的小说家，这是先生的宿命。他欠缺解释世界的意图，恐怕不单单是欠缺，而是自身积极地放弃了这种意图。

以那些深居在抽象概念城郭中的人的眼光来看，川端先生的生存方式仿若一只蝴蝶在虚无之海上飘荡。但是，谁又知道哪

---

1 让-安托万·华托（Jean-Antoine Watteau，1648—1721），法国画家，画风为抒情性，带现实主义倾向。

种方式更安全呢？

如前文所述，如果这样的川端先生被塑造成一个彻底孤独、彻底怀疑、彻底不相信人的人，那只是一个黑暗传说罢了。先生的作品中其实常常出现对生命的赞颂，他对如伟大母亲般的小说家冈本加乃子[1]的倾慕也是出了名的。

不过，对川端先生而言，生命等同于官能。那种乍看如专门领域作家写就的情色性，也是先生长久受欢迎的原因之一。但是关于这一点，中村真一郎先生曾对我说过一段有趣的感想。

“最近，我找了好多川端先生的少女小说，一口气读完了，写得真好啊！很色情哟！比起川端先生的纯文学小说，那才是活生生的情色文学啊。这种书给孩子看，好吗？大家都觉得这是川端先生写的少女小说，很安全，于是给自己的孩子看，那可是大错特错了，难道不是吗？”

这种情色性，当然只有大人才能读懂，中村先生只是用了悖论式的夸张表达罢了。然而，他的感想却唤起了我莫大的兴趣。

先生作品中的情色性，可以说是他对自身官能感受的流露，但更贴切的理解是：他对官能本身，即对生命的态度是——永远不抵达一个理性的归宿，而是不断接触，或者说是不断地尝试接触。这种真正意义上的情色性中有一种机制——对象，即生命，是永远触摸不到的。先生喜欢描写处女，就是因为只要是处女，便永远不可触碰。一旦被侵犯，便不是处女了——处女这种独特

---

1 冈本加乃子（1889—1939），日本女小说家，著有《老妓抄》《病鹤》等。

的机制，令先生感兴趣。写到这里，我被诱惑鼓动着，很想再谈一谈作家与描写对象之间、写作主体与被写客体之间的永久关系，可稿纸已经不够用了。

不过，还是试着潦草地归纳一下吧。先生把生命作为官能性的东西来赞颂，而这种方式与背对理性的方式，是配对存在的。赞颂生命，接触生命，最后都会起到破坏性的作用。如一根丝线、如一只蝴蝶般的艺术作品，既不破坏理性，也不破坏官能感受，像接受太阳照耀的月亮一样，只是沐浴着幸福的光芒，成为自己。

战争结束时，先生对我说过这样一句话："从今往后，我只能吟咏日本的悲哀、日本的美了吧。"这话听来仿若孤笛的叹息，却直击我的内心。

（王之光　译）